SARAH JIO | Der Kameliengarten

W0381266

SARAH JIO

DER KAMELIENGARTEN

ROMAN

Aus dem Amerikanischen von Charlotte Breuer
und Norbert Möllemann

Diana Verlag

Die Originalausgabe erschien 2013 unter dem Titel
The Last Camellia bei Plume, Penguin Group (USA) Inc., New York

Jio
Evangelisc… offen… …che Bücherei
Segenskirchengemeinde
Grete…weg 3
44339 Dortmund
GELÖSCHT
1 / 4201

MIX
Papier aus verantwortungsvollen Quellen
FSC® C014496

Verlagsgruppe Random House FSC® N001967
Das für dieses Buch verwendete
FSC®-zertifizierte Papier *Holmen Book Cream*
liefert Holmen Paper, Hallstavik, Schweden.

Deutsche Erstausgabe 09/2015
Copyright © 2013 by Sarah Jio
Copyright © der deutschsprachigen Ausgabe 2015 by Diana Verlag,
München, in der Verlagsgruppe Random House GmbH
Redaktion | Heiko Arntz
Umschlaggestaltung | t.mutzenbach design, München
Umschlagmotive | Camellia Japonica Tricolor, 1997 (oil on paper),
Booth, Raymond (b. 1929) / Private Collection / Photo © The Fine Art
Society, London, UK / Bridgeman Images; shutterstock
Satz | Christine Roithner Verlagsservice, Breitenaich
Druck und Bindung | GGP Media GmbH, Pößneck
Printed in Germany
Alle Rechte vorbehalten

ISBN 978-3-453-35847-8

www.diana-verlag.de

Für meine Mutter Karen Mitchell,
die mir die Welt der Kamelie und all der anderen schönen
und wichtigen Gartenblumen eröffnet hat

Vorbemerkung der Autorin

Der Kamelie wird nicht so viel Ehre zuteil wie anderen Blumen. Sie ist nicht so beliebt wie die Rose. Sie weckt keine romantischen Gefühle wie die Tulpe oder die Lilie. Sie duftet nicht wie die Gardenie, und sie ist nicht so prächtig wie die Dahlie. Kamelien eignen sich nicht als Schnittblumen, und selbst am Baum werden die Blütenblätter nach kurzer Zeit braun und fallen ab. Und dennoch haben mich Kamelien mit ihrer stillen, unaufdringlichen Art immer fasziniert.

Ich kann mich nicht daran erinnern, wann ich Kamelien das erste Mal bewusst wahrgenommen habe. Ich weiß nur, dass zwei vor dem Haus meiner Großmutter standen, in dem ich aufgewachsen bin. Sie flankierten die Haustür, eine mit weißen, eine mit rosafarbenen Blüten. Kamelien haben mich eigentlich mein Leben lang begleitet, herrlich blühende Bäume, die sich im Wind wiegten.

Kamelien sind altmodisch. In Seattle, wo ich wohne, stehen in den Vorgärten zahlreicher Häuser, die um die vorige Jahrhundertwende gebaut wurden, große, alte Kamelienbäume. So auch vor dem ersten Haus, das mein Mann und ich in Seattle gekauft haben, einem viktorianischen Schmuckstück aus dem Jahr 1902. Ich erinnere mich noch gut an den dicken Stamm des Baums und an die ausladenden Äste, die bis ans Fenster unseres Schlafzimmers im ersten Stock reichten. Man sieht diese prachtvollen Bäume manchmal noch in den Gärten neuer Häuser, doch inzwischen haben andere Gartengewächse ihnen den Rang abgelaufen – Lavendel, Ziergräser, Azaleen und japanischer Ahorn. Moden ändern sich, auch in Bezug auf die Gartengestaltung. Aber ich habe immer noch eine Schwäche für Kamelien.

Als ich mit dem Schreiben dieses Romans begann, hatte ich zunächst nur eine einzelne Kamelie vor Augen mit riesigen Blüten und glänzenden smaragdgrünen Blättern. Aber nach und nach entfaltete sich die Szenerie: Baumreihe um Baumreihe kam in Sicht, eine ganze Kamelienplantage.

Ich überlegte, ob meine Kamelie in dieser Fantasieplantage eine seltene Spezies sein könnte, vielleicht sogar die letzte ihrer Art. Und ich fand heraus, dass tatsächlich einige sehr seltene Kamelienarten existieren – abgeschottet in privaten Gärten und öffentlichen Gewächshäusern auf der ganzen Welt, jedoch auffällig häufig in England.

Wenn ich jetzt die Augen schließe, Monate nach der Fertigstellung dieses Romans, sehe ich immer noch die Parkanlage von Livingston Manor vor mir. Ehrlich gesagt, macht es mich fast ein bisschen traurig, dass dieser Ort nicht wirklich existiert, denn ich täte nichts lieber, als ihn aufzusuchen. Ich würde mich ins Gras setzen, den Blick am steinernen Engel vorbei zum Kutscherhaus schweifen lassen und die Kamelien bewundern.

Ich hoffe, dass diese Geschichte Ihnen, meinen Lesern und Leserinnen, den eigenen schönen Garten näherbringt, ob er nun vor Ihrer Haustür liegt oder in Ihrem Herzen.

Sarah Jio

»Mein Schicksal liegt in deinen Händen«

Bedeutung der Kamelienblüte, entsprechend der viktorianischen »Blumensprache«

Prolog

Ein Haus im ländlichen England

18. April 1803

Mit zitternder Hand umklammerte die alte Frau ihre Teetasse. Vor lauter Aufregung hatte sie sich nicht einmal die Zeit genommen, sich die Fingernägel zu säubern. Über den Herd gebeugt, wartete sie auf das Pfeifen des Wasserkessels, während sie ihren verletzten Finger betrachtete. Sie hatte sich ganz dumm an der Gartenschere geschnitten, und die Wunde pochte unter dem blutigen Verband. Aber darum würde sie sich später kümmern. Jetzt musste sie sich erst einmal beruhigen.

Sie goss das kochende Wasser in die kleine weiße Porzellankanne mit dem feinen Riss am Rand und ließ den Tee ziehen. War das wirklich möglich? Ja, sie hatte eine Blüte gesehen, eindeutig. Weiß mit rosa Sprenkeln. Die Middlebury Pink, da war sie sich ganz sicher. Ihr Ehemann, Gott hab ihn selig, hatte die Kamelie zwanzig Jahre lang gehegt und gepflegt – im Frühjahr hatte er für sie gesungen, und wenn der Frost kam, hatte er sogar eine Decke über ihre dunkelgrünen Blätter gelegt. Sie sei etwas ganz Besonderes, hatte er immer gesagt. Seine Frau hatte nie verstanden, wie man wegen eines kümmerlichen Baums so ein Aufhebens machen konnte, während die Felder gepflügt und die Kartoffeln geerntet werden mussten.

Ach, wenn er den Baum jetzt sehen könnte! In voller Blüte. Und wenn jemand aus der Stadt die Blüte entdeckte? Nein, das durfte nicht passieren. Das zu verhindern lag in ihrer Verantwortung.

Ihr Mann hatte das Bäumchen vor Jahren als Keimling in einem Blumentopf für einen Sixpence gekauft. Der Händler hatte ihm erklärt, dass es sich um einen Schössling der Middlebury Pink handele, der schönsten Kamelie Englands, wenn nicht der ganzen Welt. Das einzige bekannte Exemplar dieser Kamelie, einer Sorte mit riesengroßen, prachtvollen Blüten – weiß mit rosafarbenen Sprenkeln –, stehe im Rosengarten der Königin hinter den Toren des Buckingham-Palasts. Natürlich hatte die Frau kein Wort dieser Geschichte geglaubt, jedenfalls damals nicht, sondern ihren Mann einen Dummkopf gescholten, weil er so viel Geld für etwas ausgegeben hatte, was vielleicht nur irgendein Unkraut war. Aber wenn es ihn glücklich machte, nun, dann sollte es ihr recht sein. Und wenn er den Baum betrachtete, war er in der Tat glücklich. »Immerhin besser, als das Geld zu versaufen«, hatte sie schließlich gesagt. »Und wenn der Baum irgendwann blüht, können wir die Blüten vielleicht auf dem Markt verkaufen.«

Aber der Baum blühte nicht. Nicht im ersten Jahr und nicht im zweiten und auch nicht im dritten Jahr. Und nach zehn Jahren hatte die alte Frau die Hoffnung endgültig aufgegeben. Es verdarb ihr regelmäßig die Laune, wenn ihr Mann dem Baum morgens im Flüsterton gut zuredete. Angeblich hatte er in einem Gartenbuch gelesen, dass das half. Aber als er eines Tages den Baum mit Seifenlauge einsprühte, die er aus ihrer besten Pflanzenseife hergestellt hatte, interessierte es sie nicht, dass er das zum Schutz gegen Schädlinge tat. Sie war mit ihrer Geduld am Ende. Manchmal wünschte sie sich, ein Blitz würde in den Baum fahren und ihn in zwei Hälften spalten, damit ihr Mann endlich aufhörte, so ein Gewese um ihn zu machen. Mehr als einmal hätte sie am liebsten eine Axt genommen, ihre Wut an dem schlanken Stamm ausgelassen und kurzerhand den Baum gefällt. Doch sie beherrschte sich. Und auch nachdem ihr Mann gestorben war, blieb der Baum im Garten. Die Jahre vergingen, und das Gras wuchs hoch um den Baum herum. Efeu kletterte am Stamm empor und umrankte die Äste und Zweige. Die alte Frau beachtete den Baum nicht mehr. Bis zu jenem Morgen, an dem ihr ein rosafarbener Fleck ins Auge fiel. Die einzelne tellergroße Blüte war prächtiger, als die alte Frau es sich in ihren kühnsten Träumen hätte ausmalen können. Schöner als jede Rose, die sie je gesehen hatte. Sie wiegte sich so majestätisch in der Morgenbrise, dass die alte Frau vor Ehrfurcht hätte niederknien können.

Sie nahm einen Schluck von ihrem Tee. Dass das ausgerechnet jetzt passierte, war beinahe unheimlich. Erst vor wenigen Tagen war im ganzen Königreich bekannt gegeben worden, dass eine seltene Kamelie im Garten der Königin bei einem schlimmen Gewitter vernichtet worden war. Die Königin, zutiefst betrübt über den Verlust, hatte jedoch erfahren, dass ein ehemaliger Palastgärtner von dem Baum einen Ableger gezogen und an einen Bauern auf dem Land verkauft hatte. Daraufhin hatte sie angeordnet, dass der Ableger ihres geliebten Baums gesucht und die Person, die ihn über all die Jahre hinweg heimlich beherbergt hatte, festgenommen werden solle.

Die Frau schaute gedankenverloren ins Leere. Plötzlich näherte sich Hufgetrappel, und sie trat ans Fenster. Jemand klopfte so heftig an die Tür, dass sich der Tee in ihrer Tasse kräuselte. Sie richtete ihren Dutt, aus dem sich einige graue Strähnen gelöst hatten, holte tief Luft und öffnete die Tür.

»Guten Tag«, sagte ein elegant gekleideter Mann. Sein Ton war höflich, aber dringlich. »Im Namen Ihrer Königlichen Majestät suchen wir im ganzen Land nach einem bestimmten Kamelienbaum, der einzig ist in seiner Art.« Die Frau beäugte die Kleidung des Mannes. Bei näherem Hinsehen wirkte sie zusammengesucht. Ein Hochstapler, das begriff sie sofort. Ihr Mann hatte sie vor der Sorte gewarnt – Blumendiebe. Natürlich passte alles zusammen. Wenn sie die Kamelie vor den Abgesandten der Königin in die Hände bekamen, konnten sie ein Vermögen dafür fordern. Der Mann hielt ein zusammengerolltes Papier in der Hand. Als er es vorsichtig entrollte, kam die Zeichnung einer weißen Blüte mit rosafarbenenen Sprenkeln zum Vorschein.

Das Herz der alten Frau pochte so laut, dass es alles andere übertönte.

»Haben Sie einen solchen Baum schon einmal gesehen?«, fragte der Mann. Ohne auf eine Antwort zu warten, drehte er sich um und ging in den Garten, um selbst nachzusehen.

Er stürmte durch die Gemüse- und Kräuterbeete und trampelte durch das Möhrengrün, das ganz zart aus dem erst vor Kurzem getauten Boden lugte. Wo die Tulpen durch die schwarze Erde brachen, blieb er stehen und sah sich um. Er bückte sich, um eine Knospe abzupflücken, die noch grün und unreif war, und begutachtete sie. »Sollte Ihnen etwas zu Ohren kommen«, sagte er und zwirbelte die Tulpenknospe in der Hand, bevor er sie hinter sich warf, »lassen Sie es mich wissen. Mein Name ist Harrington.«

Die alte Frau nickte demutsvoll. Der Mann zeigte Richtung Norden. Hinter dem Hügel lag Livingston Manor. Die Herrin war sehr freundlich zu ihnen gewesen und hatte ihnen das Häuschen neben dem Kutscherhaus überlassen. Dafür kümmerten sie sich um den Küchengarten. »Es ist besser, wenn Sie niemandem drüben im Herrenhaus etwas von meinem Besuch erzählen«, sagte der Mann.

»Ja, Sir«, erwiderte die Frau hastig. Sie schaute ihm nach, als er zu seinem Pferd ging. Nachdem das Hufgetrappel verklungen war, ging sie am Birnbaum vorbei und dann am Zaun entlang, bis sie zu der Kamelie kam, die ihre einzige wundervolle Blüte trug.

Nein, dachte die alte Frau, und streichelte die empfindliche Blüte. Die Königin konnte jeden Garten im Land durchsuchen lassen, und die Blumendiebe konnten jedes Blütenblatt unter die Lupe nehmen, aber sie würde dafür sorgen, dass diese Kamelie nicht gefunden wurde.

1

Addison

New York City, 1. Juni 2000

In der Küche klingelte das Telefon. Es hätte genauso gut eine Stange Dynamit auf der Arbeitsplatte liegen können. Wenn ich den Hörer nicht nach viermaligem Klingeln abnahm, würde der Anrufbeantworter anspringen, und das durfte nicht passieren.

»Gehst du ran?«, fragte Rex, mein Mann, vom Sofa aus und blickte von seinem Notizheft auf. Er hatte ein rührendes Faible für altmodische Dinge. Schreibmaschinen, Plattenspieler – und ein Anrufbeantworter aus den Achtzigerjahren. Aber in diesem Moment sehnte ich mich nach Voicemail. Hätten wir doch bloß Voicemail.

»Ja, ich geh schon!«, rief ich, sprang vom Frühstückstisch auf und stieß mir den Zeh am Stuhlbein. Es tat höllisch weh. Es klingelte ein zweites Mal, ein drittes Mal.

Die Härchen auf meinen Armen standen zu Berge. Was, wenn *er* das war? Vor zwei Wochen hatte er angefangen anzurufen, und seitdem geriet ich jedes Mal in Panik, wenn das Telefon klingelte. Ganz ruhig bleiben. Tief atmen. Vielleicht war es ja auch eine Kundin. Oder diese fürchterliche Mrs. Atwell, der ich den Rosengarten schon dreimal hatte neu gestalten müssen. Oder das Finanzamt. Hoffentlich das Finanzamt.

Egal wer, nur nicht der, von dem ich befürchtete, dass er es war.

Wenn ich den Anrufbeantworter ausschaltete, würde er wieder anrufen. Wie ein Hai, der Blut gewittert hatte, würde er seine Kreise ziehen, bis er bekam, was er wollte. Ich musste das Gespräch annehmen. »Hallo?«, sagte ich tonlos.

Rex sah lächelnd auf und widmete sich dann wieder seinem Notizheft.

»Hallo, Addison.« Seine Stimme ließ mich erschaudern. Ich konnte ihn natürlich nicht sehen, aber ich kannte sein Gesicht – den ungleichmäßigen Dreitagebart, den amüsierten Blick. »Dein neuer Name gefällt mir nicht. *Amanda* passte viel besser zu dir.«

Ich schwieg, öffnete hastig die Terrassentür und ging hinaus in den Garten. Er war winzig, aber wir hatten ihn für uns allein – eine Seltenheit in der Stadt. Ein Vogel zwitscherte fröhlich in der kleinen Kamelie, die Rex und ich anlässlich unseres ersten Hochzeitstags gepflanzt hatten. Das hier war mein Nest, mein Refugium, und es machte mich wütend, dass er hier eindrang.

»Hör zu«, flüsterte ich. »Ich habe dir gesagt, du sollst mich nicht mehr anrufen.« Ich blickte hoch zu dem Apartmentgebäude hinter unserem Haus und fragte mich, ob er mich womöglich von einem der Fenster aus beobachtete.

»Amanda, Amanda«, sagte er amüsiert.

»Hör auf, mich so zu nennen.«

»Ach so, das hatte ich ganz vergessen«, fuhr er fort. »Du bist ja jetzt vornehm geworden. Ich habe in der Zeitung von deiner Hochzeit gelesen.« Er schnalzte mit der Zunge. »Ein richtiges Märchen, vor allem für eine Frau, die …«

»Bitte«, sagte ich. Ich konnte den Klang seiner Stimme

nicht ertragen, die mich so sehr an die Vergangenheit erinnerte. »Warum kannst du mich nicht endlich in Ruhe lassen«, flehte ich.

»Soll das heißen, du vermisst mich gar nicht? Nach allem, was wir zusammen erlebt haben? Weißt du noch, wie wir …«

»Hör auf«, sagte ich verzweifelt.

»Ich verstehe«, sagte er. »Die Lady ist jetzt mit dem *König von England* verheiratet. Hältst dich wohl für was Besseres, was? Aber ich frage dich: Weiß dein Mann überhaupt, *wer du wirklich bist*? Weiß er, was du *getan hast*?«

Um mich her drehte sich alles. »Bitte, bitte lass mich in Ruhe«, bettelte ich. Meine Kehle war wie zugeschnürt.

Er lachte leise vor sich hin. »Das kann ich nicht«, erwiderte er. »Nein. Sieh mal, ich habe zehn Jahre meines Lebens im Gefängnis verbracht. Da hat man viel Zeit zum Nachdenken. Und ich habe sehr viel über dich nachgedacht, Amanda. Fast jeden Tag.«

Mir lief es eiskalt über den Rücken. Ihn hinter Gittern zu wissen hatte mir ein trügerisches Gefühl der Sicherheit gegeben. Als er für zwei schwere Fälle von Geldwäsche und für einen weniger schweren Fall von sexuellen Handlungen mit einer Unmündigen eingesperrt worden war, hatte sich eine dicke, warme Decke um mich gelegt. Mit seiner Entlassung war die Decke weggerissen worden. Ich fühlte mich schutzlos, ich hatte Angst.

»So, und jetzt wollen wir mal Klartext reden, Süße«, fuhr er fort. »Ich bin im Besitz einer sehr wertvollen Information. Und du wirst es mir nicht verübeln, dass ich auch so ein angenehmes Leben führen will wie du.«

»Ich werde jetzt auflegen«, sagte ich, den Finger über der Austaste.

»Das solltest du zu deinem eigenen Besten nicht tun«, sagte er. »Du weißt, was ich will.«

»Ich habe dir schon gesagt, dass ich so viel Geld nicht habe.«

»Du vielleicht nicht«, entgegnete er. »Aber die Familie deines Mannes sehr wohl.«

»Nein, halt sie da raus.«

»Na schön«, sagte er. »Du lässt mir keine andere Wahl.«

Im Hintergrund war die Fanfare eines Eiswagens zu hören. Als Kind war ich immer ganz aufgeregt hinter dem Eiswagen hergerannt, wenn er durch unsere Straße kam. Ich weiß auch nicht warum, ich hatte sowieso keinen Dollar für eine Waffel, aber die Anziehungskraft war trotzdem da gewesen.

Ich nahm das Telefon vom Ohr und hörte dieselbe Fanfare vielleicht einen Block entfernt. Das Geräusch ließ mich zusammenzucken. Der Eiswagen war ganz in der Nähe.

»Wo bist du?«, fragte ich ängstlich.

»Warum? Willst du dich mit mir treffen?«, fragte er belustigt. Ich konnte mir sein hämisches Grinsen genau vorstellen.

Mein Kinn zitterte. »Bitte, lass mich in Ruhe«, flehte ich. »Kannst du mich nicht einfach in Frieden lassen?«

»Es hätte so einfach sein können«, sagte er. »Aber du hast meine Geduld überstrapaziert. Wenn ich das Geld nicht bis zum Ende der Woche habe, bleibt mir nichts anderes übrig, als deinem Mann alles zu erzählen. Und wenn ich sage ›alles‹, dann meine ich *alles*.«

»Nein«, beschwor ich ihn. »Bitte nicht!«

Ich ging ums Haus herum und spähte über den Gartenzaun. Der Eiswagen tuckerte langsam vorüber. Die Kinder liefen nebenher und jubelten im Einklang mit der Fanfare, während mir bei jedem Ton, der aus dem Lautsprecher drang, erneut die Angst in die Glieder fuhr. »Ich gebe dir fünf Tage, Amanda«, sagte er. »Und übrigens, du siehst umwerfend aus in dem Kleid. Blau steht dir ausgezeichnet.«

Er legte auf. Ich betrachtete mein blaues Leinenkleid, dann schaute ich die Straße hinunter. Der Walnussbaum in einiger Entfernung. Kurz davor parkte ein alter Honda mit getönten Scheiben und rostiger Motorhaube. Die Bushaltestelle auf der anderen Seite warf gezackte Schatten auf den Gehsteig.

Ich rannte zurück ins Haus, zog die Terrassentür hinter mir zu und verriegelte sie. »Lass uns nach England fahren«, sagte ich atemlos zu Rex.

Er schob die Brille die Nase hoch. »Was?« Er sah mich verwirrt an. »Ich dachte, du wolltest nicht nach England. Woher der Sinneswandel?«

Meine Schwiegereltern hatten kürzlich ein altes Herrenhaus gekauft und uns eingeladen, dort den Sommer zu verbringen, während sie durch Asien reisten, wo Rex' Vater James arbeitete. Rex, der gerade an einem Roman schrieb, der in einem englischen Herrenhaus spielte, fand, der Aufenthalt wäre ideal für seine Recherchen. Und wir hatten beide ein Faible für alte Gemäuer. Nach allem was Lydia, seine Mutter, uns am Telefon erzählt hatte, handelte es sich um ein geschichtsträchtiges Anwesen.

Aber der Zeitpunkt war denkbar ungünstig. Mein Gartenbauunternehmen lief zum Glück auf Hochtouren. Ich hatte gerade vier neue Kunden gewonnen. Unter anderem sollte ich einen anspruchsvollen Dachgarten in Manhattan gestalten. Jetzt wegzufahren war eigentlich nicht drin. Und doch blieb mir keine andere Wahl. Sean wusste nichts von dem

Haus in England. Dort würde er mich nicht finden. Die Reise würde mir etwas Zeit zum Nachdenken verschaffen.

Ich schaute mich nervös im Wohnzimmer um. »Na ja, wollte ich auch nicht – ich meine, eigentlich.« Ich seufzte und versuchte mich zu sammeln. »Ich habe noch mal darüber nachgedacht. Vielleicht würde uns ein Urlaub wirklich guttun. Außerdem steht unser Hochzeitstag vor der Tür.« Ich setzte mich zu Rex aufs Sofa und drehte eine Strähne seines glänzenden schwarzen Haars um einen Finger. »Ich könnte mich in dem Park umsehen. Vielleicht kann ich noch was abgucken. Hier sind doch alle ganz wild auf englische Gärten.« Ich redete viel zu hastig, wie immer, wenn mich etwas bedrückte. Rex, der es spürte, streichelte mir beruhigend die Hand.

»Es ist das Fliegen, was dich abschreckt, nicht wahr?«, sagte er.

Es stimmte, ich hatte ein bisschen Flugangst, mein Hausarzt hatte mir für diese Fälle sogar ein Beruhigungsmittel verschrieben. Aber Rex wusste zum Glück nicht den wahren Grund für meine Unruhe, und er durfte ihn auch nie erfahren.

Eigentlich hatte ich immer vorgehabt, ihm eines Tages die Wahrheit über mich zu erzählen. Aber je länger ich es vor mir herschob, desto unmöglicher erschien es mir, die schrecklichen Worte auszusprechen. Also behielt ich sie für mich und versteckte mich hinter meiner sorgfältig zurechtgebastelten Geschichte: ein Mädchen aus wohlhabender Familie in New Hampshire, dessen Eltern vor Jahren bei einem Autounfall ums Leben gekommen waren. Und das ganze Geld war in einem betrügerischen Investmentfonds verloren gegangen. Rex hatte mir alles geglaubt, er glaubte an *mich*. Er wunderte sich nicht darüber, dass ich nie Weihnachtskarten oder Geburtstagsanrufe bekam. Er fragte nicht, ob ich mein Elternhaus besuchen wollte. Er bewundere meine Kraft, sagte er, dass es mir gelang, in der Gegenwart zu leben und nicht die Vergangenheit zu betrauern. *Wenn er wüsste …*

Ich umfasste seine Hand. »Das wird schon gehen«, sagte ich. »Und du hast ja gesagt, dass das Haus der perfekte Ort für deine Recherchen ist. Also, was zögern wir noch, Rex? Lass es uns machen.«

Er lächelte und tätschelte mir die Wange. »Du weißt, wie gern ich diese Reise machen würde, aber nur, wenn du dir ganz sicher bist.«

»Bin ich«, versicherte ich ihm und schaute aus dem Fenster. Draußen stand immer noch der rostige Wagen. Ich stand auf und zog die Vorhänge zu. »Die Sonne knallt heute so vom Himmel«, bemerkte ich und nahm mein Handy. »Ich rufe kurz im Reisebüro an und seh mal, ob es für morgen noch Flüge gibt.«

»Wirklich?«, sagte er. »So schnell?«

Ich rang mir ein Lächeln ab. »Warum nicht? Wenn schon, denn schon! Dann nutzen wir wenigstens den ganzen Sommer richtig aus.«

»Also gut«, sagte er und legte sein Notizheft beiseite. »Ich werde meine Eltern anrufen und ein paar organisatorische Dinge klären. Aber Moment mal, was ist mit deinen Kunden?«

Ich wand mich innerlich bei dem Gedanken an die aufwendig mit Buchsbaumhecken gestaltete Gartenanlage, die ich für eine Kundin geplant hatte, einschließlich eines Schmetterlingsgartens für ihre zwei kleinen Töchter. Ich hatte ihr versprochen, dass alles bis zum Ende der kommenden Woche fertiggestellt sein würde, rechtzeitig zum Geburtstag ihrer Tochter. Meine Mitarbeiterin Cara würde die Arbeiten allein überwachen müssen. Sie würde es gut machen, aber nicht so gut wie ich. Die Prachtspieren würden nicht im exakten Abstand zueinander stehen. Die Ehrenpreisstauden würden nicht zu perfekten Kugeln geschnitten sein, so wie ich es mir vorstellte. Ich seufzte. Ich wusste, dass ich nicht bleiben konnte, nicht mit der düsteren Wolke, die über mir dräute. Ich musste einfach nur sicherstellen, dass sie mich nicht nach England verfolgen konnte.

»Fertig?«, fragte Rex am nächsten Abend an der Haustür. Es war mir gelungen, zwei Plätze für den Direktflug um neun Uhr nach London zu buchen.

»Ja«, erwiderte ich und zog mir den Schal fester um den Hals. Auf dem Weg zum Taxi, das am Gehsteig wartete, blieb ich wie angewurzelt stehen.

Rex warf mir einen Blick zu. »Klingelt das Telefon?«

Ängstlich drehte ich mich zum Haus um. Das Klingeln war gedämpft, aber vernehmlich.

»Soll ich schnell reinlaufen und drangehen?«

»Nein«, sagte ich und öffnete hastig die hintere Tür des Taxis. »Lass uns lieber fahren. Am Ende verpassen wir noch unseren Flug.«

2

Flora

New York, 9. April 1940

»Hast du etwa vergessen, deine Tweedjacke einzupacken?«, fragte meine Mutter aufgeregt. Der Wind hatte ihr ein paar graue Strähnen in die Augen gepustet, die sie sich mit einem mehlbestäubten Ärmel aus dem Gesicht wischte.

»Mama«, sagte ich und strich meine graue Jacke glatt. »Ich habe doch die hier. Die reicht völlig.«

»Aber die ist doch viel zu dünn«, entgegnete sie. »Es ist kalt in England, Flora.«

»Ich komme schon zurecht«, beruhigte ich sie. Meine Mutter neigte dazu, sich unnötig verrückt zu machen. Eigentlich ging es gar nicht um meine Jacke, und ich sah ihr an, dass sie den Tränen nahe war. »Bitte, mach dir keine Sorgen, Mama«, sagte ich und legte einen Arm um sie.

Sie verbarg ihr Gesicht in den Händen. »Ich wünschte einfach, du müsstest nicht fahren.«

»Ach, Mama«, sagte ich und zog ein Taschentuch aus der Jackentasche. Meine Initialen, FAL, waren säuberlich mit rotem Garn in die untere rechte Ecke gestickt. Meine Mutter hatte gerade erst einen neuen Vorrat an Taschentüchern angelegt und wenige Stunden vor meiner Abreise jedes einzelne gestärkt und gebügelt und zu einem perfekten Quadrat gefaltet.

»Du kannst doch nicht dein gutes Taschentuch für mich

verschwenden«, schniefte sie. Mein Vater drückte ihr seins in die Hand. »Dass ich aber auch so nah am Wasser gebaut bin.« Mit einem Seufzer nahm sie meine Hände. »Mein kleines Mädchen, schon so erwachsen.«

Ich war ihr einziges Kind. Meine Eltern hätten es gern gesehen, wenn ich bei ihnen in der Bronx geblieben wäre und mich mein Leben lang um die Bäckerei gekümmert hätte, die sich unter unserer Wohnung befand. Ich war jeden Morgen vor Sonnenaufgang auf den Beinen, setzte den Teig an und bestückte die Vitrine mit Frühstücksgebäck. Unter meiner Führung brummte der Laden.

Ich fragte mich, wie sie wohl ohne mich zurechtkommen würden. Die Handgelenke meiner Mutter schmerzten, und ihre Schultern waren vom jahrelangen Bücken über dem Knettisch ganz steif. Und der fehlende Geschäftssinn meines Vaters machte mir ebenfalls Sorgen. Erst letzte Woche hatte ein Schuljunge in die Kasse gegriffen und war mit sieben Dollar Beute entwischt. Mein Vater hatte ihn nicht verfolgt. Er hatte das Loch im Schuh des Jungen bemerkt und ihn laufen lassen. All das wäre halb so schlimm, wenn nicht das Dach des Hauses undicht wäre und die Stromrechnung bezahlt werden müsste. Meine Mutter sagte immer, dass mein Vater, wenn man ihn ließe, das Brot einfach verschenken würde. So war er nun einmal.

Aber irgendjemand würde dafür sorgen müssen, dass die Kasse stimmte. Die kleine Wohnung über der Bäckerei bezahlte sich nicht von selbst. Letzten Monat hatte der Vermieter an die Tür geklopft und mit vor Wut rotem Gesicht die ausstehende Miete für die letzten drei Monate verlangt. Ich hatte ihn mit einem Zimtbrot besänftigt und ihm versprochen, dass wir bald bezahlen würden.

Nervös schaute ich zum Schiff hinüber.

»Ich bin so stolz auf dich«, verkündete mein Vater und legte die Hände an meine Wangen.

»Unsere Kleine«, fügte meine Mutter gerührt hinzu. »Geht in den Londoner Botanischen Garten, um Botanikerin zu werden.«

Mein Geheimnis lastete so schwer auf mir, dass ich den beiden kaum in die Augen sehen konnte. Sie derart zu täuschen – es brachte mich fast um den Verstand.

»Sie wird in kürzester Zeit die Leitung des Ladens übernehmen«, warf mein Vater ein.

Ich zwang mich zu lächeln, obwohl mir die Wangen wehtaten. In Wirklichkeit gab es gar keine Stelle im Botanischen Garten. Und auch keine Ausbildung. Das Ganze hatte ich mir nur ausgedacht, um den wahren Grund für meine Reise zu verschleiern.

Es stimmte, es war immer mein Traum gewesen, Botanikerin zu werden. Beim Flechten von Sabbatbrot hatte ich über die unterschiedlichen Arten von Ahorn und Rhododendron nachgedacht, und ich hatte eine Glyzinie in einen großen Terrakotta-Topf gepflanzt, die jetzt das Vordach unserer Bäckerei berankte. Und nach Feierabend arbeitete ich ehrenamtlich im Botanischen Garten von New York. Baumschnitt und Laub zusammenzufegen ging mir mühelos von der Hand, wenn ich dafür Gelegenheit hatte, mir die Blüte einer weißen Strauch-Pfingstrose oder eine aprikosenfarbene Lady-Hillingdon-Rose anzusehen.

Meine Leidenschaft galt der Gartenbaukunst, nicht der Bäckerei. Vermutlich wusste Mr. Price das, als er mich zwei Monate zuvor angesprochen hatte.

»Mein Name ist Price«, hatte er sich vorgestellt, »Philip

Price.« Er schob eine Visitenkarte über den Tresen. »Sie arbeiten doch abends im Botanischen Garten, nicht wahr?«

Ich nickte. »Aber woher wissen Sie …«

»Ich suche jemanden mit einem geübten Blick für Blüten«, sagte er und steckte sich eine Teilchenecke vom Probiertablett in den Mund, »für einen wichtigen Auftrag.«

Meine Mutter hatte mich vor solchen Männern gewarnt, Kerle mit so viel Pomade im Haar, dass es unter der Ladenlampe glänzte. Ich schüttelte hastig den Kopf. »Nein, danke«, sagte ich und packte die sechs Donuts ein, die er bestellt hatte. Er biss in einen hinein, bevor er mir eine frische Dollarnote über den Tresen reichte. »Die Bäckerei gehört meinen Eltern«, sagte ich. »Ich werde hier gebraucht.«

Er sah sich in der kleinen Bäckerei um, betrachtete den Riss im Tresen, die abblätternde Farbe an der Tür. »Und, das Geschäft floriert?«, fragte er.

Sein Tonfall gefiel mir überhaupt nicht, so neugierig und herablassend. »Na ja, wir sind nicht gerade die Rockefellers, falls Sie das meinen.« Ich runzelte die Stirn. »Meine Eltern betreiben diese Bäckerei seit dreiundzwanzig Jahren. Ich bin hier aufgewachsen.«

»Verstehe«, sagte der Mann mit einem verächtlichen Unterton. »Wie rührend.«

Verärgert wandte ich mich wieder der Kuchenvitrine zu.

»Hören Sie«, sagte er. »Ich weiß, dass Ihre Eltern schwere Zeiten durchmachen.«

Ich sah ihm in die Augen.

»Es heißt, dass die Mieten in dieser Gegend ganz schön in die Höhe schießen«, sagte er, während er sich Puderzucker vom Schnurrbart wischte. »Das bereitet Ihnen doch bestimmt große Sorgen.«

Das tat es allerdings. Mein Vater weigerte sich aus Prinzip, die Preise zu erhöhen. Aber wenn die Bäckerei keinen Gewinn abwarf, würden meine Eltern sie schon bald schließen müssen. Das wusste selbst ich. Ich nahm ein Tablett mit Gebäck aus der Vitrine, um eine Bestellung fertig zu machen. »Wäre das dann alles, Mr. Price?«, fragte ich. Die finanziellen Probleme meiner Familie gingen ihn wirklich nichts an.

»Ich kann Ihnen helfen«, sagte er.

»Nichts für ungut«, erwiderte ich. »Aber wir brauchen keine Hilfe.«

»Ich kann Ihnen einen Auftrag anbieten«, fuhr er fort. »Einen sehr lukrativen. Einen, für den Sie ganz besonders gut geeignet sind.«

»Wie gesagt, ich werde hier gebraucht.«

Die Glocke an der Ladentür bimmelte. »Haben Sie noch ein Vollkornbrot von gestern, Flora?«, fragte Mrs. Madison, eine Stammkundin. Die alte Witwe musste mit einer schrecklich kleinen Rente auskommen, und mein Vater hatte mich angewiesen, ihr immer frisches Brot zu geben und ihr nichts dafür zu berechnen.

»Ja, Ma'am«, antwortete ich lächelnd. »Von unserem Besten.« Ich reichte ihr einen noch warmen Laib Brot, und sie nestelte an ihrer Geldbörse. »Ist schon gut«, sagte ich. »Mein Vater besteht darauf.«

Sie strahlte mich an. »Vielen herzlichen Dank«, sagte sie und verstaute das Brot in ihrem Einkaufsbeutel.

Mr. Price wandte sich mir wieder zu. »Würde es Ihnen nicht gefallen, so etwas immer wieder tun zu können? Wenn Sie wüssten, dass Geld keine Rolle spielt?«, fragte er grinsend.

Ich schnaubte. »Hören Sie, Sir«, sagte ich. »Ich weiß nicht, worauf Sie hinauswollen, aber ich denke, Sie sollten jetzt gehen.«

Er zog einen Umschlag aus der Innentasche seines Jacketts. Durch die offene Lasche konnte ich sehen, dass er prall gefüllt mit Geldscheinen war. Er schob ihn über den Tresen.

»Sie können mit zehnmal so viel rechnen, wenn Sie den Auftrag für mich ausführen«, sagte er.

Ich war sprachlos.

»Sie haben meine Karte«, fuhr er fort. »Rufen Sie mich an, wenn Sie so weit sind.«

Ich nahm die Geldscheine aus dem Umschlag und zählte sie mit großen Augen. Es war mehr, als wir brauchten, um die ausstehende Miete zu zahlen. Er lüpfte seinen Hut und wandte sich zum Gehen.

Eine Woche später, nachdem ein Schuldeneintreiber meinen Vater in der Gasse hinter der Bäckerei zusammengeschlagen hatte, rief ich Mr. Price an.

»Mr. Price, hier spricht Flora Lewis«, sagte ich mit zitternder Stimme. »Ich bin bereit, mit Ihnen über den Auftrag zu reden.«

»Gut«, sagte er. »Dachte ich's mir doch, dass Sie mich anrufen würden.«

Der Wind am Dock peitschte mir ins Gesicht und brachte mich in die Gegenwart zurück. Nein, meine Eltern durften niemals den wahren Grund für meine Reise nach England erfahren. Meine Mutter wischte sich erneut Tränen aus den Augen. »Ich bin so stolz auf dich.«

Ich drückte beiden zum Abschied einen Kuss auf die Wangen, stieg die Gangway hinauf und reichte dem Mann an Deck meine Fahrkarte. Als ich mich noch einmal nach meinen Eltern umsah, überwältigte mich mein schlechtes

Gewissen. Mein Vater mit dem freundlichen Lächeln in seinem runden Gesicht, meine Mutter mit ihren arthritischen Händen – wie sollten sie ohne mich zurechtkommen? Und doch wusste ich, wenn ich jetzt nicht ging, würde ich mein Leben lang Mehl unter den Fingernägeln haben. Ich sehnte mich danach, die Welt jenseits der Bäckerei kennenzulernen, und sei es nur, um zu wissen, dass es sie gab.

»Versprich mir, dass du gut auf dich aufpasst«, rief meine Mutter mir vom Pier aus zu, während mein Vater zu mir auf die Gangway kam. »Versprich mir, dass du nicht so lange fortbleibst.«

Ich nickte. Es fing an zu regnen, und mir klatschten dicke Tropfen ins Gesicht. »Auf Wiedersehen«, rief ich. »Ich schreibe euch, sobald ich angekommen bin.«

»Geh jetzt, Liebes«, sagte mein Vater und schob mir eine in Wachspapier gewickelte Zimtschnecke in die Tasche. »Sonst legt das Schiff noch ohne dich ab.«

Ich winkte und ging dann aufs Deck, ohne mich ein weiteres Mal umzudrehen.

»Reisen Sie allein nach England?«

Ich drehte mich um. Knapp zwei Meter von mir entfernt lehnte ein Mann an der Reling des Oberdecks. Er war etwa so alt wie ich, vielleicht ein paar Jahre älter. Er trug einen grauen Anzug und eine Schirmmütze mit Fischgrätmuster, die er sich tief in die Stirn geschoben hatte. Ich hätte ihm nur im Vorbeigehen zugenickt – meine Pläne gingen ihn schließlich nichts an –, wäre sein Lächeln nicht so entwaffnend gewesen. »Ich weiß noch, wie ich das erste Mal allein über den Atlantik gefahren bin«, sagte er und kam auf mich zu, als wären wir alte Freunde. Mir gefiel sein britischer Akzent, und ich fragte mich, was er in New York gemacht hatte. »Da war ich neun und habe mir vor Angst fast in die Hose gemacht.«

»Also ich habe keine Angst«, sagte ich mit möglichst fester Stimme. Ich wollte auf keinen Fall, dass er merkte, wie ich mich fühlte – wie ein kleines Mädchen, das man von seinen Eltern getrennt hatte.

Er nickte und beäugte meinen Koffer, den ich hastig abstellte. Das gute Stück gehörte meinem Vater und war nicht gerade elegant, aber es war alles, was wir hatten. Der Segeltuchbezug war ziemlich verschlissen, und die Messingscharniere waren matt angelaufen. »Und was zieht Sie nach England?«, fragte er. Er nahm die Mütze ab und ließ sie auf einem Finger kreisen.

Ich blinzelte. Was sollte ich sagen? »Ich … «, stotterte ich. »Ich werde im Botanischen Garten in London arbeiten.«

Seine Augen weiteten sich. »Ach? Sie sind Botanikerin?«

»Na ja«, sagte ich und suchte nach Worten. »Ich …«

»Meine Mutter ist früher sehr oft in den Botanischen Garten gegangen«, sagte er. »Sehr eindrucksvoll.«

»Ja«, sagte ich. »Ich sollte dann mal …«

»Wo genau werden Sie denn arbeiten?«, fragte er und kam noch einen Schritt näher. »Ich meine, in welchem Gewächshaus?«

»Ach, mal hier, mal da, nehme ich an«, antwortete ich verlegen.

Er nickte und streckte seine Hand aus. »Ich bin Desmond.« Seine grünen Augen funkelten.

»Flora«, erwiderte ich. Als ich seine Hand schüttelte, fiel meine Fahrkarte zu Boden.

Desmond bückte sich schnell und hob sie auf. »Ah, mal sehen, Sie sind also, auf dem …«

»Danke«, sagte ich und nahm ihm die Fahrkarte mit der Nummer meiner bescheidenen Kabine ab, die bestimmt weit entfernt von der Luxuskabine lag, in der er reiste. »Dann will ich mal.«

Ein Steward kam auf mich zu. »Darf ich Sie zu Ihrer Kabine begleiten, Miss?«

Ich nickte und schaute an dem gigantischen Ozeandampfer hoch.

»Bis bald«, sagte Desmond, lüpfte seine Mütze und ging auf die Treppe zu, die zum Oberdeck führte.

»Reisen Sie erster Klasse?«, fragte der Steward mit einem skeptischen Blick in Richtung der Treppe, über die Desmond verschwunden war.

»Nein«, sagte ich. »Ich glaube, ich – äh – reise in der dritten Klasse.«

Er machte ein grunzendes Geräusch, dann zeigte er auf einen anderen Steward, einen jüngeren Mann, der mich eine Treppe hinunterführte und dann noch eine, immer tiefer in den Schiffsbauch hinein. Wir gingen durch einen schäbigen, spärlich beleuchteten Korridor, bis er vor einer unscheinbaren Tür stehen blieb. »Ihre Kabine«, sagte er tonlos. Als er die Tür öffnete, erblickte ich ein Bett mit einer zerschlissenen Decke und einen kleinen Tisch, auf dem eine einzelne, halb verwelkte Chrysantheme in einer Vase mit trübem Wasser stand. Die Kabine war nicht größer als die Abstellkammer in unserer Bäckerei, aber ich freute mich so sehr, zum ersten Mal in meinem Leben ein Zimmer ganz für mich allein zu haben, dass sie mir vorkam wie eine Penthouse-Suite. Ich seufzte. »Danke«, sagte ich ein bisschen zu enthusiastisch. Der Steward nickte und ließ mich allein.

Ich drückte die Nase gegen das kleine Bullauge. Die

Scheibe beschlug sofort, und ich wischte sie mit dem Ärmel ab, bis ich den Pier draußen sehen konnte. Nach einer Weile ertönte eine Schiffssirene, dann begannen die Motoren zu dröhnen und zu rumpeln, und das Schiff legte so langsam ab, als widerstrebte es ihm, sich auf die Reise zu begeben. Doch dann nahm es Fahrt auf, und ich sah, wie die Stadt allmählich in einer Nebelbank verschwand.

Was hatte meine Mutter mir geraten? »Behalte deine Handtasche immer bei dir. Auf diesen Ozeanriesen gibt es Diebe.« *Wenn sie wüsste …*

Ich hatte Mr. Price versprochen, mich am Nachmittag mit ihm zu treffen. Ich verließ die Kabine und ging den mit blauem Teppich ausgelegten Korridor hinunter, bog um eine Ecke, dann um eine weitere. »Verzeihen Sie, Sir«, sagte ich schüchtern zu einem Besatzungsmitglied. »Könnten Sie mir bitte sagen, wie ich aufs Promenadendeck komme?«

Der Mann musterte mich grinsend. »Sie bevorzugen wohl die eleganteren Bereiche, was?«

Ich errötete. »Äh, ja … Ich meine, nein«, erwiderte ich verlegen. »Ich bin dort mit jemandem verabredet.«

Er zuckte mit den Schultern und zeigte auf die Treppe. »Lassen Sie sich nicht aufhalten.«

Ich fand Mr. Price auf dem Promenadendeck. Mit einer Handbewegung lud er mich ein, mich neben ihn zu setzen. »Schön, dass Sie gekommen sind«, sagte er, während er mich von oben bis unten musterte. »Sie haben Ihren Eltern doch nichts über unsere Vereinbarung erzählt, oder?«

Ich schüttelte den Kopf. Es gefiel mir nicht, dass er über meine Eltern sprach. »Natürlich nicht.«

»Gut«, sagte er und trank einen großen Schluck von seinem Martini. Als er das Glas auf dem Tisch vor uns abstellte, schwappte etwas von dem Getränk über. »Und auch sonst niemandem?«

Ich dachte an den jungen Mann, den ich eben kennengelernt hatte. Desmond. Doch ich beschloss, ihn nicht zu erwähnen. »Nein«, sagte ich.

Mr. Price nickte. »Ich sagte Ihnen ja bereits, dass Sie offiziell auf einem Landgut eine Stelle als Kindermädchen antreten werden. Aber ich habe Ihnen noch nicht erklärt, was genau Ihre eigentliche Aufgabe ist.«

Erwartungsvoll lauschte ich seinen Worten.

»Ich bin der Chef eines internationalen Rings von Blumendieben«, sagte er.

Ich war sprachlos. Der Anführer einer Räuberbande saß neben mir, als wäre er einem Roman entsprungen.

»Natürlich betrachten wir uns nicht direkt als Diebe«, sagte er mit einem unschuldigen Lächeln, als er mein entgeistertes Gesicht sah. »Wir *handeln* mit seltenen Blumen. Einige der wertvollsten Pflanzen in Ihrem geliebten Botanischen Garten in New York wurden von den Männern beschafft, mit denen ich zusammenarbeite. Blumen sind eine Ware wie jede andere auch. Wenn jemand bereit ist zu zahlen, dann sind wir bereit zu liefern.«

Ich nickte zögernd. Ich musste an all die Rosen, Lilien und seltenen Gardenien im Ostflügel denken – waren die alle auf unrechtmäßige Weise erworben, bei Nacht und Nebel in einem privaten Garten ausgegraben worden? Es kam mir so traurig vor, so unrecht. Meine Wangen glühten. »Aber wie nur können Sie …«

»Wir müssen nicht ins Detail gehen«, sagte er. »Überlassen Sie das Geschäftliche getrost mir. Sie brauchen nur zu wissen, dass ein Kunde einen bestimmten seltenen Baum im Visier hat, von dem er glaubt, dass er irgendwo auf dem Grundstück steht«, erklärte er. »Eine Kamelie. Er ist bereit, ein Vermögen dafür zu bezahlen, und Ihre Aufgabe ist es, den Baum zu finden.«

»Ich verstehe nicht recht«, sagte ich. »Ich soll einen *Baum* suchen? Könnte das nicht jeder?«

»Nein«, sagte er. »Es handelt sich um ein privates Anwesen, und es ist schwierig, auf das Grundstück zu gelangen – außer für Angestellte, die das Vertrauen der Eigentümer genießen.«

Ich nickte, aber mir war schrecklich flau.

»Hier.« Er zog einen zerknitterten Umschlag aus seiner Jackentasche, entnahm ihm ein Foto und reichte es mir. Selbst auf dem Schwarz-Weiß-Foto war zu erkennen, dass es sich bei der darauf abgebildeten Kamelie um ein Prachtexemplar handelte. Ich drehte das Foto um. Auf der Rückseite stand *Middlebury Pink.*

»So eine gab es früher im Königlichen Garten des Buckingham-Palasts«, fuhr Mr. Price fort. »Aber aus irgendeinem Grund wurden keine Samen aufbewahrt, und irgendwann ist der Baum verschwunden. Mein Kundschafter meint, das letzte bekannte Exemplar seiner Art könnte im Garten von Livingston Manor stehen.«

Ich betrachtete immer noch das Foto. »Wieso geht Ihr Kunde nicht einfach da hin und holt sich den Baum?«

»So einfach ist das nicht«, erwiderte Mr. Price mit einem amüsierten Grinsen. »Auf dem Anwesen gibt es mindestens hundert verschiedene Sorten Kamelien. Anscheinend hat die Kamelie eine sehr kurze Blütezeit.« Er zündete sich eine Zigarette an. »Da Sie im Haus von Lord Edward Livingston als Kindermädchen arbeiten werden, können Sie bleiben, bis die Kamelie blüht. Es ist die perfekte Tarnung. Niemand wird ein Kindermädchen verdächtigen – bis das Fehlen des Baums entdeckt wird, und bis dahin werden Sie längst über alle Berge sein.«

»Aber ich verstehe überhaupt nichts von Kindern«, sagte ich, plötzlich von Panik erfasst. »Wie stellen Sie sich das vor?«

»Machen Sie sich keine Gedanken«, sagte er. »Gewinnen Sie ihr Vertrauen, dann stellen Sie Ihre Untersuchungen an. Finden Sie sie und schreiben Sie mir.« Er gab mir eine Visitenkarte mit einer Londoner Adresse. »Rufen Sie mich nicht an. Man kann nie wissen, ob jemand mithört.«

Ich nickte. »Aber ich begreife das nicht. Was will dieser Mann mit dem Baum?«

Seine Augen wurden schmal, dann zuckte er die Achseln. »Was soll's«, sagte er. »Sie können es ruhig wissen.« Er gähnte. »Irgendein hohes Tier aus Nazi-Deutschland will ihn haben. Für seine Geliebte.«

»Aus Deutschland?«, wiederholte ich entsetzt. Mir drehte sich der Magen um. »Aber wie können Sie …? Und ich soll …? Ich kann doch nicht …«

»Hören Sie, Miss Lewis«, sagte er streng. »Was Sie tun sollen, ist nichts Unrechtes. Sie suchen den Baum, geben mir Bescheid, wenn Sie ihn gefunden haben, dann bekommen Sie Ihr Geld. Ganz einfach. Je schneller Sie ihn finden, umso besser. Den Rest überlassen Sie mir.«

»Aber …«

Er stellte sein Martiniglas ab und fischte eine Olive heraus. »Sie lieben doch Ihre Eltern, oder?«

Ich nickte. Ich musste daran denken, wie der Schuldeneintreiber meinen Vater blutig geschlagen hatte.

»Ja«, murmelte ich und wischte mir die Augen mit einem Taschentuch.

»Dann finden Sie die Kamelie.«

In meiner Kabine fand ich keine Ruhe. Schließlich hielt ich es nicht mehr aus und ging an Deck. Der Wind hatte aufgefrischt, aber ich verspürte keine Lust, nach unten zu gehen, um mir eine Jacke zu holen. Ich setzte mich auf der windgeschützten Leeseite des Schiffs auf eine Bank und nahm Zeichenblock und Bleistift aus meiner Handtasche. Ich dachte an die Kamelie, die ich finden sollte, und zeichnete ihre zarten, vollen Blüten und ihre großen, runden Blätter. Traute ich mir das wirklich zu?

»So sieht man sich wieder!« Als ich aufblickte, sah ich Desmond auf mich zukommen.

Hastig steckte ich den Zeichenblock in meine Handtasche. »Hallo«, sagte ich.

»Ist Ihnen nicht kalt?«, fragte er, als er sich neben mich setzte. »Hier.« Er gab mir seine Jacke. »Ziehen Sie die über.«

»Nein, danke«, sagte ich. »Ich mag die frische Luft.«

Er legte mir seine Jacke um die Schultern. Sie war schön warm.

»Ich bestehe darauf«, sagte er. »Meine Mutter hat mich dazu erzogen, nicht untätig zuzusehen, wenn eine junge Dame neben mir vor Kälte zittert.«

Ich versuchte, nicht zu wanken, als das Schiff zu stampfen anfing. »Die ersten Tage sind immer ein bisschen holprig«, sagte Desmond. »Aber danach wird es ruhiger.«

Ich nickte.

»Ich habe Sie vorhin auf dem Promenadendeck gesehen«, sagte er. »Ihr – Mann?«

Ich schüttelte den Kopf. »Nein, nein!«, antwortete ich bestimmt und hoffte, dass er nichts von unserem Gespräch mitbekommen hatte. »Er ist ein …«

»Ich – ich meine«, stotterte Desmond, »es geht mich natürlich nichts an, aber ich …«

»Ein Geschäftspartner.«

»Ah«, sagte Desmond. »Aus dem Botanischen Garten?«

»Ja«, sagte ich hastig. Die Sonne ging allmählich unter, und der Horizont färbte sich rot. »Leben Sie schon immer in London?«, fragte ich, um das Thema zu wechseln.

Desmond nahm seine Mütze ab und kratzte sich am Kopf. »Ja«, sagte er. »Das heißt, meistens wohne ich auf dem Land, aber mein Vater hat eine Wohnung in London.«

Ich versuchte, mir die Welt vorzustellen, aus der er kam – eine Welt, die so anders war als meine.

»Was haben Sie in Amerika gemacht?«, erkundigte ich mich.

Er glättete sich das blonde Haar. »Ach, nur ein paar geschäftliche Dinge erledigt.«

Ich nickte. Ich konnte nicht von ihm erwarten, dass er mir von seinem Leben erzählte, wenn ich es nicht tat.

Eine Weile gaben wir uns schweigend dem Schwanken des Schiffs hin, das uns wie eine Wiege schaukelte.

»Darf ich Ihnen etwas anvertrauen?«, fragte Desmond schließlich.

Ich schaute ihn an.

»Als ich in New York war, hätte ich mich um ein Haar entschlossen zu bleiben«, sagte er, den Blick auf den Horizont geheftet.

»Und warum haben Sie es dann doch nicht getan?«, fragte ich.

Er zuckte die Schultern. »Pflichtgefühl. Ich bin vor einem halben Jahr in die britische Armee eingetreten. Ich werde bald in den Krieg ziehen.«

»Oh«, sagte ich betroffen. In der Bäckerei hatte ich den Krieg verdrängen können, für mich hatte er nur in den Schlagzeilen der Zeitungen existiert. Aber jetzt? Jetzt stand er vor mir in einem grauen Anzug, mit Regentropfen auf den Schultern.

»In New York fühlte ich mich so frei, so unbeschwert«, fuhr Desmond fort. »Ich war in Versuchung, alles hinter mir zu lassen und einfach zu bleiben.« Er lächelte mich an. »Noch einmal ganz von vorne anzufangen, wissen Sie?« Er schüttelte den Kopf. »Aber ich muss zu Ende bringen, was ich angefangen habe.«

Ich dachte an die Kamelie, an all die Lügen, die ich demnächst würde erzählen müssen. »Ja, ich weiß, was Sie meinen.«

Plötzlich war vom Oberdeck her Musik zu hören. »Beinahe hätte ich's vergessen«, sagte Desmond. »Heute Abend findet der Willkommensball des Kapitäns statt. Haben Sie die Einladung gelesen?«

Mir wurde ganz heiß. Bestimmt hatte man den Passagieren der dritten Klasse keine Einladung unter der Tür hindurchgeschoben. »Ja«, sagte ich ein bisschen beschämt. Aber dann nahm Desmond meine Hand, und meine Verlegenheit war wie weggeblasen.

»Kommen Sie«, sagte er. »Lassen Sie uns zusammen hingehen.«

»Aber ich bin nicht passend angezogen«, entgegnete ich und betrachtete mein einfaches blaues Kleid. »Ich habe gar nichts Elegantes eingepackt.«

»Unsinn«, sagte er. »Sie sehen wunderbar aus. Außerdem müssen wir ja nicht reingehen, wenn Sie nicht wollen. Wir können in der Lobby ein Glas Champagner trinken und uns die Musik von dort aus anhören.«

»Ich, ich …«

»Also, abgemacht«, sagte er.

Damen in Abendrobe am Arm elegant gekleideter Männer gingen an uns vorbei. Ich fühlte mich fehl am Platz und fragte mich, was Mr. Price davon halten würde, wenn er mich hier sähe. Ich schaute mich um in der Hoffnung, ihn nicht im Ballsaal zu entdecken.

»Guten Abend, Sir«, sagte ein Steward zu Desmond, dann schaute er mich an. Ich meinte, Überraschung in seinen Augen zu sehen, versuchte jedoch, mich davon nicht beirren zu lassen. »Guten Abend, Madame«, sagte er zu mir. »Champagner?«

»Ja, bitte«, sagte Desmond, nahm zwei volle Gläser vom Tablett des Stewards und reichte mir eins.

Ich betrachtete die winzigen Bläschen, die in dem schmalen Glas tanzten und hüpften. Desmond trank einen Schluck, und ich tat es ihm nach. Es war das erste Mal, dass ich Champagner trank, und er schmeckte mir ausgezeichnet. Kaum hatte ich mein Glas ausgetrunken, erschien ein Steward mit einem neuen. Mir wurde ganz warm, und als Desmond vorschlug, nach draußen zu gehen, um ein bisschen frische Luft zu schnappen, war der Wind gar nicht mehr so schlimm wie vorher, vor allem, wo ich jetzt seine Jacke über den Schultern hatte.

Die Kapelle stimmte ein langsameres Stück an, und Desmond lächelte. »Möchten Sie tanzen?«

»Ja«, sagte ich. Ich fühlte mich leicht und unbefangen.

Desmond zog mich an sich, und wir drehten uns unter dem Sternenhimmel im Takt der Musik. Plötzlich zeigte Desmond nach oben. »Schauen Sie«, sagte er. »Der da versucht, mit uns Kontakt aufzunehmen.«

Ich lachte. »Ach, wirklich?«

»Ja«, sagte er. »Die Sterne haben eine eigene Sprache, wissen Sie. Wenn Sie aufmerksam hinschauen, können Sie sie lernen.«

»Also gut, Aristoteles«, sagte ich. »Was versucht dieser Stern uns denn zu sagen?«

Einen Moment lang schaute er in den Himmel und betrachtete das Funkeln des Sterns.

»Aha«, sagte er, nickte vor sich hin und schaute mich an. »Hatte ich's mir doch gedacht.«

»Sie wollen es mir also nicht verraten?«, fragte ich.

»Geht nicht«, antwortete er grinsend.

»Sie sind mir vielleicht einer«, sagte ich mit einem schelmischen Blick. Ich legte meinen Kopf an seine Brust, und eine Weile wiegten wir uns zur Musik, bis ich spürte, dass mir jemand auf die Schulter tippte.

Als ich mich umdrehte, stand Mr. Price vor mir.

»Verzeihen Sie, Miss Lewis«, sagte er besitzergreifend. »Es wird spät. Meinen Sie nicht, Sie sollten sich zu Bett begeben?«

Ich ließ die Arme sinken und trat einen Schritt von Desmond zurück. »Ich habe nur …«

»Miss Lewis«, sagte Mr. Price mit strengem Blick.

Ich wandte mich Desmond zu. Er wirkte verwirrt und besorgt. »Er hat recht«, sagte ich. »Es ist schon spät. Danke für den netten Abend.«

Desmond nickte, obwohl seine Enttäuschung nicht zu übersehen war, und ich folgte Mr. Price zu der mit blauem Teppich ausgelegten Treppe.

»Miss Lewis«, sagte Mr. Price, als wir vor meiner Kabinentür standen. »Ich schlage vor, dass Sie für den Rest der Fahrt für sich allein bleiben.«

»Ja, Sir«, sagte ich. Er wandte sich zum Gehen, und ich schaute ihm nach, bis er am Ende des langen Korridors um die Ecke verschwand. Als ich gerade meine Kabinentür aufschließen wollte, hörte ich ein *Pst!* hinter mir und fuhr herum.

Mir schräg gegenüber lugte eine Frau aus ihrer Kabine. Sie war ein paar Jahre älter als ich. »Verzeihen Sie«, sagte sie. »Kann ich kurz mit Ihnen sprechen?«

»Mit mir?«, fragte ich verwirrt.

Sie trat auf den Korridor und schloss die Tür hinter sich. »Ja«, sagte sie. »Es ist wichtig.«

Ich nickte. »Also gut.«

»Hier können wir nicht reden«, sagte sie. »Lassen Sie uns in Ihre Kabine gehen.«

Wir gingen hinein, und ich schloss die Tür.

»Sie arbeiten für Mr. Price, nicht wahr?«, sagte sie.

Ich schüttelte den Kopf. »Ich weiß nicht, was Sie meinen.«

»Sie brauchen sich nicht zu verstellen«, sagte sie. »Ich kenne ihn und weiß Bescheid. Ich habe früher ebenfalls für ihn gearbeitet.«

»Wirklich?«, fragte ich mit großen Augen.

»Ja«, sagte sie. »Ich habe gesehen, wie Sie sich auf dem Oberdeck mit ihm unterhalten haben, und ich habe mir gedacht, dass Sie eins von seinen neuen Mädchen sind.«

»Also, ich … Ja«, sagte ich schließlich. »Aber Sie verstehen das nicht. Ich muss das tun. Für meine Familie.«

»Das habe ich damals auch gedacht«, sagte sie mit einem wissenden Lächeln. »Aber es gibt auch noch andere Möglichkeiten.«

Ich schüttelte den Kopf. »Ich habe mich verpflichtet. Jetzt kann ich nicht mehr zurück.«

»Doch, das können Sie«, beharrte sie. »Denken Sie darüber nach. Sie sollten sich nicht mit diesem Mann einlassen, glauben Sie mir. Ich kämpfe immer noch darum, aus der Sache herauszukommen.«

Ich nickte.

»Ich heiße Georgia.«

»Ich bin Flora«, sagte ich.

»Erfreut, Sie kennenzulernen, Flora.« Sie legte die Hand auf den Türgriff. »Ich rate Ihnen, für den Rest der Reise in Ihrer Kabine zu bleiben. Sagen Sie dem Steward einfach, Sie wären krank, und lassen Sie sich die Mahlzeiten in die Kabine bringen. Je weniger Sie Mr. Price sehen, desto besser. Und wenn wir anlegen, können Sie in London untertauchen. Ich kann Ihnen helfen, das Geld für die Rückreise zusammenzubekommen.«

Ich dachte an Desmond, an meinen Vater und an die Männer, die meinen Vater zusammengeschlagen hatten. Georgias Plan kam mir ziemlich abwegig vor, doch ich nickte noch einmal. »Und bitte, wie auch immer Sie sich entscheiden, sagen Sie Mr. Price nichts davon, dass Sie mich gesehen haben.«

3

Addison

Ich spürte ein sanftes Rütteln an der Schulter. »Liebes«, flüsterte Rex mir ins Ohr. »Wir sind da.«

Ich wachte auf und schaute schläfrig aus dem Fenster des Taxis. Ich traute meinen Augen nicht. »Du hast mir nicht gesagt, dass deine Eltern den Buckingham-Palast gekauft haben!«

Rex grinste. »Ganz hübsch, was?«

»Hübsch ist ja wohl reichlich untertrieben«, sagte ich, unfähig, meinen Blick von dem Herrenhaus abzuwenden. »Es ist großartig!« Vor uns erhob sich ein prächtiges dreistöckiges Gebäude. Sorgfältig beschnittenes Efeu bedeckte das alte Gemäuer. An einem Dachfenster meinte ich zu sehen, wie sich kurz die Vorhänge bewegten. Ich schaute Rex an. »Hattest du nicht gesagt, das Haus steht leer?«

»Na ja«, sagte Rex und stieg aus dem Wagen, »bis auf die Haushälterin, die hier wohnt.« Er lächelte. »Mein Vater hat sie übernommen, als er das Anwesen gekauft hat. Sie gehört anscheinend zum Inventar.«

»Ach so«, sagte ich, rutschte über die Sitzbank und ließ mir von ihm aus dem Auto helfen. Kies knirschte unter meinen Füßen.

»Wollen wir reingehen?«, fragte Rex. Er ließ sich vom Taxifahrer die Koffer reichen und ging voraus.

Der Fahrer räusperte sich. Ich drehte mich um. »Oh, Verzeihung«, sagte ich. »Hat mein Mann vergessen zu bezahlen?«

»Nein, Madam«, erwiderte er, nahm seine Mütze ab und rieb sich die Stirn, während er nervös das Haus betrachtete. »Es ist nur … Also, Sie wissen doch Bescheid über den alten Kasten, oder?«

Ich runzelte die Stirn. »Was meinen Sie?«

Rex war schon zu weit vorgegangen, um das Gespräch zu hören.

»Meine Mutter ist ziemlich abergläubisch«, sagte er, trat einen Schritt näher und schaute an der steinernen Fassade hoch. »Sie sagt, es ist das einzige Haus in ganz Clivebrook, in das sie niemals einen Fuß setzen würde.« Er schüttelte den Kopf, ohne seinen Blick von dem Gebäude abzuwenden. »Na ja«, sagte er, legte einen Finger an seine Mütze und lächelte schüchtern. »Ich möchte Sie nicht beunruhigen.«

»Was wollte der Mann?«, fragte Rex, als ich ihn einholte.

»Seine Mutter glaubt, dass es in dem Haus spukt«, sagte ich, während ich die zwei Löwenstatuen betrachtete, die rechts und links vom Eingang standen.

»So, so, es spukt also hier.« Rex stieg die Stufen hoch, drehte sich abrupt um und machte »Buh!«

Ich zuckte zusammen. »Lass das!«, rief ich.

Rex stellte die Koffer ab und nahm mich in die Arme. »Alles in Ordnung, Addie?«, fragte er und schaute mich mit ernster Miene an.

»Natürlich«, erwiderte ich heftiger als beabsichtigt. »Wieso?«

»Du wirkst in den letzten Tagen ein bisschen schreckhaft.«

»Tut mir leid«, sagte ich. »Ich habe einfach den Kopf so voll. Es war ziemlich stressig, vor der Reise alles zu regeln.«

Er rieb seine Nase an meiner. Er hatte mich schon immer mit Leichtigkeit durchschaut. Wie zum Beispiel an dem Tag, als ich von der Arbeit nach Hause kam und mich unwohl fühlte. »Du bekommst eine Migräne«, hatte er gesagt. Ich fragte ihn, woher er das wisse, aber er zuckte nur mit den Schultern. »Deine Augen verändern sich, kurz bevor du eine bekommst.«

Doch jetzt schnürte es mir die Brust ein. Ich musste an die Anrufe denken, musste an *ihn* denken. Trotzdem rang ich mir ein Lächeln ab.

»Du bist lieb«, sagte ich. »Aber es ist alles in Ordnung. Wirklich. Ich bin glücklich, hier zu sein.« Ich nahm seine Hand. »Mit dir.«

Er küsste liebevoll mein Handgelenk, aber sein Blick war sorgenvoll.

Plötzlich stand wie aus dem Nichts eine alte Frau vor uns. Ihr dünnes, weißes, kinnlanges Haar hatte sie hinter die Ohren geschoben. Ihr Gesicht war verhärmt und hohlwangig, die dunklen Augen lagen tief in ihren Höhlen. Sie trug ein dunkelblaues Kleid mit Ärmeln, die an den Schultern leicht gebauscht waren, und darüber eine blütenweiße, gestärkte Schürze. Sie hatte die Hände vor dem Bauch gefaltet. »Willkommen auf Livingston Manor«, sagte sie mit monotoner Stimme. Ihre dünnen Lippen verzogen sich kurz zu einem gezwungenen Lächeln.

»Danke«, sagte Rex und streckte ihr seine Hand entgegen. »Ich bin Rex Sinclair, und das ist meine Frau Addison. Sie sind sicher Mrs. Dilloway? Mein Vater sagt, Sie arbeiten hier schon seit den Dreißigerjahren. Wirklich sehr beeindruckend.«

»Ja«, erwiderte die Frau kurz angebunden. Während sie

mich neugierig musterte, fragte ich mich, wie ich wohl gegenüber den Frauen abschnitt, die das Herrenhaus vor vielen Jahren besucht hatten, zweifellos überaus elegant gekleidete und tadellos frisierte Damen. Ich biss ein Stückchen Nagelhaut von meinem linken Daumen ab. Ich wünschte, ich hätte daran gedacht, vor unserer Ankunft ein bisschen Lippenstift aufzulegen.

Rex nickte. »Arbeiten nur Sie hier im Haus?«

»Nein, außer mir arbeiten hier noch die Köchin Mrs. Klein und der junge Mann, den ich hin und wieder kommen lasse, um den Garten zu pflegen«, sagte sie. »Ach ja, und die junge Frau, die samstags kommt, um mir mit der Wäsche zu helfen«, fügte sie mit einem strengen Blick in meine Richtung hinzu.

Rex zertrat eine Ameise, die im Kies herumkrabbelte, dann sah er Mrs. Dilloway an. »Mein Vater hat mir gesagt, dass es Ihr Wunsch war hierzubleiben. Nun, das werden wir selbstverständlich akzeptieren, aber ich möchte betonen, dass meine Frau und ich das Haus auch allein in Ordnung halten können«, sagte er. »Wenn Sie also den Sommer über freinehmen wollen, haben wir nichts dagegen.« Ich wusste, was Rex meinte. In ihrem Alter sollte sie Rente beziehen, anstatt Bettwäsche zu wechseln.

»Mr. Sinclair«, erwiderte sie steif, »Livingston Manor ist mein Zuhause, und das wird es immer bleiben. Ich bitte Sie also, meinen Wunsch zu respektieren, weiterhin in diesem Haus im Dienst zu bleiben.«

Rex nickte. »Dann wäre das geklärt.«

Mrs. Dilloway atmete tief aus. »Gehen wir hinein.«

Mein Handy vibrierte in meiner Jackentasche, doch ich ignorierte es.

4

Flora

11. April 1940

Als ich am zweiten Tag der Überfahrt seekrank auf dem Bett lag, klopfte es an meine Kabinentür.

»Ja?«, rief ich, zu schwach, um aufzustehen. Wahrscheinlich war es nur ein Steward, der mir das Frühstück brachte. Meinetwegen konnte er das Tablett über die Reling kippen. Ich hatte mich noch nie so elend gefühlt, und die Aufgabe, die vor mir lag, setzte mir ebenfalls zu.

»Flora?« Ich erkannte Georgias Stimme durch die Tür.

Ich richtete mich auf. Sofort begann sich alles zu drehen, sodass ich mich am Nachttisch festhalten musste. Als ich mich wieder gefangen hatte, fuhr ich mir mit den Fingern durchs Haar.

»Flora, sind Sie da?«

Ich betrachtete mein Gesicht in dem ovalen Spiegel an der Wand. Ich war schrecklich blass. Ich hatte mir noch gar nicht die Mühe gemacht, mich anzuziehen. Georgia klopfte noch einmal, diesmal lauter, drängender.

»Einen Moment«, rief ich und nahm meinen rosafarbenen Morgenmantel vom Haken. Dann drehte ich den Knauf und spähte durch den Türspalt.

»Gott sei Dank«, sagte Georgia. »Ich hatte mir schon Sorgen gemacht.« Sie schob sich an mir vorbei in die Kabine.

Sie schaute mich an, als sähe sie mich zum ersten Mal. »Geht es Ihnen gut?«

»Nein«, antwortete ich verärgert.

»Ich dachte, Sie hätten vielleicht gern ein bisschen Lesestoff.«

»Ja«, sagte ich. »Ich starre schon viel zu lange die Wand an.«

»Hier – das möchte ich Ihnen schenken«, sagte sie und drückte mir ein edel wirkendes, in dunkelblaues Leder gebundenes Buch in die Hand. Ich betrachtete den Rücken. *Die Jahre* von Virginia Woolf.

»Es wird Ihnen sicher gefallen«, sagte Georgia. »Ich habe es auf meiner ersten Reise von New York nach London gelesen.«

»Mir ist alles recht, was mich von meiner Seekrankheit ablenkt, danke«, erwiderte ich.

Ich schlug das Buch auf. *»Es war ein ungewisser Frühling«*, lautete die erste Zeile. Das stimmte allerdings.

14. April 1940

Da es für mich nichts anderes zu tun gab, hatte ich das Buch am letzten Tag der Reise ausgelesen, und erst als ich es zuklappte, fiel mir die Widmung auf, die Georgia vorne in den Buchdeckel geschrieben hatte: *»Flora, in Wahrheit wissen wir immer, was das Richtige ist. Das Schwere ist, es auch zu tun. Alles Liebe – Georgia.«*

Ich steckte das Buch in meine Handtasche. Während ich meinen Koffer packte, wurde mir bewusst, wie sehr ich mich im Lauf der Reise verändert hatte. In New York hatte ich immer gewusst, was richtig war und was falsch. Aber jetzt?

Trotz Georgias Drängen begann ich zu ahnen, dass es nicht nur Schwarz und Weiß gab, dass das Leben vielmehr aus vielen Grautönen bestand. Es widerstrebte mir zutiefst, die mir zugedachte Aufgabe zu erfüllen, aber ich hatte mich nun einmal verpflichtet. Meinen Eltern zuliebe. Und jetzt, wo ich schon so weit gegangen war, gab es kein Zurück mehr, auch wenn Georgia da anderer Meinung war.

Ich zog mir den Hut tief in die Stirn und verließ die Kabine. Zuerst holte ich mir an der Rezeption meine Zugfahrkarten, dann ging ich zum Ausstiegsdeck. Mr. Price hatte mir ein Taxi bestellt, das mich zum Bahnhof bringen würde, wo ich in den Zug nach London steigen sollte. Von dort würde mich ein Taxi zu dem Anwesen in Clivebrook bringen. Zu gern hätte ich Desmond noch einmal gesehen, hatte mich jedoch an Mr. Price' Rat gehalten und war in meiner Kabine geblieben.

Ich fragte mich, ob Desmond wohl nach mir Ausschau gehalten hatte. Aber es hatte keinen Zweck, an ihn zu denken. Ich war hier, um einen Auftrag zu erfüllen. Ich würde ihn nie wiedersehen.

Ich war froh, Georgia nicht im Zug von Liverpool nach London anzutreffen. Mein Entschluss stand fest. Wir fuhren durch eine Nebellandschaft. Ich lächelte der jungen Mutter mir gegenüber zu, die gerade einen Laib Brot aus ihrer Tasche genommen hatte. Sie brach ein Stück ab und reichte es ihrem kleinen Sohn, der neben ihr saß. Er trug eine Schirmmütze und eine Latzhose und steckte sich das Stück Brot gierig in den Mund. Die junge Frau hielt das Brot hoch. »Wollen Sie auch ein Stück, Miss?«

Mir fiel der Flicken an ihrem Ärmel auf. Ich schüttelte lächelnd den Kopf. »Nein, danke. Das ist sehr freundlich von

Ihnen, aber ich habe keinen Hunger. Ich habe schon auf dem Schiff gefrühstückt.«

Der kleine Junge strahlte mich an. Was würden sie denken, wenn sie wüssten, was für ein Mensch ich war? Wenn sie wüssten, dass ich in ihr Land gekommen war, um einen Diebstahl zu begehen? Ich biss mir auf die Lippe. Nun, ich würde eigentlich keinen Diebstahl begehen. Mr. Price hatte gesagt, ich sollte lediglich die seltene Kamelie ausfindig machen und ihm dann Bescheid geben. Das war etwas anderes, redete ich mir ein. Und doch wuchsen die Schuldgefühle in mir wie ein Krebsgeschwür.

In London angekommen, trat ich mit meinem Koffer hinaus auf die Straße. Meine Beine fühlten sich bleischwer an. Ich nahm den Zettel mit der Adresse aus meiner Handtasche. Livingston Manor, 11 Westland Drive, Clivebrook. *Es war so weit.*

Ein Taxi hielt neben mir. »Taxi gefällig, Miss?«, rief der Fahrer aus dem Fenster.

Ich bemühte mich zu lächeln. »Ja«, sagte ich und warf einen Blick auf den Zettel in meiner Hand. »Können Sie mich nach Clivebrook bringen?«

»Aber sicher doch, Miss«, sagte er und stieg aus, um meinen Koffer einzuladen.

Im Taxi legte ich den Kopf an die Rückenlehne und seufzte. Dann nahm ich den Umschlag mit dem Foto der seltenen Kamelie aus meiner Handtasche.

Der Fahrer startete den Motor und fuhr an. Im nächsten Moment trat er auf die Bremse. »Miss«, sagte er, während er in den Rückspiegel schaute. »Kennen Sie den Mann?«

»Wen?«, fragte ich und drehte mich um.

Desmond stand auf dem Gehweg und wedelte mit den

Armen. Er musste gesehen haben, wie ich ins Taxi gestiegen war. Er wirkte ein bisschen traurig, wie er da stand. Am liebsten wäre ich aus dem Taxi gesprungen und zu ihm gelaufen. Aber was hätte ich ihm sagen sollen? Und wenn ich ihm die Wahrheit sagte, was würde er dann von mir denken?

»Soll ich zurückstoßen, Miss?«, fragte der Fahrer.

»Nein«, sagte ich. Ich winkte Desmond zu und machte ein bedauerndes Gesicht.

»Nein«, sagte ich noch einmal, »bitte, fahren Sie weiter.«

»Wie Sie wünschen, Madam«, sagte er und trat aufs Gaspedal.

5

Addison

Mrs. Dilloway führte uns die Treppe hoch in eine geräumige Suite mit Blick auf den Garten. »Das waren die Privaträume von Lord Livingston«, sagte sie. »Nach seinem Tod wurden sie natürlich für Lord Abbott neu eingerichtet.« Mit wehmütigem Blick fuhr sie mit der Hand über die dunkle Holztäfelung, zog sie jedoch dann hastig zurück. »Handtücher finden Sie im Bad«, fuhr sie fort. »Soll ich Mrs. Klein anweisen, Ihnen ein Mittagessen zu servieren?«

»Nein danke«, sagte Rex. »Wir haben in London einen Happen gegessen.«

Ich trat an eins der Fenster und betrachtete eine Baumgruppe. Hier und da lugten Farbkleckse aus dem grünen Blattwerk hervor, pink, rot und weiß. Der Effekt war überwältigend. »Also dann«, sagte Mrs. Dilloway und wandte sich zum Gehen.

»Warten Sie«, sagte ich. »Diese Bäume da draußen. Sie sind wunderschön. Das sind doch Kamelien, oder?«

Mrs. Dilloway schürzte die Lippen. »Ja.«

»Ich habe noch nie so viele auf einmal gesehen«, sagte ich und schaute noch einmal aus dem Fenster, um sie zu bewundern. Ihre Blütezeit war natürlich schon vorbei. Einige blühen früher, andere später, aber die meisten Kamelien blühen zu Beginn des Frühlings, wenn die Luft noch kühl ist. Die wenigen verbliebenen Blüten ließen die Blütenpracht in der Hochsaison erahnen – wie die gemalten Rosen der Königin in *Alice im Wunderland.*

»Brauchen Sie mich noch?«, fragte Mrs. Dilloway knapp. Sie war eindeutig nicht der gesprächige Typ.

»Nein, danke«, sagte ich und wandte mich wieder dem Fenster zu.

Ich spürte Rex' Hand an meiner Hüfte. Er zeigte auf das Mahagonibett mit dem ordentlich glatt gestrichenen Federbett und grinste schelmisch. »Jetzt sind wir die Hausherren.«

Ich schob seine Hand weg. »Nicht jetzt, Schatz«, sagte ich schnell. »Wir müssen doch erst mal alles auspacken.«

»Ach so«, sagte er gekränkt. Er setzte sich aufs Bett und nestelte an seinem Hemdkragen.

Egal, wie glücklich wir waren und wie sehr wir uns liebten, etwas stand immer zwischen uns: die Tatsache, dass Rex Kinder wollte und ich nicht.

Ich rang mir ein Lächeln ab. »Und wie stellst du dir das vor?«, fragte ich und küsste ihn auf die Wange. »Jetzt, wo diese Haushälterin hier herumschleicht? Heute Abend vielleicht?«

Rex lächelte wieder.

»Dieses Haus ist perfekt für deine Recherchen«, sagte ich, um das Thema zu wechseln. »Hast du die gruselige alte Hintertreppe gesehen, als wir raufgekommen sind?«

»Ja«, sagte er. »Wahrscheinlich der ehemalige Dienstbotenaufgang.«

Ich nickte. »Genau wie in diesen alten Fernsehkrimis, wo der Mörder über eine dunkle Hintertreppe entkommt.«

»Irgendwie fühlt man sich wirklich ein bisschen an Alfred

Hitchcock erinnert, findest du nicht?« Er legte sein Jackett auf einem Sessel ab. »Ich kann es kaum glauben, dass meine Eltern das Haus für einen Apfel und ein Ei gekauft haben – komplett eingerichtet.«

»Was weißt du über die Geschichte dieses Hauses?«, fragte ich, während ich das Porträt eines gut aussehenden, aber streng dreinblickenden Mannes betrachtete. »Wie merkwürdig, dass eine Familie alle ihre Erbstücke verkauft.«

Rex zuckte die Schultern. »Meine Mutter sagt, Lord Livingston ist in den Sechzigerjahren gestorben, und Mrs. Dilloway ist geblieben, um sich um einen seiner Söhne zu kümmern. Der arme Kerl litt an den Folgen irgendeiner Kinderkrankheit. Über die Jahre ist es immer schlimmer geworden.«

»Und dann ist er gestorben?«

»Ja«, sagte Rex. »Letztes Jahr. Da hat die Familie das Haus dann zum Verkauf angeboten. Meine Mutter fand die ganze Transaktion äußerst seltsam. Der Anwalt, der das Anwesen verwaltete, bestand darauf, dass alle Möbel und Gemälde – einfach alles – im Haus verbleiben mussten.«

»Komisch«, sagte ich, während ich mit dem Finger über die Kante des Beistelltischs aus Mahagoni fuhr. »Man sollte doch meinen, dass die Familie wenigstens an einigen Erinnerungsstücken hängen würde.«

»Anscheinend nicht«, sagte Rex. »Mein Vater hat irgendwas über einen der Erben erwähnt.« Er kratzte sich den Kopf, als versuchte er, sich an Einzelheiten zu erinnern. »Der Mann hatte, als sein Vater starb, schon seit Jahren keinen Kontakt mehr mit ihm gehabt. Es ging wohl um irgendeine Familienfehde.«

Mir fiel wieder ein, was der Taxifahrer über das Haus

gesagt hatte. »Rex, glaubst du, hier ist irgendetwas Schlimmes passiert?«

»Wer weiß?«, sagte er grinsend. »Vielleicht hat die Haushälterin einen Stapel Leichen im Keller versteckt.«

»Schsch«, machte ich. »Nachher hört sie dich noch.« Ich begann, meine Sachen aus dem Koffer zu nehmen und sie in die Kommode an der hinteren Wand zu legen. »Außerdem tut sie mir ein bisschen leid. Stell dir vor, du müsstest mit über achtzig Jahren noch solche Arbeiten verrichten.«

Rex zuckte die Schultern. »Mein Vater hat ihr eine großzügige Abfindung angeboten, als er das Haus gekauft hat, aber sie hat darauf bestanden zu bleiben«, sagte er.

Ich schaute mich im Zimmer um, betrachtete die antiken Möbel, den kristallenen Kronleuchter an der Decke. »Sie fühlt sich wahrscheinlich auf eine irrationale Art verantwortlich für diesen Ort.«

Rex legte den Kopf schief. »Oder sie verbirgt irgendetwas.« Er nahm sein Notizheft heraus und schrieb sich etwas auf. »Das würde doch Sinn ergeben. Warum sonst sollte jemand mehr als ein halbes Jahrhundert lang in Diensten bleiben wollen, selbst nachdem alle Familienmitglieder entweder gestorben oder fortgezogen sind? Das ist Stoff für einen Roman.«

»So gefällst du mir«, sagte ich. Er hatte meine Neugier geweckt. Ich ging ans Fenster, von dem aus man einen guten Blick auf die Hügel und den Park hatte. Plötzlich überkam mich ein Anflug von Heimweh. Mir würden die Lupinen, die Astern und seltenen Mohnarten fehlen, die ich vor einigen Monaten in unserem winzigen Garten in New York ausgesät hatte. Sie würden eine Symphonie der Schönheit und Farbenpracht sein für … die Eichhörnchen.

Ich setzte mich an die Frisierkommode und kämmte mir das Haar. Ich hatte so hart daran gearbeitet, meine Vergangenheit geheim zu halten, und jetzt knurrte sie bedrohlich wie ein tollwütiges Tier in einem Käfig. Ich drehte meinen Ehering an meinem Finger.

»Ich glaube, ich spring mal eben unter die Dusche«, sagte Rex, während er in seinem Koffer herumkramte. »Mist, hast du zufällig meinen Rasierapparat eingepackt?«

»Nein«, sagte ich.

»Na schön. Dann fahre ich kurz in die Stadt und besorge mir Rasierzeug. Brauchst du irgendwas?«

»Nein«, sagte ich. »Das heißt, doch – Schokolade. Ich brauche Schokolade.«

Grinsend nahm Rex sein Jackett. »Bis gleich«, sagte er.

Nachdem er gegangen war, betrachtete ich mich in dem riesigen, goldgerahmten Spiegel im Ankleidezimmer und fragte mich, wie viele Komtessen und Gräfinnen hier ihr Spiegelbild bewundert hatten – zweifellos perfekt frisiert, mit Korsett und in kostbare Spitzen gehüllt. Der Anblick meines ausgebeulten grauen Sweatshirts und den schwarzen Leggins trieb mir fast die Schamesröte ins Gesicht. Da war sie wieder, die tief sitzende Angst, die mich seit meiner Kindheit begleitete, die Stimme, die flüsterte: *Du bist nicht gut genug.*

Ich schob die düsteren Gedanken beiseite, schnappte mir die Fernbedienung, schaltete den Fernseher ein und sah mir auf CNN die Nachrichten an. Erneute Unruhen im Nahen Osten. Im Irak ein Hubschrauber abgeschossen. Hastig schaltete ich den Fernseher wieder aus und trat an das große Fenster, von dem aus man den Park überblickte. Ich schob die gelben, in perfekte Falten gelegten schweren Leinenstores zur Seite. Lydias Innenarchitektin, die erst kürzlich die Londoner Wohnung von Starköchin Nigella Lawson eingerichtet hatte, hatte ihr dazu geraten, den traditionellen Stil des alten Hauses beizubehalten, und ich war froh, dass meine Schwiegermutter ihren Rat befolgt hatte. Sie war die Tochter eines Bauunternehmers und hatte sich das Haus als Wochenenddomizil gekauft. Aber ihre ursprüngliche Absicht, das Gebäude zu entkernen und ihm eine luftige, minimalistische Note zu geben, schien mir nicht angebracht. Das wäre etwa so, als würde man um ein Gebäude von Frank Lloyd Wright einen weißen Bretterzaun ziehen. Zum Glück hatte sie sich diese übertriebenen Umbaumaßnahmen ausreden lassen. Trotzdem waren Renovierungsarbeiten geplant. Rex hatte mir erzählt, dass ein Architekt bereits Pläne erstellt hatte. Ich hoffte, dass die Pläne vorsahen, den Charakter des Hauses zu erhalten – und den der Gartenanlagen.

Rex stand in der Einfahrt neben einem Oldtimer. Wahrscheinlich ein Rolls-Royce. Sein Vater sammelte Rolls-Royce, und Rex hatte sich gefreut, einen davon in der Garage vorzufinden. Als ich sah, wie eine Frau auf Rex zuging, beugte ich mich vor, um besser sehen zu können. Sie trug eine Sonnenbrille und das blonde Haar zu einem Pagenkopf geschnitten. Ich beugte mich noch weiter vor. Wer war sie? Sie sprach Rex an. Er schüttelte den Kopf, den Blick auf das Haus gerichtet. Sie unterhielten sich noch kurz, dann reichte sie Rex einen großen Umschlag und ging zu einem blauen Cabriolet, das in der Einfahrt stand. Rex stieg in den Oldtimer. Beide ließen gleichzeitig den Motor an. Ich legte eine Hand an die Fensterscheibe und schaute zu, wie sie wegfuhren. Wahrscheinlich war die Frau irgendeine Hausangestellte.

Nachdem ich eine halbe Stunde darauf gewartet hatte, dass Rex zurückkam, ging ich nach unten. Mrs. Dilloway hatte uns eine Hausführung angeboten, aber wo war sie jetzt? Das Ticken einer alten Wanduhr durchbrach die Stille des Hauses. Ich durchquerte die Eingangshalle, ging an kunstvollen Wandvertäfelungen, Schnitzereien und Gemälden von ländlichen Szenerien vorüber, und betrat einen Raum im Ostflügel. Mein Blick fiel auf einen Schrank neben einem Fenster. Die Türen waren mit floralem Schnitzwerk versehen. Ich zog an einem der gläsernen Knäufe, um ihn zu öffnen, aber die Tür klemmte. Ich versuchte es noch einmal, energischer. Plötzlich hielt ich den Knauf in der Hand. Hinter mir räusperte sich jemand.

Ich lief hochrot an, als ich mich umdrehte und Mrs. Dilloway gegenüber sah. »Hallo«, sagte ich schuldbewusst. »Ich habe nur den schönen Schrank bewundert. Ich fürchte, ich habe den Knauf kaputt gemacht. Es tut mir furchtbar leid, bestimmt kann man ...«

»Geben Sie ihn mir«, sagte Mrs. Dilloway ungerührt. Sie nahm mir den Knauf aus der Hand und verstaute ihn in ihrer Schürze. »Ich werde das reparieren lassen.«

»Tut mir leid«, sagte ich noch einmal.

»Nicht weiter tragisch«, erwiderte sie, aber ihr Gesicht sagte etwas anderes. Sie traute mir nicht. Es gefiel ihr nicht, dass ich im Haus herumschnüffelte und Schranktüren öffnete, die geschlossen zu bleiben hatten. »Würden Sie sich jetzt gern das Haus ansehen?«, fragte sie mit Blick zum Treppenhaus.

»Ja«, sagte ich. »Aber vielleicht sollten wir auf Rex, meinen Mann, warten. Er würde sich uns bestimmt gern anschließen.« Ich trat ans Fenster. »Möchte wissen, was ihn so lange aufhält«, sagte ich ein bisschen verärgert. »Er wollte sich nur ein Rasierzeug besorgen.«

»Oh«, sagte Mrs. Dilloway. »Ihr Mann hat angerufen, um Bescheid zu sagen, dass er in zwei Stunden zurück sein wird. Er hat – wie sagte er noch? – etwas Geschäftliches zu erledigen.«

»Etwas Geschäftliches?« Ich schüttelte den Kopf. Was in aller Welt sollte er in der Stadt zu erledigen haben, nachdem wir gerade erst angekommen waren? »Das verstehe ich nicht. Hat er Ihnen irgendetwas Genaueres gesagt?«

»Nein«, antwortete Mrs. Dilloway. Sie sah mich neugierig an und faltete wieder die Hände vor dem Bauch wie bei unserer Ankunft.

»Das ergibt überhaupt keinen Sinn«, murmelte ich vor mich hin. »Warum hat er mich nicht selbst angerufen?« Ich nahm mein Handy aus der Tasche, stellte jedoch fest, dass der Akku leer war.

Als ich Mrs. Dilloway zur Tür folgte, blieb ich abrupt vor einem Regal stehen. Mir war eingefallen, dass ich mein Buch im Flugzeug liegen gelassen hatte. »Ich würde mir gern etwas zum Lesen mitnehmen«, sagte ich. »Natürlich nur, wenn Sie nichts dagegen haben.«

»Natürlich nicht«, antwortete sie.

Ich nahm ein in blaues Leder gebundenes Buch aus dem Regal und las den Titel auf dem Buchdeckel. *Die Jahre* von Virginia Woolf. »Das ist ja ein Ding«, sagte ich. »Meine Assistentin Cara hat mir empfohlen, dieses Buch zu lesen, wenn ich in England bin. Sie meint, die Figuren in dem Roman seien genau die Art Leute, die in so einem Haus gelebt hätten.« Ich folgte Mrs. Dilloway in die Eingangshalle. Unsere Blicke begegneten sich. Ein Lächeln huschte über ihr Gesicht.

»Was ist?«, fragte ich. Ich fürchtete, etwas Falsches gesagt zu haben.

»Nichts«, sagte sie. »Ihr amerikanischer Akzent – ich hatte den Klang fast vergessen.« Sie wirkte leicht amüsiert. »Sie erinnern mich an jemanden, der vor langer Zeit einmal hier gewohnt hat.«

6

Flora

»So, da wären wir«, sagte der Fahrer, als wir in Clivebrook ankamen. »Wie lautete noch die genaue Adresse, Miss?« Die Stadt war kleiner, als ich erwartet hatte, mit ein paar Läden entlang der Hauptstraße und einem Brunnen auf dem Marktplatz. Eine grüne Markise fiel mir auf. Auf dem Schild an der Tür stand *Harold's Bakery*. Mir knurrte der Magen.

»Ich glaube, ich steige hier aus«, sagte ich. »Dann kann ich mir da drüben einen Happen zu essen holen.«

»Kein Problem«, sagte der Fahrer.

Ich bezahlte das Taxi. Bevor ich die Bäckerei betrat, warf ich einen Blick auf die seltsamen Gebäckstücke im Schaufenster.

»Guten Tag«, begrüßte mich eine ältere Frau, die hinter der Theke stand.

»Guten Tag«, erwiderte ich.

»Sie kommen von außerhalb?«

»Ja«, sagte ich. »Ich komme aus New York.«

»Meine Güte!«, stieß die Frau hervor und drehte sich um. »Harold!«, rief sie ins Hinterzimmer. »Komm mal raus!«

Einen Augenblick später erschien ein untersetzter Mann mit einem runden Bauch. Er lächelte mich freundlich an.

»Sie ist aus New York«, sagte die Frau. »Ach, wenn Elsie nur hier wäre. New York, das war doch immer ihr Traum.« Sie zeigte auf ein gerahmtes Foto an der Wand, das über einer Schüssel mit Kuchenglasur hing. »Unsere Tochter. Sie ist vor vier Jahren verschwunden. Die Polizei glaubt, sie ist mit einem Mann nach London durchgebrannt.« Sie schüttelte ernst den Kopf. »Aber so etwas würde sie nie tun. Nicht unsere Elsie.«

»Ach, das tut mir leid, das mit ihrer Tochter«, sagte ich.

Die Frau lächelte wieder. Sie schaute ihren Mann liebevoll an. »Jetzt rede ich schon wieder von ihr. Dabei hatte ich mir doch vorgenommen, das nicht mehr zu tun. Es bringt nichts, immer in der Vergangenheit herumzuwühlen. Das würde Elsie nicht wollen.« Sie betrachtete das Foto an der Wand. Das Gesicht der jungen Frau wurde von blonden Locken eingerahmt. Sie sah aus wie ein Engel.

»Und, was führt Sie ausgerechnet hierher nach Clivebrook, Miss?«

Ich lächelte unsicher. »Ich – bin nur zu Besuch.«

»Na, dann wünsche ich Ihnen einen angenehmen Aufenthalt«, sagte die Frau und reichte mir ein Aprikosenteilchen.

»Danke«, sagte ich und verabschiedete mich. Draußen hatte der Wind zugenommen, und ich knöpfte meine Jacke zu. Ich musste an meine Eltern denken. Sie fehlten mir jetzt schon. Wenn mir etwas zustieße, würden sie dann auch ein Foto von mir in ihrer Bäckerei aufhängen?

Ich ging zum Bahnhof. Ein Fahrer in schwarzem Anzug und mit Tweedmütze stand an sein Taxi gelehnt. Er zog eine Taschenuhr heraus und ließ sie an der Kette schwingen. »Na, wohin soll's denn gehen?«, fragte er, als ich mich ihm näherte.

Ich betrachtete den Zettel, den Mr. Price mir gegeben hatte. Selbst jetzt, wo ich bereits angekommen war, war mir immer noch nicht wohl bei dem Gedanken, mich auf seinen Plan einzulassen. »Livingston Manor«, sagte ich schließlich. Die Worte klangen kalt und fremd, als sie aus meinem Mund kamen.

Der Mann hob die Brauen und musterte mich neugierig. »So, so, zum Herrenhaus also?«

»Ja«, sagte ich.

»Amerikanerin?«, fragte er belustigt.

»Ja.«

»Und was verschlägt eine hübsche junge Frau wie Sie nach Livingston Manor?«

»Eine Stelle«, antwortete ich steif. Sein arroganter Ton gefiel mir nicht.

»Na, dann hoffe ich mal, dass die Herrschaften Sie gut bezahlen«, sagte er mit einem Schniefen. »Mir müsste man schon eine Menge Kohle bieten, eh ich da arbeiten würde, nach allem, was da passiert ist.«

»Was meinen Sie damit?«

»Die Hausherrin ist letztes Jahr gestorben«, sagte er, beugte sich vor und fügte flüsternd hinzu: »Irgendwas stimmt da nicht.« Er schüttelte den Kopf. »Mein Bruder ist Handwerker«, fuhr er fort. »Im Februar war er dort, um im ersten Stock ein Fenster zu reparieren, da hat er unterm Dach eine Frau weinen gehört. Es hörte sich an wie …«

»Na ja«, sagte ich. Mir lief ein Schauer über den Rücken. »Ich glaube nicht an Gespenster.«

»Das werden Sie schon noch, wenn Sie das Haus sehen«, erwiderte er. »Aber wie Sie wollen.«

Er nahm meinen Koffer, dann beäugte er mich wieder.

»Was hatten Sie noch gesagt, was für eine Stelle Sie da antreten?«

»Ich bin das neue Kindermädchen«, antwortete ich.

Der Mann grinste.

»Was ist denn daran so lustig?«

»Ich wundere mich nur, das ist alles.«

Ich verschränkte die Arme. »Und worüber wundern Sie sich?«

»Ach nichts«, sagte er, immer noch grinsend.

Langsam fuhr das Taxi in die Einfahrt und kam dann stotternd zum Stehen, als sträubte sich der Motor, sich dem Haus noch weiter zu nähern. Der Anblick des Hauses raubte mir den Atem. Die von Efeu bedeckte Fassade mit kunstvollen Gesimsen und Steinmetzarbeiten wirkte wie ein Bild aus einem Geschichtsbuch. Das dreistöckige Gebäude mit drei Schornsteinen war viel prächtiger, als ich es mir vorgestellt hatte. Mit pochendem Herzen machte ich einen Schritt darauf zu.

»Soll ich hier warten?«, fragte der Taxifahrer.

Ich schüttelte den Kopf. »Warten? Warum?«

Er sah mich an, als wäre ich begriffsstutzig. »Für den Fall, dass Sie es sich anders überlegen.«

»Nein«, sagte ich. »Das werde ich nicht.«

Der Fahrer nahm meinen Koffer aus dem Kofferraum, trug ihn ein paar Schritte weit und setzte ihn geräuschvoll auf dem Kies ab, während er misstrauisch an dem Gebäude hochblickte. »So, weiter geh ich nicht«, sagte er. »Viel Glück, Miss.«

Ich nickte und drückte ihm ein paar Scheine in die Hand – mein letztes Geld. »Danke, für mein Glück sorge ich schon selbst.« Das hätte auch meine Mutter sagen können.

Ich nahm meinen Koffer und schaute dem Taxi nach. Plötzlich hörte ich hinter mir Schritte im Kies und fuhr herum.

Ein älterer Mann, vielleicht Anfang sechzig, kam mit Ehrfurcht gebietender Miene auf mich zu. Er war groß, hatte einen vorstehenden Bauch und trug einen schwarzen Anzug. Er beäugte mich neugierig. »Guten Tag, Miss«, sagte er. »Sie sind?«

»Flora«, antwortete ich. »Flora Lewis.« Was hatte Mr. Price mir noch zu sagen aufgetragen? »Die … Die Agentur schickt mich«, fügte ich hastig hinzu, wie um zu beweisen, dass ich ein berechtigtes Anliegen hatte, hier zu sein, und mich nicht etwa unbefugt auf einem Privatgrundstück herumtrieb. Ich glättete eine Knitterfalte in meinem Kleid, während er mich musterte.

»Ah ja«, sagte er mit einem entwaffnenden Lächeln. »Natürlich. Das neue Kindermädchen.« Er hielt mir seine Hand hin. »Ich bin Mr. Beardsley, der Butler. Herzlich willkommen.«

»Danke«, erwiderte ich nervös.

»Ich möchte mich gleich entschuldigen«, sagte er und nahm mir meinen Koffer ab, »für den Zustand des Gartens.«

»Ich verstehe nicht recht«, sagte ich.

»Ach, wissen Sie«, sagte er, während er meinen Koffer betrachtete. Ich hoffte, er würde die Stelle nicht sehen, an der meine Mutter den Koffer geflickt hatte. »Wir sind im Moment ein bisschen unterbesetzt, und ich fürchte, daran wird sich auch so bald nichts ändern.«

»Ach?«

Er räusperte sich. »Wir hatten ein Problem mit dem Gärtner«, fuhr er fort. »Er wurde entlassen, und das ist der Grund für den bedauerlichen Zustand der Gartenanlagen. Es betrübt mich zutiefst, dass es so weit gekommen ist.«

Ich nickte. »Also, ich finde, so schlecht sieht es doch hier gar nicht aus.« Sicher, die Azaleen waren ein bisschen gewuchert, und die Buchsbaumhecken hätten einen Schnitt gebrauchen können, aber es blühte und grünte überall. Der Weg zum Haus war gesäumt von Rhododendronsträuchern. Die blutroten Blüten verströmten einen holzigen Duft in der Nachmittagssonne.

»Sehr freundlich von Ihnen, Miss Lewis«, sagte er. »Aber den Ansprüchen Ihrer Ladyschaft hätte es nicht genügt.« Er hatte die Stimme gesenkt, als hätte die Lorbeerhecke Ohren. »Ihr lag jedes einzelne Blütenblatt am Herzen.« Er seufzte. »Der Garten ist einfach nicht mehr, was er einmal war, seit sie letztes Jahr verstorben ist.« Er zeigte nach vorne. »Kommen Sie, gehen wir erst einmal ins Haus«, sagte er. Dann blieb er noch einmal stehen und schaute mich an. »Eins muss ich bekennen«, sagte er. »Mit einer *Amerikanerin* habe ich nicht gerechnet.«

»Oh«, sagte ich überrascht. »Hat die – äh – Agentur Sie nicht informiert?«

»Über dieses Detail zumindest nicht.«

»Ich hoffe, es ist kein Problem, Sir.«

»Nein, nein«, sagte er, und in seinem Blick lag eine wohltuende Wärme. »Ich zeige Ihnen Ihr Zimmer, dann können Sie sich ein bisschen frisch machen, bevor Sie Seine Lordschaft und die Kinder kennenlernen.«

Wir gingen an einem lang gestreckten Knotengarten vorbei. Die Buchsbaumhecken mussten dringend beschnitten werden. Mr. Beardsley bückte sich, um eine große, rosafarbene Blüte aufzuheben, die auf dem Weg lag, betrachtete sie einen Moment lang nachdenklich und steckte sie sich dann in die Tasche.

Am liebsten wäre ich ein bisschen im Park spazieren gegangen, um die ganze Pracht zu genießen, doch ich folgte Mr. Beardsley durch eine Seitentür, hinter der eine Treppe nach unten führte. »Bei all den Pflichten, die Sie erwarten, werden Sie wahrscheinlich nur zum Schlafen hier herunterkommen, aber Sie sollen wissen, dass Sie im Gesinderaum stets willkommen sind.«

Eine rundliche junge Frau, die nicht älter als achtzehn sein konnte, kam auf uns zu. Ihre roten Locken quollen unter ihrer weißen Haube hervor und fielen ihr um die rosigen Wangen. »Verzeihen Sie, Mr. Beardsley«, sagte sie, während sie an ihrer weißen Schürze zupfte. Neben der Schürzentasche fiel mir ein kleiner Rußfleck auf. »Könnte ich Sie kurz sprechen?«

»Ja, Sadie?«

»Also, es ist so, Sir …«

»Was denn?«

»Es geht um Mr. Nicholas, Sir«, sagte sie. »Er hat wieder einen Mehlsack stibitzt.«

Mr. Beardsley runzelte die Stirn. »Schon wieder?«

»Ja, Sir«, sagte Sadie. »Und er hat das Mehl in der Bibliothek verstreut. Die Bücherregale sehen aus, als hätte es geschneit.« Sie kicherte, dann schlug sie sich hastig eine Hand vor den Mund. »Mrs. Dilloway sagt, das Mehl hat Lord Livingstons kostbare Shakespeare-Ausgabe ruiniert«, fuhr sie fort. »Sie hat sich fürchterlich aufgeregt. Sie sagt, dass sie nicht mehr weiß, was sie mit dem Jungen machen soll, dass er eines Tages noch das Haus in Brand steckt und …«

»Na, dann können wir ja alle von Glück reden, dass das

neue Kindermädchen heute eingetroffen ist«, fiel Mr. Beardsley ihr ins Wort. »Sadie, darf ich dir Miss Lewis vorstellen?«

Sadie lächelte freundlich. »Freut mich, Sie kennenzulernen, Miss.«

»Mich auch«, sagte ich. »Bitte, nennen Sie mich Flora.«

Sie nickte. »Ich geh dann mal wieder«, sagte sie und hob den Wäschekorb auf, den sie neben sich abgestellt hatte.

»Sadie«, fragte ich, obwohl Mr. Beardsley bereits losgegangen war. »Sind die Kinder wirklich … so schlimm?«

Sie nickte. »Seit Januar waren schon drei Kindermädchen hier«, flüsterte sie mit eindringlichem Blick. Dann lächelte sie wieder. »Ich hoffe, Sie bleiben. Ich mag Sie.«

»Danke«, erwiderte ich lächelnd.

Ich holte Mr. Beardsley ein und folgte ihm durch einen Flur in die Küche. »Das ist Mrs. Marden«, sagte er, »die Köchin.«

Eine dicke, mürrisch dreinblickende Frau saß an einem Tisch in der Nähe des Herds und schälte gerade Kartoffeln. »Mrs. Marden, das ist Miss Lewis, das neue Kindermädchen.«

»Ach, schon wieder eine Neue?«, fragte sie, ohne aufzublicken.

»Ja, Miss Lewis wurde von der Agentur geschickt, und wir freuen uns, sie hierzuhaben.«

»Na ja«, sagte sie, warf eine geschälte Kartoffel in einen mit kochendem Wasser gefüllten Topf und schaute mich zum ersten Mal an. Das Wasser spritzte, und ich wich zurück, um nicht verbrüht zu werden. »Machen Sie sich's lieber nicht zu gemütlich. Es ist nur eine Frage der Zeit, bis Sie's hier nicht mehr aushalten.« Sie betrachtete mich abschätzig. »Nichts für ungut, aber es würde mich wundern, wenn Sie bis nach dem Abendessen durchhalten.«

Mr. Beardsley räusperte sich. »Die Stellung ist zweifellos kein Zuckerschlecken, aber Mrs. Marden wird mir sicherlich zustimmen, dass sie auch Vorteile hat. Sie werden meilenweit im Umkreis kein vornehmeres Haus finden und keine bessere Köchin als Mrs. Marden.«

Die Frau lächelte selbstzufrieden und begann, das Gemüse zu hacken. Sie hielt eine verschrumpelte Möhre hoch. »Die sind bitter«, sagte sie. »Ich weiß nicht, wie ich mit solchen Zutaten etwas Ordentliches kochen soll. Seit Mr. Blythe nicht mehr da ist, wird der Küchengarten überhaupt nicht mehr gepflegt. Aber wenn das Essen nicht schmeckt, macht man mich dafür verantwortlich. Das ist nicht recht. Eine gute Küche braucht einen guten Küchengarten. Das ist nicht recht.«

»Danke, dass Sie Ihre Bedenken zum Ausdruck bringen, Mrs. Marden«, sagte Mr. Beardsley. »Wir werden uns später noch einmal darüber unterhalten.«

Die Köchin wandte sich wieder ihrem Gemüse zu und murmelte irgendetwas vor sich hin.

Ich folgte Mr. Beardsley einen weiteren Gang entlang. Er zeigte auf eine Tür zur Rechten. »Das ist Ihr Zimmer«, sagte er. »Ich hoffe, es genügt Ihren Ansprüchen.«

In dem Zimmer standen ein schmales Bett, ein Schreibtisch, eine Kommode und ein Kleiderschrank. Als ich aus dem Fenster blickte, sah ich einen elegant gekleideten Mann, der allein auf der Terrasse stand und in den Garten hinausschaute.

»Dieser Mann da«, fragte ich Mr. Beardsley. »Wer ist das?«

»Ach«, sagte er und rückte seine Krawatte zurecht. »Seine Lordschaft ist eher als gedacht aus London zurück. Also dann. Ich muss los. Bitte seien Sie in einer Stunde bereit, die

Kinder zu begrüßen. Mrs. Dilloway, die Haushälterin, erwartet Sie um zwei Uhr im Salon.«

Er wandte sich zum Gehen. »Warten Sie«, sagte ich, ohne den Blick vom Garten abzuwenden. »Die Bäume da hinten, die mit den Blüten. Sind das …« Mein Herz klopfte. »Sind das Kamelien?« Ich dachte an Mr. Price' Worte. *Finden Sie die Middlebury Pink, dann bekommen Sie Ihr Geld. Je schneller Sie sie finden, umso besser.*

Mr. Beardsley seufzte gequält, dann sagte er: »Ja. Lady Anna hat sie geliebt.«

»Sie sind wunderschön«, sagte ich. Es waren so viele. Ob es mir gelingen würde, die Middlebury Pink unter ihnen zu finden?

»Da haben Sie recht«, sagte Mr. Beardsley und lächelte wieder. »Also, ich lasse Sie dann mal allein. Wir sehen uns um zwei.«

Nachdem er die Tür hinter sich geschlossen hatte, betrachtete ich noch eine Weile die herrlichen, in Reihen angeordneten Bäume mit den prächtigen rosafarbenen, weißen und roten Blüten. Ein kalter Wind drang durch die Ritzen im Fenster und erzeugte ein unheimliches Heulen. Mich schauderte, während ich an die Kamelien und ihre Geheimnisse dachte.

7

Addison

Auf dem Treppenabsatz wurden wir von Mrs. Klein aufgehalten, der Köchin. Ihre Wangen waren gerötet.

»Verzeihen Sie, Mrs. Dilloway«, sagte sie. »Sie werden am Telefon verlangt.«

»Wir sind hier noch ein bisschen altmodisch«, erklärte mir Mrs. Dilloway. »In den oberen Stockwerken gibt es keine Telefonanschlüsse. Ich muss das Gespräch in der Küche annehmen.«

»Kein Problem«, erwiderte ich und folgte ihr nach unten. Ich ging in den Salon und setzte mich auf ein mit blauem Samt bezogenes Sofa mit gedrechselten Mahagonifüßen, um auf sie zu warten. Das Sofa erinnerte mich an die alte Badewanne mit Klauenfüßen in meiner ersten Wohnung nach dem Studium, wo ich gewohnt hatte, bevor ich Rex bei einer Benefizveranstaltung für den New Yorker Botanischen Garten kennengelernt hatte. Damals war das Leben noch einfacher gewesen. Seufzend betrachtete ich das Buch in meinen Händen. *Die Jahre.* Ich stützte mich mit dem Ellbogen auf der Armlehne ab und schlug es auf. Es fühlte sich an wie ein Buch, das seit Jahren nicht mehr aufgeschlagen worden war, der Rücken ächzte, als stieße er ein wohliges »Ahhh« aus. Ein modriger Geruch, vermischt mit etwas anderem, einer Art

Blütenduft, stieg mir in die Nase. Ich schlug die brüchigen, von Feuchtigkeit welligen Seiten um, bis zum ersten Kapitel, das mit »1880« überschrieben war. Ich las die erste Zeile, las sie noch einmal:

»Es war ein ungewisser Frühling.«

Der Satz kam mir vor, als hätte ich ihn schon tausendmal gelesen, obwohl ich ihn noch nie gesehen hatte. Ich musste an New York denken, an den beängstigenden Schatten, der mich dort überall verfolgt hatte. Dann fiel mir auf der inneren Umschlagseite des Buchs eine handschriftliche Notiz auf. Die blaue Tinte war ein bisschen verlaufen, aber ich konnte die Worte noch entziffern. Verblüfft las ich die beiden Zeilen: *»Flora, in Wahrheit wissen wir immer, was das Richtige ist. Das Schwere ist, es auch zu tun. Alles Liebe – Georgia.«*

Wer war Flora? Und wer Georgia? Und was hatte Georgia mit diesen Worten gemeint? Als ich in dem Buch blätterte, als könnte ich die Antwort darin finden, fiel etwas zwischen den Seiten heraus und landete auf meinem Schoß. Ich hob das rechteckige Papier auf und drehte es um. Es war ein Schwarz-Weiß-Foto von einem Kamelienbaum mit einer einzelnen gesprenkelten Blüte von solcher Pracht, dass es mir den Atem verschlug. Als ich das Foto wieder in das Buch zurückschieben wollte, merkte ich, dass ein zweites daran klebte. Behutsam löste ich die beiden Fotos voneinander, und zum Vorschein kam das Porträt eines gut aussehenden jungen Soldaten in Uniform. Er stand am Fuß einer Treppe, und das Lächeln in seinem Gesicht ließ erahnen, dass er in die Person verliebt war, die die Kamera auf ihn richtete. Ich erkannte die Holzvertäfelung im Hintergrund. Das Foto war in der Eingangshalle von Livingston Manor aufgenommen worden.

Plötzlich hörte ich Schritte nahen, und ich steckte die Fotos hastig zurück in das Buch. »Ach, du bist es! Gott sei Dank!«, rief ich dankbar aus, als ich mich umdrehte und meinen Mann durch die Tür kommen sah.

Er drückte mir einen Kuss aufs Haar. »Hab ich was Aufregendes verpasst?«

»Allerdings«, sagte ich. »Schau mal, was ich da entdeckt habe.«

Er nahm das Buch und zuckte die Schultern.

»Schlag es auf«, sagte ich, »und lies die Widmung.«

»Flora?«

»Ja. Wer sie wohl gewesen sein mag?«

»Vielleicht Lord Livingstons Frau?«, meinte Rex.

»Vielleicht«, sagte ich. »Oder seine Tochter.« Ich zog das Foto von der Kamelienblüte wieder heraus und betrachtete es eingehend. »Was glaubst du, warum dieses Foto in dem Buch liegt?«

»Vielleicht als Lesezeichen?«

Ich dachte an das Foto von der Rose, das zu Hause über meinem Schreibtisch hing, und schüttelte den Kopf. »Nein, ich glaube, diese Blume hat ihr irgendetwas bedeutet.«

»Kann sein«, sagte Rex und setzte sich aufs Sofa.

Das Sonnenlicht, das durchs Fenster fiel, umschmeichelte sein dunkles Haar, sein sonnengebräuntes Gesicht mit den haselnussbraunen Augen. Er sah gut aus. Manchmal, fürchtete ich, zu gut. »Hast du Rasierzeug bekommen?«

Im ersten Moment wirkte er verwirrt. »Ach so, ja«, sagte er dann und rieb sich das Stoppelkinn. »Ja, hab ich.«

»Wieso hast du so lange gebraucht?«, fragte ich und stand auf. »Mrs. Dilloway sagt, du hattest in der Stadt was Geschäftliches zu erledigen?«

»Ja, Papierkram für meinen Vater«, sagte er. »Etwas, was er von China aus nicht erledigen konnte. Ich musste mit den Unterlagen zu einem hiesigen Notar, um sie zu unterschreiben. Ein Kurier hat die Papiere hier abgeliefert, als ich gerade losfahren wollte.«

»Aha«, sagte ich. Mir fiel die Frau in dem blauen Cabrio wieder ein.

Plötzlich stand Mrs. Dilloway in der Tür. »Verzeihen Sie die Störung«, sagte sie mit einer Förmlichkeit, die aus einem anderen Jahrhundert zu stammen schien. »Wenn es Ihnen recht ist, können wir jetzt mit der Hausbesichtigung beginnen.«

Während wir ihr die Treppe hoch folgten, betrachtete ich den riesigen Kronleuchter über uns. Die Kette, an der er hing, wirkte erstaunlich dünn für das große Gewicht, das sie halten musste. Die alten Stufen knarzten unter unseren Füßen. Über dem Treppenabsatz hing ein Porträt von einer schönen Frau. Ihre blonden Locken umrahmten ihr bleiches Gesicht wie ein Heiligenschein. Sie trug eine Halskette mit einem Medaillon. Als ich mich vorbeugte, um das Blumenmuster auf dem Medaillon genauer zu betrachten, war mir plötzlich, als würde die Frau mich anschauen. Diese Augen. Ein Ausdruck, der mir vertraut war. Sie wirkten einsam, traurig, gefangen. Hastig wandte ich mich ab, konnte jedoch nicht widerstehen, noch einmal hinzusehen. Die Frau hielt eine Blume in der linken Hand. Eine rosafarbene Kamelie. Ich erkannte die Struktur der Blütenblätter und die Form des einzelnen Blatts am Stiel. Ich kniff die Augen zusammen, um im Halbdunkel besser sehen zu können. War das etwa Blut an ihren Fingerspitzen? Ich rieb mir die Finger. Wahrscheinlich nur ein Schatten.

»Kommst du, Addison?«, rief Rex vom Ende des Flurs.

»Ja«, antwortete. Ich versuchte mich zu sammeln, konnte mich aber nicht von dem Bild losreißen. »Warten Sie, Mrs. Dilloway – wer ist die Frau auf dem Gemälde?«

Zögernd kam die Haushälterin auf mich zu. »Das ist Lady Anna«, sagte sie. »Sie war Lord Livingstons Gattin.« Mrs. Dilloway schloss für einen Moment fest die Augen und öffnete sie dann wieder. »Sie war erst achtzehn Jahre alt, als sie nach Livingston Manor kam«, fuhr sie fort, während sie das Bild betrachtete, als hätte sie es sich seit langer Zeit nicht gestattet, es anzusehen. »Das Haus ist nicht mehr dasselbe, seit sie …« Plötzlich wandte sie sich ab. »Kommen Sie, gehen wir weiter.«

Lady Anna. Ich hatte etwas wahrgenommen, als ich am Morgen das Haus zum ersten Mal betreten hatte, eine geheimnisvolle Gegenwart, die in jedem Knarzen von altem Holz zu spüren war, in jedem Pfeifen des Winds in den Fensterritzen. Ich stellte mir vor, dass sie am Ende des langen Flurs stand und uns beobachtete, seltsame, moderne Menschen, die in ihrem Haus herumschnüffelten, ihre Sachen anfassten, ihr Porträt anstarrten. Was mochte sie von uns denken, diese Lady mit dem Medaillon um den Hals und der Kamelie in der Hand? Und warum wirkte sie so traurig?

»In diesem Flügel wohnten die Kinder der Livingstons«, sagte Mrs. Dilloway und zeigte den Flur hinunter.

»Kinder?«, fragte ich. »Wie viele hatten sie denn?«

»Fünf«, antwortete sie, dann schüttelte sie den Kopf. »Ich meinte vier.«

Ich sah Rex verdutzt an.

Am Ende des Flurs blieb Mrs. Dilloway vor einer doppelflügeligen Tür stehen. Die Scharniere quietschten, als sie die Türen öffnete. Sie wandte sich an Rex. »Bis zu diesem Zimmer ist die fürchterliche Innenarchitektin Ihrer Mutter noch nicht vorgedrungen.« Dann huschte ein Ausdruck von Herzenswärme über ihr Gesicht. »Es ist noch genauso, wie die Kinder es hinterlassen haben. Sie haben viele glückliche Stunden hier verbracht.«

Ich trat ans Bücherregal und betrachtete die Kinderbücher darin. Als Kind hatte ich immer davon geträumt, jede Menge Bücher zur Verfügung zu haben – Geschichten, in denen ich mich verlieren konnte, andere Welten, in die ich aus meiner freudlosen Welt entfliehen konnte. Deswegen war ich jeden Tag nach der Schule in die Bücherei gegangen – und weil normalerweise zu Hause niemand auf mich wartete.

Seufzend fuhr ich mit den Fingern über die Buchrücken, doch ich spürte Mrs. Dilloways Nervosität und ließ meine Hand wieder sinken. Ich hatte das Gefühl, dass wir ein Museum besichtigten, das unter ihrer alleinigen Aufsicht stand.

»Wollen wir weitergehen?«, schlug ich vor und wandte mich zur Tür.

»Sieh dir das an!«, rief Rex aus und winkte mich zu einer Spielzeugtruhe an der hinteren Wand. Er hielt ein Flugzeug aus Blech hoch, dessen rote Farbe fast ganz abgeblättert war. »Das ist eins von diesen alten Aufziehspielzeugen. Ein Freund von mir sammelt so etwas. Solche Sachen sind selten geworden. Das hier ist bestimmt ein kleines Vermögen wert.«

Mrs. Dilloway bedachte ihn mit einem strengen Blick, bis er das Flugzeug wieder auf die Truhe stellte. »Das gehörte Lord Abbott, einem von Lord Livingstons Söhnen«, sagte sie, drehte sich um und verließ das Zimmer.

»Hab ich was Falsches gesagt?«, flüsterte Rex.

Ich zuckte die Schultern, und wir folgten Mrs. Dilloway auf den Flur hinaus.

»Hier entlang geht es zu den Gästezimmern«, sagte sie. »Aber jetzt muss ich nach oben gehen und die Vorhänge überprüfen. Diese unfähige Innenarchitektin hat sie letzte Woche anbringen lassen, aber so dünn wie sie sind, fürchte ich, dass das Sonnenlicht Lord Livingstons Gemälde angreift.«

Ich griff nach dem Geländer und wollte ihr die Treppe hoch folgen, doch Mrs. Dilloway legte eine eiskalte Hand auf meine. »Da oben gibt es nichts zu besichtigen«, sagte sie.

»Ach so«, antwortete ich verlegen.

»Wir sehen uns heute Abend«, sagte sie in einem Ton, der klarstellte, dass die Führung hiermit beendet war.

Nachdem sie weg war, sagte Rex: »Das war aber komisch.«

Ich nickte.

»Addie«, flüsterte er. »Die redet über Lord Livingston, als würde er noch *leben*.«

8

Flora

Um ein Uhr erschien Mrs. Dilloway in der Tür des Salons. »Guten Tag, Miss Lewis«, sagte sie. Konnte das die Haushälterin sein? Sie wirkte kaum älter als ich. Das hellbraune Haar trug sie im Nacken zu einem strengen Knoten gebunden. Ihr Gesicht mit den hohen Wangenknochen und dem schön geformten Mund strahlte die Lebensklugheit einer viel älteren Frau aus. Sie wirkte äußerst förmlich, aber gleichzeitig warmherzig. Ich fragte mich, ob wir wohl Freundinnen werden würden.

»Guten Tag«, sagte ich.

Sie lächelte mich an. »Haben Sie jemand anderen erwartet?«

»Nein, nein«, stammelte ich. »Es ist nur, na ja …«

»Ich weiß, was Sie denken«, sagte sie. »Ich bin ziemlich jung für eine Haushälterin, vor allem in einem so herrschaftlichen Haus. Aber ich versichere Ihnen, dass ich sehr gut geeignet bin für die Stellung. Ihre Ladyschaft, Gott hab sie selig, würde nicht zulassen, dass diese Aufgabe jemand anderem übertragen würde.«

»Selbstverständlich«, sagte ich.

Mrs. Dilloways Züge wurden weicher. »Nun denn«, sagte sie, offenbar um eine heitere Note bemüht. »Es freut mich, dass Sie endlich hier sind. Wenn ich mich noch einen Tag länger um die Kinder hätte kümmern müssen, wäre ich zusammengebrochen.« Lächelnd wandte sie sich zur Treppe. »Ich fürchte, da wird einiges auf Sie zukommen.«

Die Lampe an der Decke begann zu wackeln, und im nächsten Augenblick hörten wir das Trampeln von Füßen auf der Treppe. Ich machte mich auf einen Ansturm gefasst. »Das klingt ja wie eine Herde Nashörner«, sagte ich.

»Ach, wenn es nur Nashörner wären«, stöhnte Mrs. Dilloway. »Kinder!«, rief sie, als die Bande die Treppe heruntergestürmt kam. »Ihr wisst genau, dass euer Vater kein Gerenne im Haus duldet! Und, Mr. Abbott, runter vom Geländer, und zwar sofort!«

Ein blonder Junge lugte um die Ecke.

»Mr. Abbott«, fuhr Mrs. Dilloway fort, »kommen Sie her und begrüßen Sie Ihr neues Kindermädchen, Miss Lewis.«

»Wir wollen kein neues Kindermädchen!«, schrie ein jüngerer, dunkelhaariger Junge, der hinter seinem Bruder hergerannt kam.

»Mr. Nicholas«, sagte Mrs. Dilloway, »das ist keine Art, mit Miss Lewis zu reden, die nur für euch eine weite Reise auf sich genommen hat. Seien Sie also höflich und sagen Sie ihr guten Tag.«

Nicholas streckte die Zunge heraus und warf sich dann in einen Ohrensessel vor dem Fenster. »Ich sag ihr nicht guten Tag, und Sie können mich nicht dazu zwingen!«

Mrs. Dilloway sah mich vielsagend an. »Miss Katherine und Miss Janie?« Ein dunkelhaariges, ernst dreinblickendes Mädchen erschien in der Tür, gefolgt von einem flachsblonden Kleinkind, das eine schmuddelige Puppe umklammert hielt. »Wollen Sie Miss Lewis guten Tag sagen?«

Ich hockte mich vor die Kinder hin und lächelte verlegen. »Guten Tag«, sagte ich zu dem größeren Mädchen. »Wie alt bist du?«

»Zehn«, sagte sie. »Und Janie ist zwei.« Sie seufzte verärgert. »Und Sie sind nicht unsere Mutter.«

»Ich gehe dann mal«, sagte Mrs. Dilloway und verließ in sich hineinlächelnd das Zimmer.

Abbott stand da mit trotzig vor der Brust verschränkten Armen.

Ich stand auf, ging zum Sofa und setzte mich. »Ich bin hergekommen, um mich um euch zu kümmern, und ich hoffe, dass wir Freunde werden«, sagte ich nervös. Es widerstrebte mir, den Kindern etwas vorzumachen, nach allem, was sie durchgemacht hatten, noch dazu in dem Wissen, dass ich nicht lange bleiben würde. Aber ich brauchte ihre Hilfe, um die Kamelie zu finden. »Glaubt ihr, dass das geht?«

»Ich freunde mich nicht mit Mädchen an«, verkündete Nicholas.

»Ich auch nicht«, sagte Abbott.

Ich verschränkte die Arme und seufzte. Die Wanduhr tickte und tickte. »Also gut«, sagte ich. »Verstehe.«

»Ich bin deine Freundin«, trällerte Janie und brach das Eis mit ihrer süßen Kleinmädchenstimme. Sie kam zu mir herüber, kletterte auf meinen Schoß und tätschelte mir die Wange mit ihrem Patschhändchen. Ich musste unwillkürlich lächeln.

»Danke«, sagte ich zu ihr.

Katherine zuckte die Schultern und bedachte mich mit einem blasierten Blick, der einer erwachsenen Frau angestanden hätte. »Janie weiß nicht, was sie sagt«, schnaubte sie. »Sie ist ja noch ein Baby.«

»Nein«, rief die Kleine. »Ich bin schon groß!«

»Katherine hat recht«, sagte Nicholas. »Janie kann sich nicht mal an unsere Mutter erinnern.«

Janie schaute mich an und ließ dann betrübt den Kopf hängen.

»Schon gut, Liebes«, flüsterte ich. Dann wandte ich mich an die anderen Kinder. »Wie ihr vielleicht wisst, komme ich aus Amerika. Wir gehen dort ein bisschen weniger förmlich miteinander um. Deswegen möchte ich euch fragen: Muss ich euch mit Lady und Lord anreden? Ich möchte nicht respektlos erscheinen, aber, na ja, es klingt so steif und förmlich. Und ihr seid ja schließlich noch Kinder.«

»Also, ich kann den Titel nicht ausstehen«, sagte Abbott und ließ endlich die Arme sinken.

»Ich auch nicht«, sagte Nicholas. Zuerst wirkte er erleichtert, dann wurde er nachdenklich. »Könnten Sie mich stattdessen Nicholas der Große nennen? So heißt einer in einem Comic-Heft.«

»Also gut, Nicholas der Große«, sagte ich lächelnd.

»Ich möchte mit Lady Katherine angeredet werden«, sagte Katherine hochnäsig. »Und wir brauchen kein Kindermädchen. Wir können auf uns selbst aufpassen.«

Abbott grinste. »Mr. Beardsley hat Sie herbestellt, stimmt's?«

»Ja«, sagte ich, »ich glaube schon.«

»Mr. Beardsley ist ein alter Trottel!«, rief Nicholas aus und verschränkte die Arme.

»Hör mal, Nicholas, äh, ich meine, Nicholas der Große«, sagte ich und unterdrückte ein Lachen. Als er lächelte, entblößte er eine Zahnlücke. »Ich finde es nicht sehr nett, wenn du Mr. Beardsley als …« Ich hielt mir den Mund zu, aber es gelang mir nicht, mein Lachen zu verbergen. »Wenn du ihn als … alten Trottel bezeichnest.«

Nicholas grinste. »Sie finden auch, dass er echt trottelig ist, oder?«

Mit angehaltenem Atem warteten die Kinder auf meine Antwort. Ich warf einen Blick über die Schulter, um zu sehen, ob Mrs. Dilloway in der Nähe war, konnte sie jedoch nirgends entdecken. Ich schaute die Kinder an. »Also, man könnte tatsächlich sagen, dass er ein *bisschen* trottelig ist.«

Die Kinder lachten – alle außer Katherine, die sich stirnrunzelnd mit den Schleifen in ihrem Haar beschäftigte.

Janie, die immer noch auf meinem Schoß saß, schaute mich an und piepste: »Trottel.«

Ich lächelte. Es würde nicht leicht werden, aber ein Anfang war gemacht.

»Die Kinder bekommen ihren Tee um drei«, sagte Mrs. Dilloway am Nachmittag im Gesinderaum. »Danach haben Nicholas und Abbott Reitunterricht und Katherine und Janie Klavierunterricht. Katherine findet das Klavierspielen todlangweilig, sie würde viel lieber mit ihren Brüdern zum Reiten gehen.«

Nachdem Mrs. Dilloway gegangen war, wandte ich mich an Sadie, die neben mir saß. »Wenn ich mir die Frage erlauben darf – warum darf Katherine denn nicht mit ihren Brüdern zum Reiten gehen?«

Sadie seufzte. »Lord Livingston erlaubt es nicht. Jedenfalls nicht mehr seit dem Tod von Lady Anna.«

»Ist sie beim Reiten verunglückt?«, flüsterte ich.

»Nein, nein«, sagte Sadie. »Ach, wenn es doch ein Reitunfall gewesen wäre!« Sie umklammerte den Rosenkranz, den sie um den Hals trug, und seufzte. »Seit ihrem Tod ist Lord Livingston nicht mehr derselbe.«

»Ach?«

Sadie sah sich nach allen Seiten um, als fürchtete sie, die Teetassen in den Regalen könnten Ohren haben. »Er ist verbittert«, sagte sie. »Verschlossen. Na ja, verschlossen war er irgendwie schon immer, aber jetzt ist er – anders. Als Lady Anna gestorben ist, haben die Kinder beide Eltern verloren, wenn Sie mich fragen. Er kümmert sich kaum noch um sie. Es ist ein Jammer.«

Ich beugte mich vor. »Wie ist sie denn gestorben?«

Sadie zuckte die Schultern. »Das weiß eigentlich niemand so richtig. Man hat sie tot im Garten gefunden.« Dann fügte sie im Flüsterton hinzu: »Unter den Kamelien.«

Ich schlug mir eine Hand vor den Mund. »O Gott, wie schrecklich«, sagte ich. »Lord Livingston hat sie bestimmt sehr geliebt.«

Sadie schien hin- und hergerissen. Sie biss von ihrem Brot ab und sagte mit vollem Mund: »Ich glaube schon, aber Lady Anna war sehr unglücklich hier. Schon immer. Sie hat sich nie an die Moorlandschaft gewöhnt, an die Einsamkeit. Sie hatte Heimweh nach Amerika. Natürlich hat Lord Livingston sich bemüht, ihr alles zu bieten, um sie glücklich zu machen.« Sie zeigte auf das Fenster. »Er hat alles an Pflanzen herangeschafft, was Sie sich vorstellen können, zum Teil sehr seltene. Sie hätten mal die Gärtner sehen sollen, die mit Blumen aus dem tiefsten brasilianischen Regenwald hier ankamen.« Sie seufzte. »Und dann die Kamelien. Er hat ihr geholfen, all die verschiedenen Sorten zusammenzutragen. Ach, wie sie die Kamelien geliebt hat. Wenn es um Lady Annas Garten ging, wurden keine Kosten gescheut. Aber an den Garten, den sie in Amerika hatte, ist er nie herangekommen.« Sie schürzte die Lippen. »Ich werde nie vergessen, was sie für ein Gesicht gemacht hat, an dem Tag, als sie Post aus Amerika bekam. Man hätte meinen können, es hätte ihr das Herz gebrochen.«

»Ist sie denn nie zu Besuch nach Hause gefahren?«

Sadie schüttelte den Kopf. »Lady Anna stammte aus einer wohlhabenden Familie. Nach allem, was ich gehört habe, brauchte Seine Lordschaft ein Vermögen, um den Herrensitz zu retten. Und ihr Vater wollte sie so weit weg wie möglich von Charleston wissen.«

»Aber warum denn?«

»Es heißt, sie hätte sich dort in einen jungen Mann verliebt, der arm war und nicht standesgemäß. Da hat die Familie sie eben nach England geschickt. Aber Lord Livingston hat nicht begriffen, dass man eine Ehefrau, ein menschliches Wesen, nicht einsperren kann. Nicht einmal, wenn man sie mit den seltensten Blumen der Welt umgibt. Sie sehnte sich nach ihrem Leben in Charleston, aber Lord Livingston wollte nichts davon wissen. Und nachdem die Kinder erst einmal da waren, war ihr Schicksal besiegelt. Sie konnte nicht mehr weg. Daran ist sie zerbrochen. Glaube ich.«

»Kein Wunder, dass die Kinder so aufsässig sind«, sagte ich kopfschüttelnd. »Sie müssen Schlimmes durchgemacht haben!«

Sadie nickte.

»Sie sagten, man hat Lady Anna unter den Kamelien gefunden?«

»Ja. Sie hatte sich an dem Morgen mit Seiner Lordschaft gestritten. Es war ein ziemlich heftiger Streit. Das weiß ich, weil ich da gerade den Boden draußen vor dem Salon geschrubbt habe. Plötzlich kam sie rausgerannt. Ich konnte sehen, dass sie geweint hatte. Ihren Tee hat sie dann auf der

Terrasse getrunken, zusammen mit diesem schrecklichen Gärtner, Mr. Blythe, und danach ist sie im Garten spazieren gegangen. An dem Abend hat man sie dann gefunden.«

»Was war denn passiert?«, fragte ich atemlos.

»Das weiß niemand«, sagte Sadie leise. »Aber mir ist die Sache von Anfang an merkwürdig vorgekommen. Seine Lordschaft hat Mr. Blythe auf der Stelle gefeuert.« Sie seufzte. »Der Himmel weiß, was da im Garten passiert ist. Die arme Lady Anna. Sie …«

»So, das reicht, Sadie.« Mrs. Dilloway stand plötzlich in der Tür. Wie lange hatte sie dort schon gestanden? Wir hatten sie beide nicht bemerkt.

»Ja, Madam«, sagte Sadie mit hochroten Wangen. »Ich habe Miss Lewis nur erzählt …«

»Ja, ich weiß, was Sie mit Miss Lewis besprochen haben – Dinge, über die man nicht reden sollte«, sagte sie. »Gehen Sie nach oben und sammeln Sie die schmutzige Wäsche in den Zimmern ein. Ein bisschen plötzlich, bitte.«

»Ja, Madam«, sagte Sadie und sprang auf.

Mrs. Dilloway warf mir einen abschätzigen Blick zu, dann drehte sie sich auf dem Absatz um und ging.

»Wie ist es in Amerika?«, fragte Sadie, als wir später wieder im Gesinderaum beisammensaßen. In dem Raum stand ein langer Tisch mit einer Bank auf der einen und Stühlen auf der anderen Seite.

»Es ist nicht schlecht, würde ich sagen«, antwortete ich.

»Ich habe noch nie viel übrig gehabt für Amerikaner«, sagte Mrs. Marden mit einem Blick in meine Richtung. »Aber der Akzent ist charmant. Lady Anna hat auch so gesprochen.« Die Köchin runzelte die Stirn, als käme ihr eine unangenehme Erinnerung. »In Amerika isst man wohl keinen Eintopf?«

»Wie meinen Sie das?«, fragte ich verdattert.

»Sie haben Ihr Mittagessen heute kaum angerührt«, sagte sie abfällig grinsend.

»Tut mir leid«, sagte ich. »Seit ich von zu Hause weg bin, habe ich kaum noch Appetit.«

Die Köchin war groß und dick. Sie trug ihr graues Haar kurz geschnitten, und wenn sie lächelte, was nicht oft passierte, kam ein schiefer Schneidezahn zum Vorschein. »Wenn Ihnen mein Essen nicht schmeckt, können Sie es ruhig zugeben. Immer frei heraus damit.«

»Nein, nein, das ist es nicht«, sagte ich errötend und zeigte auf den Brotkorb. »Ein hervorragendes Brot übrigens.«

Mrs. Marden hob die Brauen. »Und woher wollen Sie das wissen?«

»Ich kenne mich mit Brot aus«, sagte ich. »Ich bin in einer Bäckerei aufgewachsen.«

»Sieh mal einer an«, sagte sie, als hätte ich mit meiner Bemerkung noch Öl ins Feuer gegossen. »Eine Bäckerstochter auf Livingston Manor.«

Mrs. Dilloway räusperte sich. »Mrs. Marden, vielleicht kann Miss Lewis Ihnen ja ein paar Tipps zu Ihren Scones geben.«

Mit einem spöttischen Grinsen wandte die Köchin sich wieder ihrer Rührschüssel zu.

Ein großer, dicker Mann mit dunklem Haar und ausgeprägtem Adamsapfel erschien in der Tür zum Gesinderaum. Er war so groß, dass er beim Eintreten den Kopf einziehen musste. Er trat ans Becken beim Fenster, um sich die Hände zu waschen, bevor er sich zu uns an den Tisch setzte. Als er nach der Seife griff, begegneten sich unsere Blicke, doch er wandte sich ab, ohne zu lächeln. Schmutziges Wasser tropfte von seinen Händen.

»Miss Lewis, das ist Mr. Humphrey, Lord Livingstons Chauffeur«, sagte Mrs. Dilloway, als der Mann sich setzte und sich eine Scheibe Brot nahm. »Mr. Humphrey, Miss Lewis ist das neue Kindermädchen.«

Er nickte. »Und? Was halten Sie von ihnen?«

»Verzeihung?«, fragte ich.

»Von den Kindern«, sagte er, während er mit seiner kräftigen Hand Butter auf sein Brot schmierte. Unter seinen Fingernägeln befand sich nach dem offensichtlich erfolglosen Händewaschen immer noch Dreck.

»Oh, natürlich«, sagte ich. »Ich hoffe, dass sie mich in ihr Herz schließen, nach allem, was sie durchgemacht haben.«

Er brummte etwas vor sich hin, dann trank er einen Schluck Tee. »Nehmen Sie sich vor dem Ältesten in Acht«, sagte er. »Der ist mit einem Dreizack bewaffnet, glauben Sie mir.«

»Also, ich weiß nicht. Übertreiben Sie da nicht etwas?«, wagte ich einzuwerfen.

»O nein«, schnaubte er. »Sagen Sie, was Sie wollen, aber der Bursche ist der leibhaftige Teufel.«

»Miss Lewis«, schaltete Mrs. Dilloway sich ein. »Mr. Humphrey ist noch etwas aufgebracht, weil er glaubt, dass Abbott letzte Woche einen Reifen am Auto zerstochen hat.«

»Wie kommen Sie darauf, dass es der Junge war?«

Mr. Humphrey lehnte sich auf seinem Stuhl zurück. »Ich weiß, wann ich ein schuldbewusstes Gesicht vor mir habe«, sagte er. »Und Sie hätten mal sehen sollen, wie er gegrinst hat, als ich den Reifen reparieren musste.«

»Vielleicht ist er gar nicht so, wie er sich gibt«, sagte ich. »Und seine Geschwister ebenfalls. Schließlich haben sie erst kürzlich ihre Mutter verloren.«

Schweigen breitete sich am Tisch aus, und ich spürte, wie meine Wangen zu glühen begannen.

»Miss Lewis«, sagte Mrs. Dilloway, »wenn Sie sowieso keinen Appetit haben, könnte ich Ihnen doch jetzt das Haus zeigen.«

Ich nickte. »Ja, sehr gerne.«

Wir gingen die Treppe hoch und traten in die Eingangshalle. Mrs. Dilloway marschierte schnurstracks zu einem vergoldeten Wandleuchter und polierte ihn mit ihrem Ärmel. »Diese verflixte Sadie«, knurrte sie. »Die Leuchter vergisst sie jedes Mal.« Sie trat einen Schritt zurück, um ihr Werk zu begutachten. »Lord Livingston mag keine Fingerabdrücke«, sagte sie stirnrunzelnd.

Ich sah mich in der Eingangshalle um, die drei Stockwerke hoch war. An den holzvertäfelten Wänden hingen Gemälde, die Menschen bei der Fuchsjagd, beim Reiten und anderen Tätigkeiten zeigten, die seit Jahrhunderten zum englischen Landleben gehörten. Ich musste plötzlich an Desmond denken und fragte mich, ob er wohl aus einem solch vornehmen Haus stammte.

»Eindrucksvoll, nicht?«, bemerkte Mrs. Dilloway stolz.

»Ja, sehr«, sagte ich.

»Ich erinnere mich noch an meinen ersten Tag hier. So etwas Schönes hatte ich noch nie in meinem Leben gesehen.«

»Das kann ich mir vorstellen«, sagte ich voller Staunen. »Es ist so ganz anders als alles, was ich von zu Hause kenne.«

»Sie werden es mit der Zeit lieben lernen, genau wie ich«, sagte Mrs. Dilloway zuversichtlich.

Ich betrachtete ein Gemälde von einem ziemlich steif wirkenden Mann, zu dessen Füßen ein Hund saß. Ich dachte an meinen Vater mit seinem unbefangenen Lächeln und den rosigen Wangen. »Wie ist Mr. Livingston, äh, ich meine, Lord Livingston denn so?«

Mrs. Dilloways Blick ruhte voller Zuneigung auf dem Bild. »Er ist kein ganz einfacher Mensch«, sagte sie. »Er …«

In diesem Moment wurde die Haustür aufgestoßen, und ein großer gelber Labrador stürmte herein. Sein helles Fell war über und über mit einer dicken Schicht Schlamm bedeckt. Schwanzwedelnd ließ er einen Gummiball vor meine Füße fallen. Einen Augenblick später kamen Abbott und Nicholas herein, mit verlegener Miene, die Hosen schlammbeschmiert.

»Mr. Abbott! Mr. Nicholas!«, schalt Mrs. Dilloway. »Wo sind Sie gewesen?«

»Wir waren nur mit Ferris im Rosengarten, Madam«, sagte Abbott.

»Das hat euer Vater doch verboten«, fiel Mrs. Dilloway ihm ins Wort. »Warum seid ihr so ungehorsam?«

»Es war Ferris' Schuld«, sagte Nicholas. »Er ist weggelaufen, und da mussten wir hinterher.«

Mrs. Dilloway klaubte ein rosafarbenes Blütenblatt von Abbotts schmutzigem Hemd. Es war viel zu groß, um von einer Rose zu stammen. »Wie ich sehe, habt ihr mir nicht die Wahrheit gesagt«, bemerkte Mrs. Dilloway streng, während sie das Blütenblatt betrachtete. »Ich wart wieder im Kameliengarten, stimmt's?«

Der Kameliengarten.

Abbott nickte schuldbewusst.

»Mr. Abbott, Sie sind zwölf Jahre alt. Sie müssten es eigentlich besser wissen. Jetzt gehen Sie nach oben und nehmen ein Bad. Sie auch, Mr. Nicholas. Sie haben gerade genug Zeit, sich vor dem Abendessen zu waschen und die Eingangshalle zu putzen. Sie haben Glück, dass Miss Lewis und ich ein weiches Herz haben und Ihrem Vater nichts davon erzählen werden. Und jetzt ab mit Ihnen.«

Die Jungen liefen die Treppe hoch. Mrs. Dilloway seufzte. »Ich werde Mr. Humphrey bitten, Ferris zu waschen«, sagte sie. »Wenn er unbedingt einen Hund halten muss, dann muss er ihn auch baden. Ich habe Lord Livingston gesagt, dass ein Hund keine gute Idee ist, aber Mr. Humphrey hat ihn überredet.« Sie seufzte erneut. »Sehen Sie mal nach den beiden Jungen. Sorgen Sie dafür, dass sie sich hinter den Ohren waschen und dass ihre Kleider fürs Abendessen gebügelt sind. Ich werde Sie um sechs Uhr im Speisesaal Lord Livingston vorstellen. Die Bediensteten essen nicht gemeinsam mit der Herrschaft, nur das Kindermädchen bildet da eine Ausnahme.«

»Ja, Madam«, sagte ich und ging nach oben. Auf dem Treppenabsatz lehnte ein großer, mit einem weißen Tuch bedeckter Gegenstand am Geländer. Ich hob das Tuch an einer Ecke an und sah ein Gemälde von einer Frau vor mir, die eine rosafarbene Blüte in der Hand hielt. Ihre traurigen Augen versetzten mir einen Stich, und unwillkürlich bewunderte ich den Künstler dafür, wie es ihm gelungen war, mit dem Pinsel so viel Gefühl einzufangen. *Bitte*, schien die Frau zu flehen, *bitte, hilf mir!* Schaudernd deckte ich das Bild wieder zu, ehe mich noch jemand erwischte.

9

Addison

»Heute Abend gibt's im Stadtpark ein Konzert«, sagte Rex später am Tag. »Hättest du Lust?«

»Ach, willst du mit mir ausgehen?«, fragte ich grinsend.

»Ja«, antwortete er mit einem breiten Lächeln.

Wir fuhren mit dem alten Rolls-Royce in die Stadt, stellten ihn am Straßenrand ab und gingen zum Park. Vor einer kleinen Bühne waren Tische und Stühle aufgestellt worden, an denen junge und alte Paare beim Bier saßen, plauderten, miteinander scherzten und lachten.

»Such uns schon mal einen Platz«, sagte Rex und gab mir einen Kuss auf die Wange. »Ich besorge uns Bier.«

Ich wählte einen Tisch im hinteren Bereich und setzte mich. Während ich auf Rex wartete, fiel mir ein älteres Paar an einem Tisch in der Nähe auf. Sie hielten Händchen und schauten sich in die Augen und schienen sich in einer Sprache auszutauschen, die nur sie verstanden.

»Für dich«, sagte Rex und stellte mir ein Glas helles Bier hin. Ich schlürfte etwas Schaum ab, der überzulaufen drohte.

Rex trank einen großen Schluck, dann lehnte er sich auf seinem Stuhl zurück. »Ich überlege die ganze Zeit«, sagte er, »in einem Roman, wäre da der Bösewicht eher die geheimniskrämerische Haushälterin …«

»Du meinst, so eine wie Mrs. Dilloway?«

»Ja. Oder eher ein düsterer Typ wie der da drüben?« Er zeigte auf einen älteren Mann in einem dunklen Anzug, der auf der anderen Seite des Parks auf einer Bank saß, einen schokoladenbraunen Labrador zu Füßen.

»Nein, auf keinen Fall ein Typ mit Hund«, sagte ich. »Ein Hund deutet immer darauf hin, dass die Person zu den Guten gehört.«

»Es sei denn, der Hund soll den Leser verwirren«, entgegnete Rex, »dem Leser suggerieren, die Person gehöre zu den Guten.«

»Klingt nicht übel«, sagte ich und nahm einen Schluck von meinem Bier. »Du willst deinem Roman also eine weitere Figur hinzufügen?«

»Könnte sein«, sagte er ein bisschen kryptisch. »Ich habe da so eine Idee.«

»Und welche?«

Er beugte sich zu mir herüber. »Ich überlege, noch mal ganz von vorne anzufangen. Ich würde gern einen Krimi schreiben, über eine Familie, die in einem alten Herrenhaus wohnt. So einem wie Livingston Manor. Einen Krimi, der sich über mehrere Generationen erstreckt.«

»Eine großartige Idee!«, sagte ich.

Rex stützte das Kinn in die Hand und schaute mir in die Augen.

Ich liebte es, wenn er mich so ansah, als hinge sein Leben von meiner Anerkennung ab. »Hilfst du mir?«

»Du bist der Schriftsteller, mein Schatz«, sagte ich.

»Aber du bist gut im Tüfteln«, sagte er. »Im letzten Buch, der Wendepunkt, wo der Protagonist aus New York abhaut …«

»Und dann merkt, dass er seine große Liebe zurückgelassen hat?«

»Genau. Ohne deinen Einwand damals wäre der Roman niemals so gut geworden.«

Ich zuckte die Schultern. »Ich wusste einfach, dass die zwei zusammengehören, das ist alles. Den Lesern hätte es bestimmt nicht gefallen, wenn du sie auseinandergebracht hättest.«

»Allerdings«, erwiderte Rex. »Und dir war das klar. Mir nicht.«

»Na ja«, sagte ich. »Vielleicht liegt das daran, dass ich als Mädchen alles von Nancy Drew gelesen habe. Und haufenweise Liebeskomödien.«

»Du hast einen sechsten Sinn für solche Dinge«, sagte er. »Und ich glaube, mit deiner Hilfe könnte ich den Roman schreiben, der mir zum Durchbruch verhilft.«

Ich drückte seine Hand. »Dann bin ich dabei.«

Die Musiker betraten die Bühne. Ein Gitarrist stöpselte ein Kabel ein. »Noch ein Bier?«, fragte Rex.

»Klar.«

»Bin gleich wieder da«, sagte er und sprang auf.

Ich schaute ihm nach, wie er sich in Richtung Bierzelt durch die Menge schlängelte. Die Sonne war untergegangen, und die Kerzen auf den Tischen verbreiteten ein warmes, orangefarbenes Licht. In einiger Entfernung stand eine majestätische alte Linde. Als ich den Schwung ihrer ausladenden Äste bewunderte, sah ich eine schattenhafte Gestalt hinter dem Baumstamm verschwinden. Mir stockte der Atem. Nein, das konnte nicht sein. Das war unmöglich. Oder doch nicht? Ängstlich suchte ich die Menge mit den Augen ab, bis ich Rex entdeckte, der mit einem Bier in jeder Hand an unseren Tisch zurückkam. Sein Lächeln ließ mich meine Ängste wieder vergessen.

Am nächsten Morgen machte sich Rex mit einem Stapel Bücher, die er im Schlafzimmer gefunden hatte, darunter eins über Damenmode im Vorkriegsengland, auf den Weg in den Salon. »Ich weiß sowieso, dass dich in dem Buch nur die Bilder mit den Dessous interessieren«, bemerkte ich grinsend.

»Was, da sind Bilder von Dessous drin?« Er hatte einen edel aussehenden Sekretär in Beschlag genommen und sah mit Unschuldsmiene zu mir auf.

Ich nahm ihm das Buch aus der Hand und schlug es ganz hinten auf, wo alle möglichen Unterröcke und Petticoats abgebildet waren. »Bitte sehr«, sagte ich und legte ihm das aufgeschlagene Buch auf den Schoß.

»Ach, unter Dessous hatte ich mir aber was anderes vorgestellt«, sagte Rex.

Am liebsten hätte ich ihn in dem Moment fotografiert. Dieses jungenhafte Lächeln. Diesen liebevollen, zufriedenen Gesichtsausdruck. Begriff er es denn nicht? Wir brauchten keine Kinder, um glücklich zu sein. Wir waren bereits glücklich. Es fehlte uns nichts. Ich hatte meine Pflanzen, und er hatte seine Schriftstellerei. War das nicht genug? Gefiel ihm unser gemeinsames Leben nicht, wie es war? Wie ich immer nach der Arbeit nach Hause eilte mit einem Korb voller Gemüse vom Markt fürs Abendessen oder einer Handvoll Kräuter aus einem meiner Gartenprojekte, begierig, die Seiten zu lesen, die er im Lauf des Tages geschrieben hatte. Liebte er nicht die stillen Vormittage, die wir gemeinsam bei einem Espresso in unserem Garten verbrachten und über unseren letzten Besuch auf dem Flohmarkt in Queens oder in einem Antiquitätenladen in Connecticut plauderten? Einmal waren wir mit einer großen bemalten Kommode in die *Antiquitäten-Roadshow* gegangen und mussten erfahren, dass das gute Stück in China hergestellt war. Bei der Erinnerung musste ich jetzt noch innerlich lachen.

Rex legte das Buch weg und schaute mich an. »Also, angenommen, ich würde einen Krimi schreiben, der hier im Haus spielt«, sagte er. »Ein ganz neues Buch. Welche Personen würden mitwirken?«

»Na ja«, sagte ich, »die Hauptpersonen wären natürlich der überhebliche Lord und seine melancholische, geheimnisvolle Frau.«

Rex schrieb etwas in sein Notizheft.

Ich schaute aus dem Fenster. »Sie könnte viel Zeit im Garten verbringen, weil sie immer so schwermütig ist. Weil sie bei den Blumen Frieden findet.«

»Ja, das gefällt mir«, sagte Rex. »Und die Haushälterin – sie weiß irgendwas. Sie könnte vielleicht in den Lord verliebt sein.«

»Ja, vielleicht«, sagte ich. »Wichtige Nebenfiguren sollten ins Spiel kommen. Die Kinder zum Beispiel. Und die Dienstboten.« Mein Blick fiel auf Virginia Woolfs *Die Jahre*, das ich auf dem Beistelltisch abgelegt hatte. »Und Flora.«

Rex sah mich verwundert an. »Flora?«

»Ja«, sagte ich. »Ihr Name steht in dem Buch da.«

»Wer ist sie?«, fragte Rex.

»Keine Ahnung. Aber ich wüsste es gern.«

»Ich auch«, sagte er und machte sich noch ein paar Notizen.

Von draußen war lautes Rauschen zu hören. »Der Wind hat zugenommen«, bemerkte Rex.

Ich ging ans Fenster. Es regnete heftig. »Schade«, sagte ich. »Ich hatte gehofft, wir könnten heute einen Spaziergang im Park machen.«

»Vielleicht klart es ja am Nachmittag wieder auf«, sagte er.

»Hoffentlich«, sagte ich und nahm mein Buch vom Beistelltisch. »Ich glaube, ich gehe ein bisschen nach oben und überlasse dich deinen Recherchen.«

Auf dem Treppenabsatz schaute ich den Flur hinunter zur Tür des Kinderzimmers im Westflügel. Ich konnte das Kinderlachen aus vergangenen Jahrhunderten beinahe hören. Waren sie dort glücklich gewesen? Aber wie hätten sie nicht glücklich sein sollen, mit dem prächtigen Puppenhaus, all den Spielsachen und dem vollen Bücherregal?

Ich ging den Flur zum Ostflügel hinunter. Zu meiner Rechten befand sich eine doppelflügelige Mahagonitür. Dieses Zimmer war mir bis dahin noch gar nicht aufgefallen. Den Ostflügel hatte Mrs. Dilloway bei ihrer Führung ausgelassen. Ich trat näher, sah mich nach allen Seiten um und legte die Hand auf den Türknauf. Langsam drehte ich den Knauf. Zu meiner Überraschung war die Tür nicht abgeschlossen.

Die Scharniere quietschten leise, als ich die Tür öffnete und in das Zimmer schlüpfte. Die kühle Luft verursachte mir eine Gänsehaut, während ich darauf wartete, dass meine Augen sich an das Halbdunkel gewöhnten. Ich wünschte, Rex wäre bei mir. Die Vorhänge waren zugezogen, aber es war deutlich zu sehen, dass dies ein Schlafzimmer war, das einmal einer Frau gehört hatte – einer vornehmen Frau. Die geblümte, mit Spitze eingefasste Tagesdecke auf dem Bett wies nicht eine einzige Knitterfalte auf, und der große Kleiderschrank, der offen stand, war gefüllt mit kostbaren Kleidern.

Auf der Frisierkommode lagen zwei Haarbürsten und ein Handspiegel, in deren Rücken die Initialen AML eingraviert waren. War dies Lady Annas Zimmer gewesen? Ich betrachtete mich in dem Spiegel über der Frisierkommode, der in der Mitte einen Riss hatte. Hatte die Lady sich am Tag ihres Todes in diesem Spiegel betrachtet? Ich fuhr mit einem Finger über den haarfeinen Riss.

Draußen regnete es immer noch. Der Regen trommelte gegen die Fensterscheiben. Als der Wind durch die Ritzen pfiff, stieg mir ein Blütenduft in die Nase – Flieder, vielleicht –, so als stünde eine Frau hinter mir, die sich gerade erst mit Parfüm eingesprüht hatte. Mit klopfendem Herzen fuhr ich herum, und da erst fiel mir die Blumenvase auf der Kommode auf. Ein frischer Strauß aus Pfingstrosen und violettem Flieder. Hatte Mrs. Dilloway den hierhingestellt? Warum? Für wen?

Ich ging zu der Kommode hinüber. Neben der Blumenvase lag ein Buch auf einem Spitzendeckchen. Es war größer als ein Tagebuch, eher eine Art Sammelalbum. Ich schlug es auf und las die handschriftliche Eintragung auf der ersten Seite: »Die Kamelien auf Livingston Manor. Gesammelt von Anna Livingston«.

Ich hielt den Atem an. Das Album enthielt Dutzende gepresste Blüten. Je eine verblasste und papierdünne Blüte klebte auf einer Seite, darunter der Name der Kamelie, und auf der gegenüberliegenden Seite befanden sich jeweils handschriftliche Notizen, die das Datum und die Herkunft festhielten sowie Anweisungen zur Pflanzung und Pflege. Zu der Blüte der »Camellia petelotii« hatte Lady Anna geschrieben: »Edward hat mich mit dieser kleinen Pflanze zum Geburtstag überrascht. Sie kommt aus Vietnam, wo man sie in einem Wald am Fuß eines Bergs entdeckt hat. Die hellgelben Blüten haben mich aufgemuntert. Sie erinnern mich an eine Kamelie, die ich vor Jahren im Botanischen Garten in Charleston gesehen habe.«

Lord Livingston hatte ihr also seltene Kamelien beschafft, um sie aufzuheitern. Aber warum hatte sie aufgeheitert werden müssen? Die Vielfalt der Kamelien in dem Buch faszinierte mich. Rote, rosafarbene, weiße Blüten, Kreuzungen, Varietäten. Kamelien aus der ganzen Welt.

Gebannt las ich die handschriftlichen Notizen zu den einzelnen Blüten: *bekam am Nordende des Gartens nicht genug Sonnenlicht. Habe sie auf die Westseite umgepflanzt, wo der Boden besser ist. Drainage angelegt.* Der Aufbau der Seiten war immer gleich. Rechts oben befanden sich stets mehrere Zahlen. Ich blätterte zurück zur Camellia petelotii. Dort stand: *5:3:31:2:1.* Darunter: *L. Sussex Hertzberg.* Wahrscheinlich ein botanischer Klassifizierungscode. Aber die Worte bezogen sich weder auf diese Kamelie noch auf irgendeine andere Kamelie, die ich kannte.

Ich las weiter, bis ich zur letzten Seite gelangte. Sie fehlte. Der einzige Beweis für ihre Existenz war ein schmaler, gezackter Rand. Wer hatte die Seite herausgerissen? Und warum? Lady Anna hatte dieses Buch mit großer Sorgfalt angelegt. Sie hatte die Seite bestimmt nicht selbst entfernt.

Als ich Schritte im Treppenhaus hörte, schlüpfte ich zurück in den Flur und schloss leise die Zimmertür. Das Buch unter dem Arm ging ich zur Treppe, wo ich beinahe mit Mrs. Dilloway zusammengestoßen wäre.

»Mrs. Sinclair«, sagte sie und ordnete die Rosen, die sie in der Hand hielt. »Kann ich etwas für Sie tun?«

»Ja«, stammelte ich, bemüht, das Buch zu verbergen, »ich meine, nein, danke.«

»Nun denn.« Sie gab sich keine Mühe, ihren argwöhnischen Unterton zu verbergen.

Ich eilte zurück zu unserem Zimmer und war froh, als ich Rex auf dem Bett sitzen sah. »Ah, da bist du ja«, sagte er und blickte von seinem Buch auf.

»Ich war im Ostflügel. Ich hab ein Zimmer entdeckt.«

»Ach?« Das machte ihn neugierig.

»Ich bin reingegangen, die Tür war nicht abgeschlossen. Es war ganz merkwürdig, Rex. Es muss das Zimmer von Lady Anna gewesen sein. Mrs. Dilloway hält es in Ordnung, als würde Lady Anna noch leben. Alle ihre Kleider, alle ihre Sachen sind noch da. Und es stand sogar eine Vase mit frischen Blumen auf der Kommode.«

»Das ist ziemlich sonderbar«, sagte er.

»Find ich auch.« Ich legte das Buch mit den Kamelien aufs Bett. »Sieh mal, was ich gefunden habe.«

»Was ist das?« Er nahm das Buch in die Hände.

»Sie hat Blüten von allen Kamelien auf dem Anwesen gesammelt und sich ganz merkwürdige Notizen dazu gemacht. Und hier. Die letzte Seite ist herausgerissen.«

Rex betrachtete das Buch, dann zuckte er die Schultern. »Vielleicht ist eine Kamelie eingegangen, und sie brauchte die Seite nicht mehr.«

Ich schüttelte den Kopf. »Ein paar Kamelien sind 1934 in einem Schneesturm eingegangen, die Seiten hat sie auch nicht rausgerissen«, sagte ich. »Hier, die zum Beispiel. Sie hat es notiert. Es muss etwas anderes sein.«

Er kratzte sich am Kopf, dann verharrte er, als wäre ihm eine Idee gekommen. »Was, wenn das eine Art Code ist?«

»Das habe ich auch schon überlegt. Das könnte sich doch als großartiger Romanstoff erweisen.«

Rex lächelte mich an. »Danke«, sagte er.

»Wofür?«

»Dafür, dass du an mich glaubst. Du weißt ja, wie meine Eltern sich immer über meine Romanschreiberei aufregen. Sie würden es viel lieber sehen, wenn ich wieder bei der Investmentfirma arbeiten würde.«

»In dem Job würdest du nie glücklich werden«, sagte ich. Aber ob Rex glücklich war oder nicht, spielte für seine Eltern keine große Rolle. Ihrer Meinung nach musste ein Sinclair in einem großen Unternehmen Karriere machen und nicht als Romanautor.

»Na ja«, sagte ich. »Wir werden sehen, was sie sagen, wenn dein Buch auf der Bestsellerliste der *New York Times* steht.«

Rex grinste. »Wir haben unsere Ersparnisse fast aufgebraucht«, sagte er. »Ich werde mir wohl einen Plan B zurechtlegen müssen, falls dieses Buch kein Erfolg wird.« Er hob die Schultern.

Ich schüttelte den Kopf. »Nein. Lass dir Zeit. Mein Laden brummt doch im Moment. Und …« Ich wählte meine Worte sehr sorgfältig. »… deine Eltern würden dich immer unterstützen, wenn es darauf ankäme.«

»Ich will ihr Geld nicht«, sagte er. Das war ein wunder Punkt. Nachdem sie uns das Haus in New York gekauft hatten, stellten sie Bedingungen. Wenn mein Vater wütend auf mich gewesen war, hatte er immer gesagt: »Ich habe dich in die Welt gesetzt, also kann ich dich auch einsperren.« Bei Rex' Eltern lautete die Drohung eher: »Wir haben dir ein privilegiertes Leben ermöglicht, und wir können es dir auch wieder wegnehmen.« Natürlich meinten sie es gut. Sie erwarteten von ihm, dass er zu Weihnachten und Ostern und zum

Geburtstag seiner Großmutter erschien. Das ging ja noch. Aber mit ihrer Forderung, er solle mich überreden, der anglikanischen Kirche beizutreten (sie hatte mir sogar ein bereits mit meinem Namen und Geburtsdatum ausgefülltes Beitrittsformular zugeschickt), hatte seine Mutter den Bogen überspannt.

»Ich würde von ihnen keine Unterstützung annehmen«, sagte er stolz. »Das klingt vielleicht arg idealistisch, aber wenn wir mal Kinder haben … Ich meine, falls wir mal Kinder bekommen, nun, dann sollen sie wissen, dass ihre Eltern sich das, was sie besitzen, erarbeitet haben.«

Ich schaute etwas betreten zu Boden. »Rex, ich dachte, wir hätten beschlossen …«

»Was beschlossen?«

Ich seufzte frustriert. »Diese Diskussion vorerst auf Eis zu legen.«

»Das kann ich nicht, Addie«, sagte er. »Ich möchte Kinder – und zwar mit der Frau, die ich liebe. Das kann ich nicht einfach verleugnen. Und ich möchte nicht so tun, als wäre mir das nicht wichtig.«

Ich stand auf und trat ans Fenster. Das Herz schlug mir bis zum Hals.

»Ich wünschte, du würdest es mir erzählen«, sagte er.

Ich fuhr herum. »Ich würde dir was erzählen?«

Sein Blick verfinsterte sich. »Das, was du mir vorenthältst«, sagte er. »Manchmal beobachte ich dich im Schlaf, in der Hoffnung, wenn ich dich nur lange genug ansehe, deine Gedanken lesen zu können.«

Dieses Gespräch hatten wir schon hundertmal geführt. Bisher war es mir jedes Mal gelungen, ihn zu beruhigen. Ich hatte ihn getröstet, hatte ihm erklärt, dass es nicht an ihm, sondern an mir lag. Dass ich mich einfach nicht in der Mutterrolle sehen konnte, dass ich der Meinung war, nicht jede Frau müsse Mutter sein. Aber wenn ich ihm in die Augen schaute, wusste ich, dass er mir das alles nicht abkaufte. Er war davon überzeugt, dass mehr dahintersteckte. Und er hatte recht damit.

Ich wandte mich ab. Ich konnte seinem Blick nicht standhalten, aus Angst, er würde in meinen Augen den Schmerz sehen, den ich tief in meinem Innern verbarg. Manchmal hatte ich den Verdacht, dass Rex tatsächlich meine Gedanken lesen konnte, wenn er zum Beispiel einen Satz beendete, den ich angefangen hatte, oder wenn er mit frischem Baguette und Thai-Essen nach Hause kam, während ich gerade die Nummer des Thai-Imbiss wählte. Oder wie er immer ganz genau wusste, wann sich bei mir eine Migräne ankündigte. Konnte er jetzt meine Gedanken lesen? Sah er die Qualen, die ich schon mein halbes Leben lang verborgen hielt?

Er stand auf und nahm seine Büchertasche. Ich drehte mich um und sah, wie er sein Notizheft und ein paar Bücher einpackte. »Ich glaube, ich fahre in das kleine Café in der Stadt, um ein bisschen zu schreiben«, sagte er.

Ich nickte. Es tat mir in der Seele weh, ihn so verletzt zu sehen, aber ich wusste nicht, was ich sagen sollte. Ich schaute ihm zu, wie er sich die Büchertasche über die Schulter warf, das Zimmer verließ und die Tür leise hinter sich zuzog.

Ich legte mich aufs Bett und schloss die Augen. Nach einer Weile ertönte ein *Pling* aus meinem Laptop und riss mich aus meinen Gedanken. Rex' Eltern hatten einen Internetanschluss in das Zimmer legen lassen, und ich hatte ganz vergessen, dass ich am Abend zuvor meinen Laptop eingestöpselt hatte. Ich setzte mich auf, nahm den Laptop auf den Schoß und öffnete das E-Mail-Programm. Ich hatte eine Nachricht von einer Kundin und eine von meiner Assistentin Cara, die mir mitteilte, dass der Schmetterlingsgarten fertiggestellt war. Sie hatte ein Foto angehängt. Die Prachtspieren standen ein bisschen zu dicht, aber ansonsten war ihr alles gut gelungen.

Ich hatte keine Lust, über mein Leben nachzugrübeln. Stattdessen dachte ich an die Gartenanlagen von Livingston Manor, vor allem an die vielen Kamelien und das Buch, das Lady Anna angelegt hatte. Ich beschloss, Louise Clark, meiner ehemaligen Professorin und Leiterin des Instituts für Gartenbau an der New York University, eine E-Mail zu schreiben. Im vergangenen Herbst hatten wir uns per Mail über eine seltene rosafarbene Fliederart ausgetauscht, die ich im Garten eines meiner Kunden in Brooklyn entdeckt hatte. Vielleicht kannte Louise sich ja auch mit Kamelien aus.

Liebe Louise,

wie geht es Ihnen? Ich verbringe den Sommer mit meinem Mann in England, in einem alten Herrenhaus, das seinen Eltern gehört. Das Haus ist prächtig, man fühlt sich wie in eine andere Zeit versetzt. Der Garten ist ein Traum, vor allem die vielen alten Kamelien, die hier wachsen und die auch der Grund sind, warum ich Ihnen schreibe. Ich habe ein altes Buch gefunden, eine Art Herbarium mit Informationen über die Kamelienarten hier im Garten. Die meisten sind mir bekannt, einige davon sind sehr selten. Wenn es irgendwann mal aufhört zu regnen, schicke ich Ihnen Fotos.

Ich habe zwei Fragen an Sie:

1. Haben Sie schon mal von einer Art namens »Anna Maria Bellweather« gehört? Der Name ist mir nicht bekannt. Sie hat prächtige rosafarbene Blüten mit einem pinkfarbenen Herzen.
2. Wissen Sie zufällig etwas über seltene Kamelienarten, die in den Zwanziger- oder Dreißigerjahren in England aufgetaucht sind? Haben Sie irgendeinen Tipp, woran ich sie erkennen könnte?
Ich weiß noch nicht, was ich mit all dem anfangen soll, aber es macht mich neugierig. Aus dem Herbarium wurde eine Seite herausgerissen. Vielleicht war ja darauf eine besonders seltene Art beschrieben. Ich hoffe, das alles klingt nicht zu verworren. Ich leide immer noch am Jetlag.
Vielen Dank im Voraus!
Ganz herzliche Grüße aus England
Addison

PS: Noch etwas: Auf jeder Seite ist ein seltsamer Code vermerkt. Zum Beispiel auf der Seite der Camellia petelotii steht: »5:3:31:2:1«. Und darunter: »L. Sussex Hertzberg«. Haben Sie eine Ahnung, was das bedeuten könnte?

Ich schickte die Mail ab und nahm mir wieder das Kamelienbuch vor. Nachdem ich kaum eine Viertelstunde darin gelesen hatte, ertönte wieder ein *Pling* aus meinem Laptop. Begierig öffnete ich Louises Antwort.

Hallo Addison,
wie schön, von Ihnen zu hören! Ich fasse mich kurz, weil ich gleich zu einer Sitzung muss, aber ich konnte nicht widerstehen, sofort zu antworten. Da haben Sie wirklich

eine aufregende Entdeckung gemacht! Ich habe in der Datenbank nach der Anna Maria Bellweather gesucht. Diese Art wurde um 1900 nach einer Frau aus Charleston benannt. Soweit ich weiß, hofften damals alle Debütantinnen darauf, dass eine Kamelie nach ihnen benannt wurde. Das galt als große Ehre. Natürlich gab es nicht genug für alle. Diese Miss Anna Bellweather muss also etwas ganz Besonderes gewesen sein.
Was Ihre zweite Frage angeht – die Frage nach den seltenen Kamelienarten –, da gab es tatsächlich einige. Vor allem nach einer ganz bestimmten sollten Sie mal forschen. Sie heißt Middlebury Pink. Vor ungefähr fünfzehn Jahren gab es erstaunlicherweise einigen Wirbel um diese Sorte. Ich meine mich an einen Artikel im *Telegraph* zu erinnern. Das können Sie ja mal googeln. Aber angeblich ist die Sorte ausgestorben. Vielleicht stimmt das, vielleicht auch nicht. Jedenfalls wäre das eine Sensation, wenn Sie ein Exemplar finden würden! Der Traum jedes Pflanzenliebhabers!
Was den Code angeht, muss ich leider passen. Zuerst dachte ich, es handle sich um den Wiener Nomenklatur-Code, der Anfang des vorigen Jahrhunderts von den Botanikern in Europa benutzt wurde, aber die Zeichenfolge ergibt so keinen Sinn. Es wird eher das persönliche System eines Gärtners sein, um Pflanzen zu klassifizieren. Die Bezeichnung L. Sussex Hertzberg habe ich in keiner Datenbank gefunden. Ein Mysterium! – So, ich muss los.
Liebe Grüße
Louise

PS: Halten Sie mich auf dem Laufenden!

Ich öffnete den Browser und gab bei Google »Middlebury Pink« ins Suchfeld ein. Es gab Hunderte von Treffern. Ich überflog die Artikel, um so viel wie möglich über diese wunderschöne Kamelie mit den weißen, von rosafarbenen Sprenkeln durchzogenen Blütenblättern zu erfahren. Sie wurde in Büchern über die Geschichte der Botanik erwähnt, allerdings hatte seit Jahrzehnten kein Gärtner mehr diese Kamelie zu Gesicht bekommen, und viele hielten sie für einen Mythos. Dann, in einem Blog-Eintrag von einem am London Conservatory tätigen Botaniker, las ich, dass das letzte bekannte Exemplar der Art in den 1930erjahren im Garten von Livingston Manor gesehen worden war.

Ich stand auf, trat ans Fenster und schaute in den Park hinaus. Die Luft war diesig. Hatte die Middlebury Pink womöglich überlebt?

»Hallo«, sagte Rex, als er am Nachmittag zurückkam. Ich war nach draußen gegangen, um ihn zu begrüßen. »Ich bin heute einen Riesenschritt weitergekommen.«

Ich lächelte. »Ach ja?« Ich freute mich, ihn nach unserem letzten Gespräch wieder strahlen zu sehen.

»Ja«, sagte er. »Ich glaube, das Gerüst für die Handlung steht.« Er fasste sich an die Stirn, als wäre ihm gerade ein Detail wieder eingefallen. »Und weißt du was? Mir ist heute in der Stadt was Merkwürdiges passiert.«

»Was denn?«

»Ich habe einen Typen aus New York kennengelernt«, sagte er. »Aus der Bronx.«

Mir lief ein kalter Schauer über den Rücken. Nein, das musste Zufall sein.

»Verflixt, jetzt fällt mir sein Name nicht mehr ein«, fuhr

Rex fort. »Irgendwas wie John oder Shawn. Er sagt, er ist hier zu Besuch bei einer alten Freundin. Wie klein die Welt doch ist, was?«

»Ja«, sagte ich, während mir die alte Angst in den Nacken kroch.

Ich musste an den Sommer 1985 denken, an die Nacht, die mein Leben für immer verändern sollte. Ich war gerade fünfzehn geworden. Es war unerträglich heiß. Das Laub auf dem Boden des Gewächshauses Nr. 4 im Botanischen Garten von New York knisterte unter meinen Füßen. Sean gab mir eine Schaufel und sagte: »Grab.«

»Alles in Ordnung, Liebes?«, fragte Rex und legte mir besorgt eine Hand auf den Arm.

Ich kniff die Augen fest zusammen und versuchte, mich zusammenzureißen. »Ja«, sagte ich und hielt mir den Bauch. »Ich glaube, ich bin das reichhaltige englische Essen einfach nicht gewöhnt.«

Rex nickte mitfühlend. »Du brauchst frische Luft, das ist alles. Du hast ja den ganzen Tag im Haus gehockt.« Er nahm die Zeitung von einem Tisch neben der Tür und klemmte sie sich unter den Arm. »Komm, wir setzen uns ein bisschen auf die Terrasse.«

Ich folgte ihm nach draußen, wo wir es uns unter der Markise in zwei Sesseln bequem machten. Es hatte endlich aufgehört zu regnen, und der Boden schien zu dampfen. Rex schlug die Zeitung auf. Einen Augenblick später sagte er: »Sieh dir das mal an. Unser Städtchen scheint der Schauplatz eines ungelösten Verbrechens zu sein. 1931 ist eine junge Frau hier aus Clivebrook verschwunden.« Er zeigte auf ein Schwarz-Weiß-Foto von einer jungen Frau mit dunklem Haar und sanften Augen. »Heute jährt sich der Tag ihres Verschwindens.«

»Wie traurig«, sagte ich und nahm ihm die Zeitung ab. »Und wie unheimlich.« Ich las die Bildunterschrift. »Lila Hertzberg, entführt am 2. Januar 1931, wurde nie gefunden.« Hertzberg. Wo hatte ich den Namen schon einmal gehört?

Rex blickte von seinem Buch auf. »Klingt, als hätte Clivebrook seinen eigenen Jack the Ripper gehabt. Ich habe mich gestern mit dem Besitzer des Cafés unterhalten, und der hat mir erzählt, dass damals in den Dreißigerjahren mehrere Frauen verschwunden sind«, sagte er. »Eine davon hieß Elsie. Als Kind hatte ich mal eine Babysitterin, die so hieß. Sie hat sich immer an den Weinvorräten meiner Mutter bedient, wenn wir im Bett waren.« Er lächelte. »Ich weiß nicht, was mich mehr irritiert, die ungeklärten Entführungen oder der Weindiebstahl.«

Ich lächelte gequält. In dem Moment landete ein Rabe auf einer steinernen Vase auf der Terrasse und krächzte wie ein Geist aus meiner Vergangenheit. Ich klatschte in die Hände, und der Vogel flog widerwillig davon.

Rex' Handy klingelte, und er nahm es aus der Tasche. »Tut mir leid, das muss ich wohl annehmen«, sagte er und ging auf den Weg, der ums Haus herumführte. Das Telefon am Ohr, winkte er mir zu, wie um zu sagen *Bin gleich wieder da.* Seine Stimme wurde mit jedem Schritt leiser. »Hast du es gefunden?«, fragte er. »Gut. Ich komme sofort rüber, das muss ich mir ansehen … Ja, natürlich … Nein, tut sie nicht …«

Als Rex außer Sichtweite war, ging ich zurück ins Haus. Der Wind hatte zugenommen, und ich brauchte einen Pullover. Auf dem Tisch in der Eingangshalle lag ein Stapel Post. Ein brauner Umschlag fiel mir auf. In der oberen linken

Ecke stand »Lord Nicholas Livingston«. War das nicht der Name eines der Kinder, die hier gewohnt hatten? Der Brief war an meinen Schwiegervater adressiert. Rex' Vater würde sicherlich nichts dagegen haben, wenn ich den Brief öffnete – womöglich enthielt er wichtige Informationen, über die er unterrichtet werden musste. Ich nahm den Brief an mich und ging damit ins Wohnzimmer. Nach einem kurzen Blick in Richtung Tür riss ich den Umschlag auf und nahm das Schreiben heraus.

An Mr. Sinclair:

Ich bin Nicholas Livingston, ein ehemaliger Bewohner von Livingston Manor. Es gibt etwas sehr Wichtiges, über das ich gern mit Ihnen reden würde. Wenn Sie so freundlich wären, mich in meinem Londoner Büro anzurufen, dann können wir uns über die Sache unterhalten. Bitte erwähnen Sie unsere Korrespondenz mit keinem Wort gegenüber dem Hauspersonal, vor allem nicht gegenüber Mrs. Dilloway.
Mit freundlichen Grüßen
Nicholas Livingston

Was in aller Welt konnte Mr. Livingston mit meinen Schwiegereltern zu besprechen haben? Und warum wollte er nicht, dass Mrs. Dilloway davon erfuhr? Als ich hinter mir Schritte hörte, steckte ich den Brief hastig in meine Hosentasche und drehte mich um. In der Tür stand Mrs. Dilloway.

»Hallo«, sagte ich nervös.

»Möchten Sie und Mr. Sinclair heute um sechs oder um halb sieben zu Abend essen?«

»Ach, ich habe ganz vergessen, es Ihnen mitzuteilen«, antwortete ich. »Wir gehen heute Abend auswärts essen.«

»Selbstverständlich«, erwiderte sie steif. Dann hielt sie einen Brief hoch. »Post für Sie.«

»Für mich?«, fragte ich, als sie mir den FedEx-Umschlag gab. Ich betrachtete den Eilbriefaufkleber. »Das verstehe ich nicht«, sagte ich. »Ich habe niemandem gesagt, dass ich hier sein werde.«

Die alte Frau warf mir einen seltsamen Blick zu. »Wir sehen uns dann morgen«, sagte sie und wandte sich zum Gehen.

Ich setzte mich aufs Sofa. Den Brief in der Hand, wartete ich, bis ihre Schritte sich entfernten, dann riss ich den Umschlag auf. Mein Herz pochte. Ich hatte die Handschrift sofort erkannt, und mir war ganz schwindlig geworden. Wie hatte er mich gefunden? In dem Umschlag befand sich ein Blatt liniertes, an einer Seite ausgefranstes Papier, das offensichtlich aus einem Spiralheft herausgerissen worden war. »Hallo Amanda.«

Ich zerknüllte das Blatt und lehnte mich auf dem Sofa zurück. Und dann stürmten die Erinnerungen auf mich ein, so sehr ich mich auch dagegen wehrte.

Fünfzehn Jahre vorher

»Bitte geben Sie Ihr Alter an, fürs Protokoll«, forderte der Polizist mich ungerührt auf. Er saß an einem grauen Schreibtisch aus Stahl, auf dem sich Aktenordner stapelten. Ein Telefon klingelte ununterbrochen, doch er ignorierte es. »Miss Barton«, sagte er. »Bitte verschwenden Sie nicht meine Zeit. Wie Sie sehen, habe ich viel zu tun.«

Ich senkte den Blick.

»Ich frage Sie noch einmal, und wenn Sie nicht kooperieren, bedeutet das Jugendgefängnis für Sie«, fuhr er mich an. Der Ton war mir vertraut, das kannte ich von meinem Vater. Diese plötzliche Wut, die einen Mann in ein Monster verwandelte. Als ich noch klein war, wusste ich nie, was diese Wut auslöste oder wo sie herkam. Erst war mein Vater ganz normal, und dann, plötzlich, löste er seinen Gürtel und rannte mit einem irren Blick in den Augen hinter mir her. Meine Mutter sagte, er sei krank. Aber das gab ihm doch nicht das Recht zu tun, was er tat.

»Ihr Ausreißer kapiert es einfach nicht«, sagte der Polizist. »Ihr glaubt, das Leben auf der Straße ist aufregender als zu Hause. Aber dann baut ihr Mist, und wir müssen euch einsperren.« Er klopfte mit seinem Kugelschreiber auf den Schreibtisch. »Nur für den Fall, dass Sie schwerhörig sind, ich gebe Ihnen eine letzte Chance, sich zu erklären, ehe ich Sie ins Jugendgefängnis stecke – und zwar diesmal für sechzig Tage. Nennen Sie mir ihr Geburtsdatum.«

Ich knibbelte an meinen blutigen, bis aufs Nagelbett abgekauten Fingernägeln. Begriff er nicht, dass ich ins Jugendgefängnis *wollte*? Ich sah ihm direkt in die Augen und sagte kein Wort.

Er knallte sein Klemmbrett auf den Schreibtisch und stand auf. »Stan! Führ sie ab!«

»Ach, hier bist du«, sagte Rex. »Tut mir leid, dass es so lange gedauert hat.«

»Kein Problem«, erwiderte ich. »Wer war das denn?«

»Nur der Geschäftsführer meines Vaters. Ich muss ein paar Umbaupläne für das Haus unterzeichnen.«

»Ach so«, sagte ich.

»Komm, lass uns einen Spaziergang im Garten machen. Die Sonne ist endlich rausgekommen. Der Garten wird dich aufmuntern.«

»Gute Idee«, sagte ich lächelnd. »Ich hole mir nur schnell eine Jacke.«

Ich steckte mein Handy und das Kamelienbuch in meinen Rucksack und folgte Rex nach draußen. Die Buchsbaumhecken, die den Gartenweg säumten, waren über die Jahre sträflich vernachlässigt worden, aber ich versuchte mir vorzustellen, wie sie ausgesehen hatten, als die Gartenanlagen noch tipptopp gepflegt wurden – zweifellos perfekt in Form geschnitten. Jetzt waren sie ziemlich verwuchert, an manchen Stellen buschig, an anderen vergilbt und kraftlos. Sie sahen aus wie alte Damen, denen man ihren wöchentlichen Frisörbesuch verweigerte. Am liebsten hätte ich mir eine Heckenschere geschnappt und ihnen sofort einen frischen Schnitt verpasst.

Auch die übrige Gartenanlage sah nicht besser aus, aber das Potenzial war nicht zu übersehen. Die Grundstruktur war da. Man würde ein bisschen stutzen und ein bisschen umpflanzen müssen, dann würde der Park wieder in seinem alten Glanz erstrahlen. Mich juckte es jetzt schon in den Fingern.

Als Rex und ich an einem kleinen Rosengarten vorbeigingen, blieb ich kurz stehen, um eine Efeuranke abzureißen, die eine alte Teerose zu ersticken drohte. Theoretisch ist Efeu zart, er hat sogar etwas Romantisches. Aber ich hatte schon zu viele Gartenanlagen gesehen, die von Efeu, der sich in einigen Teilen der Welt zunehmend ausbreitet, völlig zerstört worden waren. Er schleicht sich langsam an, um dann in aller Stille ganze Blumenbeete mit seinen Ranken zu bedecken, bis darunter nichts mehr wächst. Ich kniete mich hin und tastete mit den Fingern unter dem alten Rosenstock, der wahrscheinlich seit Jahrzehnten nicht beschnitten worden war, bis ich den Efeu zu fassen bekam. Er klammerte sich im Erdreich fest, doch ich zog mit aller Kraft, bis ich ihn mitsamt der Wurzel in der Hand hielt. Invasive Pflanzen sind wie alles Übel – man wird es nur los, wenn man es mit Stumpf und Stiel ausrottet. Alles andere ist nur eine vorübergehende Lösung. Ich seufzte und dachte an meine derzeitige Situation. Ich ließ mich vollkommen von Unkraut überwuchern. Es bedrohte mein Glück und in gewisser Weise mein ganzes Leben. Warum gelang es mir nicht, mich zur Wehr zu setzen?

»Wenn's was zu jäten gibt, kannst du nicht widerstehen, was?«, sagte Rex grinsend.

Ich trat einen Schritt zurück, um mein Werk zu bewundern. »Schon besser«, sagte ich.

Die Sonne verschwand hinter einer Wolke, und es wurde plötzlich ziemlich dunkel. Ich spürte einen Regentropfen auf meiner Wange und zog mir die Kapuze über den Kopf. Der Weg wurde jetzt abschüssig. Plötzlich standen wir vor einer fast vollkommen von Efeu überwucherten steinernen Statue. Ich stellte meinen Rucksack ab und begann, die Ranken zur Seite zu schieben.

»Ich helfe dir«, sagte Rex. Gemeinsam legten wir das Gesicht eines Engels frei. Während Rex die Ranken von den Flügeln der Statue riss, befreite ich ihren Körper. »So«, sagte ich zu dem wunderschönen Engel. »Das fühlt sich bestimmt viel besser an.« Als ich gerade aufstehen wollte, bemerkte ich ein paar violette Triebe am Fuß der Statue. Ich beugte mich vor, um sie mir genauer ansehen zu können. *Atropa belladonna*, Schwarze Tollkirsche. »Rex!«, rief ich aus.

Er bückte sich. »Was ist das?«

»Schwarze Tollkirsche«, sagte ich. »Eine hochgiftige Pflanze.« Ich musste an die Geschichte von einem Gärtner denken, der ins Krankenhaus eingeliefert worden war, nachdem er mit Belladonna hantiert und sich aus Versehen die Augen gerieben hatte. Selbst in äußerst geringen Mengen ist das Gift der Tollkirsche gefährlich und potenziell tödlich. »Erinnere mich daran, dass ich deine Eltern darauf aufmerksam mache«, sagte ich. Rex' jüngere Schwester hatte kleine Kinder.

Der Wind hatte zugenommen, und ließ mich in meiner Jacke frösteln.

»Wollen wir zurückgehen?«, fragte Rex.

»Nein«, sagte ich. »Lass uns erst noch die Kamelien ansehen.« Die Blütezeit der Kamelien war eigentlich schon vorbei, aber die wenigen verbliebenen Blüten waren besonders prachtvoll, wie das Finale eines großen Feuerwerks. Aus der Nähe enttäuschten die Bäume nicht. Voller Bewunderung betrachtete ich eine gelbe Blüte, berührte sie vorsichtig mit den Fingerspitzen und atmete ihren milden, zitronigen Duft ein. Einem spontanen Impuls folgend nahm ich das Kamelienbuch aus meinem Rucksack und schlug die Seite mit der Camellia petelotii auf.

»Glaubst du, das ist sie?«, fragte Rex.

Ich nickte, während ich Lady Annas Notizen las. Dann verglich ich die Struktur der Blütenblätter. »Es muss sie sein«, sagte ich. »Aber dieser Zahlencode? Was könnte der bedeuten?« 5:3:31:2:1. »Vielleicht eine Ortsangabe?« Ich zählte die Baumreihen. Es waren fünf. »Ja, das ist die fünfte Reihe, wenn man von Osten nach Westen zählt.« Ich ließ meinen Blick schweifen, um mich zu orientieren.

»Und es ist der dritte Baum vom Rand aus gezählt«, sagte Rex. Wir schauten uns an. »Ich glaube, wir haben den Code geknackt.«

»Fast«, entgegnete ich. »Was bedeutet die letzte Ziffer?« Ich ging zum nächsten Baum und bewunderte seine dunklen, glänzenden smaragdgrünen Blätter. Ich hob eine rosafarbene Blüte auf, die erst kürzlich abgefallen war, und schlug noch einmal das Buch auf. Die Anna Maria Bellweather. Aber neben der getrockneten Blüte befanden sich nur zwei Ziffern – 5:4 –, außerdem fehlte der botanische Name. »Das ergibt überhaupt keinen Sinn«, sagte ich zu Rex.

Wir gingen an den Bäumen vorbei, Reihe um Reihe. Einige Kamelien waren besser in Schuss als andere. Ich blieb stehen, um die Rinde eines Baums zu berühren, der irgendwann einmal gebrannt haben musste. Auf einer Seite waren die Äste kahl und verkohlt. Wahrscheinlich Blitzschlag. Ich hoffte, dass es sich nicht um die Middlebury Pink handelte.

»Mist«, murmelte Rex, als der Regen wieder einsetzte. Er zeigte auf einen alten Schuppen, und wir rannten los, um unter seinem Dach Schutz zu suchen. Das Dach hing durch vom Gewicht einer dicken Moosschicht, und der alte, rostige Wetterhahn quietschte. Ich wischte mit dem Ärmel das Regenwasser von einem Fenster, um hineinspähen zu können. Drinnen schien sich etwas zu bewegen. »Hallo?«, rief ich mit klopfendem Herzen.

»Was ist?«, fragte Rex.

»Ich glaub, da ist jemand drin.«

Rex wirkte beunruhigt, bemühte sich jedoch, es sich nicht anmerken zu lassen. »Ach was«, sagte er.

Ich wich zurück, als ich meinte, die Türscharniere quietschen zu hören. Von Angst gepackt rannte ich den Weg hoch. Nach ein paar Schritten stolperte ich über eine Wurzel und schrie auf, als ich auf dem Ellbogen landete.

»Addison!«, rief Rex, der hinter mir hergerannt kam. »Alles in Ordnung?«

Mein Ellbogen blutete. »Gott, du hast dich ja verletzt«, sagte Rex, als er mich eingeholt hatte.

»Tut mir leid«, sagte ich. Von hier oben konnte ich das moosbedeckte Dach des Schuppens sehen, der zwischen den Kamelien kaum auszumachen war. »Ich hab mich furchtbar erschrocken.«

»Komm«, sagte Rex und half mir auf die Füße. »Lass uns reingehen und deinen Arm verbinden.«

Wir zogen unsere schlammverschmierten Schuhe vor der Tür aus und betraten die Eingangshalle, wo ich meine Jacke aufhängte.

»Wie ich sehe, waren Sie im Garten«, sagte Mrs. Dilloway, die auf der Treppe stand.

»Ja«, sagte Rex. »Auch wenn es nicht der beste Tag für einen Spaziergang ist.«

»Nein«, sagte Mrs. Dilloway. »Ganz und gar nicht.«

Ich spürte ihren Blick in meinem Rücken, als wir die Treppe hochgingen. Dann plötzlich fiel der Groschen. *Hertzberg.*

Ich fuhr herum. »Rex, hast du die Zeitung auf der Terrasse liegen lassen?«

»Ich glaube, ja«, erwiderte er.

Mrs. Dilloway schüttelte den Kopf. »Ich habe sie hereingeholt, als es anfing zu regnen«, sagte sie und zeigte auf den Tisch in der Eingangshalle. »Da liegt sie.«

Ich ging nach unten. Die Zeitung hatte nur ein paar Regentropfen abbekommen. Ich klemmte sie mir unter den Arm und machte mich wieder auf den Weg nach oben. Erst als wir in unserem Zimmer waren und die Tür hinter uns geschlossen hatten, blieb ich stehen. Ich legte die Zeitung und das Kamelienbuch aufs Bett. Aus dem Artikel ging hervor, dass Lila Hertzberg am 2. Januar 1931 entführt worden war. Ich nahm das Kamelienbuch und schlug die Seite mit der Camellia petelotii auf. Die Ziffern, die wir nicht hatten einordnen können, lauteten 31:2:1. Ich sog scharf die Luft ein. Es musste sich um ein Datum handeln. Ich überflog den Zeitungsartikel über Lila Hertzberg. Sie war in Sussex geboren. *Sussex.* Ich las den merkwürdigen botanischen Namen noch einmal: *L. Sussex Hertzberg.* Ich schaute Rex an. »Mein Gott«, sagte ich kopfschüttelnd. »Was haben wir da entdeckt?«

An dem Abend führte Rex mich in den Pub aus. »Was möchtest du, das würzige Beefsandwich oder Fish and Chips?«, fragte er und legte die Speisekarte weg.

»Also, ich weiß schon, was du nimmst«, sagte ich grinsend und trank einen Schluck von dem Wein, den der Kellner gerade entkorkt und eingeschenkt hatte. Bei Fish and Chips konnte Rex nie widerstehen.

Die Entdeckung, die wir am Nachmittag im Garten gemacht hatten, ging uns nicht aus dem Kopf. »Ich weiß nicht, was ich von all dem halten soll«, sagte ich.

»Ich auch nicht«, sagte Rex und rieb sich den Kopf. »Aber glaubst du, der Entführer würde tatsächlich so eine Information hinterlassen?«

»Ich weiß nicht«, sagte ich und trank noch einen Schluck Wein. »Vielleicht war es seine Visitenkarte. Oder vielleicht hat Lady Anna versucht, sich einen Reim auf all die rätselhaften Dinge zu machen.«

»Ich tippe auf Letzteres«, sagte Rex. »Vielleicht wusste sie, dass im Herrenhaus irgendetwas Schlimmes vor sich ging. Vielleicht hat sie nach Hinweisen gesucht und sie im Garten bei den Kamelien gefunden.«

Ich faltete die Serviette auf meinem Schoß. »Glaubst du, Mrs. Dilloway weiß etwas?«

»Da bin ich mir ganz sicher«, sagte er. »So lange, wie sie schon hier wohnt, weiß sie garantiert etwas.«

Ich seufzte. »Aber sie zum Reden zu bringen wird ein hartes Stück Arbeit werden. Ich bin noch nie jemandem begegnet, der so zugeknöpft ist.«

»Was hältst du davon, wenn wir für heute aufhören, Detektiv zu spielen, und den Abend genießen?« Er nahm meine Hand.

»Einverstanden«, sagte ich lächelnd.

Er streichelte meinen Arm, dann hielt er plötzlich inne, als er meine Armbanduhr berührte. »Weißt du was?«, sagte er und legte den Kopf schief. »Ich glaube, ich habe dein Handgelenk noch nie nackt gesehen.«

Instinktiv zog ich meinen Arm weg.

Er sah mich verblüfft an. »Mir ist gerade klar geworden, dass ich jeden Quadratzentimeter deines Körpers kenne«, sagte er, während er einen Finger unter das Uhrenarmband schob. »Bis auf dieses Handgelenk.«

Ich richtete mich auf und versteckte meinen Arm hinter dem Rücken. »So ein Quatsch, natürlich hast du es schon mal gesehen.«

»Egal«, sagte er und zog meinen Arm wieder zu sich. Es war bloß eine liebevolle Neckerei, aber mich versetzte das alles in Panik. »Komm, nimm die Uhr ab.« Er begann, die Schnalle zu öffnen, wobei er das Armband gerade so weit von meinem Handgelenk hob, dass er die Narbe sah, die ich so verzweifelt zu verbergen suchte. »O Gott«, flüsterte er. »Was ist denn da passiert?«

»Nichts«, sagte ich und entriss ihm meine Hand. »Das sind nur Windpockennarben.«

»Aha«, sagte er, immer noch entgeistert. »Ich wusste gar nicht, dass du mal Windpocken hattest.«

»Hatte ich aber«, sagte ich, froh, dass der Kellner kam und unser Essen brachte. »Und jetzt weißt du's.«

10

Flora

»Klopf, klopf.« Mrs. Dilloway steckte den Kopf zur Tür herein. Ich hatte meine Zimmertür einen Spaltbreit offen stehen gelassen, um nicht den Eindruck zu erwecken, ich wollte mich absondern. Die Kinder waren alle bei ihren Hauslehrern, und ich hatte die Gelegenheit ergriffen, um einen Brief nach Hause zu schreiben. Meine Eltern würden sich freuen zu erfahren, dass ich heil angekommen war. Ich schaute zur Tür.

»Guten Tag«, sagte ich und verstaute Stift und Papier in der Schreibtischschublade.

»Haben Sie alles, was Sie brauchen?«

»Ja«, antwortete ich. »Ich wollte fragen, ob – na ja – ob ich einen Strauß Kamelien pflücken darf. Bevor sie verblüht sind.«

»Das halte ich für keine gute Idee«, sagte sie hastig. Ehe ich etwas erwidern konnte, klatschte sie in die Hände. »So, wollen wir jetzt die Führung fortsetzen, bei der wir unterbrochen wurden?«

»Ja, gerne.«

Wir gingen nach oben. Mrs. Dilloway führte mich am Salon vorbei und zeigte mir die Besenkammer, in der, wie sie sagte, Nicholas sich gern versteckte, und den Speiseaufzug, in dem Janie hin und wieder verschwand. Wir gingen am

Speisezimmer, am Empfangszimmer und am Salon vorbei bis zur Treppe, die nach oben ins Kinderzimmer führte. Es war ein prächtiger Raum mit riesigen Bleiglasfenstern, von denen aus man einen Blick auf die Gartenanlagen und die hügelige Landschaft hatte. Ich stellte mir vor, wie die Fenster im Sommer weit offen standen und der Blütenduft aus dem Garten hereinwehte. Ich ging an einem Puppenhaus vorbei, das fast so groß war wie Katherine, und stolperte beinahe über einen hölzernen Bauklotz.

»Vorsicht«, sagte Mrs. Dilloway. »Die Kinder lassen immer alles herumliegen.«

Ich betrachtete das große Bücherregal zu meiner Rechten. »Mögen die Kinder Geschichten?«, fragte ich.

»Früher haben sie sich gern Geschichten angehört«, sagte sie.

Ich nahm ein Bilderbuch aus dem Regal. »Ich liebe Beatrix Potter«, sagte ich. »Glauben Sie, die Kinder würden sich gern von mir vorlesen lassen?«

Mrs. Dilloway zuckte die Schultern. »Sie können es ja versuchen. Aber das letzte Kindermädchen hatte nicht viel Glück.«

Ich setzte mich auf das Sofa neben dem Regal. »Darf ich Sie etwas fragen?«

»Natürlich.«

»Gibt es etwas, das ich wissen sollte, ich meine, was mit ihrer Mutter passiert ist? Sadie hat mir erzählt …«

»Sie sollten auf den Dienstbotenklatsch nichts geben, Miss Lewis«, sagte sie stirnrunzelnd. »Die Vergangenheit wieder aufzuwärmen wird den Kindern nicht helfen. Sie haben in diesem Jahr viel durchgemacht, mehr als Kinder durchmachen sollten.«

Ich nickte und stand auf.

»Wollen wir weitergehen?«

»Ja«, sagte ich und folgte ihr aus dem Zimmer.

Wir gingen den dunklen Flur entlang. »Das sind die Schlafzimmer der Kinder«, sagte Mrs. Dilloway. »Links sind die Zimmer der Mädchen und rechts die der Jungen.«

Ich zählte fünf Türen. »Und dieses Zimmer?«, fragte ich, ging auf die letzte Tür auf der Rechten zu und griff nach dem Türknauf. »Wer wohnt hier?«

Mrs. Dilloways Hand lag schneller auf dem Knauf als meine. »Das ist ein Gästezimmer«, sagte sie nur und ging voraus zum Treppenhaus.

»Und wohin geht es da?«, fragte ich und zeigte in einen dunklen Flur.

Sie schaute mich an. »Der Ostflügel gehörte Lady Anna«, sagte sie und fügte mit verträumtem Blick hinzu: »Dort hatte sie ihr Schlafzimmer, ihr Ankleidezimmer und ihr Schreibzimmer.«

»Aha«, sagte ich, ein bisschen verlegen wegen meiner Neugier. »Ich …«

»Ist schon in Ordnung«, sagte Mrs. Dilloway. »Es ist besser, wenn Sie Bescheid wissen, schon allein wegen der Kinder. Sie sind morgens immer als Erstes zu ihr gelaufen. Seine Lordschaft hat es sehr geärgert, dass sie sie auf ihrem Bett herumspringen ließ. Sie war nie so förmlich wie er.«

Sie sagte das alles mit traurigem, abwesendem Blick. Ich hätte so gern mehr über Lady Anna gewusst und wagte noch einen Blick in den dunklen Flur, der mich unwiderstehlich anzog. Plötzlich spürte ich Mrs. Dilloways Hand an meinem Arm.

»Kommen Sie«, sagte sie und zeigte auf die Treppe, die

in den zweiten Stock führte. »Ich möchte Ihnen noch etwas zeigen.«

Beim Treppensteigen schaute ich zu der Kuppeldecke hoch und betrachtete den Stuck und die kunstvolle Deckenmalerei mit den Darstellungen von Engeln, Tieren und blühenden Landschaften. Wie mochte es für die Kinder sein, in einem solchem Museum aufzuwachsen?

Mrs. Dilloway zeigte auf eine Tür. »Kann ich Ihnen ein Geheimnis anvertrauen, Miss Lewis?«

»Selbstverständlich«, erwiderte ich ein wenig verwirrt.

Als wir vor der Tür standen, zog sie einen Messingschlüssel aus der Tasche ihres Kleids und schob ihn in das Schloss. »Er klemmt ein bisschen«, murmelte sie. Dann gab das Schloss nach, und sie drehte den Knauf. Die Tür quietschte laut, als Mrs. Dilloway sie öffnete. »Die Scharniere sind über die Jahre ein bisschen eingerostet«, sagte sie frustriert. »Das ist die vermaledeite Landluft. Ein Wunder, dass wir nicht alle einrosten.«

Ich schaute an Mrs. Dilloway vorbei in das Zimmer hinein. »Kommen Sie, Miss Lewis«, sagte sie, als sie mein Zögern spürte.

Ein Streifen Sonnenlicht fiel aus dem Zimmer in den dunklen Flur. Mrs. Dilloway schaute sich nach rechts und links um. »Schnell«, flüsterte sie. »Es darf uns niemand sehen.«

Hastig schloss Mrs. Dilloway die Tür hinter uns. Durch das Glasdach über uns strömte helles Sonnenlicht und beschien einen wahren Urwald von Grünpflanzen. Als ich ihr in die Mitte des Raums folgte, schob ich eine widerspenstige Ranke zur Seite, die sofort zurückschnellte und mir ins Gesicht schlug. »Was ist das hier?«, fragte ich ehrfürchtig.

»Der Wintergarten«, antwortete sie und fügte leise hinzu: »Lady Annas Wintergarten.« Sie ging ein paar Schritte weiter. »Schön, nicht wahr?«

Ich war zu überwältigt, um etwas zu sagen. Ranken voller pinkfarbener Blüten umspielten ein schmiedeeisernes Geländer. Ich sah sofort, dass es sich um dieselbe Bougainvillea-Art handelte, die im Gewächshaus Nr. 4 im Botanischen Garten in New York wuchs. Gleich dahinter standen zwei kleine Bäume in Kübeln – ein Zitronenbäumchen, dessen gelbe Früchte im Sonnenlicht glänzten, und ein Bäumchen mit Früchten, die aussahen wie Apfelsinen, aber so winzig waren, wie ich noch nie welche gesehen hatte.

»Was ist das?«, fragte ich fasziniert.

»Das sind Kumquats«, sagte Mrs. Dilloway. »Die hat Lady Anna immer für die Kinder geerntet.« Sie pflückte eine der kleinen Früchte und hielt sie mir hin. »Hier, probieren Sie mal.«

Voller Staunen betrachtete ich die glänzende Frucht in meiner Hand.

Als ich hineinbiss, löste sich die dünne Haut in meinem Mund auf und gab einen süßlich sauren Geschmack frei, der so köstlich war, dass ich lächelnd die Augen aufriss. »Meine Güte«, rief ich aus. »So etwas habe ich ja noch nie gegessen!«

»Dann sollten Sie erst mal die Clementinen probieren«, sagte Mrs. Dilloway. »Die kommen aus Persien.«

Ich ging ein paar Schritte weiter und bewunderte die Orchideen, die in zahllosen Töpfen aufgereiht waren, mindestens hundert verschiedene Sorten, eine prächtiger als die andere. An der hinteren Wand standen Farne, Tränende Herzen und ein Flieder, dessen Duft ich von Weitem riechen konnte.

Mrs. Dilloway schaute mir zu. »Sie hätte Sie gemocht«, sagte sie. »Lady Anna.«

Ich sah sie fragend an.

»Die meisten Kindermädchen mochte sie nicht«, sagte sie. »Deswegen habe ich Sie hierhergeführt. Ich brauche Ihre Hilfe.«

»Wobei denn?«

»Setzen Sie sich«, sagte sie und zeigte auf eine steinerne Bank. Ich folgte ihrer Aufforderung, und sie setzte sich neben mich. »Sehen Sie«, sagte sie, und ließ ihren Blick durch den großen Wintergarten schweifen. »Seit ihrem Tod ist Lord Livingston nicht mehr hier oben gewesen. Er kann es nicht ertragen, hier zu sein. Er hat dem Dienstpersonal verboten, den Raum zu betreten.«

»Aber all die Pflanzen«, stieß ich hervor. »Sie werden eingehen.«

Sie nickte. »Ich könnte nicht leben mit dem Wissen, dass Lady Annas geliebte Pflanzen kläglich verdorren. Außerdem habe ich Lady Anna ein Versprechen gegeben, und daran fühle ich mich gebunden.«

»Was haben Sie ihr denn versprochen?«

Sie lächelte traurig in sich hinein. »Dass ich mich um ihren Garten kümmern würde.« Sie seufzte. »Es ist nicht leicht.« Sie fasste sich ans Herz. »Kennen Sie sich mit Pflanzen aus, Miss Lewis?«

»Ja«, erwiderte ich hastig und fügte hinzu, um nicht zu übereifrig zu klingen: »Ein bisschen.«

»Das ist gut.«

Ich betrachtete eine Ranke, die an der Wand hochkletterte, und zeigte darauf. »Eine Passionsblume?«, fragte ich.

»Ja«, sagte Mrs. Dilloway. »Lady Anna liebte ihre Blüten.«

»Ich verstehe nicht, wie Lord Livingston es zulassen kann, dass all diese Schönheit vergeht«, sagte ich hingerissen.

Sie legte die Hände ineinander. »Manchmal denke ich, dass für Lord Livingston alle Schönheit der Welt mit Lady Anna gestorben ist. Er kann den Anblick von Blumen nicht mehr ertragen. Er hat Mr. Humphrey angewiesen, die Tulpen auszureißen, und ich fürchte, dass die Kamelien als Nächste dran glauben müssen.«

Ich erschrak. »Aber die würde er doch nicht ausreißen lassen, oder?« Ich hob ein gelbes Blatt vom Boden auf und zerrieb es zwischen den Fingern.

»Ich weiß nicht«, sagte Mrs. Dilloway und stand auf. »Und bei all meinen Pflichten im Haushalt habe ich leider nicht mehr die Zeit, mich um das alles hier zu kümmern. Das müssen Sie übernehmen. Sie müssen die Pflanzen gießen und Unkraut jäten und hin und wieder die Äste und Zweige beschneiden.«

Meine Augen weiteten sich. Für mich war es, als wäre ein Traum wahr geworden. Ein Wintergarten voller exotischer Gewächse zu meiner Verfügung? Aber die Verantwortung war zu groß. Ich stand auf und schüttelte den Kopf. »Mrs. Dilloway, für diese Arbeit bin ich nicht geeignet. Ich besitze nur amateurhafte Kenntnisse der Botanik.«

Sie fuhr mit den Fingerspitzen über einen hellgrünen Farnwedel, so zart wie französische Spitze. »Lady Anna hatte auch keine Ausbildung auf dem Gebiet«, sagte sie. »Aber sie liebte diese Pflanzen, als wären sie ihre Kinder. Sie hat ihnen zugehört. Sie hat von ihnen gelernt. Mehr brauchen Sie nicht zu tun.« Sie schaute mich an. »Kann ich mich auf Sie verlassen?«

Ich holte tief Luft. »Also, ich …«

»Gut«, sagte sie. »Der Wasserhahn befindet sich da drüben. Die Baumschere finden Sie im Schrank. Und machen Sie keinen Lärm, sonst hört Seine Lordschaft Sie am Ende noch. Sein Schlafzimmer und sein Balkon liegen direkt hier drunter.«

Ich bekam Herzklopfen bei dem Gedanken, er könnte mich dabei erwischen, wie ich mich am Wintergarten seiner verstorbenen Frau zu schaffen machte. »Vielleicht sollte ich lieber nicht …«

»Ach«, fuhr Mrs. Dilloway unbeirrt fort, »da ist noch etwas. Seit Lady Annas Tod fehlt eine ihrer Halsketten mit einem Medaillon. Ich dachte immer, ich würde sie hier finden, aber bisher habe ich vergeblich danach gesucht. Falls Sie das Medaillon finden, bringen Sie es bitte sofort zu mir.«

»Ja, natürlich«, sagte ich.

Sie wandte sich zum Gehen, und ich folgte ihr vorbei an den Zitronenbäumchen, die im Sonnenlicht einen herrlich süßen Duft verströmten.

Im Vorbeigehen pflückte sie ein paar Kumquats, dann ging sie unter den Bougainvilleen vorbei in Richtung Tür. Als sie gerade die Hand auf den Türknauf legte, tippte ich ihr auf die Schulter. »Die Halskette mit dem Medaillon …«, flüsterte ich, überzeugt, dass mehr dahintersteckte, »… warum ist die so wichtig?«

Sie sah mich lange an. »Es geht nicht so sehr um das Medaillon«, sagte sie dann, »sondern um das, was sich darin befindet.«

Ich nickte.

»Hier«, sagte sie und ließ die Kumquats in die Tasche meines Kleids gleiten. »Für später.«

Ich lächelte.

»Und kein Wort über unsere Abmachung«, sagte sie. »Zu niemandem.«

Als wir den Fuß der Treppe erreichten, betrat Mr. Beardsley gerade die Eingangshalle. »Mrs. Dilloway«, sagte er, während er sich die Stirn mit einem Taschentuch abwischte. »Kommen Sie schnell. Es ist wieder etwas passiert.«

11

Addison

Mitten in der Nacht fuhr ich aus dem Schlaf. Nach Atem ringend setzte ich mich auf. Ich hatte wieder von Sean geträumt. Ich schaute Rex an, der friedlich neben mir schlief. Es war nur ein Traum, es war nur ein Traum, sagte ich mir. Aber als ich die Augen zumachte, sah ich nur sein Gesicht.

Fünfzehn Jahre vorher

Eine Hand am Steuer, zündete meine Tante Jean sich eine Zigarette an und blies den Rauch in meine Richtung. »Du redest nicht viel, was?«

Ich verschränkte die Arme und schaute durch den Zigarettenqualm aus dem Fenster. Die Straße war von Bäumen gesäumt.

»Na ja«, sagte sie. »New York wird dir gefallen.« Sie trug ein blaues Kopftuch. Ohrringe mit Türkisen baumelten an ihren Ohrläppchen. Meine Mutter hatte ihre ältere Schwester immer als Hippie bezeichnet. Meine Tante nahm einen erneuten Zug von ihrer Zigarette und lächelte. »Die Wohnung ist klein«, fuhr sie fort, »aber mit der Zeit wirst du dich schon wohlfühlen.«

Sie meinte es gut, das wusste ich. Sie hätte mich nicht zu

sich zu nehmen brauchen, als die Familienhelferin herausfand, wie es bei uns zu Hause zuging. Nach dem Tod meiner Mutter hatte mein Vater angefangen zu trinken.

»Ich habe gehört, was er dir angetan hat«, sagte Jean vorsichtig. »Armes Kind. Du hast wirklich eine ganze Menge durchgemacht.«

»Er hat es nicht böse gemeint«, sagte ich hastig, während ich die Narbe an meiner Schläfe berührte. »Das war der Schnaps.«

»Tja«, sagte sie. »Von jetzt an wird dir jedenfalls niemand mehr wehtun.«

Ich dachte an New York. Ich war noch nie aus unserer kleinen Stadt in den Adirondack Mountains fort gewesen. Meine Mutter hatte sich immer vor der Großstadt gefürchtet. Ich betrachtete die Tätowierung auf Jeans Unterarm. Ein Schmetterling. Jean und meine Mutter waren so unterschiedlich, wie zwei Schwestern nur sein konnten.

»Hör zu«, sagte sie, während sie ihre Zigarette im Aschenbecher unter dem Armaturenbrett ausdrückte. Ein winziges Stückchen Glut rollte auf den Teppich. Ich stieß es mit der Fußspitze an. »Du weißt, dass du mit mir reden kannst, oder? Über alles.«

Ich biss mir auf die Lippe und nickte.

Wir fuhren vorbei an Kuhweiden, einer Kirche und einem Schrottplatz mit Hunderten von verrosteten Autos. »Meine Schwester und ich haben uns nicht sehr nahegestanden«, sagte Jean. »Aber das weißt du natürlich. Gott, wenn ich mir vorstelle, was sie dir alles über mich erzählt hat.« Sie seufzte. »Na ja, aber das ist jetzt alles vorbei. Ich hoffe, dass wir beide Freundinnen werden.« Sie wandte den Blick kurz von der Straße ab und lächelte mich an.

Ich schaute aus dem Fenster. Wir hatten noch eine Stunde Fahrt vor uns, eher mehr … Irgendwann muss ich eingenickt sein, denn als ich die Augen öffnete, standen hohe Häuser rechts und links der Straße. »Wir sind fast da«, sagte Jean. »Schön, dass du ein bisschen schlafen konntest.«

Sie hielt vor einem Backsteinhaus. Ein Mann saß mit nacktem Oberkörper auf den Stufen vor der Haustür und rauchte eine Zigarette. Er rief einer Frau etwas zu, die gerade vorbeiging. In einiger Entfernung bellte ein Hund.

Ich nahm meinen Rucksack und stieg aus dem Auto. Den Rucksack fest umklammert, folgte ich Jean ins Treppenhaus. In einer Ecke lag eine eingedrückte Cola-Dose neben einer zerknüllten McDonald's-Tüte. Ich verscheuchte eine Fliege, die mich umschwirrte. Es stank nach Urin.

»Wir wohnen im sechsten Stock«, sagte Jean. »Der Aufzug funktioniert schon seit einem Jahr nicht mehr. Es ist eine ziemliche Kraxelei, aber man gewöhnt sich dran.«

Ich folgte Jean in den sechsten Stock, wo wir außer Atem ankamen. Vor einer Tür im Flur blieb sie stehen und schloss sie auf. »Mama ist wieder da!«, rief sie in die Wohnung. Bis zu diesem Augenblick hatte ich gar nicht gewusst, dass meine Tante Kinder hatte. Meine Mutter hatte nie etwas von Kindern erwähnt.

Eine Katze sprang vom Sofa, und Jean nahm das Fellbündel auf den Arm. Neben der Tür stand eine Plastiktüte mit Einkäufen – Windeln und ein Beutel Äpfel. »Sean!«, rief sie. »Wo bist du?« Aus einem Zimmer dröhnte Heavy-Metal-Musik. »Dieser Junge«, stöhnte Jean. »Ich hab ihm gesagt, er soll auf Miles aufpassen.« Ein Kleinkind, mit nichts anderem als einer Windel bekleidet, saß vor dem Fernseher auf dem Boden. Sie hockte sich neben das Kind. »Alles in Ordnung, mein Kleiner?« Der Junge wandte den Blick nicht vom Bildschirm ab.

Sie legte den Kleinen auf den Rücken, wechselte seine Windel. »Ich nehme hin und wieder Pflegekinder auf«, sagte sie. »Ist wohl mein Schicksal. Außerdem kann ich die hundertdreißig Dollar pro Monat gut gebrauchen.« Sie hob den Jungen auf und setzte ihn sich auf den Schoß. »Das ist Miles. Er redet nicht viel. In seiner Familie herrschten katastrophale Zustände. Er ist drei. Ziemlich klein für sein Alter, was?«

Ich nickte.

Sie hob einen Teddybären vom Boden auf. Der Kopf war abgerissen. Jean schaute erst Miles an, dann warf sie einen finsteren Blick in Richtung Tür, hinter der die Musik dröhnte. »Hat Sean das gemacht?«

Der Kleine nickte, dann senkte er den Blick.

»*Sean!*«, brüllte Jean. Und an mich gewandt sagte sie: »Ich schwöre dir, was den Jungen angeht, bin ich mit meinem Latein am Ende.« Sie holte tief Luft. »Ich dachte, ich könnte ihn ändern, aber ich glaube allmählich, dass manche Menschen böse auf die Welt kommen.«

Einen Augenblick später erschien ein Junge von sechzehn oder siebzehn Jahren. Er hatte langes, fettiges Haar, das ihm ins Gesicht hing. Er trug Jeans und ein AC/DC-T-Shirt.

»Ach, eine Neue?«, fragte er grinsend.

»Das ist Amanda«, sagte Jean. »Meine *Nichte*. Sie wird von jetzt an bei uns wohnen. Und du wirst sie anständig behandeln, hast du mich verstanden?«

Sean sagte nichts. Er schaute mich lächelnd an, und sein Lächeln ließ mir das Mark gefrieren.

Am nächsten Morgen brachte Mrs. Dilloway ein Tablett mit Rührei, Speck, Obst und Scones ins Speisezimmer. »Ich hoffe, das ist ausreichend«, sagte sie steif und schaute mich an. »Mrs. Klein ist es nicht gewohnt, Amerikaner zu beköstigen.«

»Also, bin zwar US-amerikanischer Staatsbürger«, sagte Rex freundlich, »aber in meinem Herzen bin ich durch und durch britisch.«

Ich räusperte mich. »Damit will mein Mann sagen, dass das Frühstück perfekt ist, danke.« Ich bewunderte das frische Obst in der Kristallschüssel und zeigte auf etwas, das aussah wie eine winzige Apfelsine. »Ist das eine …«

»Eine Kumquat«, sagte Mrs. Dilloway mit einem seltsamen Blick und wandte sich zum Gehen.

Ich spießte die kleine Frucht mit der Gabel auf und biss hinein. Ich genoss den säuerlich süßen Geschmack. Dann wandte ich mich wieder meinem Buch zu.

»Was liest du da?«, wollte Rex wissen.

»*Die Jahre*«, sagte ich. »Das Buch, das ich im Salon gefunden habe.«

»Ach ja«, sagte er. »Mrs. Dilloway?«

Sie drehte sich in der Tür um. »Ja?«

»Wissen Sie, ob hier im Haus mal eine Frau namens Flora gewohnt hat?«

Beinahe wäre ihr das leere Tablett aus der Hand gefallen. »Warum fragen Sie danach, Mr. Sinclair?«

Rex zeigte auf das Buch, das ich in den Händen hielt. »Da steht ihr Name drin«, sagte er.

Mrs. Dilloway schaute aus dem Fenster, als würde sich draußen eine Szene aus ihrer Erinnerung abspielen.

»War sie eines der Kinder der Livingstons?«, fragte Rex.

Sie schüttelte den Kopf. »Nein, sie hat vor langer Zeit hier als Kindermädchen gearbeitet«, sagte sie schließlich. »Wenn Sie mich jetzt entschuldigen wollen. Ich hole Ihren Tee.«

»Flora war also Kindermädchen hier«, flüsterte Rex, nachdem Mrs. Dilloway gegangen war. »Das fügt dem Ganzen ja eine völlig neue Dimension zu, oder?«

»Ja. Komisch, dass die Erinnerung an diese Flora Mrs. Dilloway so tief bewegt.«

Als wir nach dem Frühstück wieder in unserem Zimmer waren, blätterte ich noch einmal in dem Buch. Dabei fiel mir etwas auf, was ich bis dahin übersehen hatte. In der oberen Ecke des Innendeckels stand mit blauer Tinte geschrieben: »F. Lewis«. Jetzt kannte ich also Floras Familiennamen. Einem spontanen Impuls folgend klappte ich meinen Laptop auf und suchte nach einer Flora Lewis aus den Vierzigerjahren. Es war, wie die berühmte Nadel in einem Heuhaufen zu suchen, aber vielleicht hatte ich ja Glück.

Ich scrollte durch die Liste der Treffer, die mich alle nicht weiterbrachten, bis ein Link zu einem Wikipedia-Artikel über »Ungelöste Kriminalfälle« meine Aufmerksamkeit erregte.

»Hast du was gefunden?«, fragte Rex und beugte sich über den Laptop.

»Sieh dir das mal an«, antwortete ich und zeigte auf eine Überschrift etwa in der Mitte des Artikels: AMERIKANISCHES KINDERMÄDCHEN IN ENGLAND VERSCHWUNDEN. Als ich die Überschrift anklickte, erschien der Scan eines Artikels aus der *New York Sun* vom 13. November 1940.

Die aus New York stammende Flora Lewis, 24, wurde zuletzt in Livingston Manor in Clivebrook, England, gesehen, wo sie bei dem verwitweten Lord Livingston, einem

Londoner Geschäftsmann, als Kindermädchen in Stellung war. Ihre Eltern, die für einen Kommentar nicht zur Verfügung standen, besitzen in der Bronx eine Bäckerei. Georgia Hillman aus New York beschreibt Flora als eine freundliche und aufgeschlossene junge Frau. »Ich habe sie auf dem Schiff kennengelernt«, so Hillman. »Ich werde sie nie vergessen.« Wer Hinweise über Miss Lewis' Aufenthaltsort geben kann, wird gebeten, sich umgehend bei der New Yorker Polizei zu melden oder die Behörden in England zu verständigen.

Flora war also verschwunden? Ich musste an Lila Hertzberg denken. »Das gefällt mir gar nicht, Rex«, sagte ich kopfschüttelnd. »Was zum Teufel ist diesen Frauen bloß zugestoßen?«

Er lehnte sich zurück und las in seinem Notizheft. »Wie war noch der Name der Frau, der in dem Artikel erwähnt wird?«

Ich überflog den Text auf meinem Bildschirm. »Georgia Hillman.«

»Das ist der Name, der in dem Buch steht«, sagte Rex mit leuchtenden Augen und schlug den Buchdeckel von *Die Jahre* auf. »Hier. Sie hat die Widmung geschrieben.«

»Hmmm«, sagte ich. »Vielleicht kann ich sie ja finden.« Ich googelte den Namen und überflog die Treffer, bis ich in einem Artikel über die Eröffnung eines Seniorenheims in Manhattan auf ihren Namen stieß. Ich nahm mein Handy, wählte die Nummer des Heims. Nach dem vierten Läuten wurde abgenommen.

»Roosevelt Senior Living«, meldete sich eine freundliche Frauenstimme.

»Guten Tag, ich wollte mich erkundigen, ob bei Ihnen eine Miss Georgia Hillman wohnt.«

»Wir geben keine Informationen über die Bewohner dieses Heims heraus«, erwiderte sie leicht gereizt.

»Ah, ja, selbstverständlich«, sagte ich. »Könnte ich denn eine Nachricht hinterlassen?«

»Sicher«, sagte die Frau.

»Ich hoffe, dass Miss Hillman mich anrufen kann«, fuhr ich fort. »Ich muss mit ihr über eine wichtige Angelegenheit sprechen.« Ich hinterließ meine Handynummer und legte auf. Wie hoch standen die Chancen, dass Georgia Hillman mich anrufen würde? Vielleicht war sie längst nicht mehr in der Lage dazu? Der Zeitungsartikel war sieben Jahre alt. »Abwarten und Tee trinken«, sagte ich zu Rex, der mich erwartungsvoll anblickte.

Wenig später meldete mein Laptop eine eingehende E-Mail. Der Absender war mir unbekannt. Zumindest erkannte ich ihn nicht gleich. Als ich die Mail öffnete, wurde mir ganz flau.

> Ich hab deinen Mann in der Stadt in einem Café getroffen. Um ein Haar hätte ich ihm alles erzählt. Aber ich werde geduldig sein, Amanda. Soweit ich weiß, sind deine Schwiegereltern gerade in Asien. Eine solche Summe telegraphisch zu überweisen dauert seine Zeit, also vertraue ich mal darauf, dass du es überwiesen hast. Aber ich warte nicht mehr lange.

Rex lag neben mir und blätterte friedlich in einem Geschichtsbuch, während mir das Herz bis zum Hals schlug. Er war hier. Er war tatsächlich hier.

12

Flora

Ich fragte mich, worüber Mr. Beardsley so aufgeregt war, aber ich hatte jetzt keine Zeit, der Sache nachzugehen. Die Kinder erwarteten mich im Kinderzimmer. Als ich eintrat, saß Abbott auf der Fensterbank und schaute in den Park hinaus. Nicholas lag bäuchlings auf dem Boden, er war offenbar sauer. Katherine, wie immer mit finsterem Blick, stand vor dem Puppenhaus, mit dem Janie friedlich spielte, und zupfte an ihren Locken.

»Nicholas«, schalt ich. »Du machst dich doch noch ganz schmutzig.«

Der Junge stand widerstrebend auf, ging zum Fenster und setzte sich neben Abbott. »Hey!«, rief Abbott und versetzte seinem jüngeren Bruder einen Rippenstoß. »Ich war zuerst hier.«

»Kommt schon, Jungs, auf der Fensterbank ist Platz genug für euch beide«, sagte ich.

Mrs. Dilloway hatte mir am Vormittag den Tagesablauf der Kinder erklärt. Seine Lordschaft hatte sie alle aus dem Internat genommen und ließ sie stattdessen von Hauslehrern betreuen, die sie von morgens bis abends in den unterschiedlichsten Fächern unterrichteten, sodass ihnen kaum Zeit zum Spielen blieb, außer an den Wochenenden und während einer einstündigen Pause am Nachmittag.

Ich behielt die Uhr im Auge. Um sechs Uhr gab es Abendessen, dann mussten die Kinder frisch gewaschen und umgezogen sein. Ich war ziemlich nervös, denn ich wollte nicht, dass bei meiner ersten Begegnung mit Lord Livingston irgendetwas schiefging.

Abbott drückte seufzend das Gesicht an die Fensterscheibe. Die Landschaft draußen präsentierte sich grau in grau. Regen pladderte gegen das Fenster. »Warum muss es hier immer regnen?«

Janie kam zu mir gelaufen. »Das ist nur Donner, Kleines«, sagte ich und streichelte ihr über das seidige blonde Haar.

»Ich mag keinen Donner«, sagte sie. Ihre blauen Augen verdüsterten sich, und ihre Mundwinkel verzogen sich nach unten. Sie war ein hübsches Mädchen. Ich fragte mich, ob sie wohl ihrer Mutter ähnlich sah.

»Womit wollen wir uns ablenken?«, fragte ich mit einem vorsichtigen Blick zu Katherine, die mit verschränkten Armen auf dem Sofa saß. »Katherine, vielleicht hast du ja einen Vorschlag?«

»*Lady* Katherine, wenn ich bitten darf«, fauchte sie.

Nicholas warf einen Gummiball in die Luft, der vom Dach des Puppenhauses abprallte. »Noch bist du keine Lady«, stichelte er.

»Doch, ich *bin* eine Lady«, entgegnete Katherine. »Ich bin zehn Jahre alt, und Vater sagt, das Dienstpersonal muss Lady Katherine zu mir sagen.«

»Aber Miss Lewis gehört nicht zum Dienstpersonal«, sagte Nicholas.

»Doch, tut sie wohl«, sagte Abbott.

»Kinder«, rief ich laut, um ihr Geschrei zu übertönen. »Bitte, streitet euch nicht. Ihr könnt über mich denken, was ihr wollt, aber ich bin nun mal euer Kindermädchen, und es ist meine Aufgabe, mich um euch zu kümmern. Ihr müsst mich nicht mögen, aber bitte, schreit euch nicht gegenseitig an!«

Katherine stieß einen Seufzer aus und wandte sich dem Bücherregal zu. Als sie den Arm reckte, um ein Buch vom obersten Regalbrett zu nehmen, rutschte ihr Ärmel bis zum Ellbogen nach unten, und ich sah, dass ihr Unterarm von Schnittwunden übersät war.

Erschrocken eilte ich zu ihr. »Was ist denn mit deinem Arm passiert, Katherine? Hast du dich verletzt?«

Hastig zog sie den Ärmel bis zum Handgelenk. »Das ist nichts«, zischte sie.

»Lass mal sehen«, sagte ich. »Hat dir jemand wehgetan?«

»Lassen Sie mich«, fuhr sie mich an. »Ich bin im Garten hingefallen. Es ist nichts.«

Ich legte ihr sanft eine Hand auf den Arm. »Ich möchte dir nur helfen.«

Sie riss den Arm weg. »Ich hab doch gesagt, es ist nichts.«

Abbott hatte sich in ein Comic-Heft vertieft, während Nicholas schmollte. Ich wandte mich der kleinen Janie zu, die eine Puppe mit völlig zerzaustem flachsblondem Haar in der Hand hielt. Ich würde zu Katherine durchdringen müssen, aber das war nicht der richtige Zeitpunkt. »Wollen wir deiner Puppe die Haare kämmen?«, schlug ich vor und nahm eine Bürste vom Sofa.

Ich schaute Katherine an. »Magst du Puppen?«

»Nein«, erwiderte sie, ohne mich anzusehen.

»Katherine mag überhaupt nichts«, bemerkte Abbott grinsend.

»Du hast ja überhaupt keine Ahnung«, fauchte Katherine.

»Früher hat es dir Spaß gemacht, nach den Blumen zu sehen«, sagte Nicholas. »Mit Mama.«

Katherine sah ihren Bruder wütend an. »Wag es nicht noch einmal, Mama in *ihrer* Gegenwart zu erwähnen!«

»Warum denn nicht?«, fragte Nicholas.

Ich wandte mich an Katherine. »Du magst also Blumengärten?«

Sie antwortete nicht.

»Ich auch«, sagte ich. »Ich hatte gehofft, dass ihr Kinder mir den Park zeigen könntet, wenn es aufhört zu regnen. Vielleicht morgen.« Es widerstrebte mir, die Kinder zu benutzen, um zu den Kamelien zu gelangen, aber ich musste eine Möglichkeit finden, mich dort umzusehen, ohne Verdacht zu erregen.

»Vater will nicht, dass wir in den Kameliengarten gehen«, sagte Katherine.

»Warum nicht?«, fragte ich und musste daran denken, dass Mrs. Dilloway mir etwas Ähnliches gesagt hatte.

»Weil Mama …«

Katherine versetzte Nicholas einen Stoß in die Rippen. »Aua!«, schrie er.

»Er weiß nicht, wovon er redet«, sagte Katherine und verdrehte die Augen.

»Bitte«, sagte ich, »lasst uns mit dem Gezänk aufhören und etwas Schönes machen.« Ich schaute zum Bücherregal hinüber. »Wer von euch mag Geschichten?«

Die älteren Kinder sagten nichts, aber Janie schmiegte sich an mich. »Ich«, sagte sie lächelnd.

»Also gut«, sagte ich und nahm das erstbeste Buch aus dem Regal. »Dann werde ich euch etwas vorlesen.«

Katherine schob sich an Nicholas vorbei, um einen günstigen Platz auf dem Sofa zu erwischen. Kaum saß sie, verschränkte sie trotzig die Arme vor der Brust. Nicholas setzte sich neben sie. Abbott legte sich seitlich auf den Teppich und gähnte demonstrativ.

»Also«, sagte ich, schlug das Buch auf und warf einen kurzen Blick auf die Uhr. »Gerade noch Zeit für eine schöne Geschichte, bevor wir uns fürs Abendessen fertig machen müssen.«

»Kinder!«, schalt Mrs. Dilloway. »Setzt euch ordentlich hin, bevor euer Vater kommt!« Ich musste an meinen Vater zu Hause in New York denken, wie er mit Mehl unter den Fingernägeln und einem breiten Lächeln aus der Bäckerei kam, und empfand Mitleid mit diesen Kindern. Kein Kind sollte sich vor seinem Vater fürchten müssen.

Nicholas und Abbott nahmen am Tisch Platz. Sie sahen schick aus in ihren Anzügen, wie kleine Männer. Katherine, die den beiden gegenübersaß, strich eine imaginäre Falte am Ärmel ihres gelben Kleids glatt, dann lächelte sie mich feindselig an. Sie machte mir von den vier Kindern am meisten Sorgen.

Mrs. Dilloway zeigte auf einen Stuhl am Ende des langen Tischs, der viel zu groß war für die vier Kinder und ihren Vater. »Miss Lewis, nehmen Sie dort neben Janie Platz. Sie braucht Hilfe beim Essen.«

»Ja, Madam«, sagte ich, hob Janie hoch und setzte sie auf den Stuhl neben meinem, während Mrs. Dilloway das Zimmer verließ. Es fühlte sich an, als gehörten wir alle zu einem Theaterensemble, das sich für die Vorstellung bereit machte, kurz bevor der Vorhang sich hob.

Abbott nahm gelangweilt die Gabel und schlug im Takt

auf seinen Teller. Wie aufs Stichwort nahm Nicholas seine Gabel und schlug damit gegen sein Wasserglas.

»Also wirklich, ihr zwei«, schnaubte Katherine, »müsst ihr euch immer wie der letzte Pöbel aufführen?«

Janie quiekte vor Vergnügen über das Spiel ihrer Brüder, schnappte sich ihren Löffel und schlug damit gegen ihr Wasserglas, das prompt umkippte. Das Wasser ergoss sich über die Tischdecke, das Glas rollte vom Tisch und zersprang auf dem Holzboden in tausend Stücke.

»Ach, du je«, rief ich aus und kniete mich auf den Boden, um die Scherben einzusammeln. Stille trat ein. »Kleinen Kindern wie euch sollte man Blechtassen hinstellen. Ich werde mit Mrs. Dilloway reden.« Ich versteckte die Scherben unter dem Tisch. »So«, sagte ich und stand auf. »Euer Vater wird es nicht erfahren. Es wird unser kleines Geheimnis bleiben.«

Ich lief hochrot an, als Lord Livingston das Zimmer betrat. Ein großer, schlanker Mann, an den Schläfen bereits grau meliert, doch aus der Nähe wirkte er jünger, als ich erwartet hatte. Ich sah sofort, woher Nicholas sein gutes Aussehen hatte. Er war seinem Vater wie aus dem Gesicht geschnitten. Ich fragte mich, ob Abbott ihn um die Ähnlichkeit mit seinem Vater beneidete.

Lord Livingston räusperte sich.

»Willkommen zu Hause, Vater!«, sagte Katherine.

Er erwiderte den Gruß mit einem förmlichen Nicken, dann wandte er sich Mrs. Dilloway zu, die eine Servierplatte mit Haube hereintrug. »Wer«, fragte er, wobei er mit dem Finger auf mich zeigte, »ist das?«

»Das ist Miss Lewis«, antwortete sie unsicher. »Das neue Kindermädchen. Sie ist gestern angekommen.«

»Freut mich, Sie kennenzulernen, Sir, äh, Mr. …«, stammelte ich.

Mrs. Dilloway wirkte entsetzt. »Miss Lewis kommt aus Amerika, Eure Lordschaft«, sagte sie, als würde das alles erklären.

Ohne den Blick von mir abzuwenden, gab Lord Livingston Mr. Beardsley seinen Mantel. »So, so«, sagte er ironisch. »Ich weiß zwar nicht, wie man in Amerika Kinder großzieht, aber in Livingston Manor trinkt *niemand* aus Blechtassen.«

»Selbstverständlich«, stammelte ich. »Ich dachte nur, dass die Kinder …«

»Die Kinder«, fiel er mir ins Wort, »werden lernen, wie Ladys und Gentlemen aus Gläsern zu trinken.«

»Aber, Sir, bei allem Respekt, die kleine Janie ist erst …«

»Das Alter meiner Tochter ist mir durchaus bekannt, Miss …«

»Miss Lewis, Sir«, sagte ich. Meine Wangen glühten, und ich meinte, Katherine hinter mir kichern zu hören. »Ja, Sir – ich meine, Euer Lordschaft.«

Lord Livingston nahm Platz, und ich setzte mich ebenfalls wieder an den Tisch.

»Papa, ich kann jetzt mit meinem Pferd über den Bach springen«, prahlte Nicholas.

»Nein, kannst du nicht«, sagte Abbott. »Beim letzten Mal bist du wieder nicht weit genug gesprungen.«

Nicholas ließ den Kopf hängen, doch dann hob er den Blick wieder und schaute seinen Vater an. »Du kannst ja morgen früh mit mir ausreiten und dich selbst überzeugen.«

»Nicht morgen, mein Junge«, sagte Lord Livingston. »Ich habe morgen Vormittag ein paar geschäftliche Dinge zu erledigen.«

Nicholas lehnte sich zurück, während Mrs. Dilloway eine dicke, orangefarbene Fischcremesuppe austeilte.

»Soll ich dir nach dem Abendessen etwas auf dem Klavier vorspielen, Vater?«, fragte Katherine mit einem gewinnenden Lächeln. »Ich kann schon das Menuett in G-Dur spielen.«

»Das freut mich, Katherine«, erwiderte er. »Aber ich werde mich gleich nach dem Essen zurückziehen. Ein andermal, Liebes.«

»Ja, Vater«, sagte sie mit einem enttäuschten Seufzer.

Ich fütterte Janie die Suppe, die ihr offensichtlich schmeckte.

»Und wie gefällt es Ihnen bei uns, Miss Lewis?«, fragte Lord Livingston, während er sich den Mund mit einer Serviette abtupfte.

»Sehr gut, danke«, sagte ich. »Sie haben ein wunderschönes Haus.«

»Ja«, sagte er steif. »Es ist seit Generationen in Familienbesitz.«

»Vor allem der Park ist eine Pracht«, fügte ich hinzu, biss mir jedoch auf die Lippe und wünschte, ich könnte die Worte zurücknehmen. Mrs. Dilloway, die in der Zimmerecke stand, warf mir einen vorwurfsvollen Blick zu.

»Nun«, sagte Lord Livingston, »es sind einige Änderungen geplant. Im Herbst werden die Kamelien entfernt.« Er legte seine Gabel so energisch ab, dass ich fürchtete, der Teller könnte zerspringen. »Und zwar alle. Im Moment ist der Boden zu feucht, aber spätestens im Frühjahr, bevor der Regen einsetzt, werden sie abgeholzt.« Er schnitt ein Stück von seinem Braten ab. »Kamelien sind zu nichts nütze. Sie tragen keine Früchte, nur Blüten. Und selbst die halten nicht lange.«

Der Gedanke daran, dass die Kamelien abgeholzt werden sollten, ließ mich erschaudern. Das wäre ein Massaker. Da wäre die Middlebury Pink besser im Garten eines Nazis aufgehoben, dachte ich unwillkürlich.

»Mrs. Dilloway«, sagte Lord Livingston, »ich muss eine Menge Papierkram erledigen. Würden Sie mir die Nachspeise bitte ins Arbeitszimmer bringen?«

»Ja, Eure Lordschaft«, sagte sie und nahm ein Tablett vom Servierwagen, als Lord Livingston vom Tisch aufstand.

Abbott und Nicholas wirkten gekränkt. Katherine saß mit gesenktem Kopf da und schien etwas zu betrachten, was sie unterm Tisch in den Händen hielt. »Ach, Vater, ich wünschte, du würdest nicht weggehen«, sagte sie mit einem kurzen Blick in meine Richtung. »Ich wollte dir etwas zeigen. Etwas, das ich im Kinderzimmer gefunden habe. Es ist aus Miss Lewis' Tasche gefallen.«

»Was denn, Liebes?«, fragte Lord Livingston und trat näher, um sehen, was sie in der ausgestreckten Hand hielt. Verdutzt versuchte ich zu erkennen, was es war, und dann sah ich mit Entsetzen, dass es sich um eine Kumquat handelte. Eine Kumquat aus dem Wintergarten.

»Grundgütiger!«, rief Lord Livingston aus. »Wo haben Sie die her, Miss Lewis?«

Katherine grinste hämisch.

»Ich …«

Mrs. Dilloway schaltete sich ein. »Mrs. Marden hat einen Korb Kumquats vom Markt mitgebracht. Sie hat Ihnen beim Mittagessen welche angeboten, nicht wahr, Miss Lewis?«

»Ja«, sagte ich erleichtert. »Ich habe mir ein paar davon eingesteckt für später, und dann habe ich sie wohl vergessen. Es tut mir schrecklich leid.«

Lord Livingston wirkte erleichtert und zugleich erschöpft. »Also gut«, sagte er. »Dann sage ich jetzt gute Nacht.«

»Gute Nacht, Vater«, sagten Abbott und Nicholas wie aus einem Mund. Katherine schmollte, aber Janie quiekte: »Nacht, Papa!« Doch ihr Vater war schon zu weit weg, um sie zu hören.

»Miss Katherine«, sagte Mrs. Dilloway streng, »geben Sie mir die Kumquat.«

Katherine rückte die exotische Frucht heraus und verschränkte triumphierend die Arme. »Es ist mir egal, was Sie sagen, ich weiß genau, wo Sie sie herhaben.«

»Keine Widerrede«, schimpfte Mrs. Dilloway. »Ich werde den Jungen und Janie jetzt den Nachtisch servieren. Aber Sie gehen sofort auf Ihr Zimmer und denken gründlich darüber nach, wie wir hier auf Livingston Manor mit Gästen umgehen.«

Katherine stand auf und verließ erhobenen Hauptes das Zimmer.

»Bitte«, sagte ich zu Mrs. Dilloway, »bestrafen Sie sie nicht meinetwegen.«

Katherine drehte sich um und warf mir einen feindseligen Blick zu. »Es ist mir egal«, sagte sie. »Ich mag Mrs. Mardens Zitronenkuchen sowieso nicht.«

Nachdem die Kinder eingeschlafen waren, zog ich mich in meine Kammer zurück, um den Brief an meine Eltern zu Ende zu schreiben.

Liebe Mama, lieber Papa,
ich bin in England, und es geht mir gut. Aber ich muss euch etwas gestehen: Ich bin nicht im Botanischen Garten

in London. Ich habe im Interesse unserer Familie einen Umweg gemacht, und ich hoffe, ihr werdet nicht enttäuscht von mir sein. Ich habe hier auf Livingston Manor eine Stelle als Kindermädchen angenommen. Das Haus ist großartig, und die Kinder sind äußerst liebenswert, wenn sie auch viel Arbeit machen. Sie haben kürzlich ihre Mutter verloren, weshalb man ihnen ihr Benehmen leicht verzeihen kann. Der Vater ist kalt und gefühllos. Er ist so anders als du, Papa. Es bricht mir das Herz, dass nicht mal die Kleinste auf seinen Schoß klettern kann, so wie ich es als Kind bei dir immer gemacht habe. Ach Papa, Mama, ihr fehlt mir so.

Aber vorerst muss ich hierbleiben. Ich muss eine sehr wichtige Aufgabe erfüllen, und wenn das getan ist, werden eure finanziellen Nöte ein Ende haben.

Macht euch um mich keine Sorgen. Es geht mir gut hier. Ich habe ein hübsches kleines Zimmer mit Blick in den Park, wo es ein richtiges kleines Wäldchen aus Kamelien gibt. Es ist ein Jammer, dass all die Schönheit hier kaum gewürdigt wird. Vielleicht kann ich dazu beitragen, dass sich das ändert.

Eure euch liebende Tochter

Flora

Ich faltete den Brief, steckte ihn in einen Umschlag und legte mich ins Bett. Ich schaute aus dem Fenster, betrachtete die Sterne und dachte über die Kinder, Lord Livingston und die geheimnisvolle Lady Anna nach. Wenn ich nur gewusst hätte, was mit ihr geschehen war. Nachdem ich mich eine Stunde lang im Bett hin und her gewälzt hatte, stand ich auf, zog meinen Morgenmantel über und beschloss, mir ein wenig die Beine zu vertreten. Das würde mich beruhigen. Außerdem konnte ich bei der Gelegenheit noch einmal nach der kleinen Janie sehen.

Auf Zehenspitzen schlich ich durchs Haus. Alles sah so anders aus im Mondlicht, das überall Schatten warf und die Porträts an den Wänden und auch die Möbel geisterhaft mit Leben zu erfüllen schien.

Mich fröstelte, als ich die Treppe hochstieg und den Flur entlangging, an dem die Schlafzimmer der Kinder lagen. Lautlos öffnete ich nacheinander die Zimmertüren der Mädchen. Janie lag friedlich schlafend in ihrem Bett, und Katherine schnarchte leise. Die Armen. Sie hatten es nicht verdient, ihre Mutter zu verlieren.

Ich sagte mir, ich sollte lieber umkehren und zurück in meine Kammer gehen, aber der Wintergarten lockte mich unwiderstehlich in den zweiten Stock. Ich erinnerte mich, dass Mrs. Dilloway den Schlüssel neben der Fußleiste im Flur unter den Teppich geschoben hatte. Warum sollte ich den Wintergarten nicht betreten? Schließlich hatte sie mich gebeten, mich um die Pflanzen zu kümmern, und ich hatte in den Orchideentöpfen ein bisschen Unkraut entdeckt. Das würde ich rasch ausreißen. Es würde nur ein paar Minuten dauern. Dann würde ich den Bäumen ein bisschen Wasser geben und in mein Bett zurückkehren. Ich fand den Schlüssel, steckte ihn ins Schloss, schlüpfte in den Wintergarten und machte die Tür hinter mir zu. Als ich den Blick zum Glasdach hob, raubte mir der Anblick des Monds und der Sterne den Atem. Es war, als betrachtete ich das Deckengemälde eines großen Künstlers. Kein Wunder, dass Lady Anna diesen Ort so sehr geliebt hatte.

Ich bewunderte die rosa gesprenkelte Blüte einer Orchidee

in einem kleinen Terrakotta-Topf. »So, meine Schöne«, flüsterte ich, während ich ein Kleepflänzchen aus dem Topf zupfte. »So besser?« In der nächtlichen Stille konnte ich die Orchidee beinahe seufzen hören.

Ich ging zum Wasserhahn, füllte die Gießkanne und machte mich daran, die Pflanzen zu gießen. Die Wassertropfen auf den Blättern glitzerten im Mondlicht.

Katherine wusste von den Kumquats, ging es mir durch den Kopf. Ob ihre Mutter sie mit hierher genommen hatte? Ich trat an das Fenster, das nach vorn hinausging, und öffnete es, um frische Luft hereinzulassen. Als ich mich hinauslehnte, sah ich eine Gestalt auf dem Balkon unter mir, die in den Park hinausschaute. Lord Livingston. Er lehnte sich mit den Ellbogen auf die Brüstung, den Kopf in die Hände gestützt.

Hastig machte ich das Fenster wieder zu, aus Angst, er könnte mich entdecken. Dabei kullerte ein Steinchen von der Fensterbank und fiel auf den Balkon. Ich verriegelte das Fenster und eilte zur Tür zurück. Ich schloss ab und schob den Schlüssel wieder in sein Versteck.

Mit klopfendem Herzen schlich ich den Flur entlang und die Treppe hinunter. Bei jedem Knarzen der Stufen unter meinen Füßen zuckte ich ängstlich zusammen. Ich atmete erleichtert auf, als ich es in den ersten Stock geschafft hatte, aber als ich um die Ecke bog, stieß ich mit jemandem zusammen, der Größe nach zu urteilen einem Mann. »Oh, Verzeihung«, sagte ich. »Ich, äh, habe nur kurz nach den Kindern gesehen.« Es war zu dunkel, um sein Gesicht zu erkennen, aber als ich seine Stimme hörte, bekam ich eine Gänsehaut.

»Flora?«

»Desmond?«

13

Addison

Am nächsten Tag klingelte mein Handy auf dem Nachttisch, während Rex unter der Dusche war. Da ich die Nummer nicht kannte, nahm ich nicht ab, aus Angst, es könnte Sean sein. Als ich kurz darauf meine Mailbox abhörte, stellte sich zu meiner Erleichterung heraus, dass der Anruf von einer potenziellen Kundin kam, einer Frau aus Chelsea, die ein Haus gekauft hatte und wissen wollte, ob ich die Gartengestaltung übernehmen könnte.

»Hat diese Georgia sich eigentlich bei dir gemeldet?«, fragte Rex. Er stand in der Badezimmertür, ein Handtuch um die Hüften und Wassertropfen am Oberkörper.

»Nein«, sagte ich. »Ich glaube kaum, dass dabei etwas herauskommt.«

»Na, dann finden wir eben eine andere Möglichkeit«, sagte er. »Vielleicht hat jemand in der Stadt sie gekannt. Ich wollte gleich noch mal ins Café gehen und ein bisschen arbeiten, vielleicht kann ich mich ja bei der Gelegenheit ein wenig umhören.«

»Ja«, sagte ich, »gute Idee.«

»Kommst du mit?«, fragte Rex.

»Nein, ich glaube, ich bleibe lieber hier.«

»Du willst bloß Unkraut jäten.«

»Wie kommst du denn darauf?«

»Du hast mal wieder diesen Blick …«

Ich grinste. »Macht es dich nicht verrückt, dass in den Hortensienbeeten Löwenzahn und Klee wuchern?«

»Nein«, erwiderte er lächelnd. »Aber dich. Schon kapiert.« Er zog mich an sich. »Du weißt, dass meine Eltern jemanden anheuern können, der das Jäten übernimmt, oder?«

Ich nickte. »Aber es macht mir Spaß.«

»Du bist unglaublich.«

Am späten Nachmittag klingelte mein Handy. Ich nahm das Gespräch an. »Hallo?«, sagte ich vorsichtig.

»Guten Tag, hier spricht Georgia Hillman.« Ihre Stimme klang müde und brüchig. »Man hat mich gebeten, Sie anzurufen.«

»Ja«, sagte ich. »Mein Name ist Addison Sinclair. Ich befinde mich gerade in England in einem Haus namens Livingston Manor, und ich …«

»Was haben Sie da gesagt?«

»Ich sagte, ich rufe von Livingston Manor aus an.«

Stille in der Leitung.

»Miss Hillman?«, sagte ich. »Sind Sie noch da?«

»Ja«, antwortete sie schließlich. »Ich bin noch da.«

»Verzeihen Sie, dass ich Sie belästige«, sagte ich, »aber ich habe von einer Frau gehört, die einmal hier gearbeitet hat, einer gewissen Flora Lewis. Kennen Sie sie vielleicht?«

Die Frau sagte nichts.

»Miss Hillman?«

»Ja«, sagte sie. »Tut mir leid. Ich habe den Namen schon sehr lange nicht mehr gehört.«

»Dann kennen Sie sie also?«

»Ja«, sagte sie. »Ich habe sie gekannt.«

»Ich habe Ihren Namen in einem Zeitungsartikel gelesen«, sagte ich. »Soweit ich weiß, ist Flora Lewis in England verschwunden.«

»Ja, das stimmt. Leider hat man sie nie gefunden.«

»Haben Sie denn eine Ahnung, was ihr zugestoßen sein könnte?«

»Nein, leider nicht. Ich habe sie nur flüchtig gekannt.«

»Sie haben sich auf dem Schiff nach England kennengelernt, nicht wahr?«

»Ja«, sagte sie. »Sie arbeitete mit einem Betrüger zusammen.«

»Mit einem Betrüger?«

»Ja, und ich muss zu meiner Schande gestehen, dass ich damals, in meiner Jugend, auch mit ihm zusammengearbeitet hatte«, sagte sie. »Hören Sie, ich bin nicht stolz auf dieses Kapitel in meinem Leben, aber ich hatte das alles hinter mir gelassen. Und ich wollte nicht, dass Flora sich da hineinziehen ließ. Dafür war sie viel zu anständig.«

»Ich verstehe nicht, was Sie meinen.«

»Mr. Price wusste, wie er bekam, was er wollte«, fuhr sie fort. »Er hatte ein Händchen dafür, die Leute nach seiner Pfeife tanzen zu lassen. Floras Eltern brauchten dringend Geld, und das wusste er, und dieses Wissen hat er ausgenutzt.«

»Heißt das, dass Flora in England in kriminelle Machenschaften verwickelt war?«

»Ja«, sagte Miss Hillman. »Ich habe zufällig gehört, wie Mr. Price mit ihr geredet hat, und dem Gespräch habe ich entnommen, dass sie den Auftrag hatte, auf dem Anwesen in England eine seltene Blume oder einen seltenen Baum ausfindig zu machen.«

»Sie meinen doch nicht etwa eine Kamelie?«

»Möglich«, sagte sie. »Das heißt, wenn ich's mir recht überlege, ich glaube ja.«

»Was wollte Mr. Price denn mit der Kamelie?«

»Es ging um Geld«, sagte sie. »Wahrscheinlich hatte irgendjemand eine große Summe für die Beschaffung der Pflanze geboten. Er war der Kopf einer Bande von Blumendieben. Es gab keine Pflanze, die er nicht besorgen konnte.« Sie seufzte. »Er ist 1970 gestorben, in einer Gefängniszelle in Tampa, das sagt ja wohl genug darüber aus, was er für ein Mensch war.«

»Glauben Sie, Flora hat den Auftrag ausgeführt? Glauben Sie, sie hat die Kamelie gefunden?«

»Das weiß ich nicht«, antwortete sie. »Insgeheim hoffe ich, dass sie davongekommen ist, dass sie an einen fernen Ort geflohen ist, wo er sie nicht finden konnte. Und er hätte nach ihr gesucht, wenn er geglaubt hätte, dass sie am Leben war. Ich stelle mir immer vor, dass sie irgendwo das Leben führt, von dem sie geträumt hat. Aber ich bin mir nicht sicher. Sie liebte ihre Eltern sehr, und soweit ich weiß, haben die nie wieder von ihr gehört.«

»Woher wissen Sie das?«

»Ich habe sie fünf Jahre nach Floras Verschwinden aufgesucht«, sagte sie. »Ich hatte noch ein bisschen Geld von dem letzten Auftrag übrig, den ich für Mr. Price erledigt hatte. Was ich der Familie in Schweden, die wir bestohlen hatten, nicht zurückgegeben hatte, wollte ich Floras Eltern geben, damit sie ihre Schulden bezahlen konnten. Sie hatte mir erzählt, dass sie in großen finanziellen Schwierigkeiten steckten. Aber sie wollten meine Unterstützung nicht annehmen, sie sagten, eine Verwandte hätte ihnen ein kleines Vermögen vererbt. Ich war froh zu wissen, dass sie keine Not mehr litten. Aber Geld konnte ihnen ihre Tochter nicht ersetzen. Zum Glück haben sie nie erfahren, dass sie auf die schiefe Bahn geraten war.«

»Vielen Dank, dass Sie mir das alles erzählt haben, Miss Hillman«, sagte ich. »Falls Ihnen noch etwas einfällt, so unwichtig es Ihnen auch scheinen mag, würden Sie mich dann bitte anrufen?«

»Ja, natürlich«, sagte sie. »Ich habe schon so lange nicht mehr über diese Episode meines Lebens gesprochen, dass ich sie schon fast vergessen hatte. Mein Mann, Gott hab ihn selig, hat nie davon erfahren. Seltsam, wie die Vergangenheit einen immer wieder einholt, nicht wahr?«

»Ja«, sagte ich, »da haben Sie recht.«

Nachdem ich aufgelegt hatte, beschloss ich, mich noch ein bisschen im Haus umzusehen. Mittwochs fuhr Mrs. Dilloway immer in die Stadt. Mrs. Klein hatte mir erzählt, sie gehe dort zum Frisör, aber wenn man sie danach fragte, leugnete sie es. Jedenfalls konnte ich mich nur ungestört im Haus umsehen, wenn Mrs. Dilloway nicht da war. Seit ich am ersten Tag gesehen hatte, wie sie im zweiten Stock durch eine Tür geschlüpft war, drängte es mich, mir das Zimmer einmal anzusehen.

Als Mrs. Dilloway weg war, ging ich nach oben, wobei ich darauf achtete, dass mir niemand folgte. Aber ich wusste, dass an dem Tag außer mir nur ein junger Bursche aus der Stadt auf Livingston Manor anwesend war, den Mrs. Dilloway zum Heckenschneiden angeheuert hatte. Und solange die elektrische Heckenschere in der Ferne brummte, war ich in Sicherheit.

Oben angekommen, sah ich mich um. Mrs. Dilloway hatte recht, in diesem Stockwerk gab es nichts Bemerkenswertes, bis auf die Tatsache vielleicht, dass man die Deckenmalerei in der Treppenhauskuppel besser sehen konnte. Mit zusammengekniffenen Augen betrachtete ich die Putten, die über der Gartenszene umherflatterten. Aus der Nähe war zu erkennen, dass sich an den Rändern Spinnweben gesammelt hatten. Ich ging zu der Tür, die mich interessierte, und drehte den Knauf. Abgeschlossen. Ich drückte energisch gegen die Tür in der Hoffnung, dass das alte Schloss nachgeben würde, doch es geschah nichts. Seufzend ließ ich mich auf den Teppich sinken und zog die Knie an die Brust.

Der gemusterte Teppich war alt und abgetreten. Meine Schwiegermutter würde ihn bestimmt herausreißen und ersetzen lassen. Ich überlegte, ob sich unter dem Teppich Holzdielen befanden. Als ich den Teppich am Rand ein wenig anhob, sah ich etwas Metallenes schimmern. Ich schaute genauer hin. Ein kleiner Messingschlüssel. Nein, das konnte doch nicht sein! Ich sprang auf und schob den Schlüssel ins Schloss. Er passte. Ich drehte den Schlüssel um und öffnete die Tür.

Mit pochendem Herzen trat ich ein. Ich konnte es nicht fassen. Ich stand in einem riesigen Wintergarten, oder zumindest in einem *ehemaligen* Wintergarten. Sonnenlicht fiel durch das große Glasdach. Der Wintergarten befand sich in der Mitte des Hauses, sodass man ihn von unten nicht sehen konnte. Ich machte ein paar Schritte, dann blieb ich staunend unter einer Bougainvillea stehen, deren Stamm so dick war wie meine Taille. Ein Großteil der Pflanze war abgestorben, aber eine einzelne Ranke hatte überlebt und war voll mit pinkfarbenen Blüten. Ein leichter Zitrusduft lag in der Luft, und als ich mich umsah, entdeckte ich seine Quelle: In der hinteren Ecke stand ein Zitronenbäumchen in einem Kübel.

Das musste Lady Annas Wintergarten sein.

Ich ging über den mit totem Laub bedeckten Boden zu einem Tisch, auf dem offenbar einmal Dutzende von Orchideen geblüht hatten. Jetzt waren nur noch die Töpfe mit den verdorrten Überresten der Pflanzen übrig, aber ich konnte mir vorstellen, wie prachtvoll sie einst geblüht hatten. Ich nahm ein Schildchen aus einem der Töpfe und musste lächeln. *Lady Fiona Bixby.* Anscheinend hatte Lady Anna den Orchideen Namen gegeben. Sie war offenbar sehr kreativ gewesen, und das hatte bestimmt eine Rolle dabei gespielt, wie sie ihren Garten gestaltet und allen Pflanzen Namen gegeben hatte.

Ich setzte mich auf eine Bank am Fenster und dachte an Flora, das Kindermädchen. Ob sie auch hier oben gewesen war? Ob sie diesen Ort wohl genauso geliebt hatte wie Lady Anna? Ich hob eine alte, rostige Pflanzschaufel auf. Sie rief mir etwas in Erinnerung, das ich lieber für immer vergessen hätte. Ich schloss die Augen und versuchte, die Erinnerung zu verscheuchen.

Fünfzehn Jahre vorher

Jean warf einen Blick auf die Wanduhr. »Was, schon sechs? Gott, ich komme zu spät zum Meeting.« Sie schaute mich an. »Liebes, im Schrank steht eine Dose Spaghetti mit Tomatensoße. Kannst du die für dich und Miles warm machen?«

»Hast du nicht jemanden vergessen?«, knurrte Sean missmutig. »Soweit ich weiß, kriegst du jeden Monat von der Regierung einen schönen, dicken Scheck für mich.«

Jean sah ihn finster an. »Und diesen Monat ist das meiste davon für die Farbe draufgegangen, die wir kaufen mussten, um die Wand zu streichen, die du angesengt hast.« Sie wandte sich an mich. »Pass schön auf Miles auf. Ich bin um acht wieder da.«

Wie versteinert schaute ich ihr nach, als sie durch die Tür verschwand.

»Anonyme Alkoholiker«, sagte Sean. »Sie verpasst kein Treffen. Sie ist seit einem Jahr trocken, oder zumindest möchte sie, dass alle das glauben.« Er ging in die Küche, nahm eine Flasche Schnaps aus einem Hängeschrank, trank einen ordentlichen Schluck und hielt sie mir hin.

Ich schüttelte ängstlich den Kopf.

»Los, trink einen Schluck«, sagte er. »Das entspannt.«

»Nein«, erwiderte ich hastig.

Sean schaute zu dem kleinen Miles hinüber, der vor dem Fernseher hockte. »Sollen wir ihm was in sein Fläschchen tun?«

Vor Entsetzen über seinen Vorschlag brachte ich kein Wort heraus.

»Ich hab das mal gemacht, als ich bei einer Familie in Queens gewohnt habe, die hatten auch ein kleines Kind«, sagte er grinsend. »Es war zum Totlachen.«

»So was darf man nicht machen«, sagte ich.

»Meinetwegen, du Moralapostel.« Er trank noch einen Schluck aus der Flasche, schraubte sie wieder zu und stellte sie in den Schrank zurück.

Ich ging ins Wohnzimmer und setzte mich neben Miles auf den Boden. Er schaute mich misstrauisch an.

»Ich bin Amanda«, sagte ich.

Er lächelte und gab mir seinen kopflosen Teddy.

»Den können wir bestimmt reparieren«, sagte ich. »Weißt du, wo der – Kopf ist?«

Der Kleine zeigte auf die Feuertreppe neben dem Küchenfenster. Ich ging hin und beugte mich hinaus. Der Kopf des Teddys lag mit dem Gesicht nach unten auf dem Metallgitter, direkt neben einem Blumentopf mit einer Rose. Ich hob ihn auf und bewunderte einen Moment lang die einzige Blüte an der Rose, orangefarben wie der Sonnenuntergang. Dann richtete ich mich auf und ließ meinen Blick über die Stadt schweifen. Hupen dröhnten, Neonschilder blinkten. Als ich ein Geräusch hinter mir hörte, klammerte ich mich am Geländer fest. Mein Blick fiel auf eine verrostete Pflanzschaufel, die ich instinktiv aufhob.

»He, sei doch nicht so schreckhaft«, sagte Sean. Ich spürte seine warme Hand an meinem Rücken. »Hast du gedacht, ich will dich runterstoßen?« Sein Blick fiel auf die Rose. »Du magst Blumen?«, fragte er und pflückte die Rose ab. Ich zuckte zusammen. Was für eine Verschwendung. »Aua!«, rief er. »Das verdammte Ding hat mich gestochen.« Er zeigte mir seinen blutenden Finger, dann ließ er die Rose fallen und zertrat sie mit seinem Absatz.

Ich öffnete die Augen und konzentrierte mich auf all die Schönheit vor mir, um die Erinnerung an meine düstere Vergangenheit zu verscheuchen. Schließlich stand ich auf und ging zu einem Bäumchen, das neben der Bougainvillea in einem Kübel stand. An seinen Zweigen hingen kleine, orangefarbene Früchte. Ich pflückte eine ab und lächelte.

Kumquats. Ich biss hinein und genoss den süßlich sauren Geschmack. In dem Augenblick hörte ich, wie die Tür hinter mir geöffnet wurde. Dann Schritte. Ich hielt die alte Pflanzschaufel vor mir wie einen Dolch und trat einen Schritt auf die Tür zu.

14

Flora

Das Herz schlug mir bis zum Hals, als ich das vertraute Gesicht im Halbdunkel erkannte. »Was machen Sie denn hier?«, fragte ich entgeistert. Ich hatte nicht damit gerechnet, ihn jemals wiederzusehen, und jetzt stand er vor mir, in einem eleganten grauen Anzug, während ich meine Nachtsachen anhatte.

»Ich wohne hier«, sagte Desmond lächelnd.

»Wie meinen Sie das, Sie *wohnen* hier?«

»Das ist mein Zuhause«, sagte er. »Also, unser Familiensitz.« Er schüttelte verwirrt den Kopf. »Aber Sie sagten doch …«

»Es tut mir furchtbar leid«, sagte ich und zog meinen Morgenmantel fester um mich. »Ich war Ihnen gegenüber nicht ganz ehrlich.« Ich spürte, wie mir die Röte ins Gesicht schoss. »Man hat mir keine Stelle im Botanischen Garten angeboten. Die Wahrheit ist, dass ich hier als Kindermädchen arbeite.« Ich biss mir auf die Lippe. »Wahrscheinlich wollen Sie jetzt, dass ich das Haus sofort verlasse.« Mir war schrecklich mulmig zumute. Wie sollte ich ihm meine Lüge erklären, ohne ihm den wahren Grund für meine Anwesenheit zu offenbaren?

»Ich bitte Sie«, sagte er und nahm meine Hand. »Was reden

Sie denn da? Das Haus verlassen? Unsinn. Sie wollten mir nicht erzählen, dass Sie in Stellung sein würden. Das verstehe ich. Gegenüber einem Fremden gibt man nicht alles gleich preis. Wir haben alle unsere Geheimnisse.«

»Geheimnisse?«, fragte ich, ohne seine Hand loszulassen.

»Aber ja doch«, sagte er.

»Wollen Sie damit andeuten, dass ich …«

»Ich will überhaupt nichts andeuten.« Er trat einen Schritt näher. Ich machte mich los und wich zurück.

»Komisch«, sagte er. »Ich dachte, ich würde Sie nie wiedersehen, und dann treffe ich Sie bei mir zu Hause an. Im Nachthemd.« Er grinste und griff wieder nach meiner Hand. »Hören Sie, können wir noch mal von vorne anfangen? Guten Abend. Ich bin Desmond Livingston.«

Zögerlich erwiderte ich sein Lächeln. »Guten Abend. Ich bin Flora«, sagte ich. »Flora Lewis.«

15. April 1940

»Müde?«, fragte Mr. Humphrey schelmisch, als wir am nächsten Morgen beim Frühstück saßen.

»Verzeihung«, sagte ich und versuchte, ein Gähnen zu unterdrücken. »Ich muss mich noch an die europäische Zeit gewöhnen.« Natürlich erwähnte ich nichts davon, dass ich bis nach Mitternacht mit Desmond im Salon geplaudert hatte.

Mr. Humphrey stand auf und legte seine Serviette auf den Tisch. »Also, ich muss los. Ich fahre Seine Lordschaft heute in die Stadt.«

»Ach?«, sagte Mrs. Dilloway. »Was macht er denn in der Stadt?«

Der Chauffeur schaute erst mich, dann Mrs. Dilloway an.

»Ich kenne seinen Terminkalender nicht, Madam«, sagte er mit unbewegter Miene. »Er bezahlt mich fürs Fahren, nicht fürs Fragen stellen.«

»Ach, Mr. Humphrey«, sagte ich und zog den Brief an meine Eltern aus meiner Rocktasche, »falls Sie an der Post vorbeikommen, würden Sie den vielleicht für mich aufgeben?« Ich gab ihm ein paar Münzen für das Porto. »Hier, das sollte reichen.«

»Selbstverständlich«, sagte er und steckte den Brief in seine Brusttasche.

»Danke.«

»Wie gefällt es Ihnen denn hier, Miss Lewis?«, fragte Mr. Beardsley. Er saß am Kopfende des Tischs und machte sich beim Frühstücken Notizen in einem Heft.

»Gut, Sir«, sagte ich. »Es ist ein eindrucksvolles Haus.«

»Ja, da haben Sie recht«, antwortete er ohne aufzublicken, während er sich etwas notierte.

»Ich wollte fragen, ob ich heute mit den Kindern in den Park gehen kann – nach dem Unterricht natürlich.«

Mr. Beardsley hob den Kopf und schaute erst Mrs. Dilloway, dann mich an. »In den Park?«

»Ja«, sagte ich. »Ich würde mir den Park so gerne ansehen, und die Kinder verbringen so viel Zeit im Haus. Ich würde gern einen Spaziergang mit ihnen machen. Zu den Kamelien, wenn es möglich ist.«

»Davon würde ich Ihnen abraten«, sagte Mr. Beardsley mit Nachdruck.

»Aber Sir«, sagte ich. »Wir könnten einen ganz kurzen Spaziergang machen. Seine Lordschaft wird doch nichts dagegen haben? Wenn ich aufpasse, dass die Kinder auf den Wegen bleiben?«

»Also gut«, sagte er, klappte sein Notizheft zu und schaute mich wieder an. »Aber entfernen Sie sich nicht zu weit vom Haus. Der Park ist groß, und wenn der Nebel kommt … na ja, es ist kein idealer Ort für Kinder.«

»Wir werden uns vorsehen«, sagte ich. »Versprochen.«

»Und sorgen Sie dafür, dass Sie spätestens um zwei Uhr wieder hier sind, wenn Seine Lordschaft nach Hause kommt«, fügte er hinzu.

»Ja, Sir«, sagte ich.

Später, als die Kinder frühstückten, beobachtete ich Katherine, die mit düsterer Miene in ihrem Rührei herumstocherte. Ich würde viel Zeit und Geduld brauchen, um ihre Geheimnisse und ihre Traurigkeit zu verstehen.

»Kinder«, sagte ich, um das Schweigen zu brechen. »Was haltet ihr davon, wenn wir heute nach dem Unterricht einen Ausflug in den Park machen?« Desmond war in die Stadt gefahren, wo er etwas Geschäftliches zu erledigen hatte. Aus irgendeinem Grund wollte er nicht, dass jemand von seinem Besuch im Haus erfuhr, und natürlich hatte ich ihm versprochen, kein Wort darüber verlauten zu lassen.

Abbott richtete sich auf. »Wirklich? Dürfen wir?«

Nicholas machte eine Handbewegung, als würde er ein Schwert schwingen. »Ich beschütze uns vor den bösen Geistern.«

Abbott versetzte ihm einen Rippenstoß. »Red keinen Quatsch.«

»Darf ich auch mit?«, fragte Janie, während sie versuchte, auf den Tisch zu klettern. Ich nahm sie auf den Arm und drückte ihr einen Kuss auf die Wange. »Du auch, kleine Miss.«

Katherine schaute mich an und grinste. »Sie wissen ja

wohl, dass Vater Sie entlassen wird, wenn er erfährt, dass es Ihr Vorschlag war, mit uns …«

»Was?«, fiel ich ihr ins Wort, »wenn ich dafür sorge, dass ihr Kinder ein bisschen frische Luft bekommt? Unsinn! Kinder müssen nach draußen! Ich wüsste nicht, warum wir keinen Spaziergang im Park machen sollten. Außerdem haben Mrs. Dilloway und Mr. Beardsley mir ihre Erlaubnis gegeben.«

»Ach ja?«, fragte Katherine.

»Ach ja!«, sagte ich, setzte Janie auf ihren Platz und wandte mich wieder Katherine zu. »Also, kommst du mit?« Ich lächelte sie an, als unsere Blicke sich begegneten. »Falls du nicht zu beschäftigt bist.«

Sie zuckte die Schultern.

»Also gut, dann ist es abgemacht«, sagte ich und stand auf. »Janie und ich werden den Vormittag im Kinderzimmer verbringen. Wir treffen uns dort um elf.«

Um halb zehn wurden Janies Augen schwer, und während sie in ihrem Bett ein Schläfchen hielt, räumte ich das Kinderzimmer auf. Als Erstes rückte ich die Eisenbahnschienen zurecht und reparierte die Brücke, über die Nicholas am Tag zuvor geschimpft hatte. Er würde sich freuen, wenn alles wieder heil war. Ich faltete die Puppenkleider und legte sie in einen kleinen Schreibtisch neben dem Puppenhaus. Anschließend sortierte ich Abbotts Comic-Hefte und verstaute sie im Bücherregal. Einem spontanen Impuls folgend stieg ich auf die Leiter, um einen Blick auf das oberste Regalbrett zu werfen. Von unten hatte es leer ausgesehen, aber nun entdeckte ich in der hinteren Ecke ein Kästchen aus Zedernholz. Verwundert über die dicke Staubschicht, die Mrs. Dilloway die Schamesröte ins Gesicht treiben würde, nahm ich das Kästchen an mich und stieg die Leiter hinunter. Ich kniete mich auf den Boden und klappte den Deckel auf. In dem Kästchen lag ein Brief, adressiert an Desmond in einer geschwungenen, femininen Handschrift. Ich las den Namen im Absender. Vivien Wainwright. Wer mochte die Frau sein? Am liebsten hätte ich den Umschlag geöffnet und den Brief gelesen, doch ich bezwang meine Neugier und nahm stattdessen den Stoß alter, mit einem weißen Band zusammengehaltenen Fotos aus dem Kästchen, die unter dem Brief lagen. Ich löste das Band. Beim Durchsehen der Fotos fiel mir sofort eins auf, auf dem Lord Livingston an der Seite einer attraktiven Frau abgebildet war. Die Frau hatte den Blick von der Kamera abgewendet. Konnte das Lady Anna sein?

Als ich Schritte auf dem Flur hörte, legte ich die Fotos und den Brief hastig zurück in das Kästchen und schaffte es gerade noch, es wieder ins Regal zu stellen, ehe die Kinder zur Tür hereinstürmten. »Hallo«, sagte ich mit klopfendem Herzen.

»Was machen Sie hier?«, fragte Katherine.

»Ich habe ein bisschen aufgeräumt«, sagte ich. Ich musterte die Gesichter der Kinder. »So«, sagte ich dann. »Habt ihr immer noch Lust, einen Spaziergang mit mir zu machen?«

»Ja!«, rief Nicholas. Seine langen, dunklen Wimpern schimmerten im Sonnenlicht, das durch das Fenster fiel.

»Also dann, zieht eure Jacken an. In der Zwischenzeit wecke ich eure kleine Schwester.«

»Das perfekte Wetter für einen Spaziergang«, sagte ich und schaute in den sonnigen Himmel. Überall zwitscherten Vögel in den Bäumen. »Ich nehme an, ihr kennt den Park wie eure Westentasche.«

»Eigentlich nicht«, sagte Nicholas, während er mit dem Fuß auf eine schlammige Stelle trat, fasziniert von dem schmatzenden Geräusch, das sein Schuh dabei machte. »Als Mama noch lebte, waren wir oft hier. Jetzt dürfen wir nur noch selten in den Park. Eigentlich nur noch zu den Reitstunden.«

Katherine verdrehte die Augen. »Mir kommen die Tränen«, sagte sie. »Immerhin bekommst du Reitstunden. Aber du bist noch zu klein, um das wertzuschätzen.«

»Kinder«, sagte ich, »wir wollen doch nicht den schönen Tag verderben.«

Die Jungen liefen voraus. Eine Weile gingen Katherine und ich schweigend nebeneinander her.

»Hör mal«, sagte ich schließlich. »Falls du über irgendetwas reden willst, ich bin für dich da. Deine Mutter fehlt dir sehr, und, na ja …«

»Sie wissen überhaupt nichts über mich oder meine Mutter«, fauchte sie und ging voraus.

Ich seufzte und betrachtete die dunklen Wolken, die heraufzogen. Es würde Mrs. Dilloway gar nicht gefallen, wenn wir in den Regen gerieten. Ich zog Janie die Kapuze über die blonden Locken und vergewisserte mich, dass ihre Jacke zugeknöpft war. Zum Glück hatte ich trotz Abbotts Protesten darauf bestanden, dass alle Kinder ihre Jacken angezogen hatten. Als ich den Blick noch einmal hob, kam ein Rabe geflogen und ließ sich auf einem Ahornbaum nieder. Der schwarze Vogel wetzte kurz seinen Schnabel an dem Ast, auf dem er saß, und stieß dann ein lautes Krächzen aus, als wollte er sagen: *Bis hierher und nicht weiter. Sonst* … Ich erschauderte. Meine Mutter hatte immer gesagt, Raben seien intelligenter, als man glaubte, und überaus gerissen. Zum

Beispiel wussten sie immer ganz genau, wann mein Vater den Abfall in die Mülltonnen in der Gasse hinter der Bäckerei schüttete, und wenn kein alter Laib Schwarzbrot dabei war, ihre Lieblingsspeise, brachen sie jedes Mal in wütendes Gekrächze aus.

Vielleicht sollten wir lieber umkehren, dachte ich. »Jungs!«, rief ich. »Lauft nicht zu weit voraus!« Mit Janie auf dem Arm konnte ich nicht mit den anderen dreien mithalten.

»Wir sind hier!«, rief Abbott, der zu mir zurückgelaufen kam.

»Buh!«, machte Nicholas und sprang hinter einer Fichte hervor.

Ich spürte einen Regentropfen auf dem Handgelenk. »Sieht so aus, als würde ein Gewitter heraufziehen«, sagte ich. »Ich finde, wir sollten den Rest unseres Spaziergangs auf morgen verschieben.«

»Ach nein«, quengelte Abbott. »Wir sind doch gerade erst losgegangen. Wir haben keine Angst vor ein bisschen Regen. Außerdem wollen wir Ihnen etwas zeigen.«

Skeptisch betrachtete ich die Wolken. Aber wir hatten den Kameliengarten fast erreicht, der mich unwiderstehlich anzog. Was konnte es schaden, noch ein kleines bisschen weiterzugehen, so sagte ich mir. Vor allem, wo ich womöglich drauf und dran war, irgendwo hier die Middlebury Pink zu finden. Mr. Price erwartete bis zum Ende des Sommers eine Antwort von mir. Ich wickelte meine Jacke um Janie und drückte sie fest an mich, um sie warm zu halten. »Also gut«, sagte ich. »Aber wir müssen bald zurück ins Haus.«

»Prima!«, rief Nicholas begeistert aus.

Der Wind nahm zu, als wir über eine abschüssige, mit violetten und rosafarbenen Feldblumen gesprenkelte Wiese gingen. »Der ganze Park ist ziemlich verwildert«, bemerkte Abbott. »Wenn es nach Vater ginge, würde er einfach alles mit Unkraut zuwuchern lassen.«

»Das ist kein Unkraut«, sagte Katherine. »Das sind alles Phloxstauden, die Mama gepflanzt hat.«

»Für mich sieht es wie Unkraut aus«, sagte Abbott. »Ich bin schon zwölf, und ich weiß viel mehr als du.«

»So, Abbott«, sagte ich versöhnlich, »jetzt zeig uns, was du entdeckt hast, und dann müssen wir uns schleunigst auf den Rückweg machen, wenn wir nicht klatschnass werden wollen.«

Der Junge nickte. »Na gut, es ist nicht mehr weit.«

In einiger Entfernung sah ich den Kopf eines steinernen Engels, der von hohem Gras und Disteln fast verdeckt wurde. Nur das Gesicht und die Spitze eines Flügels waren noch sichtbar.

»Mamas Statue!«, rief Nicholas und lief zu dem Engel hinüber, der fast so groß war wie er.

»Vorsicht, Nicholas«, schalt Katherine. »Nachher trittst du noch auf was Giftiges.«

Abbott beachtete die beiden nicht, sondern ging auf ein Gestrüpp aus Dornenranken zu. Ich fragte mich, ob der steinerne Engel ihn an seine Mutter erinnerte. Als unsere Blicke sich begegneten, wandte er sich hastig ab.

»Wie kommst du darauf, dass es hier etwas Giftiges geben könnte, Katherine?«, fragte ich.

Sie zeigte auf einen kleinen Strauch mit blassgrünen, weiß geränderten Blättern und dunkelvioletten Blüten, die beinahe aussahen wie Beeren. Die Blüten erinnerten mich an die Akelei, die ich in Töpfe gepflanzt und vor die Bäckerei gestellt hatte. »Sehen Sie die Pflanze da?«, sagte sie. »Die ist giftig. Man kann sterben, wenn man sie anfasst. Das hat Mama mir erklärt.«

Ich bückte mich, um die Pflanze genauer zu betrachten. »Unglaublich, dass so etwas Schönes so giftig sein soll«, murmelte ich.

»Ist es aber«, sagte Katherine. »Mama würde nie lügen.«

»Natürlich nicht«, sagte ich.

Nicholas schob die Hände in die Hosentaschen und betrachtete den Engel. »Mama hat ihn geliebt«, sagte er traurig. »Papa hat ihn hergeschickt, als er auf einer großen Reise war. Er war ganz in braunes Papier eingewickelt, als er bei uns abgeliefert wurde. Mama hat ihn von Mr. Blythe hier im Garten aufstellen lassen, ganz nah bei ihren Kamelien.«

Ich warf einen Blick auf meine Armbanduhr, die mein Vater mir zum neunzehnten Geburtstag geschenkt hatte. »Meine Güte«, stieß ich hervor, »wir waren ja noch gar nicht bei den Kamelien.«

Wir folgten Abbott in ein kleines Tal. Inzwischen war der Nebel so dicht, dass er uns regelrecht einhüllte. Abbott führte uns an einer Reihe großer Kamelienbäume entlang. Im Vorbeigehen betrachtete ich aufmerksam die Blüten. Einige waren prachtvoll und so groß wie meine Hand, andere klein und zart, mit seidigen Blütenblättern. Alle Kamelien hatten leuchtend grüne, wächsern glänzende Blätter. Wir hatten bereits die dritte Reihe erreicht, aber die Middlebury Pink hatte ich immer noch nicht entdeckt.

Als ich meine Hand ausstreckte, um ein Blatt zu berühren, stolperte ich über eine Wurzel. Mit Janie auf dem Arm verlor ich das Gleichgewicht. Um den Sturz abzufangen, streckte ich den linken Arm aus, und schrie auf, als ein scharfer Schmerz mein Handgelenk durchzuckte.

Im selben Augenblick rief Katherine: »Vorsicht, Miss Lewis!«

Aber es war zu spät. Ich war in einen Rechen gestürzt, der mit den Zinken nach oben im Gras lag. Vorsichtig setzte ich Janie ab, um die Wunde zu inspizieren. Sie war tief und blutete stark.

Katherine kniete sich neben mich. »Alles in Ordnung? Tut es weh?«

»Ja«, erwiderte ich. »Ich brauche einen Verband.«

»Hier«, sagte Abbott heldenmütig, knöpfte seine Jacke auf und riss einen Streifen von seinem Hemd ab. »Nehmen Sie das.«

Ich lächelte ihn an. »Danke«, sagte ich, während ich den weißen Stoffstreifen um mein Handgelenk wickelte. Sofort sickerte Blut hindurch, und ich bat Abbott, mir zu helfen, den Verband fester zu ziehen.

»Vielleicht sollten wir lieber umkehren«, murmelte er.

Mein Handgelenk pochte, doch ich stand auf, klopfte mir Erde vom Kleid und hob Janie wieder hoch, wobei ich darauf achtete, die Wunde nicht zu belasten. Es war, als könnte ich hören, wie Mr. Price mir ins Ohr flüsterte: *Das ist Ihre Chance. Eine einmalige Gelegenheit. Ergreifen Sie sie.* »Gehen wir weiter«, sagte ich.

»Wenn Sie wollen«, sagte Abbott.

Ich nickte. »Nur noch ein kleines Stück.«

Wir gingen durch die Reihen der Kamelien – keine davon ähnelte der Middlebury Pink –, bis Abbott stehen blieb und mit einem breiten Grinsen verkündete: »Wir sind da.«

Ich sah mich nach allen Seiten um, dann schüttelte ich den Kopf. »Wo sind wir? Ich sehe nichts.«

»Kommt ein bisschen näher«, sagte er und zeigte auf eine

Stelle weiter unten, wo der Nebel am dichtesten war. »Dann könnt ihr es sehen.«

Wir traten durch eine Laube aus rosafarbenen Kletterrosen. Ich hielt Janie fest im Arm, um sie vor den Dornen zu schützen. Dann, nach ein paar Schritten, sah ich, worauf Abbott zeigte. Ein moosbedecktes Dach mit einem alten Wetterhahn obendrauf. Wohnte da jemand?

»Was ist das?«, fragte ich Abbott. Ich spürte, wie ich eine Gänsehaut bekam.

»Das Kutscherhaus«, sagte er ehrfürchtig und drehte sich zu mir um. »Miss Lewis?« Er sah mich mit großen Augen an.

»Ja, Abbott?«

»Haben Sie schon mal das Gefühl gehabt, dass ein Ort …« Er kratzte sich verlegen den Kopf. »Also, dass ein Ort böse sein kann?«

Katherine stieß einen Seufzer aus und verschränkte die Arme vor der Brust. Im nächsten Augenblick jedoch zuckte sie zusammen, als ein Windstoß durch das Tal fuhr und am Kutscherhaus einen Fensterladen in seinen Scharnieren quietschen ließ.

»Siehst du?«, sagte Abbott, die Wangen gerötet vor Aufregung. Er entdeckte eine Mistgabel, die an einem Baumstamm lehnte, und schnappte sie sich. »Damit ich euch verteidigen kann«, verkündete er.

»Abbott!«, schalt ich ihn. »Jag deinen Schwestern keine Angst ein!«

Nicholas ging zu Abbott. »Glaubst du, die bösen Geister sind hier?«

»Vielleicht«, erwiderte Abbott, während er sich nach allen Seiten umsah.

»Keine Sorge«, sagte Nicholas. »Die Kamelien beschützen

uns. Mama hat gesagt, die sind etwas ganz Besonderes.« Er ließ seinen Blick über die Bäume schweifen. »Deswegen hatte sie so viele.«

Katherine tat so, als würde sie eine rote Blüte an einem Baum bewundern.

Abbott schaute seinen Bruder an, dann schlug er mit der Mistgabel nach einer rosafarbenen Blüte. »Die Bäume haben Mama nicht beschützt, als sie sie am meisten gebraucht hätte«, schnaubte er.

»Abbott!«, rief ich. »Es reicht!« Ich untersuchte noch einmal mein Handgelenk. »Hast du gesehen, was du sehen wolltest?«

»Noch nicht«, antwortete er, den Blick wie gebannt auf die Tür des Kutscherhauses geheftet. »Einen Monat, bevor sie gestorben ist, bin ich Mama hierher gefolgt. Vater war dauernd wütend auf sie, deswegen hat sie sich oft hierher zurückgezogen. Ich wollte mit ihr reden. Ich dachte, ich könnte sie ein bisschen aufmuntern. Aber als ich hierherkam, war sie weg. Ich hab sie überall gesucht. Und dann, als ich mich umgedreht habe, kam Mama aus dem Kutscherhaus gelaufen. Sie hat geweint.«

»Ach, Abbott«, sagte ich und legte ihm eine Hand auf die Schulter.

»Wahrscheinlich hatte sie einen Splitter in der Hand«, meinte Nicholas. »Ich weine auch immer, wenn mir das passiert.«

»Ja, weil du eine Heulsuse bist«, höhnte Katherine.

Ich lächelte Nicholas an. »Ach was, du bist keine Heulsuse.«

»Also«, fuhr Abbott fort, »sie hatte jedenfalls keinen Splitter in der Hand und auch keine andere Verletzung. Es war der verdammte Mr. Blythe.«

»Warum sagst du so etwas?«, fragte ich.

»Er war hier«, sagte er. »Ich hab gesehen, wie er hinter ihr hergerannt ist. Er hat sie zum Weinen gebracht. Das weiß ich.«

»Vielleicht hast du einen falschen Eindruck gewonnen«, sagte ich, unsicher, was er gesehen haben konnte.

Er schüttelte den Kopf. »Ich weiß genau, was ich gesehen habe.«

Er betrachtete das Haus, dessen Dach mit dickem, weichem Moos bedeckt war. Der Außenanstrich war zu einem hellen Grau verwittert.

Abbott ging zur Tür und ergriff die Klinke. Dann drehte er sich zu uns um. »Abgeschlossen.«

»Tja, damit ist unser Gartenspaziergang dann beendet«, sagte ich. »Kommt, Kinder. Genug von bösen Geistern. Lasst uns nach Hause gehen.«

Abbott seufzte. »Dieses Haus ist irgendwie unheimlich«, sagte er. Er war offensichtlich beunruhigt.

Wir machten uns auf den Weg zurück zum Kameliengarten. Ich wollte Abbott gerade eine Hand auf die Schulter legen, als ich hinter uns ein Geräusch hörte. Erschrocken fuhr ich herum. Es klang, als würde eine Tür geöffnet und dann zugeschlagen.

»Lauft!«, schrie Abbott und machte kehrt.

Katherine kreischte auf, und Nicholas ließ den Stock fallen, den er in der Hand hielt. Die beiden rannten so schnell los, dass ich ihnen mit Janie auf dem Arm nicht folgen konnte.

»Kinder!«, rief ich. »Nicht so schnell! Ihr tut euch noch weh!« Aber es hatte keinen Zweck. Sie waren nicht aufzuhalten. Also schob ich mir Janie noch etwas höher auf die Hüfte und lief an den Kamelienbäumen vorbei, ohne mich umzusehen, bis ich zum Fuß des Hügels gelangte. Von unten sah es steil aus, wie ein Berg, aber ich kämpfte mich vorwärts. Es donnerte in der Ferne, und es begann wieder zu regnen, diesmal noch heftiger.

»Abbott, Katherine, Nicholas!«, rief ich. In all dem Nebel und dem Regen konnte ich nur drei verschwommene Gestalten ausmachen. »Bitte wartet!«

Der Rückweg erschien mir endlos. Ich machte mir Vorwürfe, dass ich die Kinder mit in den Park genommen hatte, aber schließlich kam das Haus in Sicht. Mich verließ der Mut, als ich die Szene sah, die sich mir darbot. Drei schlammbeschmierte, durchnässte Kinder, die zusammen mit dem streng dreinblickenden Lord Livingston und Mrs. Dilloway unter einem Regenschirm standen.

»Es tut mir so leid«, keuchte ich atemlos, als ich zu ihnen stieß. »Wir haben einen Spaziergang gemacht und sind vom Regen überrascht worden.«

»Sie dürfen sich zurückziehen, Miss Lewis«, sagte Lord Livingston kühl.

»Aber Vater«, sagte Abbott. »Miss Lewis hat sich verletzt!«

Einen Moment lang wirkte Lord Livingston besorgt. »Was ist passiert?«

»Ach nichts«, sagte ich. »Nur ein Kratzer.«

»Kinder, geht sofort ins Bad«, befahl Mrs. Dilloway. »Ich komme gleich nach. Gebt Sadie eure nassen Sachen. Und beeilt euch, sonst erkältet ihr euch noch.«

Katherine und die Jungen gingen mit hängenden Köpfen ins Haus, während Mrs. Dilloway mir Janie abnahm. »Komm her, Kleines«, sagte sie. »Du armes Ding. Nass bis auf die Knochen.« Sie schaute Lord Livingston an. »Ich werde sie selbst baden.«

Ich muss einen erbärmlichen Anblick geboten haben – nass bis auf die Haut und mit zerlaufendem Rouge auf den Wangen. Das kleine Schminkset war ein Abschiedsgeschenk meiner Freundin Pearl gewesen. Aus irgendeinem Grund hatte ich mich an dem Morgen entschlossen, ein bisschen Rouge aufzulegen. »Bitte, Sir«, sagte ich. »Es tut mir wirklich furchtbar leid, ich …«

»Sparen Sie sich die Entschuldigungen«, fiel er mir ins Wort. »Sie werden nie wieder mit den Kindern in den Kameliengarten gehen. Habe ich mich deutlich genug ausgedrückt?«

»Ja, selbstverständlich«, antwortete ich und schaute auf meine durchnässten Schuhe. Was hatte ich überhaupt in dem Haus zu suchen, fragte ich mich. Und wie hatte ich annehmen können, dass es so einfach sein würde, die Kamelie zu finden? Mir brannten die Augen, aber ich unterdrückte meine Tränen.

»Gehen Sie, und ziehen Sie sich um«, sagte Lord Livingston. »Ich erwarte Sie im Salon.«

Ich eilte zum Hintereingang, zog mir hastig die nassen Schuhe aus und lief auf Zehenspitzen die Treppe hinunter, die zu den Dienstbotenunterkünften führte.

Auf dem Weg den langen Flur hinunter zu meiner Kammer wäre ich beinahe mit Mr. Humphrey zusammengestoßen. »Verzeihung«, stammelte ich. »Ich bin ein bisschen durcheinander.«

»Ja, das scheint mir auch so«, sagte er. »Ich wäre Ihnen um ein Haar auf die Füße getreten. Wo sind denn Ihre Schuhe?«

»Ich habe sie an der Tür stehen lassen«, sagte ich. »Wir waren im Park, und sie sind ganz voll Schlamm.« Ich betrachtete meine nassen Strümpfe, und da bemerkte ich den

Schlamm an seinen Schuhen. »Sie sind wohl auch in den Regen geraten«, sagte ich.

»Ach das? Ich bin in der Einfahrt in eine Pfütze getreten.«

»Also«, sagte ich. »Ich muss mir unbedingt etwas Trockenes anziehen.«

Ich holte mir ein Handtuch aus dem Wäscheschrank und eilte in meine Kammer. Ich schloss die Fensterläden, zog mich aus und trocknete mich ab. War da draußen tatsächlich jemand gewesen?, ging es mir durch den Kopf. Im Kutscherhaus? Und was hatte Abbott gesagt, was seine Mutter gerufen hatte? Ich zog mir ein Paar frische Strümpfe und ein sauberes Kleid an, dann bürstete ich mir die Haare und steckte sie hoch. Ich betrachtete mich im Spiegel über der Kommode. Es durfte nicht sein, dass Lord Livingston mich entließ. Noch nicht. Ich brauchte noch etwas Zeit. Vielleicht würde die Middlebury Pink demnächst blühen. Dann würde ich sie finden. Ich *musste* sie finden.

Ich glättete mein Kleid, bevor ich den Salon betrat. Mr. Beardsley hatte meine Wunde gesäubert und ordentlich verbunden. Lord Livingston saß in einem mit grünem Samt bezogenen Ohrensessel vor dem offenen Kamin. Das fauchende, knisternde Feuer spiegelte sich in seinen Augen. »Treten Sie näher«, sagte er, ohne aufzublicken.

Als ich auf ihn zuging, spürte ich die Wärme des Kaminfeuers in meinem Gesicht. Ich zupfte an meinem Haar, das immer noch feucht war. »Ich muss Sie aufrichtig um Verzeihung bitten, Sir – ich meine, Eure Lordschaft«, sagte ich zaghaft.

Es dauerte eine ganze Weile, bis er sich vom Feuer abwandte und mich anschaute. »Hat Mrs. Dilloway Ihnen nicht gesagt, dass ich den Kindern verboten habe, in den Park zu gehen?«

Ich senkte den Blick. »Doch, Sir, ich meine …«

»Warum haben Sie sie dann entgegen meinem ausdrücklichen Wunsch mit in den Kameliengarten genommen?«

»Eure Lordschaft«, sagte ich, »die Kinder taten mir leid. Kinder spielen so gern draußen. Ich dachte, es würde ihnen Spaß machen.«

»Spaß?«

»Aber ja!«, sagte ich. »Und außerdem ist frische Luft gesund.«

Er stand auf und fuhr sich mit der Hand durch das dichte Haar. »Ich weiß, was das Beste für meine Kinder ist«, sagte er. »Sie werden jeden Samstag in die Stadt gefahren, und die Jungen haben unter der Woche Reitunterricht. Es ist durchaus nicht so, dass sie hier eingesperrt wären, Miss Lewis.«

Ich lächelte verlegen. »Das habe ich damit auch nicht andeuten wollen, Sir. Es war nur so, nun ja, ich wollte sie ein bisschen aufheitern.«

Er verschränkte die Hände. »Ich verzeihe Ihnen den Vorfall mit dem Park, wenn Sie mir versprechen, dass das nie wieder vorkommt. Lassen Sie die Kinder auf der Terrasse spielen, wenn es denn sein muss, aber ich gestatte es nicht, dass sie sich den Kamelienbäumen nähern. Es ist zu gefährlich. Ein paar Meilen von hier lagern oft Landstreicher. Man kann nie wissen, wo sich dieses Gesindel herumtreibt.« Seine Miene wurde weicher. »Wie geht es Ihrer Hand?«

Als ich den Verband anschaute, stiegen mir Tränen in die Augen. Ich hatte plötzlich solche Sehnsucht nach meinen Eltern. Nach zu Hause. »Gut, danke«, brachte ich mühsam heraus. »Aber ich glaube, ich werde eine hässliche Narbe behalten.«

Mit einem fast zärtlichen Blick streckte er die Hand nach meinem Arm aus, dann besann er sich plötzlich und schaute auf seine Armbanduhr. »Die Kinder müssten inzwischen fertig gebadet sein«, sagte er. »Mrs. Dilloway erwartet Sie im Kinderzimmer.«

»Selbstverständlich«, sagte ich. »Ich gehe sofort nach oben.«

Im Kinderzimmer lag Abbott schmollend auf dem Sofa, Nicholas spielte still mit seiner Eisenbahn, und Katherine saß lesend auf der Fensterbank. Mrs. Dilloway war gerade dabei, Janies Kleid zuzuknöpfen.

»Hat Vater mit Ihnen geschimpft?«, fragte Nicholas besorgt.

Katherine blickte erwartungsvoll auf.

»Natürlich nicht«, sagte ich.

»Hat er Sie gefeuert?«, wollte Katherine wissen.

»Miss Katherine«, ermahnte sie Mrs. Dilloway.

»Nein, er hat mich nicht gefeuert«, sagte ich. »Aber er hat mir streng verboten, jemals wieder mit euch in den Park zu gehen.«

»Mist«, maulte Abbott. »Wenn wir noch mal dahin gehen könnten, dann …«

»Mr. Abbott, Sie haben gehört, was Miss Lewis gesagt hat«, schalt ihn Mrs. Dilloway, die Janie gerade eine frische Schleife in das noch feuchte Haar gesteckt hatte. Dann wandte sie sich mir zu. »Miss Lewis, könnte ich kurz unter vier Augen mit Ihnen sprechen?«

Ich folgte ihr auf den Flur, und wir schlossen die Tür zum Kinderzimmer.

»Es gibt etwas, das Sie wissen sollten. Lord Livingstons Sohn, zu dem Seine Lordschaft seit Langem keinen Kontakt mehr unterhält, nun … er ist überraschend zurückgekehrt«, sagte Mrs. Dilloway missbilligend.

»Ja, ich weiß«, erwiderte ich.

»Wie bitte?«

»Ich bin ihm begegnet.«

Mrs. Dilloways Augen weiteten sich. »Oh.«

»Aber wieso hat Seine Lordschaft keinen Kontakt mehr zu ihm?«, fragte ich.

»Ach, die beiden sind so zerstritten, dass ich gar nicht wüsste, wo ich anfangen sollte, es Ihnen zu erklären«, sagte sie. »Der junge Lord ist heute Morgen in die Stadt gefahren, bevor Seine Lordschaft aufgestanden war. Ich nehme an, dass er bald zurückkommt, um seine Sachen zu holen. Er wird sicher nicht lange bleiben.« Sie sah mich durchdringend an. »Außerdem wird er nach seiner Hochzeit ohnehin in den Süden ziehen.«

Ich musste sofort an den Brief denken, an die geschwungene, feminine Handschrift. *Vivien.* Ich betete, dass Mrs. Dilloway nicht sah, wie ich errötete. »Mit seiner Frau?«

»Ja«, antwortete sie. »Er heiratet eine Gräfin. Und das ist das Beste, was ihm überhaupt passiert konnte, wenn Sie mich fragen.«

15

Addison

Mit angehaltenem Atem umklammerte ich die Pflanzschaufel. »Hallo?«, rief ich. Ich konnte nicht sehen, was sich hinter der Bougainvillea befand. »Wer ist da?«

»Dachte ich mir, dass ich Sie hier finden würde«, sagte Mrs. Dilloway und trat unter die Laube.

»Was machen Sie … Ich dachte, Sie wären …«

»Beim Frisör?«

Ich nickte.

»Ich bin noch einmal zurückgekommen, weil ich meine Handtasche vergessen hatte, und als ich in der Eingangshalle war, habe ich gesehen, wie der Kronleuchter leicht schwankte. Das tut er nur, wenn jemand im Wintergarten hin und her geht.« Sie trat einen Schritt näher, und mir lief es eiskalt über den Rücken. »Wenn man so lange wie ich in einem Haus wohnt, wird man sehr vertraut mit ihm. Man kennt alle seine Eigenheiten, die andere nicht bemerken.« Sie blieb vor dem Zitronenbäumchen stehen. »Haben Sie das gehört?«, fragte sie.

Ich schüttelte den Kopf.

»Genau hier knarzt der Boden«, sagte sie und zeigte auf eine verzogene Diele unter ihrem rechten Fuß. »Ich musste immer sehr vorsichtig sein.« Sie knipste ein verwelktes Blatt von einer Orchidee auf dem Tisch. »Ich nehme an, Sie sind begierig, alles über diesen Raum zu erfahren«, sagte sie. »Warum der Wintergarten immer noch existiert, nach all den Jahren.«

Ich schwieg.

»Ich habe es Lady Anna versprochen«, sagte sie. »Es schien mir nur recht nach – allem, was ihr widerfahren ist.«

»Aber was ist ihr denn widerfahren, Mrs. Dilloway?«

Sie wandte sich den Fenstern zu, und als das Sonnenlicht auf ihr Gesicht fiel, entdeckte ich eine Träne auf ihrer Wange. Sie öffnete den Mund, als wollte sie etwas sagen, als wollte sie ihr Herz ausschütten. Doch dann besann sie sich anders. »Kommen Sie«, sagte sie und zeigte auf die Tür. »Sonst verpasse ich meinen Termin.«

16

Flora

19. April 1940

Beim Frühstück im Gesinderaum wirkte Sadie müder als gewöhnlich. Gähnend saß sie vor ihrer Schüssel mit Porridge.

»Ich muss heute erst um zehn ins Kinderzimmer gehen«, sagte ich zu ihr. »Die Kinder haben heute Musikunterricht. Wenn Sie wollen, kann ich Ihnen beim Bettenmachen helfen.«

Sadies Augen leuchteten auf. »Würden Sie das wirklich tun?«

»Natürlich«, sagte ich. »Mit Vergnügen.« Ich musste die ganze Zeit an Desmonds bevorstehende Hochzeit denken und wollte ihm nicht zufällig im Erdgeschoss begegnen, während ich auf die Kinder wartete. Ich kam mir töricht vor, dass mich das überhaupt beschäftigte, aber dennoch fragte ich mich, warum er mir gegenüber nicht offen darüber gesprochen hatte. Ich musste daran denken, wie wir auf dem Schiff getanzt hatten, wie er mich in der Nacht auf der Treppe angesehen hatte.

Plötzlich herrschte Stille im Raum.

Als ich aufblickte, stand Desmond in der Tür. »Guten Morgen allerseits«, begrüßte er uns mit einem nervösen Lächeln.

»Mr. Desmond«, sagte Mr. Beardsley und stand auf. »Können wir etwas für Sie tun?«

»Nein«, antwortete er, »das heißt, doch. Na ja, ich … ich würde gern kurz mit Miss Lewis sprechen, wenn es möglich ist.«

Mrs. Dilloway und Mr. Beardsley tauschten einen kurzen Blick aus. Ich stand auf und folgte Desmond in den Flur. Wir gingen ein paar Schritte, bis wir für die anderen außer Hörweite waren.

»Sie sind gestern Abend nicht zu unserem verabredeten Treffen gekommen«, sagte Desmond mit einem gekränkten Blick. »Ich habe auf Sie gewartet.«

»Aber wie hätte ich das tun können?«, fragte ich, während ich ihm in die großen, grünen Augen schaute. »Mrs. Dilloway hat mir erzählt, dass Sie verlobt sind.«

»Ach«, sagte er und nahm meine Hand. »Nun, tatsächlich *war* ich verlobt, aber ich bin es nicht mehr.«

Ich musterte sein Gesicht. »Was sagen Sie da?«

»Ich habe die Verlobung gelöst. Ich bin gestern zu ihr gefahren und habe es ihr gesagt.« Er schüttelte den Kopf. »Es war von Anfang an ein Fehler. Ich hätte es wissen müssen, nachdem …« Er sprach den Satz nicht zu Ende. »Jedenfalls sollte eine Ehe auf Liebe gegründet sein, nicht wirtschaftlichen Zwecken gehorchen.«

»Wirtschaftlichen Zwecken?«

»Die Heirat mit Vivien hätte die finanzielle Zukunft des Herrensitzes und der Familie gesichert«, erklärte er mir. »In den Augen meines Vaters hätte ich eine heroische Tat vollbracht. Aber ich hätte mit der Entscheidung nicht leben können. Ich liebe Vivien nicht, habe sie nie geliebt.«

Ich schaute ihm in die Augen, und plötzlich spürte ich,

wie mir das Herz auf eine Weise aufging, die ich nicht erwartet hatte.

»Wann können wir uns wiedersehen?«, fragte er.

»Heute Nacht«, sagte ich.

Er küsste mich auf die Stirn, dann ging er in Richtung Treppe.

»Desmond hat wohl ein Auge auf Sie geworfen«, bemerkte Sadie lächelnd, als wir uns vom Frühstückstisch erhoben.

Ich erwiderte ihr Lächeln und folgte ihr in den ersten Stock. Wir gingen in den Flur des Ostflügels.

»Warten Sie«, sagte ich, als wir an einer verschlossenen Tür vorbeikamen. »Wessen Zimmer ist das eigentlich?«

»Der Ostflügel wurde von Lady Anna bewohnt«, sagte Sadie mit großen Augen. »Niemand betritt diese Zimmer. Niemand außer Mrs. Dilloway.«

»Aber warum kommt sie denn hier herauf?«, fragte ich, während ich die Tür neugierig betrachtete.

Sadie zuckte die Schultern. »Schuldgefühle, nehme ich an.«

»Schuldgefühle?«

Sadie machte ein gequältes Gesicht. »Kommen Sie«, sagte sie. »Wir müssen die Betten machen.«

»Danke für Ihre Hilfe«, sagte Sadie, während sie das letzte Kopfkissen aufschüttelte.

»Keine Ursache«, sagte ich und folgte ihr aus dem Zimmer. Sie nahm einen Korb mit schmutziger Bettwäsche und stieg die Treppe zum Dienstbotentrakt hinunter.

Allein im ersten Stock, musste ich die ganze Zeit, an den Ostflügel und Lady Anna denken. Warum ging Mrs. Dilloway in Lady Annas Zimmer, und was hatte Sadie gemeint, als sie von Schuldgefühlen sprach?

Ich schlich den Flur hinunter. Als ich zu der Tür gelangte, sah ich mich vorsichtig um, bevor ich den Knauf ergriff. Zu meiner Überraschung war das Zimmer nicht abgeschlossen.

Stickige, warme Luft schlug mir entgegen. Es roch nach Vanille und Lavendel. Die Vorhänge waren zugezogen, aber als meine Augen sich an das Dunkel gewöhnt hatten, sah ich ein großes Bett mit vier kunstvoll gedrechselten Pfosten. Ich trat näher und fuhr mit der Hand über die Tagesdecke. Mein Herz pochte wie wild, als ich die zarte, weiche Spitze berührte. Das war ihr Schlafzimmer gewesen. Ihr Bett. Ihr Bettzeug.

Ich öffnete den Kleiderschrank und betrachtete die vielen Kleider, die darin hingen. Ein seidenes Abendkleid erregte meine Aufmerksamkeit. Ich nahm es heraus, hielt es mir an und drehte mich damit wie ein kleines Mädchen in einem teuren Modegeschäft. Der Stoff raschelte leise, als ich das Kleid zurück in den Schrank hängte. Ich trat vor die Frisierkommode, und meine Wangen wurden ganz heiß, als ich mich im Spiegel betrachtete. Was würde Lady Anna von mir denken, wenn sie mich in ihrem Schlafzimmer erwischte, eine Fremde, die in ihren persönlichen Sachen herumstöberte? Trotz meiner Befangenheit konnte ich nicht widerstehen, die kleine Pumpe des Parfümzerstäubers zu berühren. Ein kurzer Druck genügte, und dem Gefäß aus Kristallglas entströmte ein feiner, nach Blüten duftender Nebel. Als ich gerade den betörenden Duft einatmete, hörte ich Schritte auf dem Flur. Wer konnte das sein? Wie sollte ich meine Anwesenheit in dem Zimmer erklären? Die Neugier hatte mich dazu verführt, mich zu lange aufzuhalten. Ich musste mich verstecken. Als ich mich umsah, entdeckte ich an der hinteren Wand eine schmale Tür, die offen stand. Ich schlüpfte hindurch und fand mich in einem kleineren Raum wieder, der offenbar Lady Annas privates Arbeitszimmer gewesen war. Gerahmte Zeichnungen von Pflanzen und Blüten hingen über dem Schreibtisch und dem Bücherschrank.

Ich holte tief Luft und spähte durch den Türspalt ins Schlafzimmer. Eine Gestalt ging zu den Fenstern und zog die Vorhänge auf. Ich schlug mir die Hand vors Gesicht, als ich im hellen Licht Lord Livingston erkannte. Mit traurigem, leidgeprüftem Gesicht kniete er vor Lady Annas Bett nieder und senkte den Kopf, mühsam seine Tränen unterdrückend. »Es tut mir so leid, mein Liebling«, murmelte er. »Es tut mir so schrecklich leid.«

Ich stand reglos da. Dann hörte ich wieder die Zimmertür quietschen. Lord Livingston drehte sich um und zog die Brauen zusammen, als Mrs. Dilloway hereinkam, eine Vase mit pinkfarbenen Pfingstrosen in der Hand.

»Oh, Verzeihung«, sagte sie eilfertig und stellte die Blumenvase auf der Frisierkommode ab. »Ich bin schon wieder weg.«

Er wischte sich die Augen mit einem Taschentuch und sah sie forschend an. »Wir haben Unrecht getan«, sagte er. »Schlimmes Unrecht.«

Sie betrachtete ihre verschränkten Hände. »Ja«, sagte sie. »Das haben wir.«

Mir schlug das Herz bis zum Hals. Wovon redeten die beiden?

Lord Livingston warf einen Blick in meine Richtung. »Ich wollte nur …« Dann schüttelte er den Kopf, als fehlte ihm die Kraft, den Satz zu Ende zu sprechen.

Mrs. Dilloway machte einen Schritt auf ihn zu. Im selben

Augenblick machte auch er einen Schritt, nahm sie in die Arme und vergrub das Gesicht an ihrem Hals. »Bitte, Edward«, sagte sie. »Du musst diese Last nicht allein tragen. Lass mich …«

Er hielt abwehrend eine Hand hoch. Sofort war jede Intimität zwischen ihnen verflogen. »Nein«, sagte er in seinem üblichen, geschäftsmäßigen Ton. »Wir dürfen so nicht weitermachen.« Auch Mrs. Dilloways Gesichtsausdruck hatte sich geändert. Was auch immer sie verbunden hatte, was auch immer sie mit ihren Blicken ausgetauscht hatten, war verschwunden.

Nachdem Lord Livingston das Zimmer verlassen hatte, stellte Mrs. Dilloway die Blumenvase auf den Nachttisch und glättete kurz die Tagesdecke. Dann hob sie einen Arm vors Gesicht und brach in Tränen aus. Ich wandte mich ab. Es schien mir unrecht, sie in ihrem Kummer heimlich zu beobachten.

Als ich hörte, wie die Tür geschlossen wurde, atmete ich erleichtert auf. In dem Moment entdeckte ich ein Buch, das aus dem Bücherschrank gefallen sein musste. Es wirkte fehl am Platz in dem tadellos aufgeräumten Arbeitszimmer. Ich hob es auf und betrachtete den Umschlag. »Die Kamelien von Livingston Manor. Gesammelt von Anna Livingston«. Mit dem Buch unterm Arm durchquerte ich das Schlafzimmer und schlüpfte in den Flur hinaus.

»Was haben Sie da?«, fragte Katherine argwöhnisch, als ich das Kinderzimmer betrat. Wie viel Zeit mochte vergangen sein? Ich schaute auf die Wanduhr: Viertel nach zehn.

»Tut mir leid, dass ich zu spät komme, Kinder«, sagte ich. »Ich habe Sadie beim Bettenmachen geholfen.«

Janie kam auf mich zugelaufen und versuchte, mir das Buch aus der Hand zu ziehen, so als hätte sie es schon einmal gesehen. »Das Blumenbuch«, sagte sie und zeigte auf das Deckblatt.

»Wo haben Sie Mamas Buch gefunden?«, wollte Katherine wissen.

Ich setzte mich aufs Sofa und legte das Buch vorsichtig auf meinen Schoß. »Würdet ihr es euch gern mit mir zusammen ansehen?«, fragte ich ausweichend.

Katherine und die Jungen setzten sich neben mich und schauten gebannt zu, als ich in dem Buch blätterte. Auf jeder Seite klebte eine wunderschöne getrocknete Kamelienblüte, mit Namen und handschriftlichen Notizen versehen. Auf der Seite mit der Camellia reticulata, einer großen, lachsfarbenen Blüte, hatte Lady Anna notiert: *Diese hat Edward aus China kommen lassen. Sie ist sehr empfindlich. Ich habe sie an einen schattigen Ort gepflanzt.* Auf der nächsten Seite, neben der Camellia sasanqua, stand: *Ein Weihnachtsgeschenk von Edward und den Kindern. Sie wird besonders liebevolle Pflege brauchen. Sie hat die Reise von Japan hierher nur knapp überlebt. Ich werde mich ihr den ganzen Frühling über widmen.*

Auf jeder Seite hatte Lady Anna detailliert festgehalten, wie sie mit der jeweiligen Kamelie verfahren war – wann sie sie gepflanzt, wie häufig sie sie gegossen, gedüngt und beschnitten hatte. In der oberen rechten Ecke einiger Seiten befanden sich seltsame Zahlenkombinationen.

»Wisst ihr, was diese Zahlen bedeuten?«, fragte ich die Kinder.

Nicholas zuckte die Schultern. »Die hier war Mamas Lieblingskamelie«, sagte er und schlug das Buch auf der letzten Seite auf. Als ich die weißen Blütenblätter mit den rosafarbenen Sprenkeln sah, blieb mir fast das Herz stehen. Die Middlebury Pink.

Ich las, was Lady Anna zu der Kamelie notiert hatte. »Hier steht, dass es sich bei dieser Kamelie um das letzte Exemplar ihrer Art handelt, das auf der Welt existiert«, sagte ich, dann wandte ich mich Katherine zu. »Steht diese Kamelie bei den anderen im Garten?«

»Wahrscheinlich«, sagte sie und stand auf. »Es sei denn, Mr. Blythe hat sie woanders hingepflanzt. Er ist dauernd dabei, irgendwelche Pflanzen zu versetzen. Er und Mr. Humphrey.«

»Mr. Humphrey?«, fragte ich verwundert.

»Er hat Mr. Blythe manchmal geholfen«, sagte Abbott. Er verdrehte die Augen. »Aber Mama konnte es überhaupt nicht leiden, wenn er im Garten rumschlich. Sie hat erzählt, dass er einmal ihren ganzen Rosengarten verunstaltet hat.«

»Na ja«, sagte ich. »Er wollte sich bestimmt nur nützlich machen.« Ich widmete mich wieder dem Buch. Ein paar Seiten vor der Middlebury Pink hatte Lady Anna eine Seite aus einer Enzyklopädie eingeklebt, auf der beschrieben wurde, wie die Kamelie in die Neue Welt gekommen war. Nachdem ich den Artikel zur Hälfte gelesen hatte, sagte ich zu den Kindern: »Die Samen der Kamelien wurden früher aus Asien per Schiff nach Europa gebracht und galten als sehr wertvoll. Hier steht, dass Kamelien mehrere Hundert Jahre alt werden können, und das macht sie von allen Pflanzen zu den allerbesten Geheimnishütern.«

»So ein Unfug«, schnaubte Katherine und tat so, als interessiere sie das alles nicht, doch ich sah ihr an, dass das Gegenteil der Fall war. »Bäume können doch keine Geheimnisse hüten.«

»Hier steht, dass die Menschen zur viktorianischen Zeit glaubten, dass ein Wunsch, den man unter einem Kamelienbaum ausspricht, in Erfüllung geht.«

Nicholas grinste. »So wie wenn man eine Münze in einen Brunnen wirft und sich dabei was wünscht?«

»Ja«, sagte ich. »Eure Mutter muss eine ganz besonderer Mensch gewesen sein, wenn sie ihre Kamelien so sehr geliebt hat.«

»Und warum haben die Kamelien Mama dann nicht beschützt?«, fragte Nicholas. »An dem Tag, als sie gestorben ist?«

Abbott ging zum Fenster. Von allen Kindern schien er den Tod seiner Mutter am wenigsten verkraftet zu haben.

Ich klappte das Buch zu, denn ich hatte den Eindruck, dass die Erinnerungen an ihre Mutter die Kinder zu sehr belasteten. »Lasst uns etwas anderes lesen«, schlug ich vor und legte das Buch auf den Tisch. Ich würde mich später eingehend damit befassen. Vielleicht würde ich ja in dem Buch einen Hinweis darauf finden, wo sich die Middlebury Pink befand.

»Was ist das für ein Geruch?«, fragte Abbott und schnupperte.

»Ich weiß es nicht«, antwortete ich ein bisschen beunruhigt.

»Das riecht wie Mama«, sagte Nicholas.

Das Parfüm ihrer Mutter.

»Das ist nicht Mamas Parfüm, du Dummkopf«, schnaubte Katherine und reckte die Nase in die Luft. »Das kommt aus der Küche. Wahrscheinlich hat die Köchin mal wieder was anbrennen lassen.«

Nachdenklich betrachtete Nicholas das Kamelienbuch seiner Mutter, dann schaute er mich an. »Miss Lewis, darf ich Sie etwas fragen?«

»Aber natürlich«, sagte ich.

Er seufzte. »Unser letztes Kindermädchen, Miss Fairfield, hat an dem Tag, als sie entlassen wurde, was Gemeines über Mama gesagt.«

»Du meine Güte, was hat sie denn gesagt?«

Nicholas verschränkte verlegen die Hände. »Sie hat gesagt … Sie hat gesagt – dass unsere Mama gar keine richtige Lady war.«

Und wenn ich zehn Jahre in Livingston Manor leben würde, so würde ich mich doch nie daran gewöhnen, meine Mahlzeiten im Speisezimmer in Anwesenheit von Mr. Beardsley einzunehmen. Zusammen mit Mrs. Dilloway trug er das Essen auf. Er legte allen Brötchen auf den Teller, als wären wir nicht in der Lage, sie uns selbst zu nehmen. Das ganze Theater ließ mich sehnsüchtig an zu Hause denken, an die einfachen Mahlzeiten am Küchentisch in unserer Wohnung über der Bäckerei, wo meine Eltern und ich lachten und plauderten und das Brot in die Kartoffelsuppe stippten. Und wenn ich noch ein Stück Brot wollte oder noch etwas Butter, bediente ich mich einfach. Aber New York schien sich auf einem anderen Planeten zu befinden.

Mr. Beardsley teilte gerade Fischsuppe aus einer Terrine aus. Ich hatte den Eindruck, dass er mich mit kalten Augen ansah, als er an mir vorbeiging, was aber auch daran liegen mochte, dass mir der förmliche Umgang hier im Haus immer noch nicht vertraut war.

»O nein«, stöhnte Nicholas. »Nicht schon wieder Fischsuppe!«

Ich warf ihm einen Blick zu und sagte, bevor sein Vater dazu kam, ihn zu tadeln: »Eigentlich wollte Nicholas sagen: Vielen Dank, Mr. Beardsley.«

Lord Livingston nickte mir zu und tauchte den Löffel in seine Suppe. Mr. Beardsley, der hinter ihm stand, wischte sich die Stirn mit einem Taschentuch ab. »Verzeihen Sie, Euer Lordschaft. Könnte ich kurz unter vier Augen mit Ihnen reden?«

Lord Livingston legte seine Serviette auf den Tisch und sagte zu uns: »Entschuldigt mich einen Augenblick.«

Kurz darauf kam er zurück und nahm wieder Platz. Dann streckte er seinen Arm aus und öffnete die Hand. Auf seiner Handfläche lag eine silberne Münze. Er räusperte sich. »Ich wurde darüber in Kenntnis gesetzt, dass eine der römischen Münzen aus meiner Sammlung in Ihrer Schlafkammer gefunden wurde, Miss Lewis«, sagte er mit einem strengen Blick in meine Richtung.

Ich schüttelte ungläubig den Kopf. »Das verstehe ich nicht. Das kann nicht sein.«

»Mir bleibt nichts anderes übrig, als Sie zu bitten, mein Haus zu verlassen, Miss Lewis.«

»Aber Sir, ich bitte Sie, ich …«

Lord Livingston hob eine Hand. »Bitte, machen Sie es nicht noch schlimmer, als es ist.«

Mit hochroten Wangen stand ich auf und legte meine Serviette auf den Tisch. Mrs. Dilloway bedachte mich mit einem verächtlichen Blick. Janie brach in Tränen aus. Die anderen Kinder schauten weg.

In der Tür blieb ich stehen, als ich hörte, wie ein Stuhl gerückt wurde. »Warten Sie«, sagte Abbott. »Gehen Sie nicht, Miss Lewis.«

»Abbott«, fuhr Lord Livingston seinen Sohn an. »Ich habe meine Entscheidung getroffen. Widersprich mir nicht, junger Mann.«

»Aber Vater«, erwiderte er, »Miss Lewis hat die Münze nicht gestohlen.« Er kratzte sich verlegen am Kopf. »Das war ich.«

Mr. Beardsley und Mrs. Dilloway tauschten entgeisterte Blicke aus.

Lord Livingston wirkte perplex. »Wie bitte?«

Nicholas stand auf und stellte sich neben seinen Bruder. »Ich bin mitschuldig, Vater«, sagte er. »Wir haben die Münze in Miss Lewis' Kammer gelegt.«

Katherine stand ebenfalls auf. »Ich habe auch davon gewusst«, sagte sie. »Ich hätte es nicht dulden dürfen.«

»Aber warum tut ihr so etwas Ungehöriges, Kinder?«, fragte Lord Livingston.

Abbott schaute Nicholas an. »Weißt du«, sagte er. »Anfangs mochten wir Miss Lewis nicht. Wir dachten, sie wäre genauso wie all die anderen Kindermädchen. Also wollten wir dafür sorgen, dass sie entlassen wird.« Er lächelte mich entschuldigend an. »Dann haben wir gemerkt, dass sie anders ist, Vater. Aber da war es schon zu spät. Wir haben versucht, die Münze wieder aus ihrer Kammer zu holen, aber wir haben sie nicht mehr gefunden.«

»Es tut uns schrecklich leid, Miss Lewis«, sagte Nicholas.

Lord Livingston schlug mit der Faust auf den Tisch. »Abbott, Nicholas, und du auch, Katherine – ihr habt mich noch nie so enttäuscht.« Er wandte sich an mich. »Miss Lewis, ich muss Sie aufrichtig um Verzeihung bitten für dieses – Missverständnis. Das Ganze ist mir außerordentlich unangenehm.«

»Reden wir nicht mehr davon, Sir«, erwiderte ich. Katherine begann zu weinen. »Aber bitte, Eure Lordschaft, bestrafen Sie die Kinder nicht. Sie haben schon genug durchgemacht, da ist es nur verständlich, dass sie …«

»Was in aller Welt ist das?«, stieß Lord Livingston hervor, als Ferris hereintrottete und etwas auf seinem Schoß ablegte. Der Hund wedelte erwartungsvoll mit dem Schwanz. »Beardsley, was hat Ferris hier angeschleppt?« Er hielt ein zerfleddertes, braunes Etwas hoch. »Zum Donnerwetter, das ist ja eine von meinen Socken!«

Betretenes Schweigen legte sich über das Speisezimmer. Ich fragte mich, ob Lord Livingston in sein Arbeitszimmer davonstürmen oder seine Söhne auf ihre Zimmer schicken würde. Doch dann nahm er seine Serviette vom Tisch und hielt sie sich vor den Mund. An seinen Augen sah ich, dass er lachte. Dann begann Mr. Beardsley zu prusten, um dann lauthals loszulachen. Auch die Kinder stimmten in das Gelächter ein, selbst Katherine.

»Ich habe zwei sehr durchtriebene Söhne«, sagte Lord Livingston lächelnd. »Das ist mir direkt unheimlich, Mrs. Dilloway. Eben erst haben sie mir erzählt, wie viel Freude es ihnen bereiten würde, Sadie heute Abend beim Abwasch zu helfen. Sie könnte doch bestimmt ein bisschen Hilfe in der Küche gebrauchen, oder?«

Mrs. Dilloway hob die Brauen und schaute erst Mr. Beardsley, dann mich an. »Wenn Sie es wünschen«, sagte sie. »Miss Lewis, bringen Sie die beiden nach dem Abendessen nach unten.«

Während des Essens konnten Abbott und Nicholas nicht mehr aufhören zu grinsen. Es machte ihnen nichts aus, dass sie dazu verdonnert worden waren, Sadie beim Abwasch zu helfen, nicht, nachdem sie ihren Vater zum ersten Mal seit langer Zeit zum Lachen gebracht hatten. Auch ich lächelte, wusste ich doch jetzt, dass ich die Herzen der Kinder gewonnen hatte.

»Ich hoffe, die Jungs haben sich beim Geschirrspülen nicht allzu widerspenstig angestellt«, sagte ich am Abend im Waschraum zu Sadie.

»Nein«, erwiderte sie, während sie ihr langes Haar zu einem Zopf flocht. »Sie haben sich wirklich Mühe gegeben. Nicholas hat eine Untertasse fallen lassen, aber wir haben genug Untertassen, um die halbe Stadt zum Tee einzuladen. Ich habe gehört, Seine Lordschaft hat beim Abendessen gelacht.«

Ich nickte und musste bei der Erinnerung an die Szene lächeln.

»Dieses Haus könnte mehr Gelächter gebrauchen«, sagte Sadie. »Seine Lordschaft trägt wirklich eine schwere Last.«

»Was meinen Sie damit?«

Sie band ihren Zopf fest und antwortete, ohne aufzublicken. »Lady Anna war eine Heilige, wenn Sie mich fragen«, sagte sie. »All diese Frauen.«

Ich schüttelte den Kopf. »Wollen Sie damit etwa andeuten, dass …«

»Dass er seiner Frau untreu war?« Sadie zuckte die Schultern. »Das muss er mit seinem Gewissen ausmachen.« Seufzend verstaute sie ihren Zopf unter ihrer Haube. »Aber, ja, es gab viele, einschließlich …« Sie schüttelte den Kopf. »Ich sollte keinen Klatsch verbreiten. Gute Nacht, Miss Lewis. Ich muss ins Bett.«

Als ich gerade meine Nachttischlampe ausschalten wollte, klopfte es an meiner Tür. »Ja?«, sagte ich.

Die Tür ging auf, und da stand Mrs. Dilloway im Morgenmantel.

»Kommen Sie herein«, sagte ich.

»Wie können Sie mir jemals verzeihen?«

»Was denn?«

»Ich weiß nicht, was ich mir dabei gedacht habe, Ihre Sachen zu durchsuchen«, sagte sie und setzte sich auf den Stuhl neben meinem Schreibtisch. »Ich hatte die Befürchtung, Sie wären zu perfekt, und glaubte, wenn ich etwas in Ihrem Zimmer fand, hätte ich einen Grund, Ihnen zu misstrauen. Aber selbst, nachdem ich die Münze entdeckt hatte, konnte ich mir nicht vorstellen, dass Sie sie gestohlen hatten, trotzdem habe ich …«

»Ich bin Ihnen nicht böse«, sagte ich, als ich begriff, was sie mir zu sagen versuchte. »Ich kann Sie gut verstehen. Sie haben getan, was Sie tun mussten.«

Sie schüttelte den Kopf und betupfte sich die Augen mit einem Taschentuch. »Nein«, sagte sie. »Das war nicht recht.« Sie schaute mich an. »Ich bitte Sie um Verzeihung, Miss Lewis.«

»Ich verzeihe Ihnen gern.«

»Danke«, sagte sie und stand auf.

»Mrs. Dilloway«, sagte ich, als sie nach dem Knauf griff. »Seit wann lieben Sie Lord Livingston?«

Meine Frage schien sie nicht im Geringsten zu überraschen. Vielleicht hatte der Vorfall im Speisezimmer uns ebenbürtig gemacht. Jetzt ging es nicht mehr um die Hackordnung innerhalb der Dienerschaft, es ging nur noch um zwei Frauen, jede mit ihren eigenen Konflikten, mit ihren eigenen

Erfahrungen aus Liebesfreud und Liebesleid. »Ach«, sagte sie wehmütig, »eigentlich seit dem Tag, als ich in dieses Haus gekommen bin.«

Ich nickte.

»Ich wollte nie jemandem wehtun«, sagte sie. »Am allerwenigsten Lady Anna.«

»Schon gut«, versicherte ich ihr. »Sie müssen sich nicht vor mir rechtfertigen.«

Sie holte tief Luft. »Ach, Miss Lewis«, sagte sie und schaute mich an. Sie wirkte plötzlich sehr verletzlich. In dem Moment war sie wie eine echte Freundin. »Wissen Sie«, fuhr sie fort, »ich habe gelernt, dass man sich gegen viele Dinge im Leben wehren kann, aber nicht gegen die Liebe. Man kann sich nicht aussuchen, für wen das Herz sich entscheidet. Ich glaube, das ist die größte Tragödie meines Lebens.«

Das Mondlicht, das durchs Fenster fiel, war so hell, dass ich meine Nachttischlampe nicht einzuschalten brauchte. Ich setzte mich an den Schreibtisch und schrieb einen Brief an meine Eltern.

Liebe Mama, lieber Papa,
ihr fehlt mir schrecklich, und doch mache ich mir jetzt schon Sorgen darüber, was passiert, wenn ich die Kinder einmal verlassen muss. Selbst nach so kurzer Zeit habe ich sie ins Herz geschlossen. Es tut mir so leid, dass sie ihre Mutter verloren haben und mit einem Vater leben müssen, der sie kaum beachtet.
Na ja, vielleicht gehe ich auch zu hart mit ihm ins Gericht. Vielleicht hat er ja doch ein Herz. Jedenfalls fürchte ich, dass sie ohne mich sehr unglücklich sein würden, vor

allem die kleine Janie. Sie ist erst zwei Jahre alt und ohne eine Mutter, die ihr die Liebe schenkt, die sie so dringend braucht. Die Älteste, die zehnjährige Katherine, ist mein schwierigster Fall. Ihr fehlt ihre Mutter so sehr. Und Abbott, der ältere der beiden Jungen, ist so schrecklich bedrückt. Warum, habe ich bisher noch nicht herausgefunden.

Aber da ist noch etwas: Ich habe das Gefühl, dass der Tod von Lady Anna von einem dunklen Geheimnis umgeben ist. Macht euch keine Sorgen um mich. Ich bin hier nicht in Gefahr, aber wenn ich Fragen stelle, die ihren Tod betreffen, stoße ich auf eine Mauer des Schweigens. Ich habe beschlossen, dieses Rätsel zu lösen, was sagt ihr dazu?

Bitte, schreibt mir, wenn ihr könnt. Ich fühle mich manchmal sehr einsam hier, und nichts könnte mich mehr aufmuntern als Post von zu Hause. Ich würde euch bitten, mir Brot zu schicken, aber ich fürchte, es wäre hart und trocken, bis es hier ankommt. Ich denke einfach an Papas Honigbrot und träume von zu Hause.

Eure euch liebende Tochter

Flora

Ich faltete den Brief, steckte ihn in einen Umschlag, adressierte ihn und legte ihn auf meinen Schreibtisch. Am nächsten Morgen würde ich ihn Mr. Humphrey mitgeben, damit er ihn zur Post brächte. Dann legte ich mich ins Bett und dachte an Mrs. Dilloway und an Lady Anna und das Kamelienbuch. Schließlich stand ich noch einmal auf und schlich auf Zehenspitzen nach oben ins Kinderzimmer, um das Buch zu holen.

Ich nahm das Buch vom Tisch, wo ich es am Nachmittag abgelegt hatte. Zurück in meiner Kammer schlug ich es auf der letzten Seite auf. Aber wo war die Middlebury Pink? Als ich genauer hinsah, entdeckte ich, dass die Seite herausgerissen worden war. Nur ein schmaler, gezackter Streifen Papier war noch übrig.

17

Addison

In der Nacht fand ich keinen Schlaf. Der Ostflügel ging mir nicht aus dem Kopf, und ich beschloss, seiner unwiderstehlichen Anziehungskraft nachzugeben. Ich betrat das Schlafzimmer. Eine in Spitze eingefasste weiße Tagesdecke lag auf dem imposanten Bett, und auf dem Nachttisch stand eine Vase mit orangefarbenen Tigerlilien. Als meine Augen sich an die Dunkelheit gewöhnt hatten, fiel mir ein Tropfen Wasser neben der Vase auf. Jemand war hier gewesen. Vielleicht erst vor wenigen Minuten.

In diesem Moment hörte ich hinter mir ein Geräusch und fuhr herum. Mrs. Dilloway stand in der Tür.

»Wie gefällt Ihnen Lady Annas Zimmer?«, fragte sie und schaltete das Licht an. Sie stand im Schatten, sodass ich ihren Gesichtsausdruck nicht erkennen konnte. »Es ist noch genau so, wie sie es verlassen hat.«

»Tut mir leid, dass ich hier eingedrungen bin«, sagte ich und legte den Handspiegel ab, den ich von der Frisierkommode genommen hatte. »Ich konnte nicht schlafen und bin durchs Haus gelaufen.« Meine Worte klangen schuldbewusst. »Ich kam hier an der Tür vorbei, und sie stand offen. Die Neugier hat mich einfach übermannt.«

Mrs. Dilloway trat an die Frisierkommode und betrachtete sie liebevoll. »Lady Anna war ein einzigartiger Mensch«, sagte sie. Im Spiegel sah ich in ihren Augen Erregung aufblitzen, während ihr Gesicht nur Trauer ausdrückte – eine seltsame Mischung aus Glück und Schmerz.

Es machte mich verlegen, so dicht neben ihr zu stehen. Am liebsten wäre ich zur Tür hinaus und zurück in unser Zimmer gerannt, zurück zu Rex, aber meine Beine verweigerten mir den Dienst. Plötzlich spürte ich Mrs. Dilloways eiskalte Hand an meinem Arm. »Ich möchte Ihnen etwas zeigen«, sagte sie. »Kommen Sie bitte.«

Sie nahm eine goldene Kette von ihrem Hals, an der zwei Schlüssel hingen. Einen davon steckte sie in das Schloss einer Tür am anderen Ende des Zimmers. Ich folgte ihr. Mrs. Dilloway schaltete eine Stehlampe ein. Ein Louis-XVI-Sessel mit vergoldeten Beinen und Armlehnen stand am Fenster vor einem Schreibtisch, auf dem ein aufgeschlagenes Buch lag. Die Schrift auf den Seiten war über die Jahre im Sonnenlicht verblasst. Auf dem Schreibtisch lagen Papiere, Fotos, ein Notizheft und ein Stift, als hätte Lady Anna eben erst einen Brief unterschrieben, vielleicht die Antwort auf eine Einladung zu einem Dinner in London oder im Haus eines Herzogs. Ich stellte mir vor, dass sie das A in ihrem Namen mit einem geschwungenen, am Ende in einer Schleife endenden Querstrich versah. Vielleicht zeichnete sie auch auf jeden Brief eine kleine Blume in die rechte untere Ecke, so wie ich es tat.

Ich sah mich in dem Zimmer ein wenig um und bewunderte den Bücherschrank neben dem Fenster. Es waren ausschließlich Fachbücher zum Thema Botanik. Ich nahm eins aus dem Schrank. *Rosenpflege im Jahresverlauf.* Den Deckel eines etwas dickeren Buchs über Stauden zierte eine Zeichnung von einer Hortensie.

»Sie war Autodidaktin«, bemerkte Mrs. Dilloway. »Sie wusste mehr über Pflanzen als so mancher gelehrte Botaniker.«

Die alte Frau kam zu mir herüber und zeigte auf eine gepolsterte Bank am Fenster. Wir setzten uns. Ich stellte mir vor, wie die Kinder hier hereingestürmt waren, um ihre Mutter zu sehen. Wie die kleine Katherine auf der Bank saß und in den Garten hinausschaute und die Jungen mit ihren Comic-Heften bäuchlings auf dem Boden lagen, während ihre Mutter arbeitete. Familienglück. Was hatte dieses Idyll nur zerstört?

Mrs. Dilloway wirkte zerbrechlicher, als sie mir bisher erschienen war. Das Lampenlicht betonte ihr faltiges Gesicht und die müden Augen. »Es ist kein Geheimnis, dass ich alt bin«, sagte sie. »Mir bleibt nicht mehr viel Zeit.« Sie berührte ihr feines weißes Haar. »Mrs. Sinclair, wenn ich mittwochs in die Stadt fahre, dann gehe ich nicht zum Frisör, sondern zu einem Arzt. Ich habe Krebs. Wenn die Behandlung anfängt, werde ich nicht mehr in der Lage sein, meinen Pflichten hier im Haus nachzukommen.«

»Ach, das tut mir schrecklich leid. Ich hatte keine Ahnung.«

»Ich möchte Ihr Mitleid nicht«, fiel sie mir ins Wort. »Aber ich brauche Ihre Hilfe.« Sie öffnete eine Schreibtischschublade und nahm einen Stapel Zeitungsausschnitte heraus. »Vor ihrem Tod hat Lady Anna mir etwas anvertraut, eine schlimme Sache, mit der ich bis heute nicht fertigwerde.«

Ich überflog den ersten Zeitungsartikel. »Es geht um eine junge Frau, die verschwunden ist«, sagte ich. »Lila Hertzberg.«

»Ja«, sagte Mrs. Dilloway. »Und es gab noch mehr.«

Ich nahm mir den nächsten Artikel vor. »Jane Inella«, las ich vor. »Ellen Hanover, Doris Wheeler, Beatrice Crane, Lisbeth O'Neely.« Ich schüttelte den Kopf. »Sie wurden alle entführt.«

Mrs. Dilloway nickte und nahm ein Schmuckkästchen aus Zinn vom obersten Regal des Bücherschranks. »Lady Anna hat das hier gefunden«, sagte sie.

Ich nahm das Schmuckkästchen entgegen und klappte es auf. Auf einem blauen Samtkissen lag ein goldenes Armband. Ich nahm es heraus und schaute Mrs. Dilloway an. »Ich verstehe nicht. Was ist das?«

»Lesen Sie die Gravur«, sagte sie.

Ich drehte das Armband um. *Für Lila. In Liebe.*

»Glauben Sie …«

Mrs. Dilloway zeigte auf die Zeitungsausschnitte.

Ich berührte meine Armbanduhr. »Aber Lila war doch damals ein häufiger Name, nicht wahr? Wie konnte sie sich so sicher sein, dass das Armband Lila Hertzberg gehörte?«

Mrs. Dilloway nahm mir das Armband ab, drehte es um und zeigte auf das »H«, das in den Verschluss eingraviert war. »Weil ihr Vater Juwelier war«, sagte sie. »Der bekannte Juwelier Hertzberg.«

Ich atmete scharf ein. »Wo hat Lady Anna das Armband gefunden?«

Mrs. Dilloway ließ sich Zeit mit ihrer Antwort. Schließlich flüsterte sie: »In Lord Livingstons Schlafzimmer.«

»Hast du Mrs. Dilloway heute Morgen schon gesehen?«, fragte Rex nach dem Frühstück, das wir auf der Terrasse eingenommen hatten.

»Nur kurz«, antwortete ich. Ich hatte ihm von der mitternächtlichen Begegnung mit der Haushälterin noch nichts erzählt. »Warum?«

»Sie sieht nicht gut aus.«

»Sie muss sich ausruhen«, sagte ich besorgt. »Wir sollten darauf bestehen, dass sie sich einen Tag freinimmt.«

Von einem freien Tag wollte Mrs. Dilloway nichts wissen, aber am Nachmittag setzte sie sich zusammen mit Mrs. Klein zu uns auf die Terrasse.

Wir spielten Siebzehnundvier, und Mrs. Dilloway, die sich erst geziert hatte, entpuppte sich als gute Spielerin. Sie gewann vier Partien hintereinander.

Später, während Rex auf einer Chaiselongue döste, schaute Mrs. Klein verträumt zu den Kamelien hinüber. »Wenn man so viele Jahre an einem Ort lebt«, sagte sie, »nimmt man seine Schönheit irgendwann gar nicht mehr wahr.«

»Es ist wirklich schön hier«, sagte ich.

»Manchmal tut sie mir heute noch leid«, fuhr Mrs. Klein fort.

»Wer?«

»Lady Anna«, sagte sie.

Mrs. Dilloway richtete sich in ihrem Stuhl auf, wandte jedoch den Blick ab, als interessiere sie das Gespräch nicht.

»Warum?«, fragte ich.

»Also, ich habe sie ja gar nicht gekannt«, sagte Mrs. Klein, »aber ich kann mir vorstellen, wie sie sich gefühlt haben muss. Eine begabte Gärtnerin, die es nie erlebt, dass andere ihr Werk bewundern, ist wie eine Köchin, der es nie vergönnt ist, das Lächeln derjenigen zu sehen, die ihre Gerichte essen.«

»Ich weiß genau, was Sie meinen«, sagte ich. »Die seltene Teerose in meinem Garten in New York würde mir nicht so viel bedeuten, wenn Rex nicht da wäre, der sich mit mir gemeinsam an ihr erfreut.«

Mrs. Klein nickte gedankenverloren.

»Vielleicht sieht sie es ja alles von oben?«, sagte ich nach längerem Schweigen.

»Wahrscheinlich pflanzt sie jetzt im Himmel Blumen für die Engel«, sagte Mrs. Klein leise. Mrs. Dilloway hob kurz den Kopf, dann betrachtete sie wieder die Hortensien unterhalb der Terrasse. Sie hatten gerade zu blühen begonnen und bildeten ein blaues Blütenmeer. Blaue Hortensien gedeihen nur in saurem Boden. Vielleicht hatte Lady Anna das Beet jahrelang mit Kaffeesatz gedüngt, überlegte ich. Jedenfalls war es die einzige Methode, mit der es mir gelungen war, den Hortensien eines Kunden den gewünschten Blauton zu verpassen.

»Also«, sagte ich. »Ich glaube, ich mache einen kleinen Mittagsschlaf.« Ich schenkte mir eine Tasse Tee ein und ging nach oben ins Schlafzimmer, in Gedanken bei Lady Anna. Hatte sie vor ihrem Tod versucht, jemandem mitzuteilen, was sie glaubte, herausgefunden zu haben? Hatte sie Lord Livingston zur Rede gestellt? Ich konnte es kaum erwarten, mich über all diese Dinge mit Rex auszutauschen.

Kaum hatte ich die Schlafzimmertür geschlossen, klingelte Rex' Handy. Als ich seine Tasche öffnete, um das Handy herauszuholen, entdeckte ich einen Ordner mit der Aufschrift »Amanda«.

18

Flora

An den Tagen, wenn Desmond im Haus war, gelang es ihm, seinem Vater aus dem Weg zu gehen – natürlich mit der Hilfe von Mr. Beardsley und Mrs. Dilloway. Er wollte unbedingt seine Geschwister sehen, aber wir waren uns einig, dass das vorerst nicht ratsam war. Ein Wort von Katherine oder Janie, und Lord Livingstons Zorn würde uns alle treffen. Ich fragte mich, was der Grund für das Zerwürfnis zwischen Vater und Sohn sein konnte, drängte Desmond jedoch nicht, und er schien auch nicht das Bedürfnis zu haben, sich mir anzuvertrauen.

Eines Morgens traf ich ihn nach dem Frühstück im Salon. Er schloss die Tür und nahm mich in die Arme. »Ich habe gerade ein Telegramm von meinem vorgesetzten Offizier bekommen«, sagte er. »Ich muss mich morgen in London melden.«

»Ach, Desmond«, stieß ich hervor. »Sag mir, dass alles gut wird, dass du nicht in Gefahr geraten wirst!«

»Du brauchst dir keine Sorgen zu machen«, erwiderte er und strich mir eine Locke aus dem Gesicht. »Zumindest glaube ich das nicht.«

»Wie lange wirst du fort sein?«

»Das weiß ich nicht.«

»Aber die Kinder, du hast sie immer noch nicht gesehen. Was soll ich ihnen sagen?«

»Gar nichts«, antwortete er. »Ich möchte sie nicht beunruhigen. Und eh du dich versiehst, bin ich schon wieder zurück.« Er streichelte mein Gesicht. »Versprich mir, dass du auf mich wartest.«

»Das verspreche ich.«

Er gab mir einen Kuss auf die Wange, dann ging er.

Ein Monat verging, und dann noch einer. Inzwischen hatte ich aufgehört, jedes Mal aufzuspringen, wenn ich ein Auto in der Einfahrt hörte. »Machen Sie sich doch nicht solche Sorgen«, sagte Mrs. Dilloway eines Nachmittags zu mir. »Er kommt bestimmt zurück.« Es war, als könnte sie meine Gedanken lesen.

In der Zwischenzeit hatte sich das Verhältnis zwischen den Kindern und mir auf angenehme Weise normalisiert. Die Middlebury Pink hatte ich fast vergessen, bis ich eines Abends kurz vor Sonnenuntergang aus meinem Fenster in den Park hinausschaute und eine schattenhafte Gestalt zwischen den Kamelien umherschleichen sah.

Ich klopfte an die Tür der Anrichtekammer, in die Mr. Beardsley sich immer nach dem Frühstück zurückzog. Es war eher eine Art Büro, in dem auch in einem großen Schrank das Geschirr aufbewahrt wurde. Von dort aus führte eine Tür in den Weinkeller, die immer abgeschlossen war.

»Verzeihen Sie, Sir«, sagte ich.

»Ja, Miss Lewis«, erwiderte Mr. Beardsley und schaute von seinem Schreibtisch zu mir auf. Sein ganzes Wesen war wie immer Respekt einflößend.

»Es tut mir leid, wenn ich störe, Sir«, sagte ich. Die Kinder saßen noch am Frühstückstisch, und mir blieb eine Viertelstunde, bis ich sie im Kinderzimmer in Empfang nehmen musste. »Ich möchte Ihnen etwas melden. Etwas, was ich beobachtet habe.«

»Ach? Was haben Sie denn beobachtet, Miss Lewis?«

»Gestern Abend«, sagte ich, »bevor ich zu Bett gegangen bin, habe ich von meinem Fenster aus einen Mann gesehen, Sir. Im Kameliengarten.«

»Einen Mann?«

»Ja«, erwiderte ich. »Das kam mir seltsam vor. Was hatte er dort zu so später Stunde zu suchen?«

»Seltsam, in der Tat«, sagte er. »Ich werde Mr. Humphrey bitten, heute Nachmittag einmal nachzusehen.«

Am späten Vormittag traf ich Mrs. Dilloway und Sadie im Flur vor dem Kinderzimmer. »Geht es Ihnen gut, Miss Lewis?«, fragte Sadie. »Sie sehen müde aus.«

»Nein, nein, es ist nichts.«

»Sie arbeiten so hart, seit Sie hier sind«, fuhr sie fort. »Vielleicht sollten Sie …« Sie schaute erst Mrs. Dilloway und dann wieder mich an.

»Was ist denn, Sadie?«

»Na ja«, sagte sie, »Ich möchte nicht unbotmäßig erscheinen, aber Miss Lewis hat bisher noch keinen einzigen freien Tag gehabt, Mrs. Dilloway.«

Mrs. Dilloways harte Züge wurden weicher. »Ja«, sagte sie, »da hast du recht, Sadie. Miss Lewis, wenn Sie einen freien Tag wünschen, haben Sie meinen Segen.«

Sadie lächelte triumphierend, als ich Richtung Kinderzimmer ging. Nicholas, der das Gespräch mitbekommen hatte, streckte hinter Mrs. Dilloways Rücken die Zunge heraus.

»Ich kann mich um die Kinder kümmern, solange Sie fort sind«, schlug Sadie vor und zeigte auf die Tür. »Fahren Sie doch in die Stadt und sehen Sie sich ein bisschen um. Seit Sie hierhergekommen sind, haben Sie nichts anderes getan, als die Kinder zu beaufsichtigen und ihre Kleider zu flicken.« Sie wandte sich an Mrs. Dilloway. »Sie könnte doch mit Lord Livingston in die Stadt fahren und mit ihm zusammen wieder zurückkommen.«

Mrs. Dilloway zögerte. »Hm, ich weiß nicht.«

»Es macht ihm bestimmt nichts aus«, beharrte Sadie. »Miss Fairfield hatte jeden Samstag frei, und er hat sie immer im Auto mit in die Stadt genommen.«

Mrs. Dilloway nickte. »Also gut«, sagte sie. Sie warf einen Blick auf ihre Armbanduhr. »Sie haben gerade noch genug Zeit, in Ihre Kammer zu gehen und Ihre Handtasche zu holen.«

»Wenn Sie wirklich glauben, dass Lord Livingston nichts dagegen hat.«

»Ach, und eh ich's vergesse«, sagte Mrs. Dilloway und zog einen Brief aus ihrer Rocktasche. »Der hier ist für sie gekommen.«

»Für mich?« Ich betrachtete den Brief in der Erwartung, dass er von meinen Eltern war, aber die Handschrift auf dem Umschlag ebenso wie der Absender waren mir unbekannt. »Danke«, sagte ich und ging nach unten. In meiner Kammer riss ich den Umschlag auf und entfaltete den Brief.

> Machen Sie es sich nicht zu gemütlich, Miss Lewis. Sie haben einen Auftrag zu erledigen. Tun Sie, was ich von Ihnen erwarte, oder ich werde Ihrem Vater einen Besuch abstatten, und das wird kein Freundschaftsbesuch sein.
> Philip

Ich schloss die Augen und zerknüllte den Brief in meiner Faust.

Mr. Humphrey stand über den offenen Kofferraum gebeugt, als ich in die Einfahrt kam. Als er mich hörte, richtete er sich auf. »Ah, guten Tag, Miss Lewis«, sagte er überrascht. Er warf zwei schmutzige Arbeitshandschuhe in den Kofferraum und schlug ihn zu. Dann hielt er mir die hintere Tür auf. Ich stieg ein und stellte meine schwarze Handtasche im Fußraum ab, wo mir etwas Metallenes auffiel, das im Sonnenlicht glänzte. Ich bückte mich, um es mir genauer anzusehen. »Mr. Humphrey, ich glaube, ich habe etwas gefunden …«

»Ah, ja«, sagte er, beugte sich in den Wagen und klaubte etwas vom Boden, das aussah wie eine silberne Halskette mit einem Anhänger. »Da ist sie ja. Und ich dachte schon, ich hätte sie verloren. Ein Geschenk für meine Mutter. Hab sie gestern in der Stadt gekauft.« Er verstaute die Halskette im Handschuhfach und drehte sich um, als wir hinter uns Schritte im Kies hörten.

Ich zupfte nervös an meinen Handschuhen. Ich hätte meinen schwarzen Hut aufsetzen sollen, anstatt den blauen, der nicht zu meiner Handtasche passte. Aber welche Rolle spielte es schon? Ich lehnte mich zurück, richtete mich jedoch hastig wieder auf, als ich sah, wie Mr. Humphrey sich straffte.

»Miss Lewis ist hier, Mylord«, sagte er. »Sie begleitet uns heute in die Stadt.«

»Sehr gut«, sagte Lord Livingston und steckte den Kopf in den Wagen herein. »Guten Tag, Miss Lewis.«

»Guten Tag«, erwiderte ich.

Er setzte sich neben mich auf die Rückbank. Er trug

seinen grauen Nadelstreifenanzug, den Mrs. Dilloway am Abend zuvor gebügelt hatte. Ich hatte ihr eine Weile beim Bügeln zugeschaut und gesehen, mit welcher Hingabe sie das Jackett bearbeitete, bis auch die kleinste Falte verschwunden war.

Da Lord Livingston keinen Kammerdiener beschäftigte, fielen diese Art Pflichten Mrs. Dilloway zu, aber das machte ihr nichts aus. Ich legte die Hände in den Schoß, verschränkte sie, legte sie wieder auf die Knie. Schließlich schaute ich aus dem Fenster.

»Ich hoffe, die Kinder hören auf Sie, Miss Lewis«, sagte Lord Livingston.

»Ja, sie sind sehr brav«, sagte ich und blickte durch die Windschutzscheibe.

»Und Ihr Zimmer? Sind Sie damit zufrieden?«

»Ja, es ist sehr hübsch.«

Er schwieg eine Weile. »Miss Lewis«, sagte er dann. »Was ich Ihnen noch sagen wollte …« Ich spürte, wie er mich von der Seite ansah. »Ich bin sehr zufrieden mit der Art, wie sie mit den Kindern umgehen. Ich wollte Sie wissen lassen, dass ich froh bin, Sie hierzuhaben.«

»Oh«, sagte ich verblüfft. »Danke.«

»Wenn ich Sie etwas fragen darf, Miss Lewis«, fuhr er fort. »Wie kam es dazu, dass Sie als Kindermädchen arbeiten? Ich hätte gedacht, dass eine reizende junge Frau wie Sie längst verheiratet wäre.«

Ich errötete. »Ich fürchte, das ist eine ziemlich lange Geschichte«, sagte ich.

Er nickte verständnisvoll. »Nun, wie dem auch sei. Schön, dass Sie uns heute in die Stadt begleiten. Haben Sie irgendwelche besonderen Pläne?«

Ich schüttelte den Kopf. »Nein, eigentlich nicht«, antwortete ich. »Ich wollte vielleicht ein bisschen bummeln gehen, Sir … ich meine, Lord Livingston, Sir … Ich, äh …« Warum machte der Mann mich so konfus? Zu Hause in New York hatte ich nie Probleme mit wohlhabenden Kunden, die in die Bäckerei kamen. Einmal war sogar der Gouverneur gekommen, und ich hatte ihn höchstpersönlich bedient.

Ich zog den Brief an meine Eltern aus der Tasche. »Und ich wollte zur Post gehen, um diesen Brief aufzugeben«, sagte ich.

Er nahm mir den Brief aus der Hand. »Sie sollten ihre kostbare freie Zeit nicht damit vergeuden, bei der Post Schlange zu stehen«, sagte er. »Mr. Humphrey kann ihn für Sie aufgeben.«

Er beugte sich nach vorne. »Humphrey, würden Sie wohl dafür sorgen, dass Miss Lewis' Brief auf den Weg gebracht wird?«

Der Chauffeur schaute seinen Chef im Rückspiegel an. »Selbstverständlich, Mylord«, sagte er.

»Danke«, sagte ich.

Lord Livingston zeigte auf die sanften, mit Heidekraut bewachsenen Hügel. »Ich bin weit herumgekommen in der Welt, Miss Lewis, aber für mich ist nichts so schön wie diese Moorlandschaft.«

»Ich würde diese Landschaft gern einmal malen«, sagte ich und zeigte auf eine Wiese voller Wildblumen.

»Sie interessieren sich für Kunst?«

»Äh, ja«, antwortete ich. »Ich male gerne Blumen und Landschaften.«

»Und Sie würden diese Landschaft wirklich so malen, wie sie ist?«

»Ja«, sagte ich. »Ich bräuchte natürlich entsprechendes Material. Eine Staffelei, Leinwand, Farben. Ich habe nur mein Skizzenbuch mit nach England gebracht.«

»Ach, die einfachsten Mittel sind gerade recht«, sagte er. »Ihre Zeichnungen sind bestimmt wunderschön.«

Einige Minuten später hatten wir die Stadt erreicht, und Mr. Humphrey hielt vor dem Bahnhof.

»Also denn«, sagte Lord Livingston, »ich fahre für ein paar Tage nach London.«

»Gute Reise«, sagte ich.

Bevor er aus dem Wagen stieg, winkte uns eine Frau vom Gehweg aus zu. Sie war etwa in meinem Alter. Ihr cremefarbenes enges Kleid betonte ihre schlanke Figur. Sie kam lächelnd auf das Auto zu, als wären sie und Lord Livingston alte Freunde. Er kurbelte das Fenster herunter und betrachtete sie kühl.

»Guten Tag, Theresa«, sagte er. Mr. Humphrey beobachtete die beiden im Rückspiegel.

»Werden wir Sie heute bei uns begrüßen dürfen, Lord Livingston?«, fragte sie lächelnd. Dann entdeckte sie mich. »Oh, Verzeihung. Ich wusste nicht, dass Sie einen Gast bei sich haben.«

Zögernd wandte sich Lord Livingston mir zu. »Miss Lewis, das ist Theresa Mueller«, sagte er. »Theresa arbeitet in einem Restaurant hier in der Nähe.«

»Ich mache mich dann mal auf den Weg«, sagte sie, warf Lord Livingston noch einen letzten Blick zu und ging.

»Tut mir leid«, sagte er.

Mr. Humphrey räusperte sich. »Seine Lordschaft ist so etwas wie eine Berühmtheit hier in der Stadt«, sagte er zu mir.

»Ich muss los«, sagte Lord Livingston, »sonst verpasse ich noch meinen Zug.« Er nahm seine Tasche, dann sah er mich noch einmal an. »Miss Lewis … also, hm …« Er rieb sich die Stirn. »Ich wollte Ihnen noch sagen, dass es mir leidtut, dass ich wegen der Münze so hart mit Ihnen umgegangen bin.«

»Ist schon gut«, sagte ich.

Er entspannte sich. »Ich hoffe, Sie können mir noch mal verzeihen.«

Ich nickte.

Mr. Humphrey hielt ihm die Tür auf, und er stieg aus. »Gute Fahrt, Mylord«, sagte er.

»Danke, Humphrey«, sagte Lord Livingston, während er in die Richtung schaute, in die Miss Mueller verschwunden war. »Kümmern Sie sich heute gut um Miss Lewis.«

»Sehr wohl, Sir.«

Am Abend klopfte Mrs. Dilloway an meine Tür. »Na, wie war es?«

»Schön, danke«, sagte ich und dachte daran, wie ich den Tag in der Stadt verbracht hatte. Ich war über den Bahnhofsplatz spaziert, hatte mir eine Tüte Erdnüsse gekauft und mich dann auf eine Bank gesetzt, um ein paar Kindern zuzusehen, die im Springbrunnen spielten. Dann hatte ich mich in ein Café gesetzt, mir eine Tasse Tee bestellt und endlich *Die Jahre* zu Ende gelesen. »Ich hätte den Kindern noch eine gute Nacht gewünscht, aber ich nehme an, dass sie längst schlafen.«

»Ja, sie schlafen tief und fest«, sagte Mrs. Dilloway, kam herein und schloss die Tür. »Ist es in Ordnung, wenn ich noch ein wenig zu Ihnen komme?«

»Natürlich«, sagte ich. »Was ist denn los? Ist alles in Ordnung? Janie hat sich doch nicht erkältet? Sie hat gestern ein bisschen geschnieft, und ich …«

»Janie geht es gut«, sagte Mrs. Dilloway. »Sie sind so lieb zu den Kindern. Vielleicht zu lieb. Darüber wollte ich gern mit Ihnen reden.«

»Ich verstehe nicht.«

»Miss Lewis«, sagte sie. »Ein Kindermädchen bleibt nie lange in einer Familie. Das geht nicht. Sie haben das Leben noch vor sich. Sie werden irgendwann heiraten, selbst Kinder haben.«

»Na ja, eines Tages, aber …«

»Aber Sie bleiben nicht für immer, oder?«

»Nein«, sagte ich.

»Genau darauf will ich hinaus. Ich denke nur an die Kinder, das ist alles. Ich frage mich, wie sie es aufnehmen werden, wenn sich herausstellt, dass Ihre Absichten …« Sie schien nach den richtigen Worten zu suchen. »Dass Ihre Absichten anders sind als erwartet.«

Mir standen die Haare zu Berge. Was versuchte sie damit anzudeuten? »Tut mir leid, aber ich weiß nicht, wovon Sie reden.«

»Ich wollte nur sagen, falls Sie vorhaben, von hier fortzugehen, lassen Sie ihnen Zeit, sich an den Gedanken zu gewöhnen«, erklärte sie. »Sie haben ganz plötzlich ihre Mutter verloren, und seitdem ist ein Kindermädchen nach dem anderen in dieses Haus gekommen. Ich könnte es nicht ertragen mit anzusehen, wie sie auch Sie von einem Tag auf den anderen verlieren, nach allem was sie durchgemacht haben.«

»Sie lieben die Kinder, nicht wahr, Mrs. Dilloway?«

»Ja, das tue ich«, sagte sie. Sie warf einen Blick auf die Wanduhr. »Es ist schon spät, fast halb zehn. Ich habe Mrs.

Marden versprochen, vor dem Zubettgehen die Steaks in die Marinade zu legen.« Sie stand lächelnd auf und ging zur Tür. »Gute Nacht, Miss Lewis.«

»Gute Nacht«, sagte ich.

Nachdem sie gegangen war, dachte ich über das einsame Leben nach, das Mrs. Dilloway für sich gewählt hatte. Seufzend ließ ich mich aufs Kopfkissen sinken. Aber sie hatte recht. Jemand musste sich um diese armen Kinder kümmern. Abbott war auf dem Weg, ein junger Mann zu werden, und doch war er so zerbrechlich und sensibel. Ich wünschte, sein Vater würde ihm mehr Aufmerksamkeit schenken. Und Nicholas, der süße Nicholas mit seinem hübschen Gesicht, dem rabenschwarzen Haar und dem spitzbübischen Lächeln – er wünschte sich so sehr mehr Aufmerksamkeit. Katherines Probleme schienen sehr tief zu sitzen, und ich wünschte, ich könnte ihr helfen. Die kleine Janie erinnerte sich nicht einmal an ihre Mutter, und das war wohl der Grund dafür, dass ihr Tod sie nicht zu belasten schien, jedenfalls nicht so wie die anderen Kinder, deren Trauer sich manchmal so deutlich in ihrem Blick und in ihrem abwesenden Gesichtsausdruck zeigte. Und Desmond. *Desmond.* Würde er heimkehren? Und wenn ja, wann?

Ihr Vater war ein so schwieriger Mensch. Anfangs hatte ich ihn als kalt und berechnend erlebt, aber heute war er unerwartet nett zu mir gewesen. Wie konnte ich ihn dazu bringen, diese Wärme auch seinen Kindern gegenüber zu zeigen? Wie sollte ich ihm beibringen, wie sehr sie ihn brauchten? Gähnend langte ich nach der Wolldecke, die am Fuß meines Betts lag. Die Nächte waren kühl in diesem großen Haus.

Mrs. Dilloway hatte recht, ich würde nicht für immer

bleiben. Aber ich war entschlossen, aus meinem Aufenthalt hier das Beste zu machen. Ich dachte an den Brief von Mr. Price. Mir blieb nicht mehr viel Zeit. Ich musste unbedingt die Kamelie finden.

Lord Livingston blieb einen ganzen Monat lang in London, und während dieser vier Wochen schien das ganze Haus erleichtert aufzuatmen. Selbst die Standuhr in der Eingangshalle schlug weniger streng, so als hätte die Zeit selbst Urlaub genommen. Ich regte mich nicht auf, wenn die Kinder im Rosengarten herumtrampelten oder wenn die kleine Janie mal wieder ihre Erbsensuppe verschüttete. Wir alle konnten freier atmen.

Jeden Abend vor dem Zubettgehen machte ich einen Abstecher zum Wintergarten im zweiten Stock. Ich brauchte jetzt keine Angst zu haben, über einen Blumentopf zu stolpern und Lord Livingston im Stockwerk darunter zu stören. Trotzdem musste ich weiterhin Vorsicht walten lassen, weswegen ich eine Taschenlampe benutzte, anstatt das Licht einzuschalten.

Der Wintergarten war mir ans Herz gewachsen, und ich konnte wirklich verstehen, warum Lady Anna ihn so sehr geliebt hatte. Die Orchideen waren traumhaft schön. Sie hatte jede Blume mit einem Schildchen versehen, auf dem der botanische Name stand, aber ich zog die Kosenamen vor, die sie ihnen gegeben hatte. Eine rosafarbene Cattleya hatte sie zum Beispiel »Lady Catalina« genannt. Und eine gelbe Oncidium, deren Blüten mich an eine Schar winziger Frauen in Ballkleidern erinnerte, hatte sie »Lady Aralia von Bayou« getauft.

Als ich am Abend vor Lord Livingstons Rückkehr aus

London in den Wintergarten ging, um die Pflanzen zu gießen, wusste ich, dass ich wahrscheinlich erst in einigen Tagen wieder herkommen konnte. Nachdem ich die Kinder zu Bett gebracht hatte, schlich ich wie immer auf Zehenspitzen die Treppe hoch und öffnete die Tür zum Wintergarten mit dem Schlüssel, der unter dem Teppich versteckt lag. Ich wässerte die Orchideen, dann füllte ich die Gießkanne erneut und ging zu den Pflanzen, die am Ostfenster standen. Als ich die schwere Kanne hochhob, um das Zitronenbäumchen zu gießen, stieß ich damit an den Rand des Kübels und verschüttete etwas Wasser über mein Nachthemd. Ich beachtete es nicht weiter, sondern schaute in den Nachthimmel und dachte daran, wie ich Lord Livingston in seinem Morgenmantel gesehen hatte. Bei dem Gedanken errötete ich. An dem Abend hatte er zu den Kamelien hinübergeschaut. Hatte er an die Kinder gedacht? An Lady Anna? Hatte er Reue empfunden?

Ich hatte die Gießkanne schließlich geleert und griff nach der Taschenlampe. In dem Moment erregte etwas im Garten meine Aufmerksamkeit. Ich spähte hinaus und sah zwischen den Kamelienbäumen ein schwaches Leuchten. Eine Taschenlampe? Das Licht bewegte sich einige Meter, dann ging es aus.

Ich trat auf den Flur, sah mich nach allen Seiten um, dann verriegelte ich die Tür. Plötzlich hörte ich ein leises Schniefen.

Als ich in die Richtung schaute, sah ich eine Gestalt auf dem Boden kauern. Ich erkannte das rosafarbene Nachthemd sofort. »Katherine?«

Sie saß an die Wand gelehnt, die Knie angezogen, und schaute mich mit tränenüberströmtem Gesicht an.

Ich kniete mich neben sie. »Katherine! Was ist passiert?«

»Ich bin Ihnen gefolgt«, sagte sie. »Ich wollte wissen, warum Sie jeden Abend hier raufkommen.«

»Ach«, sagte ich und legte die Taschenlampe auf den Boden.

»Mama hat mir nie erlaubt, da reinzugehen«, sagte sie und zeigte auf die Tür. »Sie hat Stunden da drinnen verbracht. Ich wollte doch nur ihre Blumen sehen. Ich wollte sie nur anschauen.«

»Ach, Katherine«, sagte ich und streichelte ihr über das dunkle Haar.

»Schon gut«, sagte sie, stand auf und fasste sich. »Albern von mir, mich so anzustellen.«

»Nein, es ist nicht albern«, entgegnete ich und stand ebenfalls auf. »Wir werden vielleicht nie verstehen, warum deine Mutter dich nicht in den Wintergarten gelassen hat, aber ich bin mir sicher, dass sie ihre Gründe dafür hatte.« Ich seufzte und musste an Mrs. Dilloways Warnungen denken. Aber wem nützte dieser wunderschöne Ort, wenn er verschlossen blieb, anstatt ein kleines Mädchen glücklich zu machen, das um seine Mutter trauerte? »Weißt du was, Katherine«, sagte ich, »ich finde, es ist an der Zeit, dass du dir die Blumen anschaust.«

Ihre Augen weiteten sich. »Wirklich?«

»Ja«, sagte ich. »Aber du darfst deinen Geschwistern nichts davon erzählen.«

»Ich erzähle niemandem davon!«

»Gut«, sagte ich. »Es wird unser Geheimnis bleiben.« Ich steckte den Schlüssel wieder ins Schloss. »Komm.«

Katherine folgte mir in den Wintergarten und schaute sich staunend um. »Wie schön es hier ist!«, sagte sie, als wir an den Zitronenbäumchen vorbeigingen. »Mama hat uns immer Kumquats mitgebracht.« Sie schaute mich mit einem verlegenen Lächeln an. »Miss Lewis, es tut mir leid, dass ich die ganze Zeit so gemein zu Ihnen war.«

»Ist schon in Ordnung«, sagte ich und sah ihr in die Augen. »Ich war ja zunächst einmal eine Fremde für dich.« Ich pflückte eine Kumquat und steckte sie ihr in den Mund. »Aber inzwischen kennst du mich ja.«

Ich berührte vorsichtig ihren Arm. »Liebes, darf ich dich nach diesen Verletzungen fragen? Wie hast du sie dir zugezogen?«

Instinktiv zog sie ihren Arm weg, dann holte sie tief Luft und entspannte sich ein wenig. »Versprechen Sie mir, niemandem etwas zu erzählen?«

»Ja.«

Langsam schob sie ihren Ärmel hoch, und ich sah, dass ihr ganzer Arm übersät war mit Wunden – einige waren verschorft, einige frisch, andere bereits vernarbt. Mir zog sich der Magen zusammen.

»Ach, Katherine!«, rief ich aus. »Bitte, sag mir, wer dir das angetan hat!«

Sie senkte den Blick. »Ich selbst.«

Ich schlug mir eine Hand vor den Mund. »Aber wie denn?«

»Ich bin an allem schuld.« Sie brach in Tränen aus. »Wenn ich eine bessere Tochter gewesen wäre, dann wäre Mama nicht so traurig gewesen.«

»Unsinn, Katherine«, sagte ich und nahm sie in die Arme. »Das ist doch absurd. Dass sie so unglücklich war, hatte nichts mit dir zu tun, da bin ich mir ganz sicher.«

Sie vergrub das Gesicht an meiner Schulter.

»Du darfst dir nicht selbst wehtun«, sagte ich. »Versprich mir, dass du damit aufhörst.«

»Ich schäme mich so«, schluchzte sie.

»Du hast keinen Grund, dich zu schämen«, sagte ich und nahm ihre Hände. »Deine Mutter würde nicht wollen, dass du so unglücklich bist.« Ich schaute ihr in die Augen. »Ich wette, sie sieht dich von da oben und wünscht sich, dass du lächelst.«

»Glauben Sie das wirklich?«

»Ja.«

»Und Sie glauben nicht, dass sie böse auf mich ist, weil ich mit Ihnen hier im Wintergarten bin?« Das dunkle Haar fiel ihr ins Gesicht, und sie schob sich eine Strähne hinters Ohr.

Die Antwort auf Katherines Frage konnte ich unmöglich wissen. Je mehr ich über Lady Anna erfuhr, desto rätselhafter erschien sie mir. Ich wollte gern glauben, dass sie ihre Kinder von Herzen geliebt und nur das Beste für sie gewollt hatte. Aber es spielte eigentlich keine Rolle, was die Wahrheit war. Wichtig war jetzt nur, was Katherine glaubte.

»Natürlich ist sie nicht böse, Liebes«, sagte ich. »Bestimmt hatte sie vor, dir den Wintergarten zu zeigen, wenn du erst zehn Jahre alt wärst. Zehn ist ein wichtiges Alter, weißt du.«

»Meinen Sie?«

»Ja, das meine ich.«

Sie zog ihre Hände aus meinen und ging in Richtung Fenster, um die Palme genauer zu betrachten. »Ist das die Palme vom König von Thailand?«

»Vom König von Thailand?«

»Ja«, sagte sie. »Vater hat mal davon erzählt.«

»Vielleicht«, sagte ich. Der Wintergarten war voller Schätze. Ich fand, Katherine sollte einen Schatz für sich haben.

Das hatte sie verdient. Während sie den Kumquatbaum bewunderte, ging ich zu dem Tisch mit den Orchideen und fand eine mit einem leeren Etikett. Im Mondlicht, das durch das Glasdach hereinfiel, schimmerten ihre violetten Blüten bläulich. Ich nahm einen Bleistift vom Tisch, schrieb »Lady Katherine vom Moorland« auf das Etikett und steckte es zurück in den Topf.

»Katherine«, sagte ich. »Komm mal her und schau dir das an.«

»Was ist das?«, fragte sie.

»Eine Orchidee. Ihr botanischer Name lautet Dendrobium. Aber sieh mal, deine Mutter hat noch etwas auf das Etikett geschrieben.«

Sie beugte sich vor und las. Dann schaute sie mich verwundert an. »Sie hat sie Katherine genannt«, sagte sie. »Nach mir.«

»Siehst du?«, sagte ich lächelnd. »Sie hat die schönste Orchidee nach dir benannt. Bestimmt konnte sie es kaum erwarten, sie dir zu zeigen.«

Katherine fiel mir um den Hals. »Danke, Miss Lewis. Danke, dass Sie mir erlaubt haben, den Wintergarten zu besuchen.«

»Gern geschehen«, erwiderte ich.

Als ich aus dem Fenster schaute, sah ich wieder das Licht zwischen den Kamelien hin- und herhuschen.

»Aber jetzt komm«, sagte ich. »Zeit, wieder ins Bett zu gehen.«

19

Addison

Rex betrat die Eingangshalle, in einer Hand die Post, in der anderen einen Blumenstrauß. Er hatte den Vormittag mit der Arbeit an seinem Roman im Café verbracht. »Sieh mal, was für dich auf der Türschwelle lag.«

Er legte die Post auf dem Tisch ab und reichte mir die orangefarbenen Rosen. »Du scheinst einen heimlichen Verehrer zu haben«, sagte er grinsend.

Mit zitternden Fingern öffnete ich den kleinen Umschlag, der an dem Strauß hing, und zog die Grußkarte heraus. Drei Worte standen da: *»Erinnerst du dich?«*

»Von wem sind die Blumen?«, fragte Rex.

»Von meiner Freundin Kelly«, antwortete ich eine Spur zu hastig.

Rex kratzte sich am Kopf. »Kelly? Deine Freundin aus dem College?«

»Ja«, sagte ich. »Sie schickt Glückwünsche zu unserem Hochzeitstag.«

»Wow, sehr aufmerksam. Dass sie daran denkt«, sagte Rex. Neugierig betrachtete er den Blumenstrauß.

»Wie kommst du mit deinen Recherchen voran?«, fragte ich, während ich die Blumen auf dem Tisch ablegte.

»Ganz gut«, sagte er. Er rieb sich die Stirn. »Aber irgendwie fehlt der Geschichte immer noch das entscheidende Element …

»Ich habe vielleicht eine brauchbare Idee für dich«, sagte ich. »Ich konnte letzte Nacht nicht einschlafen und bin im Haus rumgegeistert. Da bin ich Mrs. Dilloway begegnet, und die hat mir Lady Annas Schreibzimmer gezeigt. Ich glaube, hier ist vor langer Zeit etwas Schlimmes passiert, Rex.«

»Ach ja? Was denn?«

»Ich weiß es noch nicht genau«, antwortete ich. »Aber ich glaube, ich fahre heute Nachmittag mal in die Stadt. Vielleicht kann ich ja dort etwas in Erfahrung bringen.«

»Gute Idee«, sagte er. »Ich wünschte, ich könnte dich begleiten, aber ich habe heute Nachmittag einen Termin mit dem Bauleiter.«

»Bauleiter?«

»Ja«, sagte er. »Ein Mann von der Firma, die mein Vater mit den Umbauarbeiten beauftragt hat.«

Ich hoffte bloß, dass keine allzu großen Veränderungen geplant waren. »Sie werden das Haus doch nicht komplett umgestalten, oder?«

»Ich weiß es nicht«, erwiderte Rex. »Aber die Entscheidung liegt nicht bei mir. Meine Eltern haben die Pläne bereits fertiggestellt. Es geht nur noch um ein paar Details, für die ich unterschreiben muss.«

Ich dachte an den Wintergarten. Ob er abgerissen werden sollte? Hatten sie womöglich vor, dort einen Medienraum einzurichten? Würde die Bougainvillea einem riesigen Flachbildschirm weichen müssen?

Mein Herz klopfte. »Rex?«

»Ja?«, sagte er. Unsere Blickte begegneten sich.

Ich musterte sein Gesicht. Er war so liebevoll, so ehrlich und so stark. Er war mein Fels in der Brandung, mein Frieden, die einzige Familie, die ich je gehabt hatte. Warum also konnte ich ihm nicht mein Herz ausschütten? Warum konnte ich ihm nicht von dem Wintergarten erzählen, von Mrs. Dilloway, von dem Strauß orangefarbener Rosen, der die Schrecken meiner Vergangenheit symbolisierte? Ich öffnete den Mund, brachte jedoch kein Wort heraus.

»Alles in Ordnung, Schatz?«, fragte Rex und gab mir einen Kuss auf den Hals. Er stellte seine Büchertasche am Fuß der Treppe ab, und ein paar Aktenordner rutschten heraus, darunter derjenige mit der Aufschrift »Amanda«.

Er bückte sich und schob die Ordner hastig wieder in die Tasche. Als er sich mir wieder zuwandte, meinte ich eine gewisse Reserviertheit in seinem Blick zu entdecken. Es war nur ein flüchtiger Moment, aber vielleicht ein Hinweis darauf, dass ich nicht alles über ihn wusste, genauso wenig, wie er alles über mich wusste.

Ich zwang mich zu lächeln. »Ja, natürlich, alles in Ordnung.«

Rex musterte mich neugierig. »Fahr vorsichtig auf dem Weg in die Stadt, okay?«

Ich nickte und ging zur Tür, vorbei an der Vase mit den orangeroten Blumen, die so grell leuchteten wie eine lodernde Flamme.

Auf dem Weg in die Stadt gelang es mir im letzten Moment, einem Auto auszuweichen, das mir entgegenkam. Der Fahrer hupte wütend. Obwohl ich schon so oft mit Rex in England gewesen war, konnte ich mich nicht an den Linksverkehr gewöhnen.

Ich fuhr auf einen Parkplatz im Stadtzentrum und überlegte. Was hoffte ich eigentlich, hier zu finden? Ich betrachtete die Läden in der mit Kopfsteinen gepflasterten Straße. Die Post. Ein Schuster. *Gretchen's Café. Milton's Pub.* Ich sah einen Polizisten, der seinen Schlagstock kreisen ließ und schließlich ein Backsteingebäude mit roter Eingangstür betrat. Ich stieg aus dem Wagen und folgte ihm in das Haus.

»Kann ich Ihnen helfen, Miss?«, fragte eine Frau mittleren Alters mit runder Brille, die hinter einem Schreibtisch saß. Sie trug ihr Haar zu einem Pferdeschwanz zusammengebunden, und ihr stumpf geschnittener Pony bildete eine gerade Linie auf ihrer Stirn.

»Ja«, sagte ich ein bisschen beklommen. »Ich führe hier in der Gegend Recherchen durch …«

»Ach, Sie sind Amerikanerin«, erwiderte sie freundlich. »Willkommen in Clivebrook.«

»Danke«, sagte ich.

»Was führt Sie hierher?«

»Meine Schwiegereltern haben kürzlich Livingston Manor gekauft«, sagte ich. »Mein Mann und ich verbringen den Sommer hier.«

»Aha«, sagte die Frau. »Sie gehören zur Familie Sinclair?«

»Ja. Ich bin Addison Sinclair.«

»Freut mich, Sie kennenzulernen«, sagte sie und streckte mir ihre Hand entgegen. »Ich bin Maeve.« Sie reichte einem Polizisten, der an ihren Schreibtisch getreten war, einen Aktenordner, dann wandte sie sich mir wieder zu. »Es ist gut zu wissen, dass man demnächst wieder lächelnde Gesichter in dem alten Haus sehen wird«, fuhr sie fort, »nach all der Traurigkeit, die es so lange umgeben hat.« Sie schüttelte den Kopf. »Manche Leute hier glauben, dass ein Fluch auf dem Haus liegt.«

»Deswegen bin ich hier«, sagte ich. »Ich habe gehört, dass in den Dreißiger- und Vierzigerjahren mehrere junge Frauen aus der Stadt verschwunden sind.«

»Das ist richtig«, erwiderte Maeve und zeigte auf eine Plakette an der Wand. »Dort stehen ihre Namen.«

»Sie wurden also nie gefunden?«

»Nein. Es war eine schlimme Zeit. Das war natürlich lange vor meiner Zeit, aber meine Mutter spricht heute noch davon, als würde in Clivebrook noch immer ein zweiter Jack the Ripper umgehen.«

»Meine Güte«, stieß ich hervor. »Halten Sie das für möglich?«

»Du liebe Zeit, nein«, sagte sie. »Der wäre ja mittlerweile fast neunzig.« Sie schüttelte den Kopf. »Nein, die Verbrechen hörten 1940 auf. Ich vermute, dass der Täter einfach gestorben ist. Aber das werden wir wohl nie erfahren.«

Ich nahm mein Notizbuch heraus und schrieb mir die Jahreszahl auf. Ich würde Mrs. Dilloway später danach fragen. »Wissen Sie vielleicht etwas über Lord Edward Livingston?«

»Nur, dass er in den Sechzigerjahren gestorben ist«, antwortete Maeve. »Er lebte ganz zurückgezogen. Niemand wusste Genaueres über ihn, es kursierten nur Gerüchte. Ich erinnere mich, dass er einmal, als ich noch ein Kind war, in die Stadt gekommen ist. Ich spielte gerade mit ein paar Kindern da drüben am Springbrunnen, und einer der Jungen rief ihm etwas zu. Er nannte ihn einen Mörder. Der alte Mann tat mir leid.« Sie seufzte. »Er sah nicht aus wie einer, der seine Frau umbringen würde. Viel zu vornehm für so eine Art von Verbrechen, wenn Sie mich fragen.«

Ich nickte. »Fällt Ihnen vielleicht sonst noch etwas ein?

Irgendjemand, der im Lauf der Jahre im Herrenhaus gearbeitet hat und Ihnen merkwürdig vorkam?«

»Na ja, da ist diese Haushälterin.« Sie lächelte. »Wie heißt sie noch?«

»Mrs. Dilloway?«

»Ja«, sagte sie. »Die Frau ist mir unheimlich. Seit siebzig Jahren lebt sie in dem alten Haus – die hütet bestimmt irgendein dunkles Geheimnis.«

»Sie hat Lady Anna Livingston sehr gemocht«, sagte ich. »Deswegen ist sie die ganze Zeit dortgeblieben. Um sich um den Garten zu kümmern.«

»Hat sie Ihnen das gesagt?«

»Ja. Und ich habe eigentlich keinen Grund, es ihr nicht zu glauben.«

»Und warum hat sie dann beantragt, den Autopsiebericht von Lady Anna unter Verschluss zu halten?«

»Wie bitte?« Ich musste mich an der Schreibtischkante festhalten.

»Setzen Sie sich doch«, sagte Maeve. »Ich werde mal sehen, ob ich die Akte finde.«

Wenige Minuten später kehrte sie mit einem Umschlag zurück. »Ob Sie's glauben oder nicht«, sagte sie. »Der Richter hat ihrem Antrag stattgegeben. Die Dokumente sind versiegelt, aber hier sehen Sie den Antrag.« Sie zeigte mir eine Fotokopie. »Sehen Sie«, sagte sie. »Da ist die Unterschrift.«

Eine Stunde lang schlenderte ich durch die Straßen und dachte darüber nach, was Mrs. Dilloway mir erzählt hatte. Wenn sie Lady Anna so sehr geliebt hatte, wenn sie sie hatte beschützen wollen, warum wollte sie dann verhindern, dass die Wahrheit über ihren Tod ans Licht kam?

Schließlich gelangte ich zu einem kleinen Park am Stadtrand. Kinder tollten auf einem Spielplatz herum. Ich hörte ihr Lachen und sah zwei kleinen Mädchen zu, die nebeneinander schaukelten. Glücklich. Sorglos.

Fünfzehn Jahre vorher

»Manda!«, brüllte der kleine Miles.

Ich rieb mir die Augen und sprang vom Sofa. Wie lange hatte ich geschlafen? Tante Jean war mal wieder auf Sauftour und hatte mich gebeten, auf Miles aufzupassen. Sie hätte schon am Tag zuvor zurück sein sollen, aber sie war nicht aufgetaucht. Ich lief ins Schlafzimmer, aber Miles lag nicht im Gitterbettchen neben Tante Jeans Bett. Die Bibo-Decke lag auf dem Boden.

»Manda!«, schrie er wieder. Ich rannte zum Fenster, das zur Feuerleiter hinausführte, und schaute nach unten in die Gasse, wo ein gut meinender Mieter einmal eine Aluminiumschaukel aufgestellt hatte. Ich sog scharf die Luft ein. Sean. Er stieß Miles, der auf der Schaukel saß, viel zu heftig an. Miles klammerte sich in Todesangst mit seinen kleinen Händen an den rostigen Ketten fest. »Hör auf!«, brüllte ich nach unten. »Sean, hör sofort auf, sonst fällt er noch runter!«

Ich schlüpfte in meine Schuhe und zog mir hastig meine Jacke über. Die Stelle an meinem Handgelenk, wo Sean am Vorabend eine Zigarette ausgedrückt hatte, tat immer noch weh. Ich hörte Miles draußen schreien. »Ich komme!«, rief ich und hastete die Feuertreppe hinunter, während ich mich innerlich dafür verfluchte, dass ich so lange geschlafen hatte. Sollte Sean mich nur quälen, aber ich würde nicht zulassen, dass er dem Kleinen etwas tat.

Ich rannte in die Gasse, wo die alte Schaukel wankte, als würde sie jeden Augenblick umkippen.

»Manda!«, brüllte Miles. »Hilf mir!«

»Hör auf, Sean!«, schrie ich.

»Zwing mich doch«, erwiderte er mit einem hämischen Grinsen.

»Bitte!«, rief ich. »Er fällt runter!«

Ich war stinkwütend auf Tante Jean, dass sie uns mit diesem Monster allein gelassen hatte. Ich schaute zu dem kaum dreijährigen Miles hinüber, der verzweifelt mit den Beinchen strampelte. Nicht mehr lange, und er würde von der Schaukel fallen. Er hatte nicht genug Kraft, um sich festzuhalten.

»Gleich macht er sich in die Hose«, sagte Sean lachend. »Mal sehen, wie lange es dauert.«

»Hör endlich auf!«, schrie ich und versuchte, ihn festzuhalten.

»Das hat aber seinen Preis«, sagte er und schubste mich weg. »Du weißt ja, was mir gefällt.«

»Du bist widerlich«, sagte ich schaudernd. »Du fasst mich nicht noch mal an«, fügte ich mit zusammengebissenen Zähnen hinzu.

Was dann geschah, lief wie in Zeitlupe ab. Seans Hand an Miles' Rücken. Miles' Schrei. Der Ausdruck von Angst und Entsetzen in seinem Gesicht, als sein kleiner Körper durch die Luft flog. Und dann schlug sein Kopf auf dem Asphalt auf. Er lag da mit weit offenen Augen, Blut lief ihm aus der Nase. Das Gesicht eines Kindes, das nie Liebe erfahren hatte.

Ich stürzte zu ihm und wiegte seinen Kopf in den Armen. »Miles«, schluchzte ich. »Bitte, bitte, stirb nicht. Ich bin bei dir. Ich lasse nie wieder zu, dass er dir wehtut. Ich verspreche es dir.« Doch aus dem kleinen Körper in meinen Armen war jedes Leben gewichen. Ich fuhr zu Sean herum. »Du hast ihn umgebracht!« Tränen liefen mir über die Wangen. »Warum hast du das getan?«

Er verschränkte grinsend die Arme vor der Brust. »Ich hab überhaupt nichts getan.«

»Du hast ihn geschubst«, sagte ich. »Du wusstest genau, dass er zu klein war, um so hoch zu schaukeln!« Blut klebte an meinen Händen. »Ich geh zur Polizei.«

Sean machte einen Schritt auf mich zu. Zum ersten Mal sah ich Angst in seinen Augen. »Nein, das tust du nicht«, sagte er.

»Doch!«, antwortete ich zähneknirschend. »Damit lass ich dich nicht davonkommen.«

Er lachte. »Das siehst du ganz falsch. *Du* wirst nicht damit davonkommen.«

»Wovon redest du?«

»Mord«, sagte er. »Jean hat dir gesagt, du sollst auf Miles aufpassen. Du warst seine Babysitterin. Und jetzt hast du Blut an den Händen. Buchstäblich.«

Ich betrachtete meine blutverschmierten Hände. »Nein«, sagte ich. »Du irrst dich. Ich werde die Wahrheit sagen, und sie werden …«

»Die Frage ist nur, wem sie glauben«, fiel er mir ins Wort. Grinsend zeigte er auf das offene Fenster im sechsten Stock. »Ich sag ihnen, der Kleine hat dich genervt, und da hast du ihn aus dem Fenster geworfen.«

»Das wird dir keiner glauben«, entgegnete ich. »Du bist ein Lügner.«

»Die glauben mir. Verlass dich drauf.«

Meine Hände zitterten. Konnte es sein, dass er recht hatte?

Sean packte mich am Handgelenk. »Ich sag dir genau, was du tun wirst. Du gehst jetzt nach oben und holst einen Müllsack.«

»Nein«, wimmerte ich.

»Doch«, sagte er. »Wie heißt dieser bescheuerte Garten in der Bronx, wo du kostenlos aushilfst?«

»Der Botanische Garten«, flüsterte ich.

»Hast du einen Schlüssel?«

»Ja, aber ich …«

»Gut«, sagte er. »Heute Abend, wenn es dunkel ist, vergraben wir ihn da. Kein Mensch wird davon erfahren. Es ist die perfekte Tarnung.«

Ich schaute zur Straße hin. Durch meinen Tränenschleier sah ich die Welt wie im Nebel, grau und verlassen. »Aber was ist mit Tante Jean?«, schluchzte ich. »Was ist mit Miles' Betreuerin vom Jugendamt?«

»Denen sagen wir, er ist weggelaufen«, antwortete Sean grinsend. Dünner Bartflaum bedeckte seine Oberlippe. »Pflegekinder laufen doch dauernd weg. Das interessiert kein Schwein.«

»Nein«, sagte ich. »Ich kann das nicht.«

Er packte fester zu und versetzte mir einen solchen Ruck, dass mir der Schmerz durch den ganzen Arm fuhr. Ich wollte nur noch, dass er aufhörte, dass das alles aufhörte. »Hör auf!«, schrie ich. »Du tust mir weh!«

»Geh nach oben, Amanda!«, befahl er mir. »Geh den Müllsack holen!«

Zitternd stand ich auf. Hatte ich eine andere Wahl?

»Vorwärts!«, knurrte Sean hinter mir. Er hatte Miles' Körper in drei übereinandergestülpte schwarze Plastiksäcke gesteckt und dann in eine alte große Reisetasche gestopft, die er in Tante Jeans Schrank gefunden hatte. »Schneller.«

Wie benommen stolperte ich auf den Eingang des Botanischen Gartens zu. Mit vor Erschöpfung zittrigen Händen schob ich den Schlüssel ins Schloss. Bis zu diesem Tag war der Botanische Garten meine Zuflucht gewesen, ein Ort, wo Sean mir nichts anhaben konnte. Zweimal die Woche leistete ich ehrenamtliche Arbeit, goss Pflanzen und fegte Laub zusammen. Hinterher widerstrebte es mir jedes Mal, nach Hause zu gehen. Tante Jean ließ sich kaum noch blicken. Eigentlich war ich nur noch wegen Miles zurückgegangen. Manchmal hatte ich ihn mit in den Botanischen Garten genommen, er war dort immer so glücklich gewesen. Ich musste daran denken, wie er auf die Eiche neben dem Knotengarten geklettert war. Wie er gestrahlt hatte. Mir kamen die Tränen.

»Bist du ganz sicher, dass niemand hier ist?«, flüsterte Sean.

Ich nickte und drückte das Tor auf. Die Gärtner machten um neun Feierabend. Mein Blick fiel auf den Brandmelder an der Wand. Ich könnte auf den Knopf drücken. Und dann? Sean würde abhauen, und ich würde dastehen mit einer Kinderleiche. Wie wollte ich das erklären? Und was, wenn Sean recht hatte – wenn niemand mir glauben würde? Es spielte keine Rolle mehr. Nichts konnte Miles wieder lebendig machen.

Sean holte eine Schaufel aus dem Geräteschuppen und zeigte auf eine Stelle in einiger Entfernung. »Wir begraben ihn da drüben«, sagte er. »Los, komm.«

Ich folgte ihm in den Rosengarten. Der Boden in der Mitte eines großen Beets war erst kürzlich umgegraben worden. Niemand würde es merken, wenn wir uns dort zu schaffen machten. Sean ließ die Reisetasche achtlos fallen und begann zu graben. Schweiß bildete sich auf seiner Stirn und lief ihm in die Augen. Ich wandte mich angewidert ab und betrachtete einen orangefarben blühenden Rosenstock. Miles hatte ein trauriges Leben gehabt. Er hatte so wenig von der Schönheit der Welt gesehen. Jetzt würde er wenigstens von Schönheit umgeben sein. Sean wischte sich den Schweiß von der Stirn, dann warf er die Tasche mit Miles' sterblichen Überresten in das notdürftige Grab. Die Rosen wiegten sich in der abendlichen Brise. Sie würden über den kleinen Jungen wachen.

Als Sean begann, das Grab zuzuschaufeln, hielt ich seinen Arm fest. »Warte«, sagte ich und zog Miles' geliebten Teddybären aus meiner Jackentasche, den Bären, dessen Kopf ich sorgsam wieder angenäht hatte. Ich drückte das Stofftier an meine Wange, dann legte ich es neben Miles in seine letzte Ruhestätte.

Ich rieb mir die Arme, um sie zu wärmen. Der Wind hatte zugenommen. Wann hatten die Kinder den Spielplatz verlassen? Ich stand auf und nahm meine Tasche. Und da sah ich ihn. Er stand an einen Ahornbaum gelehnt. Er nahm einen tiefen Zug von seiner Zigarette, ließ sie fallen und trat sie mit dem Absatz aus.

»Hallo, Amanda«, sagte er grinsend.

Ich erstarrte. Die alte Panik überkam mich. Er sah noch genauso aus wie früher. Langes, strähniges braunes Haar, dichte Augenbrauen. Er war unrasiert, wirkte ungepflegt.

»Hast du meine Blumen bekommen?«, fragte er.

»Lass mich in Ruhe, Sean«, sagte ich mit geballten Fäusten.

Ich sah mich nach allen Richtungen um. Der Park war menschenleer. »Ich hab dir gesagt, ich hab nicht so viel Geld, wie du verlangst.«

»Ach, Amanda, du warst schon immer die Klügere von uns beiden«, sagte er, während er auf mich zukam. »So raffiniert. Hör gut zu«, sagte er. Inzwischen stand er direkt vor mir. Ich konnte sein ungewaschenes Haar riechen, seinen schlechten Atem. »Ich hatte im Gefängnis viel Zeit, über dich nachzudenken. Genau genommen zehn Jahre.«

»Es war nicht meine Schuld, dass du in den Knast gekommen bist«, sagte ich. »Du hast ein Mädchen vergewaltigt.« Ich schüttelte den Kopf. »Ich hab's damals in der Zeitung gelesen. Sie war erst dreizehn, du Schwein.«

Er lächelte amüsiert. »Erinnerst du dich an Miles? Weißt du noch, wie er um Hilfe geschrien hat?«

»Du bist krank.«

Er lachte in sich hinein. »Du hättest mich aufhalten können.«

»Ich hab's versucht.«

»Nicht entschlossen genug«, entgegnete er, immer noch grinsend. »Und weißt du was? Du hast recht. Eigentlich geht's mir gar nicht um Geld. Davon hab ich noch reichlich übrig von meinem letzten Job. Die Cops haben mein Konto auf den Bahamas nicht entdeckt.« Er nickte zufrieden. »Tja, meine Süße …« Er fuhr mit dem Finger an meinem Kinn entlang. »Was ich eigentlich will, das bist du.«

Ich spuckte ihm ins Gesicht. Er wischte sich die Spucke mit dem Ärmel ab, dann packte er mein Handgelenk, dann schob er meine Armbanduhr höher. »Sie ist also noch da«, sagte er mit einem Blick auf die Narbe. Mir wurde speiübel von seiner Berührung. »Was glaubst du wohl, was dein

Mann sagen würde, wenn er erführe, dass du einen kleinen Jungen umgebracht hast?«

»Lass mich los!«, kreischte ich.

In einiger Entfernung drehten ein Mann und eine Frau sich nach uns um. »Helfen Sie mir! Bitte!«, schrie ich.

»Halt die Klappe, Amanda«, zischte Sean.

Der Mann kam auf uns zugelaufen. »Lassen Sie die Dame los!«, rief er. Seine Begleiterin schaute von Weitem zu. Sie trug einen Pagenschnitt und hatte eine Sonnenbrille auf. Sie kam mir irgendwie bekannt vor, ich war mir aber in der Aufregung nicht sicher.

Sean ließ hämisch grinsend von mir ab und lief auf den Weg, der zur Hauptstraße führte. »Es ist noch nicht vorbei, Amanda!«, rief er mir zu.

»Kommen Sie, ich begleite Sie zur Polizei«, sagte der Mann. »Sie werden doch sicher Anzeige erstatten wollen.«

»Schon zurück?«, fragte Maeve am Empfang des Polizeireviers. »Haben Sie den Fall des Clivebrook-Mörders gelöst?« Ihr Lächeln verschwand, als sie die Tränen in meinen Augen sah. »Alles in Ordnung, Miss?«

»Sie wurde angegriffen«, sagte der Mann. »Wir sind gerade rechtzeitig dazugekommen.«

»Kommen Sie«, sagte Maeve und erhob sich.

Eine Polizistin führte mich zu einem Stuhl in einem hinteren Zimmer. »Bitte, setzen Sie sich«, sagte sie. »Mein Name ist Lucy.«

Sie reichte mir einen Plastikbecher mit Wasser. Ich trank ihn aus, stellte ihn auf dem Tisch ab und biss ein Stück von meinem Daumennagel ab. Es blutete.

»Wie lange machen Sie das schon?«, fragte Lucy und zeigte

auf meine Hand. Instinktiv ballte ich die Hände zu Fäusten, um meine abgekauten Fingernägel zu verbergen.

»Eine dumme Angewohnheit. Ich versuche es mir schon seit Jahren abzugewöhnen.«

»So etwas tun Menschen, wenn sie Angst haben oder unter Druck stehen«, sagte sie mitfühlend. »Ich mache diesen Job schon lange genug, um das zu wissen.«

Ich öffnete die Hände und betrachtete sie mit ganz neuen Augen.

»Schon in Ordnung«, sagte Lucy.

Eine Träne lief mir über die Wange, und als die Polizistin meine Geschichte hören wollte, schüttete ich ihr mein Herz aus. Ich erzählte ihr alles – von den Misshandlungen, von Miles, von den Verbrennungen an meinem Handgelenk, den Drohbriefen und den Drohanrufen, der Ankündigung, meinem Mann meine wahre Identität zu verraten. Ich legte meine ganze Vergangenheit offen, die ich so lange zu verbergen und hinter mir zu lassen versucht hatte. Aber als alles raus war, ging es mir besser. Ich fühlte mich irgendwie leichter.

»Machen Sie sich keine Vorwürfe«, sagte Lucy. »Sie waren damals erst fünfzehn, noch ein Kind. Jeder in Ihrer Situation hätte genauso gehandelt. Das Wichtigste ist, dass Sie versucht haben, dem kleinen Jungen zu helfen.«

Ich nickte.

»Wenn Sie bitte hier warten würden. Ich werde die Kollegen in den USA anrufen und sie bitten, Seans Namen zu überprüfen«, sagte sie. »Mal sehen, was die über diesen Sean haben.«

Eine halbe Stunde später kam sie mit einem Stoß Blätter zurück, den das Faxgerät ausgespuckt hatte. Sie reichte mir ein Blatt mit einer Kopie von seinem Fahndungsfoto. »Er ist es tatsächlich«, sagte sie. »Er wird in drei Staaten per Haftbefehl gesucht wegen Diebstahl, Vergewaltigung, Kindesmisshandlung und anderer Verbrechen. Wenn wir ihn finden und Sie gegen ihn aussagen, können wir ihn an die USA ausliefern, dann kommt er wieder hinter Gitter, wo er hingehört.«

»Danke«, sagte ich.

»Wo steht Ihr Auto?«, fragte sie.

»Ein Stück die Straße runter.«

»Es ist schon dunkel. Ich werde einen Kollegen bitten, Sie nach Hause zu begleiten. Zu Ihrer Sicherheit.«

»Danke.«

»Ich danke *Ihnen*, Amanda«, sagte sie. »Für Ihren Mut.«

Ich schüttelte den Kopf. »Ich heiße Addison. Dieses Mädchen bin ich nicht mehr.«

Ich hatte mir vorgenommen, Rex sofort von dem Vorfall im Park zu berichten, aber als ich in unser Zimmer kam und sein Gesicht sah, brachte ich es nicht fertig. Wenn ich ihm von der Sache im Park berichtete, würde ich ihm auch alles andere erzählen müssen. Aber ich war noch nicht bereit, das Bild von mir zu zerstören, das ihm vertraut war, das Bild, das ich im Lauf der Jahre so sorgfältig aufgebaut hatte.

Nachdem Rex eingeschlafen war, schlich ich nach unten, um mich zu vergewissern, dass die Türen abgeschlossen waren. Als ich durch den Salon ging, fielen mir ein paar Papierrollen auf, die in der Ecke neben dem Fenster lagen. Waren das die Architektenpläne? Ich ging hin und breitete sie auf dem Boden aus. Zu meiner Freude stellte ich fest, dass der größte Teil des Hauses unverändert bleiben würde. Im Erdgeschoss sollte eine neue Küche eingebaut werden. Die Haustür sollte neue Säulen bekommen. Sehr schön. Soweit ich es diesen Plänen entnehmen konnte, sollten das Kinderzimmer, Lady Annas Schreibzimmer und der Wintergarten unberührt bleiben. Ich nahm mir das nächste Blatt vor, es war ein detaillierter Plan des Grundstücks und der Gartenanlagen. Sollten die Kamelien bleiben? Es hatte den Anschein. Als ich mir jedoch das dritte Blatt vornahm, traute ich meinen Augen nicht. Konnte das sein? Hätte Rex mir das tatsächlich verheimlicht? Ich musste daran denken, wie er reagiert hatte, als er vor ein paar Tagen diesen Anruf erhielt, wie geheimnisvoll er getan hatte. Kopfschüttelnd starrte ich auf das Blatt, auf dem in groben Zügen ein Golfplatz skizziert war. Eine handschriftliche Notiz am Rand lautete: *Die alten Bäume werden diesen Sommer abgeholzt.* Darunter befanden sich die Initialen meines Mannes: RLS.

20

Flora

1. August 1940

An dem Morgen, als Lord Livingston aus London zurückerwartet wurde, schlug die Atmosphäre im Haus um. Die Tischwäsche wurde sorgfältiger gebügelt, das Silber besonders gründlich poliert. Selbst die Kinder wirkten angespannt. Janie hing mir den ganzen Morgen am Rockzipfel und wollte keinen Mittagsschlaf halten, und der Hauslehrer meinte, Nicholas habe während der Mathematikstunde völlig abwesend gewirkt.

Wir wussten, wann er eintreffen würde, denn Mr. Humphrey war bereits losgefahren, um ihn am Bahnhof abzuholen. Die Fahrt in die Stadt und zurück dauerte eine halbe Stunde, also rief ich die Kinder um halb zehn zusammen, damit sie ihn in der Einfahrt erwarten konnten. Janie quiekte vor Vergnügen, als die Jungen das Auto von Weitem auf das Haus zufahren sahen. Sie wollte schon loslaufen, doch ich hob sie auf den Arm.

Katherine berührte ihr Haar, das ich ihr zu einem Knoten hochgesteckt hatte. Unglaublich, wie erwachsen sie damit aussah. »Meinen Sie, Vater wird es bemerken, dass ich mein Haar jetzt hochgesteckt trage?«, fragte sie.

»Ja«, erwiderte ich. »Ganz bestimmt. Es wird ihm gefallen.«

»Ich hoffe, er hat uns aus London etwas mitgebracht«, sagte Nicholas.

»Glauben Sie, er hat das Modellflugzeug besorgt, von dem ich ihm erzählt habe? Das aus dem Katalog von Harrods?«

Ich hoffte für die Kinder, dass ihr Vater sich ebenso auf sie freute wie sie sich auf ihn, aber als der Wagen vor dem Haus hielt und er ausstieg, hatte er nicht einmal ein Lächeln für sie übrig.

»Willkommen zu Hause!«, rief Nicholas.

Auf dem Weg zur Haustür nickte Lord Livingston uns im Vorbeigehen zu. »Guten Tag, Kinder«, sagte er mit tonloser Stimme, bevor er Mr. Beardsley seinen Hut und seinen Mantel gab. »Servieren Sie mir den Tee in meinem Arbeitszimmer, Mr. Beardsley«, sagte er. »Ich habe eine dringende Angelegenheit zu erledigen.«

Dann war er im Haus verschwunden, und die Tür schloss sich hinter ihm. Es war nicht kalt gewesen, als wir nach draußen gegangen waren, aber es war Wind aufgekommen. Janie zitterte, und Katherine rieb sich die Arme. Nicholas schob die Unterlippe vor. »Kommt, Kinder«, sagte ich. »Euer Vater wird später Zeit für euch haben.«

Abbott trat nach einem Kieselstein, der direkt neben Mr. Humphrey von einer Radkappe abprallte.

»Abbott!«, rief ich. »Du entschuldigst dich sofort bei Mr. Humphrey!«

»Nein, mach ich nicht!«, schrie er und lief auf die Terrasse.

Mr. Humphrey kniete sich neben den Wagen und begann, die Radkappe mit einem Taschentuch zu polieren, während er irgendetwas vor sich hin grummelte.

»Tut mir leid«, sagte ich zu dem Chauffeur. »Ich werde ihn mir bei Gelegenheit vorknöpfen.«

»Das ist zwecklos«, erwiderte er finster. »Ich hab Ihnen ja gesagt, der Junge ist ein Teufel.«

Wir sahen Lord Livingston erst beim Mittagessen wieder, und bis dahin liefen die Kinder den ganzen Vormittag mit langen Gesichtern herum. Aber als sie am Mittagstisch erschienen, lag auf jedem Stuhl ein in blaues Papier gewickeltes und mit einer dünnen Kordel verschnürtes Geschenk. Katherine stürzte sich mit einem Freudenschrei auf ihr Päckchen und riss das Papier ab. Zum Vorschein kam eine Porzellanpuppe mit einem Kleid aus rosafarbener Seide. Janie bekam mehrere Kinderbücher und Nicholas eine Lokomotive für seine Eisenbahn. Mit ängstlich klopfendem Herzen sah ich zu, wie Abbott sein Geschenk auspackte, doch nach seinem Gesichtsausdruck zu urteilen enthielt es nicht das Modellflugzeug, das er sich gewünscht hatte. »Danke, Vater«, sagte er und hielt ein Paar Reitstiefel hoch.

Lord Livingston nahm am Kopfende des Tischs Platz. »Für Sie habe ich auch etwas mitgebracht, Miss Lewis«, sagte er und zeigte auf eine in rosafarbenes Papier gewickelte Schachtel am anderen Ende des Tischs.

»Oh«, sagte ich überrascht. »Wie nett von Ihnen, aber das wäre doch nicht nötig gewesen.«

Er lächelte. Von der schlechten Laune, die er bei seiner Ankunft verströmt hatte, war nichts mehr zu bemerken. »Es war mir ein Bedürfnis. Na los, machen Sie es auf.«

»Ja«, sagte Katherine erwartungsvoll. »Packen Sie es aus!«

Ich nahm das Päckchen und löste vorsichtig die Kordel, mit der es verschnürt war, dann riss ich das Papier auf und öffnete die Schachtel. Sie enthielt drei kleine Leinwände, einen Malerkittel, eine Auswahl an Acrylfarben und fünf Pinsel.

»Ich habe Mr. Humphrey gebeten, die Staffelei in Ihr Zimmer zu bringen«, sagte Lord Livingston mit leuchtenden Augen. »Ich hoffe, die Sachen gefallen Ihnen.«

»Aber ja«, sagte ich, als ich meine Sprache wiedergefunden hatte. »Ich weiß gar nicht, wie ich Ihnen danken soll.«

»Sie brauchen sich nicht zu bedanken«, erwiderte er. »Freuen Sie sich einfach daran.«

»Das werde ich ganz bestimmt!«

Nicholas sah mich neugierig an. »Ich wusste gar nicht, dass Sie eine Malerin sind, Miss Lewis.«

»Das bin ich auch eigentlich nicht«, sagte ich. »Aber es macht mir Spaß, Blumen und Landschaften zu malen.«

»Mama hat auch gemalt«, sagte Katherine mit einem stolzen Lächeln.

Lord Livingston räusperte sich. »Ich hatte gehofft, dass Sie ein Bild für uns malen könnten, vielleicht eine ländliche Szene für die Sammlung im Haus.«

»Ach, ich glaube nicht, dass etwas, das ich male, von Wert für Sie ist.«

»Da bin ich anderer Meinung«, entgegnete er und nickte Mr. Beardsley zu, der begann, die Suppe auszuteilen.

Die Kinder waren während des Essens gut gelaunt, und anschließend erlaubte ich ihnen, ins Kinderzimmer zu gehen und mit ihren neuen Sachen zu spielen. Nachdem Mrs. Dilloway und Mr. Beardsley sich zurückgezogen hatten, stand ich auf und wollte mich ebenfalls zurückziehen. Doch Lord Livingston hüstelte.

»Würden Sie noch einen Augenblick bleiben, Miss Lewis?«, sagte er.

Ich setzte mich wieder. »Ja, natürlich.«

»Danke«, sagte er.

»Wofür?«

»Dafür, dass Sie mir die Augen geöffnet haben.«

Ich schüttelte den Kopf. »Ich verstehe nicht recht.«

Er seufzte. »Vor lauter Trauer um meine Frau habe ich völlig vergessen, dass die Kinder mich brauchen.« Er rieb sich die Stirn. »Als ich heute nach Hause kam und sah, wie Sie sie vor dem Haus versammelt hatten, um mich zu begrüßen. Das hat mich gerührt. Es ist mir nicht sofort bewusst geworden. Wie dem auch sei, mir ist klar geworden, dass ich in letzter Zeit ein abscheulicher Vater gewesen bin.«

»Sie sind nicht abscheulich«, widersprach ich. »Die Kinder lieben Sie.«

»Tja«, sagte er. »Ich habe jedenfalls einiges wiedergutzumachen.«

»Vielleicht sollten Sie dann mit Abbott anfangen. Er hat sich in den Kopf gesetzt, dass er ein Modellflugzeug braucht.«

»Ach?«

»Ja«, sagte ich. »Und noch besser wäre es, wenn sein Vater mit ihm *zusammen* ein Modellflugzeug fliegen lassen würde.«

Er senkte den Blick, als begänne er zu ahnen, dass alles, was er über seinen ältesten Sohn zu wissen glaubte, bedeutungslos war. »Ich …« Er sah mich bekümmert an. »Ich werde darüber nachdenken.«

»Vielen Dank noch einmal für das großzügige Geschenk. Ich muss jetzt nach den Kindern sehen.«

Nachdem ich die Kinder ins Bett gebracht und das Kinderzimmer aufgeräumt hatte, ging ich gähnend die Treppe hinunter. Es war ein langer Tag gewesen, und ich sehnte mich nach Schlaf, aber ich hatte Janie versprochen, eins ihrer Puppenkleider zu flicken. Sie hatte die Puppe im Salon aufs Sofa gelegt. Ich wollte sie holen und dann Mrs. Dilloway fragen, ob sie passendes rosafarbenes Garn hatte.

Doch als ich in den Salon ging und auf dem Sofa nachschaute, war die Puppe fort.

»Suchen Sie die?«

Ich fuhr erschrocken herum. Lord Livingston stand am Fenster, die kleine blonde Puppe in der Hand.

»Äh, ja«, sagte ich atemlos.

»Tut mir leid, ich wollte Sie nicht erschrecken«, sagte er, kam auf mich zu und gab mir die Puppe.

»Sie haben Agnes gefunden«, sagte ich lächelnd.

»Agnes?«

»Na ja, Janie nennt sie meistens Aggie.«

»Ja«, sagte er und wandte sich dem Radio auf dem Beistelltisch zu. »Wenn ich diesem verflixten Ding bloß ein Signal entlocken könnte.«

Mit launischen Radios kannte ich mich aus. Das Radio in unserer Bäckerei war ständig mit Mehl eingestäubt, aber es war mir immer gelungen, es zum Erklingen zu bringen. Ohne Musik konnte ich keinen Teig kneten. »Soll ich es mal probieren?«, fragte ich. »Ich habe ein Händchen für diese Apparate.«

»Das wäre nett«, sagte er. »Vielen Dank.«

Ich drehte den Senderknopf hin und her, aber mehr als Störgeräusche und Pfeifen war nicht zu hören. »Es liegt an der Antenne«, sagte ich, langte auf die Rückseite des Radios und zog den Antennendraht Richtung Fenster. Einen Augenblick später ertönte eine männliche Stimme so klar und deutlich, als stünde der Sprecher bei uns im Raum.

»Nicht schlecht«, bemerkte Lord Livingston.

Ich schaute zur Tür. »Ich werde mich dann jetzt zurückziehen.«

»Bleiben Sie nur, wenn Sie möchten«, sagte er und zeigte auf das Sofa. »Ich meine, falls Sie die neuesten Kriegsnachrichten hören wollen.«

»Ich finde das alles fürchterlich deprimierend«, erwiderte ich.

Er wandte sich unschlüssig ab, dann straffte er die Schultern. »Ja, da haben Sie recht«, sagte er.

Ein Trommelwirbel ertönte aus dem Radio. »Hitler und seine Armee sind auf dem Vormarsch. Was bedeutet das für England und für die Welt?«

Ich schaute wie gebannt auf das Radio. Ich konnte nur an Desmond denken. »Na schön«, sagte ich schließlich und setzte mich, ohne nachzudenken, hin. »Vielleicht bleibe ich doch noch kurz.«

Genauso wie im Auto fühlte es sich auch jetzt merkwürdig an, so dicht neben Lord Livingston zu sitzen, vor allem in einem so spärlich beleuchteten Zimmer. Aber der Krieg kam näher, und der Ernst der Situation riss alle emotionalen Barrieren ein. Ich ballte die Fäuste, als Geschützlärm aus den Lautsprechern drang. »Während Hitler und seine Truppen immer weiter in den Osten Europas vordringen, werden weitere Männer zum Dienst mit der Waffe gerufen, um die Heimat zu verteidigen«, fuhr der Sprecher fort und gab dann weitere Details über den Kriegsverlauf bekannt. Wir hörten zwanzig Minuten lang aufmerksam zu, bis der Sprecher seinen Beitrag mit den Worten beendete: »Wir können nur hoffen und beten, dass unsere Heimat vor den Abscheulichkeiten des Krieges verschont bleibt. Gott segne England, Gott segne die Königin!«

Lord Livingston stand auf und drehte am Radio, bis er einen Sender fand, der Musik spielte, sanfte Musik, wie man sie in einem Klub in New York hörte. Dann setzte er sich wieder neben mich.

»Glauben Sie, dass es stimmt, was die Leute sagen?«, fragte ich ihn. »Dass der Krieg bald auch nach England kommt?«

»Das möchte natürlich niemand glauben«, sagte er. »Aber wir müssen darauf vorbereitet sein.«

Ich nickte.

»Aber wir haben noch Zeit«, sagte er. »Einer meiner Geschäftspartner in London, ein hoher Offizier der Royal Air Force, hat mir versichert, dass vorerst nichts passieren wird und wir ausreichend Zeit haben, unsere Verteidigung in Stellung zu bringen.«

In diesem Moment erklang ein Musikstück, das ich sofort erkannte. *All of me, why not take all of me?* von Louis Armstrong. Ich senkte den Blick, als ich spürte, dass Lord Livingston mich anschaute.

»Haben Sie manchmal Heimweh?«

»Ja«, sagte ich, während ich meine Hände betrachtete. Gerade jetzt sehnte ich mich nach meinen Eltern, nach der Bäckerei, nach den lebhaften Straßen New Yorks, so weit weg von Hitler und von dieser merkwürdigen Familie mit ihren merkwürdigen Problemen. »Es gefällt mir hier, wirklich. Ich hatte nur nicht damit gerechnet, dass die ganze Welt sich verändern würde, während ich weit weg von zu Hause bin.« Ich wischte mir eine Träne von der Wange.

»Hier«, sagte er und reichte mir ein Taschentuch, das er aus seiner Jackentasche gezogen hatte.

»Danke«, sagte ich und betupfte mir die Augen.

Ich drehte mich um, als ich hinter uns Schritte hörte. Mrs. Dilloway stand in der Tür. »Verzeihen Sie die Störung«, sagte sie steif.

Lord Livingston stand auf, und ich tat es ihm nach.

»Katherine hatte einen Albtraum«, sagte Mrs. Dilloway. »Sie sollten nach ihr sehen.« Obwohl sie mit mir redete, sah sie mich nicht an. Ihr Blick – müde, gequält – ruhte auf Lord Livingston. Ich fühlte mich unwohl, fehl am Platz.

»Selbstverständlich«, sagte ich in das peinliche Schweigen hinein. Ich eilte an Mrs. Dilloway vorbei in die Eingangshalle. Dann wurde die Tür hinter mir geschlossen, und ich konnte ihre Stimmen nicht mehr hören.

Katherine saß in ihrem Zimmer auf der Bettkante, die Knie angezogen. »Ich hab geträumt, Mama wäre mit Mr. Humphrey in die Stadt gefahren und … und …« Sie schlug sich schluchzend die Hände vors Gesicht. »Und dann hatten sie einen Autounfall. Mr. Beardsley hat versucht, sie zu retten, aber er hat es nicht geschafft.«

»Ach, Katherine«, sagte ich und streichelte ihr übers Haar.

Sie schaute mich betrübt an. »Papa hat Mama schon längst vergessen, nicht wahr?«

»Aber nein, natürlich nicht«, antwortete ich hastig.

»Doch!«, rief sie, und ihre Augen füllten sich erneut mit Tränen. »Doch, er hat sie vergessen! Das ist so schrecklich!«

Bevor ich mich in meine Kammer zurückzog, ging ich noch einmal nach oben in den Wintergarten. Ohne Taschenlampe war es sehr dunkel dort. Der Mond, immer wieder von Wolken verdeckt, spendete nur wenig Licht, gerade genug, dass ich die Pflanzen gießen konnte. Obwohl Mrs. Dilloway einmal davon gesprochen hatte, dass es hier oben Fledermäuse gab, zuckte ich zusammen, als eine kreischend über das Glasdach hinwegflog.

Ich ging ans Fenster und schaute nach draußen. Ein Palmwedel kitzelte mich an der Wange. Was hatte Katherine gesagt? Dass die Palme ein Geschenk des Königs von Thailand an Lady Anna war? Ich konnte nicht mit einer Frau um die Liebe der Kinder konkurrieren, die offensichtlich so viel Charme besessen hatte, dass Könige ihr Geschenke machten, und das stand mir auch nicht zu. Ich rief mir in Erinnerung, dass es einen Grund für meine Anwesenheit auf Livingston Manor gab. Die Middlebury Pink.

Ich spähte durch das Fenster zu Lord Livingstons Terrasse hinunter. Leise Musik war zu hören, der ich mich einen Moment lang hingab. Dann sah ich im Schutz der Dunkelheit, wie sich im Mondlicht zwei Schatten über die Terrasse bewegten.

Am nächsten Morgen verkündete Mr. Humphrey beim Frühstück, er müsse Lord Livingston zum Bahnhof bringen.

»Er reist schon wieder ab?«, fragte Sadie mit einem Seitenblick zu Mrs. Dilloway, die müder wirkte als gewöhnlich.

»Ich weiß nur, dass er dringende Geschäfte in der Stadt zu erledigen hat«, sagte der Chauffeur. »Er will um Punkt zehn Uhr dort sein.«

Mrs. Dilloway warf mir einen flüchtigen Blick zu, dann wandte sie sich wieder ihrem Frühstück zu.

»Mir kann's nur recht sein«, bemerkte Mrs. Marden schulterzuckend. »Ein Esser weniger.«

Mr. Beardsley zog die Stirn kraus. »Mrs. Marden, ich kann nicht zulassen, dass Sie so über Seine Lordschaft reden. Sie alle täten gut daran, nicht zu vergessen, dass es bei der Zeit, die Seine Lordschaft in London verbringt, um unser aller Wohl geht.«

»Wie meinen Sie das?«, fragte Mrs. Marden.

»Ehe Sie schlecht über ihn reden«, fuhr Mr. Beardsley fort, »denken Sie daran, dass er hart arbeitet, um dieses Haus und unsere Arbeitsplätze zu erhalten.«

»Mr. Beardsley«, fragte ich, »haben Sie etwas von Desmond gehört?«

»Leider nein«, antwortete er.

Mr. Humphrey stand abrupt auf. »So, ich muss los.« Er schaute Mrs. Marden an. »Ich besorge die Einkäufe, wenn ich in der Stadt bin. Und falls jemand einen Brief zum Abschicken hat, ich kann auch bei der Post vorbeigehen.« Ich gab ihm einen an meine Eltern adressierten Brief und wandte mich wieder Mr. Beardsley zu. »Für mich ist nicht zufällig Post gekommen?«

»Nein«, sagte er. »Erwarten Sie etwas Bestimmtes?«

»Nein, nein«, sagte ich, einerseits erleichtert, dass Mr. Price sich nicht wieder gemeldet hatte, andererseits enttäuscht darüber, dass meine Eltern nicht geschrieben hatten.

»Mir ist gerade eingefallen«, sagte Sadie zu Mrs. Dilloway, »was heute für ein Tag ist.«

»Was denn für ein Tag?«, fragte ich.

»Der Geburtstag von Lady Anna«, sagte Sadie mit verträumtem Blick. »Ach, ich weiß noch, wie Seine Lordschaft sie dann immer beim Frühstück mit etwas überrascht hat. Wie er ihr …«

Ein Scheppern ließ uns alle zusammenfahren. »Ach du liebe Güte«, rief Mrs. Dilloway aus und betrachtete die zerbrochene Tasse auf dem Boden.

Sadie sprang auf, um die weißen Porzellanscherben einzusammeln. »Lass nur«, sagte Mrs. Dilloway und hielt ihre Hand fest. »Das mache ich schon.« Sie wandte sich an Mr.

Beardsley. »Sorgen Sie dafür, dass der Schaden von meinem Lohn abgezogen wird.«

Mrs. Marden zuckte die Schultern. »Was soll denn das Getue um eine alberne Teetasse? Ich würde hundert Teetassen für einen anständigen Apfel geben.« Sie schaute Mrs. Dilloway an. »Haben Sie die Äpfel gesehen, die heute geliefert wurden?«, fragte sie verächtlich. »Ganz verschrumpelt und wurmstichig. Möchte wissen, wie ich aus so schlechtem Obst einen ordentlichen Kuchen zaubern soll.«

Sadie schob ihr die Zeitung hin. »Am besten, wir gewöhnen uns dran«, sagte sie. »Ich war gestern in der Eingangshalle, als Mr. Beardsley mit Seiner Lordschaft geredet hat, und, na ja, eigentlich war das nicht für meine Ohren bestimmt, aber ich hab gehört, wie Seine Lordschaft gesagt hat, dass er in finanziellen Schwierigkeiten steckt.«

»Würde mich nicht wundern«, schnaubte Mrs. Marden, »so wie der das Geld zum Fenster rauswirft. Habt ihr die Zigarrenkisten gesehen, die gestern aus Südamerika geliefert wurden?«

»Eine ganz schlechte Zeit, um Geldprobleme zu haben, das ist meine Meinung«, sagte Sadie. »Ich möchte nicht mitten im Krieg meine Arbeit verlieren. Hier steht, dass die Deutschen im Vormarsch sind. Eh wir uns versehen, klopfen die an unsere Tür und verlangen, dass wir ihnen Rührei mit Speck machen.«

»Unsinn«, sagte Mrs. Marden, stand auf und band sich die Schürze um. »Das glaube ich erst, wenn ich es sehe. Aber es ist ziemlich sinnlos, sich über ungelegte Eier den Kopf zu zerbrechen.«

Bei meiner Abreise waren meine Eltern beunruhigt gewesen wegen des Kriegs in Europa, aber niemand hatte damit gerechnet, dass die Lage so eskalieren würde und uns tatsächlich Gefahr drohte. Ich nahm die Zeitung und überflog die Titelseite. Bestimmt irrte sich die Zeitung. Es konnte gar nicht anders sein.

Als ich später im Kinderzimmer war, kam Mrs. Dilloway herein und überreichte Abbott eine in braunes Papier gewickelte Schachtel, die mit einem weißen Band verschnürt war. »Hier«, sagte sie mit einem wissenden Seitenblick in meine Richtung. »Dein Vater hat mich gebeten, dir das zu geben.«

»Für mich?«, fragte Abbott.

Mrs. Dilloway nickte. Hastig entfernte er die Schleife und riss das braune Papier auf, und dann hielt er ein Modellflugzeug in den Händen.

»Danke«, flüsterte Mrs. Dilloway mir zu.

21

Addison

»Willst du wirklich nicht mitkommen?«, fragte Rex und schob mir eine Strähne hinters Ohr. Ich überlegte noch einmal, ob ich mit ihm nach London fahren sollte, wo er sich mit einem alten Freund verabredet hatte. Nach dem Vorfall in der Stadt war mir eigentlich nicht danach, allein zu sein, andererseits kam ich der Lösung des Rätsels um das Haus immer näher und wollte nicht fort. Außerdem wollte ich lieber nicht riskieren, Sean noch einmal in die Arme zu laufen.

»Nein«, sagte ich schließlich. »Ich glaube, ich bleibe hier und sehe mir das Kamelienbuch noch einmal an. Ich habe das Gefühl, dass wir im Kameliengarten etwas übersehen haben, irgendeinen Hinweis.«

»Also gut«, sagte er. »Ich bin morgen wieder da, dann sehen wir weiter. Je mehr wir herausfinden, desto mehr bin ich davon überzeugt, dass sich da ein richtig guter Roman zusammenbraut.«

Als er sich die Büchertasche über die Schulter schlang, musste ich an den Ordner mit der Aufschrift »Amanda« denken, den ich entdeckt hatte. Ich hatte ihn nicht darauf angesprochen.

»Du wirst mir fehlen«, sagte er und gab mir einen Kuss auf die Wange.

»Viel Spaß mit Kevin.«

Er legte den Kopf schief. »Du hast es immer noch nicht kapiert, oder?«

»Was denn?«

»Spaß habe ich so richtig nur, wenn ich mit *dir* zusammen bin.«

Ich lächelte ihn an, dankbar für diesen Mann, der mich so sehr liebte. Aber würde er mich immer noch lieben, wenn er die Wahrheit über meine Vergangenheit erfuhr?

»Da ist mein Taxi«, sagte er, als ein Auto vor dem Haus hielt.

»Pass auf dich auf«, sagte ich und gab ihm einen Abschiedskuss.

»Und pass du auf, dass du auf der richtigen Straßenseite bleibst, falls du mit dem Auto fährst.«

Ich verdrehte die Augen und grinste.

»Ich rufe dich vom Hotel aus an«, versprach er.

Ich schaute dem Taxi nach. Als ich die Tür verriegelte, bereute ich bereits meinen Entschluss, nicht mitzufahren. Ich lauschte auf das Ticken der alten Standuhr und ballte die Fäuste, entschlossen, meiner Angst nicht nachzugeben. Nein, ich würde mich von Sean nicht ins Bockshorn jagen lassen. Die Polizei hatte ihn zwar noch nicht gefunden, aber ein Streifenwagen patrouillierte regelmäßig in der Gegend, und ich hatte die Nummer des Polizeireviers in mein Handy einprogrammiert.

In unserem Zimmer suchte ich die Nummer von Nicholas Livingston heraus und rief ihn an.

»Hallo«, sagte ich, »hier spricht Addison Sinclair. Meine Schwiegereltern haben das Herrenhaus gekauft. Da sie sich zurzeit in Asien aufhalten, habe ich mir die Freiheit genommen, Ihren Brief an sie zu öffnen.«

»Ja, selbstverständlich«, sagte er. »Guten Tag, Addison.« Er räusperte sich. »Es gibt da eine Sache, die ich gern mit Ihnen persönlich besprechen würde, wenn das möglich ist. Hätten Sie morgen Zeit?«

»Ja«, sagte ich, »kein Problem, ich bin hier.«

»Gut. Ich nehme den Zug um neun, dann bin ich gegen Mittag bei Ihnen.«

»Ja, das passt mir ausgezeichnet«, sagte ich. »Ich dachte nur, ähm, in Anbetracht der Umstände des Verkaufs, dass die Familie, ähm, dass Sie kein Interesse daran hätten, das Haus noch einmal aufzusuchen.«

»Das ist richtig«, antwortete er. »Vor allem, nachdem … Nun, das können wir dann ja morgen besprechen, Mrs. Sinclair.«

Kurz nachdem ich zu Bett gegangen war, klopfte es an meiner Tür. »Mrs. Sinclair, sind Sie noch wach?«

Ich schlüpfte in meinen Morgenmantel, den ich auf dem Sessel neben dem Bett abgelegt hatte, und band den Gürtel zu.

Mrs. Klein stand vor der Tür. »Verzeihen Sie die Störung, Madam«, sagte sie atemlos. »Es geht um Mrs. Dilloway. Sie ist ohnmächtig geworden und ist mit dem Kopf gegen die Anrichte geschlagen. Ich habe den Notarzt gerufen.«

Ich folgte ihr nach unten in die Küche. Mrs. Dilloway saß auf dem Boden, gegen einen Küchenschrank gelehnt. Sie wirkte ziemlich benommen. Ich kniete mich neben sie. »Wie geht es Ihnen?«

Sie murmelte etwas Unverständliches. Ich drückte ihr die Hand und wandte mich Mrs. Klein zu. »Hat man Ihnen gesagt, wann der Notarzt kommt?«

Sie schaute aus dem Fenster. Zwei Scheinwerfer leuchteten in der Dunkelheit auf. »Ich glaube, sie kommen gerade.«

Mrs. Klein lief zur Tür und führte den Notarzt und die Sanitäter in die Küche. Als sie wenig später auf einer Trage hinausgefahren wurde, sagte Mrs. Dilloway zu mir mit undeutlicher Stimme: »Bitte ... Der Brief ...«

Ich schüttelte den Kopf und drückte noch einmal ihre Hand. »Sie dürfen sich nicht anstrengen.«

»Sieht aus, als hätte sie einen Schlaganfall erlitten«, sagte der Notarzt. »Sprachverlust ist ein typisches Anzeichen.«

»Ich fahre mit ins Krankenhaus«, sagte ich.

»Es ist schon spät«, sagte Mrs. Klein. »Bleiben Sie lieber hier und schlafen Sie. Ich arbeite seit zwanzig Jahren mit Mrs. Dilloway zusammen, ich fahre mit. Es wird ihr guttun, ein vertrautes Gesicht zu sehen, wenn sie verwirrt ist.»

»Aber rufen Sie mich bitte an, wenn Sie Genaueres wissen.«

Nachdem der Krankenwagen abgefahren war, zog ich im Erdgeschoss die Vorhänge zu. Es fühlte sich merkwürdig an, allein im Haus zu sein. Eine einsame Seele in einem Haus, das Platz für Hunderte bot. Aber vielleicht umgaben mich ja Hunderte von Seelen. Seelen längst Verstorbener. Seelen, die mich beobachteten, mich belauerten. Mir lief ein Schauer über den Rücken, als ich nach oben ins Schlafzimmer ging. In diesem Zimmer hatte Lord Livingston geschlafen. Mit Lady Anna. Vielleicht auch mit anderen Frauen?

Plötzlich fröstelte ich, und ich ging zum Schrank, um mir eine zusätzliche Decke zu holen. Da entdeckte ich das hölzerne Kästchen ganz hinten auf dem oberen Regalbrett. Ich musste mich strecken, um es zu erreichen, und stieß dabei einen Stapel Decken um. Ich trug das Kästchen zum Bett und hob langsam den Deckel an. Darin befand sich ein zerknittertes, mehrmals gefaltetes Blatt Papier. Ich wusste sofort, um was es sich handelte. Es war die Seite, die aus Lady Annas Kamelienbuch herausgerissen worden war. Die Middlebury Pink. Zwar hatte jemand die gepresste Blüte entfernt, aber Lady Annas Aufzeichnungen waren noch da. Offenbar hatte Lord Livingston das Kästchen an sich genommen. Aber aus welchem Grund? Und warum hatte er es aufgehoben?

Ich ging zum Fenster und schaute zum Kameliengarten hinüber, der in der Dunkelheit kaum zu erkennen waren. Die Middlebury Pink befand sich irgendwo dort im Garten, ich war mir ganz sicher. Plötzlich erstarrte ich. Da draußen schlich jemand herum. Der Lichtkegel einer Taschenlampe bewegte sich zwischen den Kamelien hin und her, jemand ging die Baumreihen ab, eine nach der anderen. Ich ließ den Vorhang fallen, hastete zum Bett und nahm mein Handy aus meiner Tasche.

»Hallo? Hier spricht Addison Sinclair, ich rufe von Livingston Manor an«, sagte ich dem Diensthabenden. »Ich glaube, ein Unbekannter treibt sich hier im Garten herum. Könnten Sie jemanden vorbeischicken?«

22

Flora

18. September 1940

Der Sommer verging sang- und klanglos und ohne Nachricht von Desmond.

Lord Livingston verbrachte die meiste Zeit in seiner Wohnung in London. Er teilte Mr. Beardsley mit, geschäftliche Pflichten hielten ihn auf, doch ich vermutete, dass es etwas anderes war, etwas Ernstes. An einem verregneten Dienstagmorgen rief er aus London an, und ich hörte von der Eingangshalle aus, wie Mr. Beardsley im Salon mit ihm sprach.

»Sehr erfreut, von Ihnen zu hören, Mylord«, sagte Mr. Beardsley, »Ja, ja, den Kindern geht es gut … Ja, Miss Lewis auch … Ach? Tut mir leid, das zu hören … Kann man da irgendetwas machen? … Na schön, ja, selbstverständlich … Ach, wirklich? … Lord Desmond, Sir? Was Sie nicht sagen … Na ja, ich hatte keine Ahnung, Mylord. Niemand hier wusste davon … Ja, selbstverständlich.«

Ich betrat den Salon. »Verzeihen Sie, Sir«, sagte ich, nachdem Mr. Beardsley aufgelegt hatte. »War das Seine Lordschaft?«

»Ja«, erwiderte er und rückte seinen Frack zurecht. »Das war Lord Livingston. Er hat aus London angerufen, um sich zu erkundigen, wie es den Kindern geht. Er wird noch etwa zwei Wochen in der Stadt bleiben, ehe er zurückkommt, um den Herbst hier zu verbringen.«

»Gut«, sagte ich. »Er fehlt den Kindern sehr.«

Er brummte etwas Unverständliches.

Nach kurzem Zögern sagte ich: »Darf ich Sie etwas fragen?«

»Ja, Miss Lewis?«

»Ich habe eben zufällig gehört, wie Sie von Desmond gesprochen haben. Ist alles in Ordnung mit ihm?«

Mr. Beardsley zog ein Taschentuch hervor und wischte sich die Stirn, obwohl er gar nicht schwitzte. »Darüber sollten Sie sich keine Gedanken machen, Miss Lewis«, sagte er und steckte das Taschentuch wieder ein.

»Natürlich«, sagte ich verlegen. »Ich verstehe.«

»Wenn Sie mich dann entschuldigen wollen.«

»Ja, Sir«, sagte ich und schaute ihm nach, als er die Treppe hochging.

Ach, würde Desmond doch nach Hause kommen, dachte ich wehmütig.

»Wir bekommen ein Gewitter«, bemerkte Mrs. Marden. Sie war gerade dabei, mit einem Schneebesen Sahne zu schlagen. Mr. Beardsley hatte sich erboten, ihr einen modernen Mixer mit Kurbel zu kaufen, doch sie hatte empört abgelehnt. »Das wäre ja wie Betrug«, hatte sie gesagt. »Ich bin Köchin. Ich werde dafür bezahlt, dass ich Sahne schlage, also schlage ich Sahne.«

»Ach, wie schade, dass der Sommer vorbei ist«, seufzte Sadie mit einem sehnsüchtigen Blick aus dem Fenster.

Mrs. Marsden nahm den Schneebesen aus der Schüssel und begutachtete die Spitzen, die die Sahne bildete. Dann schüttelte sie den Kopf und schlug weiter. »Wozu ist der

Sommer gut«, sagte sie, »wenn man keinen Schatz hat, mit dem man zum Picknick gehen kann?«

Sadie füllte meine Teetasse, ohne der schlecht gelaunten Köchin Beachtung zu schenken. »Sie wollen bestimmt so bald wie möglich nach Amerika zurück.«

»Ja«, antwortete ich. »Aber ich habe gestern mit Mr. Beardsley gesprochen, und er hat mir erzählt, dass zurzeit keine Passagierschiffe den Atlantik überqueren.« Bedrückt stützte ich das Kinn in die Hände.

Sadie tätschelte mir den Rücken. »Bestimmt haben Sie Heimweh nach Ihrer Familie.«

»Ja, das habe ich. Ich wünschte, meine Eltern würden mir wenigstens schreiben. Ich verstehe nicht, warum sie es nicht tun. Schon seit fünf Monaten habe ich keinen Brief mehr bekommen.«

»Sind Sie sicher, dass Sie den richtigen Absender auf Ihre Briefe geschrieben haben?«

»Ja«, sagte ich. »Ich habe es mehrmals überprüft.«

Sie zuckte die Schultern. »Vielleicht sind sie einfach zu beschäftigt.«

»Nein«, entgegnete ich. »Ich mache mir Sorgen, dass etwas passiert ist.« Was, wenn Mr. Price' Leute meine Eltern aufgesucht hatten? Was, wenn …?

Mrs. Marden stellte einen Beutel Kartoffeln vor mich auf den Tisch und drückte mir ein Schälmesser in die Hand. »Ich mache Ihnen ein Angebot«, sagte sie mit einem breiten Grinsen, das ihren schiefen Zahn entblößte. »Wenn Sie die für mich schälen, erzähle ich Ihnen, wie ich Lord Livingston mal splitternackt gesehen habe.«

Sadie quiekte vor Lachen. »Die Geschichte müssen Sie sich unbedingt anhören!«

Ich lächelte. »Die Kinder sind noch eine halbe Stunde im Unterricht, ich schätze, da kann ich wohl solange ein paar Kartoffeln schälen.«

Eine Woche verging, und dann noch eine. Die Blätter fielen von dem alten Ahornbaum im Garten und tanzten im Wind wie ein Sinnbild für die ungewissen Zeiten, die uns bevorstanden. Krieg dräute über England wie eine dunkle Gewitterwolke, und wir beteten alle, dass er an uns vorbeiziehen würde wie ein Sturm am Horizont.

Eines Morgens Anfang Oktober erlaubte ich den Kindern, nach dem Frühstück Radio zu hören. Als die Nachrichten zu Ende waren, stand ich auf. »So, Kinder«, sagte ich, »heute wird der Salon frisch gestrichen. Zeit, nach oben ins Kinderzimmer zu gehen.«

Als die Kinder bereits auf der Treppe waren, wurde die Haustür zugeschlagen, und Mr. Humphrey eilte auf uns zu. »Ich komme gerade aus der Stadt«, sagte er atemlos und hielt uns eine regennasse Zeitung hin.

Die Schlagzeile lautete: DEUTSCHE BOMBER GREIFEN LONDON AN – VIELE TOTE.

»Großer Gott«, rief Mrs. Dilloway aus und fächelte sich Luft zu.

»Was ist mit Lord Livingston?«, fragte ich. »Haben Sie Nachricht von ihm?«

»Noch nicht«, erwiderte Mr. Humphrey. »Ich habe schon mit Mr. Beardsley gesprochen. Er ruft gerade in London an.«

Wir liefen zum Anrichtezimmer, wo Mr. Beardsley an seinem Schreibtisch saß.

»Irgendwelche Neuigkeiten von Seiner Lordschaft?«, fragte Mrs. Dilloway mit bebender Stimme.

»Leider nein«, antwortete Mr. Beardsley. »Die Telefonleitungen sind tot. Es bleibt uns nichts anderes übrig, als zu warten.« Er langte unter seinen Schreibtisch und brachte eine Weinkaraffe zum Vorschein. »Und zu beten.«

Mr. Beardsley hielt Wache am Telefon in Erwartung von Neuigkeiten aus London. Am frühen Morgen waren die Maler eingetroffen, und Mrs. Dilloway bat mich, im Salon nachzusehen, wie weit sie inzwischen mit ihrer Arbeit gediehen waren. Ich war gespannt, wie sich die neue Farbe machte. Ich hatte gehört, dass die Wände lindgrün gestrichen werden sollten.

»Verzeihung«, sagte ich zu einem Mann im Salon. Er saß mit dem Rücken zu mir in Lord Livingstons Sessel, die Füße auf der Ottomane. Unverschämtheit, dachte ich. Mr. Beardsley hatte recht. Die Handwerker wurden heutzutage immer fauler. Man heuerte sie an, um Arbeiten zu erledigen, und sie erwarteten, dass man ihnen einen gemütlichen Sessel und ein Festmahl anbot. »Nehmen Sie sofort die Füße da runter!«, sagte ich.

Der Mann fuhr herum. *Desmond.*

»Guten Morgen«, sagte er und stand auf.

»Desmond!«, rief ich und fiel ihm um den Hals. Er nahm mich in die Arme und drückte mich fest an sich.

»Du hast mir so gefehlt«, flüsterte er mir ins Ohr.

Ich trat einen Schritt zurück, um ihn anzusehen. »Warum hast du mir nicht geschrieben? Warum hast du nicht angerufen?«

»Es ging nicht«, antwortete er. »Ich war im Einsatz. Es hat mehr Zeit in Anspruch genommen als erwartet. Jede Kommunikation mit der Außenwelt war uns verboten.«

»Also gut«, sagte ich. »Dann will ich dir noch einmal verzeihen.«

»Komm her«, sagte er und zog mich wieder an sich. »Du glaubst gar nicht, wie sehr ich dich vermisst habe.«

23

Addison

»Wir haben das gesamte Anwesen abgesucht, aber niemanden gefunden«, sagte der Polizist, als ich ihm die Tür aufmachte. »Sind Sie auch sicher, dass Sie etwas gesehen haben?«

»Ja, ich war mir ganz sicher. Tut mir leid, dass Sie Ihre Zeit vergeudet haben.« Ich konnte mir nicht vorstellen, dass die New Yorker Polizei so aufmerksam gewesen wäre.

»Kein Problem«, erwiderte er. »Wenn Sie möchten, kann ich noch eine Weile vor dem Haus bleiben. Meinetwegen bis Sonnenaufgang, wenn Sie sich dann wohler fühlen.«

Ich atmete erleichtert aus. »Ja, das wäre großartig. Vielen Dank.«

Es beruhigte mich zu wissen, dass der Polizist vor dem Haus in seinem Auto saß, und doch fand ich in dem Wissen, dass Sean in der Nähe war, keinen Schlaf. Ich spürte seine Gegenwart.

»Kommen Sie zurecht, Mrs. Sinclair?«, fragte der Polizist am nächsten Morgen. Er gähnte. »Wenn Sie wollen, schick ich Ihnen jemand von der Tagesschicht vorbei, der nach dem Rechten sieht.«

»Das ist sehr freundlich von Ihnen«, sagte ich. Er hatte

dunkle Ringe unter den Augen. »Aber machen Sie sich keine Sorgen. Mein Mann kommt ja heute aus London zurück.«

»Okay«, sagte er. »Schließen Sie auf jeden Fall zur Sicherheit die Türen ab.«

»Mach ich«, sagte ich und schob den Riegel vor, nachdem er gegangen war.

Ich nahm meine Handtasche vom Tisch in der Eingangshalle. Maeve, die Sachbearbeiterin auf dem Polizeirevier, hatte mir an dem Tag, als Sean mich angegriffen hatte, einen Umschlag gegeben, aber ich war zu aufgewühlt gewesen, um ihn zu öffnen. »Etwas, das ich zufällig entdeckt habe«, hatte sie gesagt. »Für Ihre *andere* Recherche.«

Jetzt riss ich den Umschlag auf. Er enthielt mehrere Blatt Papier. Es handelte sich um Fotokopien der Zeugenaussage einer Kellnerin aus einem Café in der Stadt, die man im Zusammenhang mit dem Verschwinden ihrer Freundin und Kollegin Theresa Mueller befragt hatte. Auf einem Klebenotizzettel, der am oberen Rand der ersten Seite klebte, stand: *Noch eine junge Frau, die in den Vierzigerjahren verschwunden ist. Vielleicht besteht ein Zusammenhang? Viel Glück!*

Ich schlug das Kamelienbuch auf und ging es Seite um Seite durch, um nachzusehen, ob das Datum des Verschwindens der jungen Frau, der 25. Juni 1940, mit einem der Zahlencodes in dem Buch übereinstimmte, wurde jedoch nicht fündig. Ich ging zur Treppe und setzte mich auf die unterste Stufe. Vielleicht lag ich mit meiner Vermutung vollkommen daneben. Vielleicht hatten die verschwundenen Frauen weder miteinander noch mit Lady Anna irgendetwas zu tun.

Ich überflog die Zeugenaussage und war schon drauf und dran aufzugeben, als mir unten auf der zweiten Seite der Name Lord Livingston auffiel.

OFFICER RANKINS: Sie sagten, dass Miss Mueller am Tag ihres Verschwindens Lord Livingston bedient hat.

SUE GILMORE: Ja, Sir. Er hatte seinen Zug verpasst und ist zum Mittagessen ins Café gekommen. Ich erinnere mich daran, weil Theresa mich gebeten hat, für sie Schmiere zu stehen, während sie nach hinten ging, um sich den Lippenstift nachzuziehen.

OFFICER RANKINS: Hatten Sie den Eindruck, dass die beiden, also Miss Mueller und Lord Livingston, einander privat kannten?

SUE GILMORE: Also, Theresa war in ihn verliebt, aber ich weiß nicht, ob die beiden näheren Kontakt hatten, wenn Sie verstehen, was ich meine. Sie hat mal gesagt, sie würde gern mit ihm nach London fahren. Sie war immer ein bisschen vorwitzig und sagte Sachen, die nicht schicklich sind.

OFFICER RANKINS: Hat er sie eingeladen, mit ihm nach London zu fahren?

SUE GILMORE: Nicht dass ich wüsste, Sir. Sie hat an dem Tag früher Feierabend gemacht als sonst. Sie klagte über Kopfschmerzen. Kann gut sein, dass sie mit ihm gefahren ist. Aber sie hat nichts davon erwähnt.

Ich ließ die Blätter sinken. Es bestand also tatsächlich eine Verbindung. Aber warum gab es keinen Vermerk in dem Buch? Warum hatte Lady Anna das Datum von Theresa Muellers Verschwinden nicht notiert? Ich biss mir auf die Lippe. Und plötzlich wusste ich es. Theresa Mueller war erst nach Lady Annas Tod verschwunden. Lady Anna war nicht mehr da gewesen, um das Datum hinzuzufügen und weitere Beweise zu sammeln. Hatte sie ihren Mann im Verdacht gehabt? Oder jemand anderen? Hatte jemand sie zum Schweigen gebracht, als sie der Wahrheit zu nah gekommen war?

Ich schob die Blätter zurück in den Umschlag und ging in den Salon, wo Rex die Pläne für den Umbau des Hauses liegen gelassen hatte. Ich nahm einen Block mit Klebenotizzetteln aus einer Schublade und schrieb die sechs Zahlencodes aus dem Kamelienbuch ab, die Daten zu enthalten schienen, und verglich sie mit den Daten, an denen die jungen Frauen verschwunden waren. Ich spürte, wie mein Herz pochte, während ich arbeitete. Auf dem Plan, auf dem die Gartenanlage in ihrer derzeitigen Gestaltung zu sehen war, klebte ich jeden Zettel an die Stelle, die sich aus dem Code im Kamelienbuch ergab.

Dann trat ich einen Schritt zurück. Mir stockte der Atem, als ich das kreisförmige Muster sah, das sich auf dem Plan ergeben hatte. Großer Gott, schoss es mir durch den Kopf, was, wenn diese armen Frauen dort begraben lagen?

24

Flora

6. Oktober 1940

Kurz nach dem Mittagessen stürmte Mr. Beardsley außer Atem in den Gesinderaum, in der Hand ein Telegramm. »Das ist gerade gekommen. Aus London. Lord Livingston geht es gut. Er kommt morgen zurück.«

Wir brachen alle in Jubelschreie aus, und zum ersten Mal, seit die Nachricht von den Bombenangriffen gesendet worden war, kehrte wieder ein bisschen Farbe in Mrs. Dilloways Gesicht zurück. Es war eine gute Nachricht, aber seit Lord Livingstons Abreise hatte sich vieles verändert. Die Welt war aus dem Gleichgewicht geraten und mit ihr Livingston Manor.

»Und Miss Lewis hat mir erzählt, dass Mr. Desmond heimgekehrt ist«, sagte Mrs. Dilloway.

»Was wird Seine Lordschaft wohl dazu sagen?«, fragte Sadie, die gerade dabei war, Geschirrtücher zu falten und akkurat zu stapeln.

»Er wird Mr. Desmond wohl oder übel akzeptieren müssen«, antwortete Mrs. Dilloway, »schließlich ist er sein Sohn.«

Mr. Beardsley räusperte sich. »Ich werde mit Seiner Lordschaft reden, wenn er eintrifft. Ich halte es für besser, wenn Mr. Desmond vorerst nicht in seinem alten Zimmer wohnt, sondern sich in einem der Gästezimmer einquartiert. Da wird Lord Livingston ihm nicht so leicht über den Weg laufen.«

»Ja«, sagte Mrs. Dilloway und ging zur Tür. »Kommen Sie, Miss Lewis. Die Kinder warten schon auf Sie.«

Auf der Treppe holte Sadie uns ein. »Mrs. Dilloway, Sie werden am Telefon verlangt.«

»Kann das warten?«

»Nein, Madam«, sagte Sadie. »Es ist der Mann vom Lebensmittelladen. Es gibt irgendein Problem mit unserer Bestellung.«

»Kann Mrs. Marden sich nicht darum kümmern?«, wollte Mrs. Dilloway wissen.

Sadie schüttelte den Kopf. »Mit der redet er nicht mehr seit der Sache mit den Eiern.«

Mrs. Dilloway konnte sich ein Grinsen nicht verkneifen. »Also gut, ich komme.« Sie seufzte. »Funktioniert in diesem Haus eigentlich irgendetwas ohne mich?« Sie schaute mich an. »Miss Lewis, gehen Sie schon mal vor und machen Sie für Mr. Desmond eins der Gästezimmer zurecht. Ich komme gleich nach.«

Auf dem Weg nach oben sah ich in der Eingangshalle einen Mann mit einer großen Reisetasche an der Tür stehen. Als er sich umdrehte, erstarrte ich.

»Mr. Price!«, rief ich mit gepresster Stimme aus. »Was machen Sie denn hier? Und was hat diese Tasche zu bedeuten?«

»Ach, die?« Er grinste. »Komisch, dass Sie danach fragen.« Er betastete eine vergoldete Tischlampe. »Die Tasche ist leer. Man weiß doch nie, was für Schätze man in diesen alten Häusern so findet.«

»Lassen Sie die Livingstons in Frieden«, flehte ich.

»Ich möchte Sie daran erinnern, Miss Lewis«, sagte er, »dass Sie Ihren Eltern mit so einer Einstellung nicht gerade helfen.« Er nahm seinen Hut ab und sah mich belustigt an. »Aber lassen Sie uns nicht über so unangenehme Dinge reden, wo ich doch nur hergekommen bin, um meiner Angestellten einen Besuch abzustatten.« Er kam langsam auf mich zu. »Ich habe mehrmals versucht, Sie brieflich zu kontaktieren.«

»Aber ich habe nur einen Brief bekommen. Ehrlich.« Ich schaute mich nach allen Seiten um, aus Angst, jemand könnte unser Gespräch mithören.

»Lügen Sie nicht, junge Dame«, sagte er. Inzwischen stand er ganz dicht vor mir. »Das passt nicht zu Ihnen.«

Als ich Schritte auf der Treppe hörte, geriet ich in Panik. »Bitte, können wir nicht woanders reden? Wo uns niemand hören kann?«

»Und am Ende erfährt, dass Sie nicht die Person sind, für die Sie sich ausgeben?«, sagte er. »Sieh mal einer an, Sie scheinen ja an Ihrer Arbeit richtig Gefallen zu finden. Haben Sie sich etwa zum liebevollen Kindermädchen gemausert?«

Ich fasste ihn am Arm, führte ihn in das Empfangszimmer neben dem Eingang und schloss die Tür. »Bitte, Sie müssen wieder gehen.«

»Erst, wenn ich weiß, wo die Kamelie ist«, sagte er. »Ich nehme doch an, dass Sie sie inzwischen gefunden haben.«

»Das ist es ja gerade«, erwiderte ich. »Ich habe sie noch nicht gefunden. Ich brauche mehr Zeit.«

»Mehr Zeit? Miss Lewis, Sie sind seit Monaten hier. Entweder ist die Kamelie auf diesem Anwesen oder nicht. Ich habe allmählich den Verdacht, dass Sie sie selbst ausgegraben haben.« Er trat näher auf mich zu. »Aber das würden Sie mir doch nicht antun, oder?«

»Geben Sie mir noch etwas Zeit«, flehte ich. »Diese Kamelienbäume kann man fast nicht voneinander unterscheiden, wenn sie nicht in Blüte stehen.«

Er nickte nachdenklich. »Also gut. Aber wenn Sie die Kamelie bis Ende November nicht gefunden haben, werde ich dafür sorgen, dass meine Leute ihrem Vater noch einmal einen Besuch abstatten.«

»Wusste ich doch, dass Sie dahinterstecken«, erwiderte ich mit geballten Fäusten. »Bitte, halten Sie meinen Vater da raus!«, bat ich ihn inständig.

»Das liegt ganz bei Ihnen, Miss Lewis«, sagte er grinsend. »Hier, meine Liebe, meine Visitenkarte, falls Sie die letzte verlegt haben sollten.« Er wandte sich zur Tür. »Rufen Sie mich an, sobald Sie die Kamelie gefunden haben. Und beim nächsten Mal werde ich nicht mehr so viel Geduld haben.«

Ich wartete, bis ich die Haustür ins Schloss fallen hörte, erst dann traute ich mich wieder in die Eingangshalle, die Gott sei Dank leer war.

Ich nahm mir einen Moment Zeit, um mich zu sammeln, ehe ich in den Salon ging.

»Ah, da sind Sie ja«, sagte Mrs. Dilloway. Sie stand auf dem Treppenabsatz.

»Tut mir leid«, murmelte ich. »Ich habe gerade einen – Vertreter weggeschickt.«

Als wir gemeinsam den Salon betraten, sprang Desmond auf, packte die Haushälterin mit beiden Händen an der Taille und hob sie hoch. »Mrs. Dilloway!«, rief er und wirbelte sie herum.

Ihre geschürzten Lippen verzogen sich zu einem Lächeln. Sie tippte mit der Fingerspitze gegen ein Abzeichen an seiner Uniform. »Steht Ihnen gut.«

Er schlug die Hacken zusammen und salutierte theatralisch. »Leutnant Livingston. Zu Ihren Diensten.«

Ihre Miene verdüsterte sich. »Sie werden also in den Kampf ziehen?«

»Jawohl, Madam«, erwiderte er mit einem stolzen Lächeln. »Ich bin gerade von meinem ersten Einsatz zurückgekehrt, und meine Einheit rückt in einem Monat wieder aus, diesmal in Richtung Süden.« Unsere Blicke begegneten sich, doch er wandte sich hastig ab. »Ich dachte, ich verbringe die letzten paar Wochen hier – das heißt, wenn es keine Umstände macht.«

»Unsinn«, sagte Mrs. Dilloway. »Ich bin froh, dass Sie nach Hause gekommen sind. Wir freuen uns alle.«

»Und mein Vater?«

»Das weiß ich nicht. Sie haben sich im Streit getrennt. Ob Sie sich wieder miteinander aussöhnen, wird die Zeit zeigen. Im Moment ist er jedenfalls in London.«

Desmond schaute sie entgeistert an.

»Es geht ihm gut«, versicherte Mrs. Dilloway ihm. »Wir haben heute ein Telegramm erhalten. Das Haus in London liegt nur ein paar Straßen entfernt von dem Viertel, das am stärksten zerstört wurde, aber Ihr Vater hat noch einmal Glück gehabt.«

»Gott sei Dank«, sagte Desmond erleichtert. »Wann kommt er denn zurück?«

»Morgen.«

»Ich würde meine Geschwister gern sehen. Wenn Sie es erlauben.«

»Miss Lewis kann Sie mit nach oben nehmen. Sie sind im Kinderzimmer.«

»Ich möchte sie überraschen«, sagte Desmond mit spitzbübisch funkelnden Augen zu mir.

»Einverstanden«, sagte ich leise, als wir uns der Kinderzimmertür näherten.

»Geh rein und sag ihnen, ihr Lehrer ist da«, flüsterte er mir ins Ohr.

»Die kriegen einen Wutanfall«, sagte ich grinsend. »Unterricht am Samstag!«

»Ich warte hinter der Tür und springe vor, wenn sie rauskommen.«

Ich nickte und betrat das Zimmer.

Abbott lag auf dem Boden, die Beine auf der Spielzeugkiste. Er warf das Comic-Heft, in dem er gelesen hatte, neben sich. »Warum ist das richtige Leben bloß so langweilig?«

Katherine und Janie stritten sich mit Nicholas, der unter lautem Tatütata mit einem Feuerwehrauto durch das Kinderzimmer fuhr und so tat, als müsse er einen Brand im Puppenhaus löschen, mit dem die Mädchen gerade spielen wollten.

»Kinder«, sagte ich, »ich muss euch leider mitteilen, dass heute Unterricht stattfindet.«

»Unterricht?«, rief Abbott aufgebracht. »Aber heute ist Samstag. Das ist – illegal!«

»Ich versichere dir, dass es *nicht* illegal ist«, erwiderte ich mit einem verschmitzten Lächeln.

»Kokolores«, rief Janie dazwischen.

»Janie!« Es gelang mir kaum, mein Lachen zu unterdrücken. »Wo hast du denn dieses Wort her?«

»Nicholas hat's ihr beigebracht«, sagte Katherine.

»Also los, Kinder«, sagte ich. »Ich habe extra für heute

einen Lehrer hergebeten. Er wartet draußen im Flur auf euch.«

Katherine stöhnte. »Ich glaube, ich sterbe.«

»Ich bin mir ziemlich sicher, dass du nicht sterben wirst«, sagte ich.

»Welcher Lehrer ist es denn?«, wollte Nicholas wissen. »Hoffentlich nicht der Opa mit dem Schnurrbart.«

»Mr. Worthington ist kein Opa«, schalt ich ihn. »Er ist ein sehr netter Mann im besten Alter.« Ich zog Janie auf die Füße. »So, und jetzt kommt.«

Mit langen Gesichtern schlurften die Kinder im Gänsemarsch in den Flur hinaus. Im selben Augenblick sprang Desmond mit einem Satz hinter der Tür hervor und rief: »Überraschung!«

»Desmond?«, sagte Nicholas verblüfft.

»Desmond!«, quiekte Katherine und fiel ihrem ältesten Bruder um den Hals.

Janie klatschte in die Hände, aber ich glaube nicht, dass sie ihn erkannte.

Desmond kniete sich vor Janie. »Als ich dich das letzte Mal gesehen habe, warst du noch ein Baby«, sagte er. »Sieh mal einer an, wie groß du geworden bist!« Sie strahlte. Dann schaute Desmond Abbott an, der die Arme vor der Brust verschränkt hatte und mit finsterem Blick dastand.

»Was ist los, Abbott?«, fragte ich.

Er wandte den Blick nicht von Desmond ab. »Was soll das?«, schrie er. »Du kannst nicht einfach hierher zurückkommen, als wäre nichts passiert!«

Desmond erbleichte.

»Das ist ungerecht!«, schrie Abbott, schob uns alle beiseite und verschwand in seinem Zimmer.

»Bleib bei den Kindern«, sagte ich zu Desmond. »Ich gehe zu ihm.«

Abbotts Tür war abgeschlossen. »Abbott«, sagte ich. »Bitte, mach die Tür auf. Bitte sprich mit mir.«

»Lassen Sie mich in Ruhe!«, schrie er. »Lassen Sie mich einfach in Ruhe!«

»Also gut«, sagte ich. »Aber ich komme später noch einmal, um nach dir sehen.«

Desmond und die Kinder verbrachten den Nachmittag im Salon, wo Janie und Katherine abwechselnd mit ihm Walzer tanzten. Die Mädchen jauchzten vor Vergnügen, wenn er sie durch das Zimmer wirbelte, während Nicholas im Takt in die Hände klatschte.

Desmond bediente das Grammophon. »Die hier habe ich in London gekauft«, sagte er, eine Schallplatte in der Hand. »Glenn Miller. Der ist in Amerika sehr berühmt. Kennst du ihn?«

»Ja«, sagte ich. Ich musste an die Bands im Cabana Club zu Hause in der Bronx denken. Ich hätte damals so gern mit den Jungs dort getanzt, war aber immer viel zu schüchtern gewesen und hatte nur Körbe verteilt. An dem Abend mit Desmond auf dem Schiff hatte ich zum ersten Mal in meinem Leben mit einem Mann getanzt.

»Also gut«, sagte er. »Dann kennst du bestimmt das Stück *Moonlight Serenade*.« Er nahm meine Hand.

Katherine lächelte, als Desmond seinen rechten Arm um meine Taille legte.

»Schönes Stück, nicht wahr?«

»Ja«, sagte ich, glücklich, wieder in seinen Armen zu sein.

Ich weiß nicht, wie lange das Stück dauerte, aber es fühlte

sich an wie eine Ewigkeit. Ich verlor mich in der Melodie und in Desmonds Umarmung, während er mich sanft im Takt der Musik drehte.

»Verzeihung.« Mrs. Dilloways Stimme riss mich aus meinen Träumereien. Ich hatte sie gar nicht kommen hören. »Tut mir leid, wenn ich störe«, sagte sie. »Miss Lewis, könnte ich Sie kurz sprechen?«

Ich löste mich von Desmond und eilte in die Eingangshalle. Mrs. Dilloway schloss die Tür des Salons.

»Es tut mir leid«, sagte ich. »Ich konnte einfach nicht widerstehen.«

»Ich bin nicht hier, um Sie zu tadeln«, entgegnete Mrs. Dilloway. »Ich kann mir weiß Gott nicht anmaßen, über Liebesdinge zu urteilen.« Sie seufzte erschöpft. »Es geht um Abbott«, sagte sie. »Ich habe eben nach ihm gesehen. Er hat hohes Fieber. Ich rufe jetzt einen Arzt.«

An dem Abend wollte Abbott nichts essen. Ich machte mir große Sorgen um ihn. Mit seinen zwölf Jahren war er kein kleiner Junge mehr, aber auch noch kein Mann. Es tat mir weh, ihn so verstört zu erleben. Warum hatte die Begegnung mit Desmond ihn so aufgewühlt? Der Arzt war am späten Nachmittag gekommen und hatte nach einer gründlichen Untersuchung erklärt, Abbott habe sich eine seltene Form von Meningitis zugezogen. Er würde viel Ruhe brauchen.

Obwohl wir alle ein bisschen bedrückt waren wegen Abbotts Krankheit, plauderten Nicholas und Katherine während des Abendessens munter mit Desmond. »Hast du ein richtiges Gewehr?«, wollte Nicholas wissen.

»Na klar«, antwortete Desmond.

»Hast du es hier? Zeigst du es uns?«

»Also, ich glaube nicht, dass Miss Lewis davon begeistert wäre, wenn ich mit euch am Tisch über Schusswaffen redete«, sagte Desmond und lächelte mich kurz an. »Das gehört sich nicht.«

Sadie kam herein und legte ein Scheit in das Feuer, das im offenen Kamin prasselte. Dann begrüßte sie Desmond mit einem Knicks.

»Sadie«, sagte Desmond. »Freut mich, Sie wiederzusehen.«

»Ebenfalls«, sagte sie ein bisschen verschreckt, wie immer, wenn einer der Livingstons ihr seine Aufmerksamkeit schenkte.

Mr. Beardsley schüttelte den Kopf und wollte Desmond ein Brötchen servieren. Aber ehe er dazu kam, es mit der Servierzange auf den Teller zu befördern, langte Desmond in den Korb und nahm sich eins heraus. Dann warf er es in die Luft und fing es hinter seinem Rücken wieder auf. Nicholas sah ihm mit großen Augen zu.

»Hört mal«, sagte Desmond. »Was haltet ihr davon, heute eine Nachtwanderung zu machen? Unterm Sternenhimmel, so wie früher?«

Nicholas sprang von seinem Stuhl. »Ja! Ja!«

»Großartige Idee!«, rief Katherine aus.

Ich schüttelte den Kopf. »Es tut mir leid, ich will keine Spielverderberin sein, aber die Kinder brauchen ein Bad, und dann müssen sie ins Bett.«

»Och«, jammerte Nicholas und ließ sich enttäuscht wieder auf seinen Stuhl fallen.

Katherine verschränkte die Arme.

»Ich bin noch einen ganzen Monat hier«, sagte Desmond grinsend. »Da haben wir noch genug Zeit, allen möglichen Unsinn anzustellen.«

Nicholas legte sein Besteck ab. »Darf ich aufstehen, Miss Lewis?«

»Ja«, sagte ich mit einem Blick auf seinen Teller. »Aber du hast dein Essen ja kaum angerührt.«

Er zuckte die Schultern. »Wenn Abbott nichts essen kann, will ich auch nichts essen.«

»Das ist aber eine raffinierte Ausrede dafür, dass du deine Erbsen nicht essen willst.« Ich wandte mich an Desmond. »Bleibst du hier bei den Kindern, während ich mal kurz nach Abbott sehe?«

»Natürlich«, sagte er.

Nicholas' Solidarität mit Abbott war in dem Moment vergessen, als Mrs. Dilloway den Nachtisch hereintrug. »Ich nehme eine große Portion«, sagte er, dann fragte er Desmond eifrig: »Hast du auch einen Degen?«

Ich legte Abbott eine Hand auf die Stirn. »Meine Güte, du glühst ja.« Ich wrang einen Waschlappen aus und legte ihm die kühle Kompresse auf die Stirn. Er zitterte unter der Decke und murmelte etwas Unverständliches vor sich hin. »Du Armer, das ist wirklich ein schlimmes Fieber.« Ich streichelte ihm übers Haar. »Aber das geht vorbei. Morgen sieht alles schon wieder anders aus.«

Im Flur traf ich Mr. Beardsley.

»Wie geht es ihm?«, fragte er.

»Nicht gut.«

»Abbott ist ein kräftiger Junge«, sagte er. »Ich glaube, er braucht vor allem viel Schlaf. Dr. Engstrom kommt morgen früh noch einmal her, um nach ihm zu sehen.«

Auf dem Weg zur Treppe drehte Mr. Beardsley sich noch einmal um. »Danke«, sagte er.

»Wofür?«, fragte ich.

»Dafür, dass Sie sich so gut um die Kinder kümmern.«

»Ich mache doch gar nichts Besonderes.«

»O doch. Und Lady Anna würde es Ihnen ebenfalls danken.«

Nachdem Abbott eingeschlafen war, brachte ich die anderen Kinder ins Bett, dann ging ich mit einem Korb voll Wäsche nach unten. Auf dem Weg durch die Eingangshalle fiel eine von Nicholas' Hosen herunter, und als ich mich bückte, um sie aufzuheben, stand Desmond plötzlich da. »Ich mach das schon«, sagte er.

Lächelnd legte er die Hose zurück in den Korb. »Die lassen dich hier ganz schön schuften, was?«

»Das macht mir nichts aus.«

»Komm, lass uns in die Küche gehen und uns noch eine Portion Nachtisch holen«, sagte er.

Ich schüttelte den Kopf. »Du weißt doch, was Mrs. Marden mit Leuten macht, die in ihrer Küche herumschnüffeln.«

Er grinste. »Warum sonst würde ich dich als Komplizin brauchen?«

»Du Schlitzohr«, sagte ich.

Desmond wischte sich den Mund ab und ging zum Anrichtezimmer. »Nichts hat sich verändert, seit dem Tag, an dem ich hierherkam. Beardsleys Schreibtisch, der Wäscheschrank …« Er betrachtete die nackte Glühbirne, die an der Decke baumelte. »Alles ist noch genauso wie früher.«

Ich runzelte die Stirn. »Ach, ich dachte, du wärst hier geboren. Ich dachte, eure Familie hätte schon immer hier gewohnt.«

»Na ja … Das ist eine lange Geschichte«, erwiderte er ausweichend.

Er begleitete mich bis zu meiner Kammer. »Was meinst du«, sagte er mit einem Blick zur Hintertür. »Wollen wir noch einen kleinen Spaziergang machen an diesem schönen lauen Abend?«

Ich musste daran denken, wie wir an dem Abend, an dem wir uns kennengelernt hatten, den Sternenhimmel betrachtet hatten. »So wie damals an dem Abend auf dem Schiff?«, fragte ich.

»Genau. Ich schätze, die Sterne haben immer noch eine Menge zu erzählen.« Er hielt mir die Tür auf, und wir gingen zusammen nach draußen. »Schau mal, kein einziges Wölkchen am Himmel.«

»So spät am Abend bin ich noch nie hier draußen gewesen«, sagte ich, während ich den Mond betrachtete. »Im Dunkeln finde ich es ein bisschen unheimlich.«

»Keine Sorge«, sagte er grinsend. »Bis zur Schlafenszeit bist du in deinem Bett.« Er nahm meine Hand. »Du frierst ja«, sagte er und hauchte auf meine Hand.

»Es ist kühler, als ich dachte.«

»Ich laufe schnell noch mal rein und hole dir meinen Mantel.«

Kurz darauf war er zurück und hielt mir seinen Mantel hin, damit ich hineinschlüpfen konnte. Er war schwer und dick und schön warm.

»Früher bin ich immer gern nachts hier rausgekommen«, sagte er, während er den Blick über den Park schweifen ließ. Wir gingen durch den Rosengarten, oder vielmehr das, was davon übrig geblieben war. Ein alter Rosenstock trug trotz der Vernachlässigung rosafarbene Blüten. Vor uns fiel das

Gelände sanft ab, und weiter unten konnte man die Kamelien erahnen.

Desmond zeigte auf eine steinerne Bank, und wir setzten uns.

»Desmond«, fragte ich nach einer Weile. »Was ist zwischen dir und deinem Vater vorgefallen?«

»Das ist kompliziert«, sagte er. Er sah Lord Livingston nicht besonders ähnlich, wahrscheinlich kam er mehr nach seiner Mutter, dachte ich.

»Weißt du, was ich als Junge immer gern gemacht habe?«, fragte er unvermittelt.

»Nein, was denn?«

»Ich bin mit meiner Mutter hier rausgekommen, dann haben wir uns ins Gras gelegt, in den Himmel geschaut und Wolkenbilder gesucht. Einmal habe ich ganz deutlich eine Dampflok gesehen.«

»Ihr habt euch sehr nahgestanden, deine Mutter und du, nicht wahr?«

»Ja«, sagte er.

Nach kurzem Zögern fragte ich: »Wie ist sie gestorben?« Ich wusste nur, was Sadie mir erzählt hatte.

Desmond seufzte.

»Wenn es dir zu schwer fällt, darüber zu reden, kann ich das verstehen. Ich dachte nur …«

»Nein«, sagte er. Er schwieg eine Weile, ehe er fortfuhr: »Meine Eltern hatten sich fürchterlich gestritten. Das kam ziemlich häufig vor. Mein Vater wollte eine Frau aus ihr machen, die sie nicht war, er wollte sie im Haus halten wie einen Vogel in einem goldenen Käfig. Aber sie hielt das nicht aus, ertrug es nicht, eingesperrt zu sein. Sie wollte frei sein.« Er hob einen Kieselstein auf und warf ihn den Hügel hinunter. »Eines Tages kam ich auf die Terrasse, und sie stand da und weinte. Als ich sie fragte, was denn los sei, sagte sie, sie wolle für eine Weile fortgehen. Sie hat mich gebeten, sie zum Bahnhof zu bringen. Natürlich habe ich versucht, ihr das auszureden, aber sie war unbeirrbar. Sie wollte in ihre Heimatstadt Charleston reisen und versprach zurückzukommen, sobald sie wieder einen klaren Kopf hatte.«

»Du hast sie also zum Bahnhof gefahren?«

»Nein«, sagte er und senkte kurz den Blick. »Mein Vater hat unser Gespräch vom Fenster aus belauscht. Er kam wutentbrannt herausgestürmt und hat mich angeschrien, ich würde mich in seine Angelegenheiten einmischen. Letztlich hat er mir die Schuld an der ganzen Misere gegeben.«

»Wie das?«

»Wir haben uns nie verstanden und werden es wohl auch nie.«

Er beugte sich vor, die Ellbogen auf die Knie gestützt. »Jedenfalls war mein Vater unglaublich wütend. So hatte ich ihn noch nie erlebt. Da hat meine Mutter die Beherrschung verloren. Sie haben sich fürchterlich angeschrien. Schließlich ist mein Vater wutschnaubend nach oben gegangen. Daraufhin hat meine Mutter Mr. Blythe, den Gärtner, gerufen und ihn eingeladen, mit ihr auf der Terrasse eine Tasse Tee zu trinken. Das hat sie natürlich gemacht, um meinen Vater zu ärgern, denn sie wusste genau, dass er sie vom Fenster aus beobachten konnte. Mr. Blythe himmelte meine Mutter an, das war allen bekannt. Abbott hat das total verstört. Er hat Mr. Blythe gehasst.«

»Wirklich?«

»Ja«, sagte Desmond. »Jedenfalls ist Mr. Blythe zum Tee

auf die Terrasse gekommen, und danach ist meine Mutter in den Kameliengarten gegangen. Allein.«

»Und ist dein Vater später losgegangen, um sie zu suchen?«

»Nein. Ich glaube, er hat sich nichts weiter dabei gedacht. Die beiden haben sich oft gestritten, und danach ging meine Mutter häufig in den Kameliengarten, wo sie ihren Frieden fand.« Er rang die Hände. »Aber an dem Tag ist meine Mutter nicht zum Abendessen erschienen, und da habe ich angefangen, mir Sorgen zu machen. Ich bin also nach dem Essen in den Garten gegangen, um sie zu trösten, um sie zu überreden, wieder ins Haus zu kommen. Es wurde schon dunkel, und sie ging nicht gern nachts in den Garten. Ich bin hier runtergegangen, über die Wiese bis zu den Kamelien. Und da habe ich sie gefunden. Sie lag leblos im Gras.«

»Was war geschehen?«

»Es war das Herz. Sie starb an Herzversagen«, antwortete er mit zitternder Stimme. »Ich frage mich bis heute, ob vielleicht alles anders gekommen wäre, wenn ich früher losgegangen wäre, um nach ihr zu sehen. Wenn mein Vater sie nicht so angebrüllt hätte, wenn er sie nicht fortgetrieben hätte …«

»Ach, Desmond«, sagte ich. »Das muss schrecklich für dich gewesen sein.«

»Ja, das war es«, sagte er. »Ich habe sie ins Haus getragen. Zum Glück schliefen die Kinder schon, sie haben sie also in dem Zustand nicht gesehen.«

»Weißt du, warum sie zusammengebrochen ist?«, fragte ich.

»Das weiß niemand so richtig«, erwiderte er. »Und glaub mir, es hat uns alle hart getroffen. Vor allem Mrs. Dilloway und Abbott. Abbott hat immer versucht, seine Mutter zu beschützen. Eine Zeit lang standen wir alle unter Verdacht. Aber am Ende ist der Arzt zu dem Schluss gelangt, dass sie eines natürlichen Todes gestorben ist. Sie hatte von Geburt an ein schwaches Herz. Aber mein Vater macht mich für ihren Tod verantwortlich. Und ich wiederum mache in gewisser Weise ihn dafür verantwortlich.«

»Aber keiner von euch beiden ist schuld an ihrem Tod«, sagte ich.

Desmond zuckte die Schultern.

»Du glaubst doch nicht, dass er sie …?«

»Nein«, sagte er bestimmt. »Er hat sie nicht umgebracht, falls du das denkst. Ich glaube, sie ist sprichwörtlich an gebrochenem Herzen gestorben.«

Der Gedanke jagte mir einen kalten Schauer über den Rücken.

»Aber wir werden es wohl nie mit Sicherheit wissen«, sagte Desmond. »Ich möchte mein Leben leben, das alles hinter mir lassen. Ob mein Vater nun irgendetwas mit ihrem Tod zu tun hatte, oder nicht, ich kann ihn nicht mein Leben lang hassen. Hass ist wie ein Krebsgeschwür, er zerfrisst einen von innen. Ich habe beschlossen, ihm zu vergeben. Deswegen bin ich hergekommen, deswegen möchte ich ihn diesmal sprechen. Ich möchte nicht in den Krieg ziehen, ohne mich vorher mit ihm ausgesöhnt zu haben.«

»Dein Vater wird dir bestimmt zuhören.«

»Ich hoffe es.« Er seufzte. »Ich wünschte nur, wir hätten sie retten können. Ich bin die Geschichte immer und immer wieder durchgegangen, und sie ergibt einfach keinen Sinn. Sie fehlt mir so sehr.« Er schaute zum Himmel auf und betrachtete den einzelnen Stern, der hell über uns leuchtete.

»Weißt du, ich habe viel darüber nachgedacht, und ich glaube, die Menschen sind wie die Sterne. Manche brennen jahrmillionenlang und sind von der Erde aus kaum zu sehen. Sie sind da, ohne dass wir sie bemerken. Sie sind so unauffällig wie ein Farbtupfer auf einer Leinwand. Andere leuchten mit einer solchen Kraft, dass sie den Himmel erhellen. Sie fallen auf, versetzen uns in Staunen. Aber diese Sterne leben nicht lange, sie verglühen schnell, weil sie all ihre Energie auf einmal verbrauchen. So ein Stern war meine Mutter.«

»Da hast du schön gesagt«, sagte ich.

Desmond schaute immer noch in den Himmel.

»Glaubst du, du wirst nach dem Krieg wieder auf Livingston Manor leben?«, fragte ich.

Einen Moment lang wirkte er nachdenklich. »Ich weiß es nicht. Als ich noch ein Junge war, ist meine Mutter manchmal mit mir im Garten spazieren gegangen, dann haben wir über die Zukunft geredet und darüber, wo ich mal leben würde, wenn ich ein Mann wäre. Sie hat mir gesagt, ich soll nie aufzuhören zu suchen, bis ich meinen wahren Norden gefunden habe.«

»Deinen wahren Norden?«

»Nicht im wörtlichen Sinne. Sie meinte, dass ich meinen Weg gehen, meinen Platz im Leben finden muss, den Ort, wo Leben und Liebe zusammenkommen. Meine Wahrheit.« Er schaute mich an. »An dem Tag, als ich in Liverpool vom Schiff gegangen bin«, sagte er, »habe ich mir etwas geschworen.«

Ich lächelte ihn schüchtern an und wartete neugierig darauf, dass er fortfuhr.

»Ich habe mir geschworen, dass ich dich, falls ich dich je wiedersehen würde, nie wieder aus den Augen lassen würde.«

Seine Worte überraschten mich, aber sie kamen von Herzen. Das wusste ich, weil ich dasselbe empfand. Ich musterte sein Gesicht. »Was sagst du da?«

»Was ich sagen will ist, dass ich nach dem Krieg, wenn das alles vorbei ist, für den Rest meines Lebens mit dir zusammenbleiben will, Flora Lewis.«

Ich war sprachlos. »Meinst du das wirklich ernst?«

»Ich habe noch nie etwas so ernst gemeint«, sagte er und küsste mich zärtlich.

Ich kannte ihn kaum. Trotzdem wusste ich, dass ich ihn liebte, ich wusste es vielleicht schon, seit wir uns zum ersten Mal begegnet waren.

»Mach mich zum glücklichsten Mann der Welt«, fuhr er fort, »und versprich mit, dass du auf mich warten wirst. Versprich mir, dass du hier sein wirst, wenn ich aus dem Krieg zurückkomme.«

Meine Gedanken rasten, Bilder von meinen Eltern, von Mr. Price, von den Kindern wirbelten mir durch den Kopf, aber all das verblasste, als ich Desmond in die Augen sah. »Ich verspreche es dir.«

Aus dem Augenwinkel nahm ich zu meiner Linken eine Bewegung wahr. Als ich hinschaute, sah ich jemanden die Wiese hochkommen. Desmond stand auf und trat schützend vor mich. »Ein paar Meilen von hier lagern ein paar Zigeuner«, sagte er leise. »Manchmal verirren sich welche davon zu uns in den Garten.«

»Ja«, sagte ich. »Dein Vater hat mir auch schon davon erzählt.«

Die Gestalt war nur undeutlich zu erkennen. »Wer ist da?«, rief Desmond.

Die Gestalt blieb einen Moment stehen. Offenbar handelte

es sich um einen Mann. Jetzt trat er ein paar Schritte näher, bis wir im Licht, das aus den Fenstern des Hauses zu uns drang, sein Gesicht erkennen konnten.

Ich atmete erleichtert aus. »Mr. Humphrey?«

»Miss Lewis«, sagte er und tippte zum Gruß an seine Mütze. Er hatte eine Schaufel in der einen und einen Jutesack in der anderen Hand. »Guten Abend, Mr. Desmond.«

»'n Abend, Humphrey«, antwortete Desmond. »Was machen Sie um diese Zeit im Kameliengarten?«

Mr. Humphrey trat von einem Fuß auf den anderen. »Ich habe nur nach dem Kutscherhaus gesehen, Sir«, sagte er schließlich. »Vorgestern Abend war mir, als hätt' ich dort ein Licht gesehen. Ich wollte mich vergewissern, dass sich niemand in dem Haus eingenistet hat.«

»Verstehe«, sagte Desmond. »Und haben Sie alles in bester Ordnung vorgefunden?«

»Ja, Sir.«

Desmond betrachtete den Jutesack, den Mr. Humphrey in der Hand hielt. »Was haben Sie in dem Sack, Humphrey?«

»In dem Sack? Ach, nichts. Ich dachte nur, äh, ich könnte Mrs. Marden ein paar Kartoffeln bringen, falls ich welche finde.«

»Kartoffeln?«

»Ja, Sir. Da unten wachsen wilde Kartoffeln.«

»Na gut, Humphrey, dann wollen wir Sie nicht aufhalten«, sagte Desmond.

»Gute Nacht, Miss Lewis«, sagte Mr. Humphrey und machte sich auf den Weg zum Haus.

Desmond schaute mich an. »Ich mag den Mann nicht«, flüsterte er. »Ich habe ihn noch nie gemocht.«

»Er meint es doch nur gut«, sagte ich.

»Trotzdem. Ich traue ihm nicht.«

Desmond schaute in Richtung Einfahrt. »Ein Auto«, sagte er. »Wer mag das sein?«

Wir sahen Lord Livingston aus dem Wagen steigen. »Er muss einen früheren Zug genommen haben«, sagte ich. »Mr. Beardsley hat ihn erst morgen erwartet. Ich hoffe bloß, dass alles in Ordnung ist.« Ich wollte zum Haus gehen, aber Desmond hielt mich zurück.

»Es geht nicht«, sagte er. »Ich kann ihm jetzt nicht gegenübertreten. Noch nicht. Ich bin einfach noch nicht so weit.«

»Aber wie stellst du dir das vor? Jetzt, wo die Kinder dich gesehen haben, können wir dich nicht länger verstecken.«

»Trotzdem wollte ich dich genau darum bitten«, sagte er. »Nur bis morgen. Die Kinder liegen im Bett, und mein Vater ist immer bei besserer Laune, wenn er ausgeschlafen hat. Ich würde ihn lieber erst morgen früh treffen, anstatt ihn jetzt zu überraschen, wo er müde und erschöpft aus London zurückkommt. Weiß der Himmel, was er dort erlebt hat.«

»Das kann ich verstehen.«

»Lass uns lieber durch das Unterschoss reingehen«, sagte er. »Ich kann nicht in den ersten Stock, da laufe ich ihm garantiert über den Weg. Glaub mir, du möchtest es nicht miterleben, wenn mein Vater einen Wutausbruch bekommt.«

»Ich habe eine Idee«, sagte ich. »Komm mit.«

Wir schlüpften durch die Hintertür und schlichen durch das Untergeschoss, sorgsam darauf bedacht, Mr. Beardsley nicht zu wecken. Man hörte ihn durch seine Zimmertür schnarchen. Ich öffnete den Wäscheschrank. Die Tür quietschte, und ich schaute mich ängstlich nach allen Seiten um. »Hier«, sagte ich und reichte Desmond eine Decke und ein Kopfkissen. »Wir gehen über die Hintertreppe nach oben.«

Die Hintertreppe wurde hauptsächlich von Sadie benutzt, wenn sie schmutzige Wäsche nach unten oder saubere nach oben trug. Ich öffnete die Tür im zweiten Stock, vergewisserte mich, dass die Luft rein war, dann traten wir in den Flur. »Wo bringst du mich hin?«, fragte Desmond.

»Das wirst du gleich sehen«, antwortete ich grinsend.

Ich klaubte den Schlüssel unter der Teppichkante hervor und schloss die Tür auf. Desmond folgte mir. »Was ist das denn?«

»Soll das etwa heißen, du bist noch nie hier oben gewesen?«

»Nein, noch nie«, sagte er. »Die Tür war immer verschlossen. Ich dachte, es wäre ein Dachboden.« Er bestaunte die rosafarben blühende Bougainvillea und schnupperte an dem Zitronenbäumchen. »Das hat meiner Mutter gehört, nicht wahr?«

»Ja.«

Er ging zu dem Tisch mit den Orchideen. »Sie war immer von Schönheit umgeben. Es wundert mich, dass mein Vater die Pflanzen nicht fortgeschafft hat.«

»Das haben wir Mrs. Dilloway zu verdanken, sie hat den Wintergarten gerettet. Sie pflegt die Pflanzen, seit deine Mutter tot ist. Ich komme ab und zu herauf und gieße ein bisschen. Ich bin auch mit Katherine hier gewesen, das hat ihr gefallen.« Ich pflückte ein braunes Blatt von einer der Orchideen, dann wandte ich mich wieder Desmond zu. »Hier kannst du heute Nacht bleiben. Da drüben am Fenster liegen ein paar Säcke Torf, die kannst du als Matratze benutzen. Morgen früh wirst du hier von der Sonne geweckt.«

Desmond legte die Decke und das Kopfkissen auf einen der Torfsäcke. »Ja«, sagte er und ließ den Wintergarten, den seine Mutter geschaffen hatte, auf sich wirken. »Ich freue mich schon darauf.«

Er öffnete ein Fenster, das in den Angeln quietschte.

»Schsch«, machte ich. »Wir dürfen deinen Vater nicht wecken.«

Desmond beugte sich hinaus. »Hörst du das?«

Leise Musik schwebte durchs Fenster herein. *»I'll See You in my Dreams«*, sagte er.

Ich lächelte. »Wie bitte?«

»Das Stück«, sagte er. »Ich kenne es. Es ist von Django Reinhardt.« Er kam auf mich zu und nahm meine Hände. »Tanz mit mir.«

Die Musik konnte nur aus Lord Livingstons Zimmer unter dem Wintergarten kommen, aber das war mir in dem Moment vollkommen egal. Unsere Körper verschmolzen miteinander. Ich legte den Kopf an Desmonds Wange, und als das Stück endete, zog er mich enger an sich und drückte seine Lippen auf meine.

Am nächsten Morgen fuhr ich mit einem Ruck aus dem Schlaf und musste mich erst einmal orientieren. Ich hatte geträumt, ich wäre Lady Anna im Kameliengarten begegnet. Sie hatte gesagt, sie brauche meine Hilfe, um ihre Lieblingskamelie zu retten, die Middlebury Pink. Ein Mann ohne Kopf stand in einiger Entfernung, in der Hand eine Fackel und eine schwarze Spinne auf dem Kragenaufschlag, und wir rannten los, um den Baum zu retten, ehe er ihn verbrannte. Lady Anna war so schön, dass ich mir in ihrer Gegenwart unscheinbar und unbedeutend vorgekommen war …

Ich zog mich hastig an und lief nach oben, um nach Abbott zu sehen.

Ich klopfte an seine Tür. »Ich bin's, Miss Lewis«, rief ich. »Wie fühlst du dich heute morgen?«

»Kommen Sie rein«, rief er.

Ich stellte ein Tablett mit Tee und Toast auf seine Nachtkommode, während er sich aufsetzte und sich streckte.

»Es geht mir schon besser«, sagte er.

Ich fühlte seine Stirn. »Das Fieber ist weg. Gott sei Dank.«

»Wie lange bleibt Desmond bei uns?«

»Er kann so lange bleiben, wie er möchte. Das ist schließlich auch sein Zuhause, Abbott.«

Der Junge wandte sich ab und starrte die Wand an.

»Willst du mir nicht erzählen, warum du so böse auf Desmond bist?«, fragte ich.

»Darüber will ich nicht reden!«, erwiderte er, ließ sich zurück aufs Bett fallen und zog sich das Kissen über den Kopf.

»Also gut«, sagte ich. »Heute musst du dich noch schonen. Aber wir müssen darüber reden und eine Lösung finden. Schließlich seid ihr Brüder.«

Als ich in die Küche kam, sagte Sadie: »Mr. Beardsley sucht Sie, Miss Lewis. Wir sollen alle in den Gesinderaum kommen.«

»Was ist denn los?«

»Das weiß ich nicht«, sagte sie. »Aber ich glaube, es ist etwas Wichtiges.«

Ich wollte Desmond unbedingt eine Kanne Tee und etwas Gebäck in den Wintergarten bringen und hoffte, dass Mr. Beardsley sich kurzfassen würde.

»Wie geht es Abbott?«, fragte Sadie.

»Zum Glück besser«, erwiderte ich.

»Ich sehe zwischendurch mal nach ihm, während Sie sich um die anderen Kinder kümmern«, sagte sie.

»Das ist lieb, danke«, flüsterte ich.

Mr. Beardsley und Mrs. Marden kamen herein. Sie tauschten einen kurzen Blick aus, dann setzten sie sich nebeneinander ans Kopfende des langen Tischs.

Mr. Beardsley blickte geradeaus. »Mir ist zu Ohren gekommen, dass mehrere Kristallgläser und Teile des Tafelsilbers fehlen.«

Sadie riss die Augen auf.

»Es handelt sich um unersetzliche Erbstücke«, fuhr Mr. Beardsley fort, während er uns alle der Reihe nach ansah. »Und ich werde alle Mittel ergreifen, um die Gegenstände wiederzubeschaffen. Habe ich mich klar genug ausgedrückt?«

Wir nickten alle.

Nach dem Frühstück folgten Sadie und ich Mrs. Marden in die Küche. »Merkwürdig, dass diese Sachen verschwunden sind«, sagte Sadie. »Was hat das nur zu bedeuten? Wir haben doch nicht etwa einen Dieb im Haus?«

Ich hoffte inständig, dass ich keinen schuldbewussten Eindruck machte. Ich würde nicht im Traum daran denken, die Livingstons zu bestehlen, und doch waren meine Absichten nicht weit davon entfernt.

»Es ist eine Schande«, sagte Mrs. Marden. »Der Himmel weiß, wer dahintersteckt.«

»Sehen Sie nicht mich an!«, rief Sadie mit einem gequälten Gesichtsausdruck.

»Dieser Milchmann«, sagte Mrs. Marden leise, »der sonntags und mittwochs kommt, der sieht mir ziemlich zwielichtig aus. So wie er immer versucht, einen Blick in die Küche zu werfen, und mit allen freundlich tut. Einmal bin ich kurz in die Vorratskammer gegangen, und als ich zurückkam, war er dabei, sich ein Butterbrot zu schmieren!«

Ich musste grinsen. »Ich wusste gar nicht, dass Milchmänner so durchtrieben sind«, bemerkte ich.

»Die schlimmste Sorte«, sagte sie.

»Übrigens wollte ich Sie etwas fragen. Kennen Sie sich mit Kartoffeln aus?«

»Ob ich mich mit Kartoffeln auskenne?«, fragte sie. »Das ist ja, als würden Sie einen Arzt fragen, ob er was von Medizin versteht! Ich kann Kartoffeln braten, backen, kochen und rösten. Ich kann sie zu Püree verarbeiten. Ob ich mich mit Kartoffeln auskenne? Pah!«

Ich lächelte. »Nein, nein«, sagte ich. »Ich meinte nicht, wie man sie zubereitet. Ich meinte, ob Sie wissen, wie sie *wachsen*. Werden Kartoffeln ausgesät?«

»Die wachsen jedenfalls nicht durch Zauberei«, lachte sie.

»Also wachsen sie nicht wild?«

»Auf keinen Fall«, sagte sie. »Zumindest nicht in unseren Breiten, noch dazu bei dem harten Boden hier. Es wundert mich immer noch, dass Lady Anna es geschafft hat, hier einen Garten anzulegen. Außerdem sind Kartoffeln nicht einfach. Man muss sie sorgfältig pflanzen, und selbst dann werden sie manchmal ganz klein und schrumpelig.« Sie rührte die Suppe um, die in einem Topf vor sich hin köchelte. »Aber warum fragen Sie?«

»Ach nichts«, sagte ich. »Reine Neugier.«

»Amerikaner!«, murmelte sie vor sich hin. Ich ließ ein Brötchen in meiner Tasche verschwinden und lief nach oben.

»Desmond?«, flüsterte ich, als ich in den Wintergarten schlüpfte.

Er setzte sich verschlafen auf. »Guten Morgen«, sagte er gähnend.

Ich lächelte vor mich hin. Eines Tages, so hoffte ich, würde er das jeden Morgen zu mir sagen.

Er streckte sich und schaute zum Glasdach hoch. Es wurde allmählich hell. »Meine Güte, wie spät ist es?«

»Halb acht«, sagte ich. »Wie hast du geschlafen?«

Er rieb sich die Augen. »Gut. Weißt du was, wenn ich Unternehmer wäre, würde ich Matratzen aus Torf herstellen. Ich glaube, so gut habe ich schon lange nicht mehr geschlafen.«

»Das freut mich«, sagte ich. Ich gab ihm das Brötchen. »Hier, habe ich für dich stibitzt. Eigentlich wollte ich dir auch Tee bringen, aber dann habe ich mich nicht getraut. Ich konnte ja schlecht sagen, ich würde den Kindern Tee servieren.«

»Sehr nett von dir«, sagte er und biss in das Brötchen. »Sieh mich an, ein blinder Passagier in meinem eigenen Haus.«

Ich setzte mich neben ihn und errötete ein bisschen bei dem Gedanken an den vorangegangenen Abend. »Apropos Kinder«, sagte ich und holte tief Luft. »Ich wollte dich wegen Abbott etwas fragen.«

»Ja?«

»Was ist zwischen euch beiden vorgefallen? Warum ist er so böse auf dich?«

»Ach, darüber solltest du dir keine Gedanken machen«, sagte er. »Der beruhigt sich schon wieder. Er ist einfach launisch. Wie alle Zwölfjährigen.«

Ich schüttelte den Kopf. »Nein, normalerweise ist er nicht so. Seit du hier bist, ist er wie verändert. Ich wüsste gern, warum.«

Desmond stand auf, klopfte sich die Krümel von der Uniform und steckte den letzten Bissen in den Mund. »Könnte ein müder Soldat vielleicht ein warmes Frühstück bekommen?«

»Mr. Beardsley serviert das Frühstück immer um Punkt acht Uhr.«

»Der gute alte Beardsley.« Desmond lächelte in sich hinein. »Immer dieselbe Leichenbittermiene, Tag für Tag, jahraus, jahrein. Würde es dir nicht gefallen, wenn er mal ein bisschen besser gelaunt wäre?«

»Na ja, ich …«

»Und dieser ewig gleiche Tagesablauf.« Er schüttelte den Kopf. »Das ist nichts für mich.«

Ich schluckte. »Du bist ein ganz anderer Mensch, nicht wahr? Du bist nicht wie die anderen?«

»Nein«, sagte er.

Durch das offene Fenster drang ein Geräusch herein. Desmond und ich sahen uns erschrocken an.

»Wahrscheinlich dein Vater«, sagte ich. »Er liest manchmal die Zeitung draußen auf der Terrasse, bevor er zum Frühstück nach unten kommt.« Ich schaute ihn an. »Bist du heute bereit, mit ihm zu reden?«

»Ja, bin ich.«

Ich ging zur Tür, doch bevor ich sie öffnete, drehte ich mich noch einmal um. »Könntest du versuchen, mit ihm über Abbott zu reden?«

»Natürlich«, antwortete er. »Aber zuerst muss ich selbst eine Brücke überqueren, und das wird bestimmt nicht leicht werden.«

»Komm«, sagte ich. »Ich begleite dich.«

25

Addison

War Sean hier in der Eingangshalle? Ich suchte das Erdgeschoss ab, dann schlich ich auf Zehenspitzen zur Haustür und schaute durch das Seitenfenster. Ich atmete erleichtert auf, als ich kein Auto in der Einfahrt sah. Es war niemand da. Meine Ohren hatten mir wohl einen Streich gespielt. Ich wollte mich gerade vom Fenster abwenden, als ein Auto vorfuhr. Ein Taxi.

Ein älterer Mann von etwa Mitte sechzig stieg aus. Da fiel mir wieder ein, dass Nicholas Livingston seinen Besuch angekündigt hatte. Ich ging nach draußen.

»Guten Tag«, sagte ich, dankbar für seine Anwesenheit.

»Guten Tag, Addison«, erwiderte er. »Freut mich, Sie kennenzulernen. Ich bin Nicholas Livingston.« Schweigend schaute er an dem alten Haus hoch. »Genau, wie ich es in Erinnerung hatte«, sagte er dann.

Die Zeit würde diesem alten Herrenhaus nichts anhaben können, davon war ich überzeugt. Die Jahre würden vergehen. Der Mörtel würde bröckeln. Die Steine würden Risse bekommen. Und doch würde es immer dasselbe bleiben.

Nicholas Livingston beobachtete zwei Tauben auf dem Gesims. »Ich hätte nie gedacht, dass das alte Haus nach all den Jahren eine solche Wirkung auf mich haben würde«, sagte er. »Das Gurren der Tauben klingt immer noch so verloren, wie ich mich damals gefühlt habe.«

»Es wird Sie interessieren zu erfahren, dass einige Änderungen bevorstehen«, sagte ich. »Meine Schwiegereltern haben große Pläne mit dem Haus und dem ganzen Anwesen.« Ich schaute hinüber zum Park und fragte mich einmal mehr, wie Rex etwas unterschreiben konnte, das die Abholzung der Kamelien vorsah, um Platz für eine Golfanlage zu schaffen.

Der Taxifahrer betrachtete die steinernen Löwen, die den Eingang flankierten. Seine Körpersprache besagte, dass er sich dem Gebäude keinen Schritt weiter nähern würde. Ich fragte mich, ob er ebenso wie die Frau, mit der ich mich in der Stadt unterhalten hatte, glaubte, dass es in dem Haus spukte. »Danke«, sagte Nicholas und drückte dem Fahrer einen Schein in die Hand. Der Mann bestieg das Auto und fuhr eilig davon.

»Genau darüber wollte ich mit Ihnen sprechen«, sagte Nicholas und schaute sich um, als könnten die Bäume mithören. »Gibt es einen Ort, wo wir uns – ungestört unterhalten können?«

»Kommen Sie«, sagte ich und führte ihn ins Haus.

»Ich habe zuletzt hier gelebt, als ich dreizehn war«, sagte er, als wir in der Eingangshalle standen. »Dann kam ich aufs Internat. Danach bin ich nicht wieder zurückgekommen, sondern gleich an die Universität gegangen.«

»Aber warum sind Sie nie wieder hier gewesen?«, fragte ich. »Das verstehe ich nicht.«

Sein Haar war grau. Zwischen dem rundlichen Kindergesicht, das ich auf den Fotos gesehen hatte, und den markanten Gesichtszügen dieses Mannes im fortgeschrittenen Alter konnte ich kaum eine Ähnlichkeit entdecken. Aber im Vergleich zu Lord Livingston wirkte er weicher, sanfter. Wir gingen in den Salon und setzten uns auf das Sofa bei den Erkerfenstern mit Blick auf den Kameliengarten. »Hier gab es für mich zu viele traurige Erinnerungen«, sagte er. »Nachdem Katherine geheiratet hatte und Abbotts Zustand sich verschlimmerte, zog mich nichts mehr hierher. Alles hatte sich verändert.«

»Was meinen Sie mit Abbotts Zustand?«

Er machte ein ernstes Gesicht. »1940 erkrankte Abbott und bekam hohes Fieber. Der Arzt diagnostizierte Meningitis. Erst schien es, als hätte mein Bruder sich vollständig von der Krankheit erholt, aber das Fieber hatte sein Herz geschwächt. Er war nicht mehr derselbe. Und mit den Jahren verschlechterte sich sein Zustand. Als ich an die Universität ging, war er schon bettlägerig.«

»Wie schrecklich«, sagte ich. »Ihr Vater hat ihn also gepflegt?«

»Nein«, sagte er. »Mein Vater ist 1963 gestorben. Mrs. Dilloway hat ihn gepflegt, bis zu seinem Tod im vergangenen Jahr.«

»Mein Beileid«, sagte ich.

»Ich habe oft versucht, Abbott zu besuchen, aber Mrs. Dilloway hat jedes Mal behauptet, ein Verwandtenbesuch würde ihn zu sehr aufregen.«

»Das verstehe ich nicht.«

»Ich habe es auch nicht verstanden«, sagte er. »Einmal haben meine Frau und ich und meine damals zehnjährige Tochter ihn besucht, das war 1970. Wir waren der Meinung, Abbott sollte endlich seine Nichte kennenlernen. Mrs. Dilloway war nicht hier, als wir ankamen. Wir fanden Abbott auf der Terrasse. Er saß im Rollstuhl. Er sah schrecklich aus, ein Schatten seiner selbst. Ich werde nie sein Gesicht vergessen, so hohlwangig und bleich. Er wirkte viel älter, als er tatsächlich war.« Er zog ein Taschentuch heraus. »Er hat mich zunächst nicht erkannt. Aber dann lächelte er, und er …« Er unterbrach sich und betupfte sich die Augen. »Er sagte, und auch das werde ich nie vergessen, er sagte: ›Bruder?‹

Wir haben uns eine Weile unterhalten«, fuhr er fort. »Er hat mir etwas erzählt, was ich nicht mehr aus dem Kopf bekomme. Ich weiß natürlich nicht, inwieweit die Krankheit aus ihm sprach, aber …«

»Was hat er Ihnen erzählt?«

Nicholas schaute mich an. »Er hat gesagt, unsere Mutter sei ermordet worden.«

»Aber er war doch damals fast noch ein Kind«, sagte ich. »Wie hätte er das wissen können?«

»Ehrlich gesagt, ich dachte, die Krankheit hätte vielleicht seinen Verstand getrübt. Aber er wiederholte immer wieder, jemand sei schuld an ihrem Tod, und derjenige müsse dafür bezahlen.«

»Hat er gesagt, wen er gemeint hat?«

»Nicht direkt, aber die Sache hat mich nicht mehr losgelassen, und ich habe ein paar Nachforschungen angestellt«, sagte Nicholas. »Ich habe einen Anwalt eingeschaltet. Ich habe versucht zu erreichen, dass der Fall wiederaufgenommen wurde, dass der Autopsiebericht meiner Mutter von einem Spezialisten noch einmal ausgewertet wurde. Aber die Haushälterin, Mrs. Dilloway, hat den Bericht versiegeln lassen.«

»Ich weiß«, sagte ich. »Ich habe das auch überprüft. Aber können Sie sich vorstellen, warum sie das getan haben könnte?«

»Sie hat den Antrag damals damit begründet, dass sie die Würde meiner Mutter schützen wollte. Sie behauptete, einige Männer aus der Stadt hätten sich die Autopsiefotos von ihrem nackten Körper angesehen.« Nicholas schüttelte sich. »Aber ich glaube nicht, dass das stimmt. Ich kann mir nur vorstellen, dass sie etwas zu verbergen hatte. Als Katherine mir erzählte, wie sehr Mrs. Dilloway meinen Vater geliebt hat, habe ich angefangen, mich zu fragen, ob vielleicht viel mehr hinter der ganzen Geschichte steckt, als wir je geahnt haben.«

»Sie hat ihn geliebt?«, fragte ich verblüfft.

Nicholas seufzte. »Ja. Damals wussten wir natürlich nichts davon, aber Katherine sagt, Mrs. Dilloway hat unseren Vater schon geliebt, als unsere Mutter noch lebte.«

»Tja, was immer sie von ihr halten«, sagte ich, »jetzt liegt sie jedenfalls im Krankenhaus. Sie hatte gestern Abend einen Schlaganfall.«

»Ach«, sagte er verblüfft. »Tut mir leid, das zu hören.« Er stand auf, trat ans Fenster und fuhr mit der Hand über die Fensterbank. »Ich wollte noch einmal herkommen, um zu prüfen, ob ich vielleicht etwas übersehen habe. Für meine Mutter. Das Haus wird umgebaut, wie Sie bereits erwähnten, und bevor die Arbeiten beginnen, möchte ich mir Gewissheit verschaffen.«

»Meine Schwiegereltern haben bestimmt nichts dagegen, dass Sie sich hier umsehen«, sagte ich.

»Danke«, sagte er. »Ich war mir nicht ganz sicher, ob die neuen Besitzer mit meinen Nachforschungen einverstanden sein würden, deswegen habe ich zwei Privatdetektive angeheuert.«

»Privatdetektive?«

»Ich hoffe, Sie nehmen es mir nicht übel«, sagte er. »Die beiden haben nicht Sie ausspioniert. Ich wollte nur etwas über die Baupläne erfahren, und ich habe sie das Kutscherhaus unter die Lupe nehmen lassen.«

»Dann waren das also ihre Leute, die ich dort gesehen habe«, murmelte ich.

Ich trat neben ihn ans Fenster und schaute zum Kameliengarten. »Wenn Sie die Pläne bereits kennen, brauche ich Ihnen wohl nichts von dem Golfplatz zu erzählen.«

Einen Moment lang wirkte er verwirrt, doch dann schaute er wieder nach draußen, und seine Augen leuchteten auf. »Der Kameliengarten«, sagte er mit bewegter Stimme. »Meine Mutter wäre überglücklich, wenn sie sehen könnte, dass ihre geliebten Kamelien immer noch da sind, auch wenn alles ein bisschen verwildert zu sein scheint.«

»Mr. Livingston«, sagte ich, »ich möchte Ihnen etwas zeigen.«

Ich gab ihm den Ordner mit den Zeitungsausschnitten über die verschwundenen Frauen, anschließend zeigte ich ihm den Plan der Gartenanlage, auf die ich die Notizzettel mit den Daten geklebt hatte.

»Was ist das?«, fragte er.

Ich nahm das Kamelienbuch seiner Mutter und schlug die Seite mit der Camellia petelotii auf. »Haben Sie das schon einmal gesehen?«

Sein Blick verschleierte sich. »Ja«, sagte er. »Ich erinnere mich sogar noch an den Tag, als Flora es gefunden hat.«

»Ihr Kindermädchen?«

»Ja«, sagte er und betrachtete den Ordner. »Als sie verschwand, fürchteten wir das Schlimmste. Es war, als hätte sie der Erdboden verschluckt. Keiner wusste, wo sie geblieben war.« Einen Moment lang hing er seinen Gedanken nach. »Meine Mutter hat ihre Kamelien geliebt. Ich sehe sie noch vor mir, wie sie vor sich hinsummend zwischen den Bäumen spaziert. Sie erinnerten sie an ihre Heimatstadt Charleston.«

»Mr. Livingston«, sagte ich. »Ich glaube, Ihre Mutter war vor ihrem Tod einem Kriminalfall auf der Spur.« Ich zeigte auf den Zahlencode in der oberen rechten Ecke der Seite. »Ich habe festgestellt, dass es sich bei den Zahlen um Tagesangaben handelt, genauer gesagt um die Daten, an denen diese Frauen jeweils verschwunden sind. Ich glaube, Ihre Mutter hat begriffen, dass etwas Schlimmes auf dem Anwesen vor sich ging. Können Sie sich an irgendetwas erinnern? Irgendetwas, und sei es auch nur ein Detail, das uns dabei helfen könnte herauszufinden, was mit diesen Frauen passiert ist?«

»Nun«, sagte er, »die Privatdetektive, die ich engagiert habe, haben tatsächlich etwas bei den Kamelien gefunden.«

Vor dem Haus war in diesem Moment das Knirschen eines rangierenden Autos zu hören, und Nicholas Livingston bedeutete mir, ihm nach draußen zu folgen. In der Einfahrt kam ein blaues Cabrio zum Stehen, und heraus stiegen ein Mann und eine Frau. Die Frau, die einen blonden Pagenschnitt trug, nahm ihre Sonnenbrille ab und lächelte mich an.

»Wir kennen uns«, sagte ich. »Sie sind mir im Park zu Hilfe geeilt.«

»Ganz recht«, sagte der Mann. »Ich bin James, und das ist Mira. Wir arbeiten für Mr. Livingston. Es war reiner Zufall, dass wir zur Stelle waren. Wir hatten Sie ja beim Kutscherhaus gesehen und haben Sie sofort erkannt. Tut uns übrigens leid, dass wir Sie erschreckt haben. Das war keine Absicht.«

»Schon gut«, sagte ich. »Ich bin nur froh, dass Sie es waren und nicht …«

»Jedenfalls erinnerte ich mich an Ihr Gesicht«, fuhr er fort, »und als wir den Mann hinter ihnen gesehen haben, sind wir Ihnen gefolgt.«

»Zum Glück!«

»Hat die Polizei den Mann erwischt?«

»Nein«, erwiderte ich. »Aber sie kriegen ihn, da bin ich mir ganz sicher.«

Ich zeigte auf das blaue Cabrio, weil mir die geheimnisvolle Frau wieder eingefallen war, die am Tag unserer Ankunft mit Rex gesprochen hatte. »Sie waren schon mal hier«, sagte ich zu der Frau. »Sie haben mit meinem Mann gesprochen. Er meinte, Sie seien ein Kurier.«

»Ach das«, sagte sie. »Ja.«

Nicholas Livingston zeigte in Richtung Garten. »Wir werden Ihnen das jetzt alles erklären.«

Ich schaute zu der Stelle hinüber, wo die Kamelienbäume standen. »Also gut. Am besten, wir gehen los, bevor es anfängt zu regnen.«

»Ihre Mutter hatte einen eindrucksvollen Garten«, sagte ich zu Nicholas. »Ich habe eine Gartenbaufirma, ich verstehe also etwas davon, und ich kann Ihnen sagen, so eine Anlage habe ich noch nie gesehen.«

»Ja«, erwiderte er, »und sie war sehr stolz auf ihre Pflanzensammlung. Es gibt hier eine Menge sehr seltene Arten. Zumindest gab es sie früher.«

Ich nahm die herausgerissene Seite aus dem Kamelienbuch zur Hand. »Diese Kamelie hier«, sagte ich, »sie heißt Middlebury Pink. Kennen Sie sie?«

Nicholas nahm mir das Blatt ab. »Ich erinnere mich an sie«, sagte er. »Sie hat nur ein einziges Mal geblüht, kurz nach dem Tod meiner Mutter.« Er schüttelte den Kopf. »Die Ärmste. Sie hat die Kamelie nicht einmal blühen sehen.«

»Wissen Sie, wo diese Kamelie geblieben ist?«, fragte ich und zeigte auf eine Stelle, wo sie gemäß dem Zahlencode eigentlich hätte stehen müssen. Es war aber nur eine Mulde im Boden zu sehen.

Seine Augen leuchteten auf, als wäre ihm plötzlich etwas eingefallen. »Da drüben«, sagte er und zeigte auf das Kutscherhaus. »Wenn ich es richtig in Erinnerung habe. Mein Vater hat den Baum umsetzen lassen. Nach dem Tod meiner Mutter hatte er Grund zu der Annahme, dass jemand versuchte, die Kamelie zu stehlen. Blumendiebe. Deswegen hat er dafür gesorgt, dass sie hinter das Kutscherhaus gepflanzt wurde.« Wir gingen um das Kutscherhaus herum, aber wo die Kamelie hätte stehen sollen, befand sich nur ein alter Baumstumpf.

»Ach, wie schade«, sagte ich enttäuscht.

James lugte um die Hausecke und winkte Nicholas zu. »Wollen Sie sich mal ansehen, was wir durchs Fenster entdeckt haben?«, fragte er.

Ich folgte ihnen zur Eingangstür. »Abgeschlossen«, sagte ich, während ich an dem rostigen Riegel zerrte.

James lächelte. »Meine Spezialität. Einen Moment.« Im nächsten Augenblick hatte er das Vorhängeschloss geknackt und den Riegel geöffnet. Er drückte die Tür auf.

Mira und ich folgten den Männern ins Kutscherhaus.

»Sieht aus wie ein alter Geräteschuppen«, bemerkte ich.

Mira und James tauschten einen Blick aus. »Sehen Sie diese kleine Tür da?«, fragte James.

Ich nickte.

James öffnete die Tür, hinter der sich ein kleines Zimmer befand. Mehrere Spaten und Rechen standen gegen eine Wand gelehnt, auf der etwas geschrieben war, was aussah wie eine Botschaft. Ich trat näher an die Tür und spähte in das Zimmer, um die Worte zu lesen: *Und die Blumen sollen mit ihrem Blut gesalbt werden, auf dass sie Schönheit hervorbringen.*

»Was ist das?«, fragte ich.

Mira schaute James an, dann wandte sie sich mir zu. »Nun, wir glauben«, sagte sie, »dass es mit Blut geschrieben wurde.«

»Wir gehen zur Polizei«, sagte James, als wir vor dem Haus standen. »Ich glaube, es gibt genug Beweismaterial, um die Ermittlungen im Fall des Todes von Lady Anna Livingston wiederaufzunehmen.« Er nahm den Ordner sowie den Plan von der Gartenanlage von mir entgegen. »Und was Sie herausgefunden haben, Addison, untermauert unsere Erkenntnisse.«

»Halten Sie mich auf dem Laufenden«, sagte ich, als James und Mira in ihren Wagen stiegen.

»Machen wir«, sagte Mira, dann fuhren sie los.

»Tja«, sagte Nicholas. »Ich werde mich dann mal auf den Heimweg machen. Meiner Frau gefällt es nicht, dass ich hierhergekommen bin. Das alte Haus ist ihr unheimlich.«

»In gewisser Weise kann ich das verstehen«, sagte ich lächelnd.

Er nahm sein Handy aus der Tasche und bestellte sich ein Taxi.

»Was ist eigentlich aus Ihrer Schwester geworden?«, fragte ich. »Ist sie auch nie wieder zurückgekehrt?«

»Nein, nach dem Tod unseres Vaters sind auch Katherine und Janie nie wieder hergekommen«, erwiderte er, »vielleicht aus denselben Gründen wie ich. Katherine ist in London mit einem Bankier verheiratet, und Janie ist in die Schweiz gezogen.«

»Ach, Sie waren also vier Geschwister?«

Er ließ den Blick in die Ferne schweifen, dann schaute er mich wieder an. »Wir waren fünf«, sagte er. »Wir hatten noch einen älteren Bruder. Desmond.«

»Desmond?«

»Ja«, sagte er. »Er ist im Krieg verschollen.«

»Schrecklich«, sagte ich.

»Also dann, Mrs. Sinclair«, sagte er, als das Taxi vorfuhr, »hat mich gefreut, Sie kennenzulernen. Ich werde Sie über die Fortschritte unserer Ermittlungen auf dem Laufenden halten. Wahrscheinlich wird die Polizei Sie aufsuchen, um Ihre Aussage aufzunehmen, und sich hier umzusehen.«

»Kein Problem«, sagte ich. »Ich werde meine Schwiegereltern informieren.« Nachdem das Taxi weggefahren war, bewunderte ich die Pfingstrosen am Rand der Einfahrt. Ihre prächtigen, schweren Blüten neigten sich so tief hinunter, als wollten sie den Boden küssen. »Ihr Armen«, sagte ich, »euch muss man ein bisschen hochbinden. Mal sehen, ob ich ein Stück Schnur finde.«

Als ich auf das Haus zuging, sah ich ihn nicht gleich, weil er im Schatten stand, aber als ich ihn erblickte, blieb mir fast das Herz stehen.

»Hallo Amanda. Hast du mich schon erwartet?«

26

Flora

Desmond blieb in der Eingangshalle, als ich ins Speisezimmer ging und mich auf meinen gewohnten Platz neben Janie setzte. Lord Livingston stand auf und legte seine Serviette auf den Tisch. »Miss Lewis!«, sagte er freudig. »Wie schön, Sie wiederzusehen!«

Er hatte sich zwei Monate in London aufgehalten, aber es kam mir vor, als wären es Jahre gewesen. Er hatte sichtbar abgenommen und mehr graue Haare bekommen.

»Wir freuen uns alle sehr, dass Sie wohlbehalten zurückgekehrt sind«, sagte ich.

»Danke«, erwiderte er.

Mr. Beardsley, der gerade dabei war, die Wassergläser der Kinder zu füllen, warf einen nervösen Blick in Richtung Eingangshalle. Mrs. Dilloway erschien in der Tür und nickte ihm zu, zum Zeichen, dass der richtige Zeitpunkt gekommen war.

»Verzeihen Sie die Unterbrechung, Eure Lordschaft«, sagte Mr. Beardsley vorsichtig. »Aber es ist ein Besucher für Sie da.«

»Ach ja?«, sagte Lord Livingston. »Ich habe niemanden kommen hören.«

Mr. Beardsley wandte sich zur Tür und gab Desmond mit

einem kurzen Nicken zu verstehen, dass er jetzt eintreten könne.

»Guten Tag, Vater«, sagte Desmond.

Katherine stieß einen Jauchzer aus. »Schau mal, Vater!«, rief sie aus. »Desmond ist wieder da!«

»Das sehe ich«, sagte Lord Livingston und wandte sich demonstrativ ab.

Eisiges Schweigen erfüllte das Speisezimmer. Zum Glück klopfte Janie mit der Gabel auf ihren Teller und quiekte vergnügt.

»Freust du dich denn nicht, Vater?«, fragte Katherine bang.

Lord Livingston stand auf und sagte zu Desmond: »Ich möchte mit dir unter vier Augen reden.«

Sie verließen das Zimmer, und Mr. Beardsley schloss die Tür hinter ihnen.

Ich versuchte, die Kinder von dem wütenden Wortgefecht abzulenken, das wir durch die geschlossene Tür hörten. Einige Minuten später stürmte Desmond hinaus und schlug die Haustür hinter sich zu. Lord Livingston kehrte zurück und glättete sich das Haar, das ganz zerzaust wirkte. Er holte tief Luft und sagte: »Ich habe ihn gebeten, seine Sachen zu packen und sofort zu verschwinden.«

»Aber Vater«, sagte Nicholas bestürzt.

Katherine begann zu weinen.

»Hier kann er nicht bleiben«, sagte Lord Livingston kühl, als redete er von einem Fremden.

»Aber warum denn nicht, Vater?«, fragte Katherine unter Tränen. »Warum musst du so grausam sein?«

»Ich habe meine Entscheidung getroffen«, erwiderte er und wandte sich an Mr. Beardsley.

»Eure Lordschaft«, meldete Mrs. Dilloway sich mutig zu Wort, »bitte, überdenken Sie Ihre Entscheidung noch einmal.« Dann fügte sie fast flüsternd hinzu: »Lady Anna zuliebe.«

»Ja«, sagte Mr. Beardsley. »Er gehört zur Familie. Man kann seinen Sohn nicht abweisen.«

Lord Livingston warf seine Serviette auf den Tisch und stand auf. »O doch«, sagte er. »Man kann.« Er schaute uns alle nacheinander an. »Gibt es sonst noch etwas, das ich wissen sollte?«

Mrs. Dilloway nickte. »Abbott ist krank«, sagte sie vorsichtig. »Er hatte sehr hohes Fieber. Der Arzt hat Meningitis festgestellt. Aber er ist schon wieder auf dem Weg der Besserung.«

»Kann ich zu ihm?«, fragte Lord Livingston, von Gefühlen überwältigt.

»Er schläft gerade«, antwortete Mrs. Dilloway. »Vielleicht sollten Sie sich zuerst um Ihren anderen Sohn kümmern.«

»Vater!«, rief Katherine. »Bitte sag Desmond, dass er bleiben kann. Schick ihn nicht weg. Es ist doch Krieg!«

Lord Livingston schlug mit der Faust auf den Tisch. »Es ist mir bekannt, dass wir uns im Krieg befinden!«

Katherine begann wieder zu schluchzen, Janie liefen die Tränen über die Wangen, Nicholas wurde kreidebleich.

Ich stand auf und nahm Janie auf den Arm. »Schsch«, machte ich und tätschelte ihr den Rücken. Ich konnte mich nicht länger zurückhalten. Mit klopfendem Herzen drehte ich mich zu Lord Livingston um. Die Middlebury Pink interessierte mich nicht mehr, und auch nicht die heiklen Familienverhältnisse im Hause Livingston. Mich interessierten nur noch die Kinder. »Sie mögen vielleicht wissen, was das

Beste für das Haus ist, Mylord«, sagte ich, »aber Sie wissen offensichtlich nicht, was das Beste für Ihre Kinder ist.« Ich schaute die Kinder an und streckte die Hand aus. »Katherine, Nicholas, kommt mit.«

Erst als die Kinder bei ihren jeweiligen Hauslehrern waren, fand ich Zeit, darüber nachzudenken, welche Konsequenzen mein Auftreten gegenüber Lord Livingston haben musste.

Ich ging in meine Kammer und schaute aus dem Fenster. Das durch die Wolken gefilterte Sonnenlicht ließ die Blätter an den Kamelienbäumen wie Smaragde schimmern. Ich holte die Staffelei, die Lord Livingston mir geschenkt hatte, aus dem Schrank und zog die Kiste mit den Malutensilien unter dem Bett hervor.

Ich wählte eine kleine Leinwand aus und bereitete verschiedene Farben auf der Palette vor. Dann schloss ich die Augen und rief mir in Erinnerung, wie die Moorlandschaft ausgesehen hatte, als ich mit Lord Livingston in die Stadt gefahren war. Während dieser Fahrt, bevor er nach London fuhr, war er so anders gewesen. War das die Seite an ihm gewesen, in die Lady Anna sich verliebt hatte? Ich tauchte den Pinsel in die schwarze Farbe, mischte so viel Weiß dazu, bis ich den richtigen Grauton erzielt hatte, und begann, die Farbe auf die Leinwand aufzutragen. Ich genoss es, den Pinsel in der Hand zu spüren. Es war so liebenswürdig von Lord Livingston, mir die Sachen zu kaufen, aber ich musste auch daran denken, wie er sich am Morgen im Speisezimmer und auch bei anderen Gelegenheiten aufgeführt hatte. Wie konnte er so grausam sein, so gefühllos?

Nachdem ich die Wolken gemalt hatte, mischte ich das

Grün für das Gras, dann nahm ich ein bisschen Lavendel, das ich in winzigen Pünktchen in das Gras setzte, um das Heidekraut anzudeuten. Ich trat einen Schritt von der Leinwand zurück und betrachtete stirnrunzelnd das Ergebnis. Etwas fehlte dem Bild noch. Aber was? Ich schaute aus dem Fenster.

Die Middlebury Pink. Wer mochte die Seite aus Lady Annas Kamelienbuch herausgerissen haben? Lord Livingston? Ich tauchte meinen Pinsel in die braune Farbe und malte einen Baum. Als Nächstes kamen die herzförmigen, dunkelgrünen Blätter und die großen, weißen Blüten mit den rosafarbenen Sprenkeln dran. Wieder trat ich von der Staffelei zurück, um mein Werk zu begutachten.

»Sie haben sie gut getroffen.«

Erschrocken fuhr ich herum. Lord Livingston stand in der Tür.

»Das war die Lieblingskamelie meiner Frau«, sagte er. »Die Middlebury Pink. Es hat mich viel Zeit und Aufwand gekostet, sie aufzuspüren. Sie hatte sie in einem alten botanischen Buch entdeckt und wünschte sie sich mehr als alles andere auf der Welt. Diese Art wuchs früher einmal im Garten des Buckingham-Palasts, wissen Sie.« Einen Moment lang hing er seinen Gedanken nach. »So war sie, meine Anna. Wenn sie sich einmal etwas in den Kopf gesetzt hatte, konnte sie nichts mehr davon abbringen. Aber nichts hat sie so sehr fasziniert wie ihre Kamelien. Ich hatte einen Gärtner angeheuert und damit beauftragt, im ganzen Land nach der Middlebury Pink zu suchen. Nach einem Jahr hätten wir beinahe aufgegeben. Es schien, als wäre diese Kamelie lediglich eine Legende. Botaniker, die sich auf seltene Pflanzen spezialisiert hatten, waren bereits seit Jahrzehnten vergeblich auf der Suche nach ihr. Aber ich wollte Anna nicht enttäuschen. Dann erzählte mir ein Mann aus der Stadt, er glaube, ein Exemplar der Middlebury Pink stehe ausgerechnet hier, im Park von Livingston Manor. Anfangs habe ich das natürlich nicht geglaubt, aber dann haben wir sie tatsächlich in der Nähe des Kutscherhauses entdeckt. Ich habe sie von einem Botaniker bestimmen lassen. Das ist gar nicht so einfach, wenn die Pflanze nicht in Blüte steht.« Er schüttelte den Kopf. »Seit hundert Jahren stand die Middlebury Pink hier auf dem Anwesen, direkt vor unserer Nase. Ich habe es vor Anna geheim gehalten und sie am Weihnachtsmorgen damit überrascht.« Er rieb sich die Stirn. »Aber der vermaledeite Baum hat nicht ein einziges Mal für sie geblüht. Sie hat immer gesagt, die Kamelie würde blühen, sobald sie Frieden spürte und die Welt in Ordnung wäre.« Er betrachtete noch einmal das Bild und lächelte. »Ja, Sie haben sie sehr genau erfasst, Miss Lewis«, sagte er und wischte sich eine Träne fort. »Erstaunlich, dass Sie sich so sehr für Botanik interessieren.«

Er setzte sich aufs Bett und schaute in den Garten hinaus. »Es gibt vieles, das ich bereue«, sagte er. »Vor allem in Bezug auf Anna.«

»Ich bitte Sie«, sagte ich. »Wir alle machen Fehler. Sie sollten sich keine Vorwürfe machen.«

Er schluckte. »Doch«, sagte er. »Und jetzt muss ich dafür bezahlen.« Er stand auf. »Tut mir leid, dass ich Sie belästigt habe«, sagte er und wandte sich zum Gehen.

»Warten Sie«, sagte ich hastig. »Was ist mit Desmond? Was auch immer der Grund für Ihr Zerwürfnis gewesen sein mag – Sie wollen Ihren Sohn doch gewiss nicht für immer verlieren.«

Lord Livingston seufzte. »Ich kann Ihnen nicht versprechen, dass ich mich mit ihm versöhnen werde«, sagte er. »Aber ich habe ihn gebeten zu bleiben.«

»Und wie hat er reagiert?«

»Er will darüber nachdenken.«

»Gut«, sagte ich. »Er muss bald an die Front, und ich bin mir ganz sicher, dass Sie froh sein werden über die Zeit, die Sie mit ihm verbracht haben.«

Unsere Blicke begegneten sich. »Ja, so wird es uns vermutlich allen gehen.«

Beim Frühstück im Gesinderaum am nächsten Morgen klappte Mr. Beardsley abrupt sein Notizheft zu und stand auf. »Miss Lewis«, sagte er. »Kann ich kurz mit Ihnen reden?«

»Selbstverständlich, Sir«, sagte ich und folgte ihm ins Anrichtezimmer.

»Setzen Sie sich«, sagte er und schloss die Tür.

»Ich bin das Empfangsbuch durchgegangen, und da ist mir etwas aufgefallen, was vielleicht nichts zu bedeuten hat. Verzeihen Sir mir die Frage, aber dieser Gentleman, der Sie neulich besucht hat – in welcher Beziehung stehen Sie zu ihm?«

Meine Hände wurden feucht. *Mr. Price.* »Ich wusste gar nicht, dass Sie …«

»Mrs. Dilloway hat mir von seinem Besuch erzählt«, sagte er. »Wir schreiben den Namen jedes Besuchers auf, der nach Livingston Manor kommt. Eine alte Gepflogenheit.«

»Ach so …«, sagte ich bestürzt. Wahrscheinlich hatte Mrs. Dilloway ihn ins Haus gelassen.

»Erst heute Morgen ist mir aufgefallen, dass das Tafelsilber und die Kristallgläser, die fehlen, genau an dem Tag verschwunden sind«, fuhr Mr. Beardsley fort, »als Ihr Besucher hier war. Sie werden doch verstehen, dass mich das stutzig macht.«

Ich nickte.

»Wer war der Mann, Miss Lewis?«

Ich rieb mir die Stirn.

»Miss Lewis«, fragte Mr. Beardsley, »stecken Sie vielleicht in Schwierigkeiten? Denn wenn dem so ist, würden wir Ihnen gern helfen.«

Ich schaute in sein breites, gütiges Gesicht. Ich hatte diese Leute hintergangen und schämte mich schrecklich dafür. »Ja«, sagte ich, »ich stecke in Schwierigkeiten. Aber ich komme schon zurecht. Ich würde nicht im Traum daran denken, irgendjemanden hier damit zu belasten. Verzeihen Sie mir das Eindringen dieses Menschen in dieses Haus. Sollte sich herausstellen, dass er die Sachen gestohlen hat, werde ich den Schaden ersetzen.«

»Aber Miss Lewis«, entgegnete er. »Das können Sie doch gar nicht. Es würde Sie mindestens vier Jahresgehälter kosten.«

»Dann soll es so sein«, sagte ich. »Wenn ich dafür verantwortlich bin, dass ein Dieb in dieses Haus gekommen ist, dann werde ich den Preis dafür bezahlen.«

»Das ist sehr ehrenhaft von Ihnen«, sagte Mr. Beardsley. »Aber eins wollen wir doch klarstellen: Niemand bezeichnet Sie als Diebin.«

Zurück am Tisch rührte ich nur einen Löffel braunen Zucker in meinen Porridge, anstatt zwei, denn Mrs. Marden hatte uns über die kriegsbedingte Lebensmittelknappheit aufgeklärt. Wir könnten von Glück reden, dass wir überhaupt noch Zucker hätten, hatte sie gesagt.

»Was wollte er denn?«, flüsterte Sadie. »Hat man den Dieb geschnappt?«

Ich schüttelte den Kopf.

»Ich glaub, der alte Beardsley hat das Silber einfach nur verlegt«, sagte sie. »Vor ein paar Wochen hat er das ganze Haus nach einem fehlenden Schuhspanner abgesucht, und dann lag das Ding auf seinem Schreibtisch.«

»Mr. Beardsley hat die Sachen ganz bestimmt nicht verlegt«, sagte ich. »Der kennt doch jeden Löffel in der Küche.«

Sadie tat sich noch ein bisschen Sahne auf ihren Porrigde. »Wenn ich mir vorstelle, dass wir einen Dieb unter uns haben sollen …«

»Nicht so großzügig, Missy«, rügte sie Mrs. Marden. »Es muss für alle reichen. Mr. Beardsley hat noch keinen Kaffee getrunken, und wir wissen ja alle, dass er gern Sahne im Kaffee trinkt.«

Sadie stellte das Sahnekännchen ab. »Ja, Madam.«

»In diesen Zeiten müssen wir uns alle daran gewöhnen, auf viele lieb gewonnene Annehmlichkeiten zu verzichten«, sagte Mrs. Dilloway.

»Allerdings«, pflichtete Mrs. Marden ihr bei. »Ich habe gestern in der Stadt mit einer Köchin gesprochen, und die hat mir doch tatsächlich erzählt, dass sie nicht einmal mehr Mehl auftreiben kann, von Melasse ganz zu schweigen. Zu unser aller Glück hat Seine Lordschaft einen treuen Lieferanten in London, auch wenn ich gehört habe, dass wir auch auf den nicht mehr lange werden zählen können. Alles wird rationiert, ganz unabhängig davon, wer man ist und wen man kennt. Es herrschen magere Zeiten.«

Sadie beugte sich zu mir herüber. »Kein Wunder, dass die Leute anfangen zu klauen«, flüsterte sie.

Ich musste daran denken, wie ich vor ein paar Tagen Mr. Humphrey am frühen Abend über den Weg gelaufen war. Eine seltsame Geschichte, vor allem, nachdem ich von Mrs. Marden erfahren hatte, dass Kartoffeln in unseren Breiten eigentlich nicht wild wachsen. »Sadie«, flüsterte ich. »Hat Mr. Humphrey irgendetwas im Kameliengarten zu suchen?«

Sie kratzte sich am Kopf. »Bei den Kamelien? Was sollte er da zu tun haben? Er ist doch nur der Chauffeur Seiner Lordschaft.«

»Genau«, sagte ich.

27

Addison

Sean machte einen Schritt auf mich zu. Er grinste mich auf eine Art und Weise an, die mich erschauern ließ. »Du hast doch nicht gedacht, ich würde so sang- und klanglos verschwinden?«

Panisch sah ich mich nach einem Fluchtweg um, brachte jedoch keinen Ton heraus.

»Hat's dir die Sprache verschlagen?«

Ich wich vor ihm zurück.

»Mir soll es recht sein«, sagte er. »Überlass das Reden nur mir. Wie gesagt, im Gefängnis hatte ich viel Zeit zum Nachdenken.« Er stand jetzt ganz dicht vor mir. »Zum Beispiel darüber, was ich dir bei unserem Wiedersehen sagen würde. Was ich tun würde.« Er packte mich am Handgelenk. »Du bist wirklich verdammt hübsch, Amanda. Ich habe dir heute Morgen beim Anziehen zugesehen. Super Figur, das muss man dir lassen. Aber vielleicht solltest du demnächst lieber die Vorhänge in eurem Schlafzimmer zuziehen. Man kann nie wissen.«

Ich wandte den Blick ab, um sein widerliches Grinsen nicht zu sehen.

»Hast du es ihm schon erzählt?«, fragte er, ohne mein Handgelenk loszulassen. »Hast du ihm gebeichtet, was du getan hast?«

Ich fühlte mich sofort wieder wie fünfzehn. Verängstigt. In der Falle. Es machte mich wahnsinnig, dass er diese Macht über mich hatte.

»Ich habe dich was gefragt, Amanda«, fauchte er mit schmalen Augen.

Ich hörte ein Auto näher kommen. Ich betete, dass es in unsere Einfahrt einbog. Ich betete, dass es Rex war. Er hatte am frühen Morgen angerufen und versprochen, am Nachmittag zurück zu sein. Aber das Auto fuhr vorbei. Ich spürte, wie mich Mutlosigkeit ergriff.

Da fiel mir der Schlüsselbund in meiner Hosentasche ein, den Rex mir dagelassen hatte. Daran waren ein Hausschlüssel und ein Autoschlüssel. Wenn es mir gelang, mich loszureißen, und wenn ich schnell genug war, konnte ich es zu dem alten Rolls-Royce schaffen, der vor dem Haus stand, direkt neben dem Springbrunnen.

»Amanda!«, sagte er erneut mit heiserer Stimme, diesmal eindringlicher.

Er ließ mein Handgelenk los und wollte mich an der Taille packen, doch in dem Augenblick riss ich mich los. »Nenn mich nicht so!«, schrie ich und rannte zum Auto. Ich hatte es fast erreicht. Hinter mir hörte ich seine Schritte auf dem Kiesweg. Ich riss die Tür auf und sprang in den Wagen. Ich konnte gerade noch die Fahrertür verriegeln. Hastig verriegelte ich auch die Beifahrertür. Mit zitternden Händen versuchte ich, den Schlüssel ins Zündschloss zu stecken. Plötzlich wackelte das ganze Auto, und der Schlüssel fiel mir aus der Hand. Sean hatte sich eine der steinernen Vasen geschnappt und das Seitenfenster damit eingeschlagen. Der Sitz war übersät mit Scherben, und im Fenster klaffte ein Loch von der Größe eines Baseballs. Wie ein Tier, das seine Beute wittert, langte Sean durch das Loch. Beim Versuch, die Tür zu entriegeln, schnitt er sich ins Fleisch und zog die Hand fluchend zurück. Blut rann am Fenster herunter. Ich rammte den Schlüssel ins Zündschloss, jagte den Motor hoch und fuhr so schnell los, dass der Kies aufspritzte.

Im Rückspiegel sah ich ihn vor Wut brüllend hinter mir herrennen. Ich gab Gas.

Ich wünschte, ich hätte mein Handy dabei, um Rex anzurufen. Oder die Polizei. Bis zur Stadt waren es nur fünfzehn Kilometer. Ich blinzelte, weil mir schon wieder Tränen in den Augen brannten. Aus den alten Lautsprechern des Autoradios erklang leise ein vertrauter Song: *Good day, sunshine. Good day, sunshine.* Als wollten die Worte mich verspotten. Nichts an diesem Tag war gut. Ich konnte nur noch verschwommen sehen, und als ich mir die Tränen wegwischte, verlor ich die Kontrolle über den Wagen. Ich hatte die scharfen Kurven auf diesem Teil der Strecke ganz vergessen. Ich umklammerte das Lenkrad, während das Auto nach links ausbrach. Ich hörte das Knirschen von Metall auf Metall, als der Rolls-Royce die Leitplanke durchbrach und über den Abhang hinausschoss.

O Gott, nein, nein, nein …

Hohes Gras und Äste flogen vorbei, dann schlug der Wagen mit einem gewaltigen Krachen auf und kam zwischen Bäumen zum Stehen. Warmes Blut lief mir aus der Nase, metallischer Geschmack erfüllte meinen Mund. Nicht weit entfernt sang ein Vogel sein fröhliches, unschuldiges Lied – ein krasser Kontrast zu der Angst, die ich empfand. Das darf nicht sein, dass mir das passiert, dachte ich verzweifelt. Ich versuchte, meine Beine vom Sitz zu heben, aber sie wollten mir nicht gehorchen. Heftige Schmerzen schossen mir durch die Glieder. Nein, dachte ich, ich kann doch so nicht sterben. Ganz allein und so weit weg von zu Hause. Würde Rex mich hier finden? Meine Augen blinzelten wie der Verschluss einer Kamera, die durch die Stationen meines Lebens klickte, nur dass die Bilder zufällig aneinandergereiht waren: eine alte Puppe mit einem rosafarbenen Kleid, gehäkelte weiße, ein bisschen verschlissene Babyhandschuhe, ein Beet mit leuchtend roten Tulpen, Rex' Lächeln, ein rostiger Wetterhahn, der sich im Wind drehte.

Meine Lider flatterten, als ich mich bemühte, die Augen offen zu halten, aber als sie mir schließlich zufielen, tauchte ein Bild auf, das mich tröstete und mir den ersehnten Frieden spendete.

Die Kamelien.

Ich sah schier endlose Reihen von großen, buschigen Bäumen mit wächsernen Blättern und prächtigen, riesigen Blüten. Rosafarbene und rote, wie von der Herzkönigin gemalt.

28

Flora

4. November 1940

Der November begann mit Schnee, eine Seltenheit. Die Kinder waren natürlich begeistert. Gleich nach dem Abendessen rannten sie nach draußen und bauten direkt vor dem Haus einen Schneemann. Zum Glück hatte ich ihre Wintersachen bereits vom Dachboden geholt und waschen lassen.

Desmond war am Vormittag mit seinem Vater in die Stadt gefahren, um geschäftliche Dinge zu erledigen. Sie waren noch nicht zurück, aber mir war nicht entgangen, dass sie überraschend gut gelaunt aufgebrochen waren. »Wie schön, sie so einmütig zu sehen«, hatte Mrs. Dilloway bemerkt, während sie den Frühstückstisch abräumte.

Die Kinder konnten von dem Schnee gar nicht genug bekommen, und ich ließ sie noch ein bisschen länger draußen spielen. Ausnahmsweise. Ich zog mir meinen Mantel über und gesellte mich zu ihnen. Janie und Katherine versuchten, mit der herausgestreckten Zunge Schneeflocken zu fangen, während Abbott und Nicholas sich eine Schneeballschlacht lieferten. Dann nahm der Wind zu, und ich machte mir Sorgen um Abbott, der sich gerade erst von seiner Krankheit erholt hatte. »Noch ein paar Minuten«, verkündete ich, »dann gehen wir rein und lassen uns heißen Tee servieren. Nicht, dass ihr euch am Ende noch erkältet.«

Nicholas hielt plötzlich inne und zeigte zum Himmel. »Was ist das, Miss Lewis?«

Ich schaute nach oben, sah jedoch nichts als dunklen Himmel. »Was meinst du?«, fragte ich.

»Da!«, rief er und zeigte auf ein tief fliegendes Flugzeug in der Ferne, dessen Scheinwerfer die Dunkelheit durchschnitten.

Mein Herz begann zu rasen. »Kinder!«, schrie ich. »Ins Haus! Sofort!«

Ich führte sie durch den Dienstboteneingang in den Keller.

»Großer Gott«, stieß Mrs. Dilloway hervor. »Glauben Sie, das ist ein …?«

»Ich weiß es nicht«, sagte Mr. Beardsley. »Aber für alle Fälle sollten wir alles Licht löschen.« Er betätigte einen Schalter an der Wand, und im ganzen Haus wurde es stockdunkel.

Janie drückte sich an mich. Ich spürte, wie sie am ganzen Körper zitterte. »Keine Angst, meine Kleine«, sagte ich. »Es wird uns nichts passieren.«

»Werden wir sterben?«, fragte Katherine.

»Natürlich nicht, Liebes«, antwortete ich und hoffte, dass sie nicht hörte, wie meine Stimme zitterte.

Hinter mir hörte ich jemanden schluchzen. Als ich mich umdrehte, konnte ich im Dämmerlicht erkennen, dass Abbott sich die Augen wischte. »Vater und Desmond sind in der Stadt unterwegs«, sagte er. »Was, wenn ihnen etwas passiert?«

»Mach dir keine Sorgen, Abbott«, sagte ich. »Dein Vater und Desmond kommen bald nach Hause, da bin ich mir ganz sicher.«

Abbott vergrub das Gesicht in den Händen, dann schaute er mich wieder an. »Ich glaube, Desmond muss bald in den Krieg ziehen.«

»Ja, das stimmt«, sagte ich wehmütig. In den vergangenen Wochen waren Abbott und sein älterer Bruder sich nähergekommen, und darüber war ich froh.

»Ich schäme mich dafür, dass ich so gemein war zu Desmond, als er nach Hause gekommen ist«, sagte Abbott.

»Aber warum hast du das getan?«, fragte ich.

Er holte tief Luft. »Nach Mamas Tod habe ich einmal gehört, wie Vater sich in seinem Arbeitszimmer mit Beardsley unterhalten hat. Sie haben über die Zukunft von unserem Haus gesprochen. Vater hat gesagt, Desmond wäre gar nicht sein richtiger Sohn, und dass er mich eines Tages um mein Erbe betrügen würde.«

»Das verstehe ich nicht«, sagte ich. »Wie kann es sein, dass Desmond nicht sein richtiger Sohn ist. Er ist …«

Mrs. Dilloway räusperte sich. »Können wir vielleicht über etwas anderes reden?«

»Ja«, erwiderte ich beflissen.

Bevor ich mich an dem Abend zu Bett begab, klopfte ich an Mrs. Dilloways Zimmertür. »Verzeihung«, sagte ich. »Darf ich reinkommen?«

Sie bot mir einen zerschlissenen blauen Sessel an und setzte sich selbst auf die Bettkante.

»Was Abbott heute über Desmond gesagt hat – ist das wahr?«, fragte ich.

Ihre Miene verriet nichts. Sie schien in Erinnerungen versunken. »Lord Livingston hat Lady Anna auf einem Ball in London kennengelernt«, sagte sie. »Sie war zu Besuch aus

Amerika. Für ihn war es Liebe auf den ersten Blick. Böse Zungen behaupten, er hätte sich in ihr Vermögen verliebt, aber das stimmt nicht. Er hat sie geliebt. Er hat sie angebetet. Aber er kannte ihre Vergangenheit nicht.«

»Ihre Vergangenheit?«

»Sie hatte einen Sohn«, sagte Mrs. Dilloway. »In Amerika.«

»Desmond.«

»Ja«, sagte sie. »Lady Anna war erst fünfzehn, als er geboren wurde, nur ein paar Jahre älter als unsere Katherine jetzt ist. Der Vater war ein Feldarbeiter auf der Farm ihrer Familie in Charleston. Sie wollte mit dem Mann durchbrennen, aber ihre Eltern haben das verhindert. Sie haben den Mann aus dem Haus gejagt, und nachdem das Kind geboren war, haben sie Lady Anna kurzerhand mit dem Schiff nach London geschickt und in ein Internat für höhere Töchter gesteckt. Sie hat ihren Eltern nie verziehen, dass sie ihr Desmond weggenommen haben.«

»Und Lord Livingston wusste nichts davon, als er sie geheiratet hat?«

»Nein. Aber sein Verhältnis zu ihr war getrübt, nachdem er davon erfahren hatte. Er hat sie mit anderen Augen gesehen, vor allem, als sie Desmond zu sich holte. Seine Anwesenheit hier im Haus hat ihn tagtäglich an ihren Fehltritt erinnert, bis er rasend war vor Eifersucht. Er konnte ihr nicht verzeihen, und Lady Anna ist immer tiefer in ihrer Traurigkeit versunken. Sie hat immer mehr Zeit mit ihren Pflanzen verbracht. Und er, na ja … Es gab viele Frauen.«

»Und Desmond?«

»Er war gerade neun Jahre alt, als er aus Amerika zu uns kam. Er war Lady Annas Augenstern, aber Lord Livingston hat ihn nie akzeptiert, so sehr sie ihn auch angefleht hat.«

»Und Sie?«, fragte ich. »Wie haben Sie das ausgehalten, vor allem in Anbetracht Ihrer Gefühle für …«

»Ich war hundertmal kurz davor, meine Kündigung einzureichen, weil ich am Ende meiner Kraft war«, sagte Mrs. Dilloway. »Aber ich habe mich jedes Mal entschlossen zu bleiben. Lady Anna zuliebe. Es war meine Buße, meine Strafe. Ich habe ihr versprochen, ihre Pflanzen zu hegen und zu pflegen, und ich werde mein Wort halten.«

»Hat sie gewusst, dass Sie und …?«

Mrs. Dilloway sah mich gequält an. »Ich weiß es nicht«, sagte sie. »Aber wenn ja, hoffe ich inständig, dass sie mir verziehen hat.« Sie schüttelte betrübt den Kopf. »In der Stadt sind damals mehrere Frauen verschwunden, und ich glaube, Lady Anna hatte einen schrecklichen Verdacht.«

»Was genau hat sie denn vermutet?«

»Es waren junge Frauen, mit denen Lord Livingston sich …« Sie räusperte sich. »Nun – sich vergnügt hatte.«

»Und Lady Anna glaubte, dass er etwas damit zu tun hatte?«

»Sie wusste nicht, was sie glauben sollte«, antwortete Mrs. Dilloway. »Und ich auch nicht.«

Ich erhob mich, große Unruhe hatte mich ergriffen. »Warum sind Sie denn nicht zur Polizei gegangen?«

Sie sah mich entgeistert an. »Offenbar haben Sie etwas nicht verstanden, Miss Lewis«, sagte sie. »Die Dienerschaft verrät ihren Herrn nicht, komme, was da wolle.«

29

Addison

Dunkelheit umhüllte mich wie ein großer schwarzer Umhang. Ich blinzelte, versuchte mich zu orientieren. Wo war ich? Grillen zirpten. Fahles Mondlicht tauchte das Wageninnere in ein unwirkliches Grau. Ich sah das Spinnwebmuster der zerborstenen Windschutzscheibe, konnte die Stelle erkennen, an der ich mit dem Kopf aufgeschlagen war. Der Unfall … Ich betastete mein Gesicht. Es war nass. Blut. Ich erschauderte. Wie lange lag ich schon hier? Stunden? Tage? Ich versuchte die Beine zu bewegen, aber sie waren noch immer wie gelähmt. Dann spürte ich ein Brennen in den Füßen, gefolgt von einem heftigen Schmerz im Bauch. O Gott, ich war eingeklemmt!

Meine Kehle war so ausgetrocknet, dass es schmerzte, als ich zu schlucken versuchte. Auf dem Boden neben meinen Füßen entdeckte ich eine Wasserflasche. Ich streckte die Hand danach aus, erreichte sie jedoch nicht. Ich dachte an das Pilatestraining, zu dem meine Freundin Emma mich immer mitschleppte. *Strecken, Addison, strecken*, dachte ich. Endlich berührten meine Fingerspitzen den Flaschenhals. Mit zitternden Fingern bekam ich die Flasche zu fassen, schraubte den Deckel ab und setzte sie mir an die Lippen. Kaum hatte ich ein paar Tropfen getrunken, entglitt mir die Flasche und rollte unter den Sitz, wo sie außerhalb meiner Reichweite war.

Der Mond verschwand hinter einer Wolke, und in der Ferne war Donnergrollen zu hören. »Lieber Gott!«, rief ich aus. »Wenn du mich hörst, bitte, lass mich nicht so sterben! Bitte bring mich zurück zu Rex.« Ich schluchzte auf. »Bitte, lieber Gott, gib mir ein Zeichen, dass alles gut wird.«

In diesem Moment fiel ein Streifen Mondlicht auf einen Ast, der durch die zerborstene Windschutzscheibe ins Wageninnere hereinragte. Es war der Ast einer Kamelie, eine weitverbreitete Sorte, mit einer hellrosafarbenen Blüte mit gelben Staubgefäßen. Ich hatte über die Jahre Hunderte ihrer Art gesehen. Aber in diesem Moment war sie der schönste Anblick, den ich mir vorstellen konnte. Erneut war ein Donnern zu hören, diesmal näher, und ein einzelnes rosafarbenes Blütenblatt fiel mir in den Schoß. Es begann zu regnen, und ich lauschte dem Geräusch der Regentropfen auf dem Autodach. Zuerst klang es wie ein höfliches, zurückhaltendes Klopfen, das jedoch bald in ein lautes, wütendes Trommeln überging. Ich schloss die Augen, dachte an Lady Anna und an Flora und ließ mich vom Dröhnen der Regentropfen in den Schlaf lullen.

30

Flora

5. November 1940

»Wie ist es in Amerika?«, fragte mich Nicholas beim Abendessen.

Ich bekam ein bisschen Heimweh, als ich an unsere Straße dachte, an unsere Bäckerei, als ich im Geiste meinen Vater vor mir sah, wie er hinter dem Verkauftstresen stand, und meine Mutter, die frisches Gebäck im Schaufenster anordnete. »Es ist wunderschön«, sagte ich.

»Nehmen Sie uns denn irgendwann mal mit?«, fragte Nicholas.

Ich drückte ihn kurz. »Vielleicht eines Tages«, sagte ich. »Geh jetzt mit deiner Schwester nach oben. Ich komme gleich nach.«

Als ich die leeren Teller der Kinder in die Küche brachte, stieß ich beinahe mit Mr. Humphrey zusammen, der gerade einen Beutel in die Mülltonne warf.

»Verzeihung«, murmelte ich. Dann sah ich, dass ihm bei dem Beinahezusammenstoß ein Brief aus der Tasche gefallen war.

Er beeilte sich, ihn aufzuheben, aber ich erkannte die Handschrift auf dem Umschlag sofort und kam ihm zuvor. Es war ein Brief von mir an meine Eltern. Er war aufgerissen. »Mr. Humphrey«, sagte ich verblüfft. »Ich verstehe nicht … Der hätte schon vor Wochen abgeschickt werden sollen. Warum haben Sie ihn …«

»Tut mir furchtbar leid, Miss«, sagte er. »Ich wollte nicht, dass Sie es erfahren, aber jetzt bleibt mir nichts anderes übrig, als Ihnen die Wahrheit zu sagen. Lord Livingston hat mich gebeten, die Briefe einzubehalten.«

Ich schüttelte den Kopf. »Einzubehalten?«

Er hob verlegen die Schultern. »Er hat mich gebeten, alle Ihre Briefe zu sammeln. Diesen hier hat er während der Autofahrt gelesen, als ich ihn vom Bahnhof abgeholt habe.«

»Das ist eine Unverschämtheit«, sagte ich wütend.

»Ich verstehe, dass Sie verärgert sind, aber …«

Ich ließ ihn nicht zu Wort zu kommen. »Nur gut, dass ich jetzt sein wahres Gesicht kenne.«

»Das Telefon ist hier«, sagte Mr. Beardsley und zeigte auf einen Tisch im Anrichtezimmer. Er lächelte entschuldigend, als wüsste er über alles Bescheid. »Falls Lord Livingston ein Problem damit hat, übernehme ich die Kosten.«

»Sehr freundlich von Ihnen«, sagte ich. Dann wählte ich die Nummer der Vermittlung und bat die Telefonistin, mich mit der Reinigung neben der Bäckerei meiner Eltern zu verbinden.

»Eli!«, rief ich aus. »Hier spricht Flora. Flora Lewis … Ja. Hören Sie, Eli, ich rufe aus England an … Ja, aus England … Ja, es geht mir gut … Können Sie meine Mutter an den Apparat holen?«

Ich legte die Hand über die Sprechmuschel. »Er holt sie! Warum bin ich bloß nicht eher auf die Idee gekommen?«

Einen Augenblick später meldete sich meine Mutter. »Flora?« Ihre Stimme war Balsam für meine Seele. Mir wurden die Knie schwach, und Mr. Beardsley schob mir einen Stuhl hin.

»Mama!«, rief ich. »Wie schön, deine Stimme zu hören!«

»Ach, Flora«, sagte sie. Es rauschte in der Leitung, was mich daran erinnerte, dass wir durch einen Ozean voneinander getrennt waren. »Wir haben uns solche Sorgen um dich gemacht.«

»Ich habe so viel zu erzählen, Mama«, sagte ich. »Ich weiß gar nicht, wo ich anfangen soll.«

»Bist du in Sicherheit, mein Kind?« Ich hörte, dass sie ein Schniefen unterdrückte.

»Ja, ja, ich bin in Sicherheit. Ich bin in einem englischen Herrenhaus. Ich arbeite als Kindermädchen. Ich kümmere mich hier um vier Kinder.«

»Warum hast du uns denn nicht geschrieben?«

»Das habe ich«, antwortete ich. »Leider wurden die Briefe …« Ich schaute Mr. Beardsley an. »Die Briefe wurden nicht abgeschickt. Aber ich denke jeden Tag an euch. Ich dachte einfach, ihr hättet zu viel in der Bäckerei zu tun, um mir zu antworten.«

»Ach, Liebes«, sagte sie. »Ich hatte solche Angst um dich. Aber ich habe immer gehofft, dass es dir gut geht. Dein Vater war immer davon überzeugt. Ich bin ja immer ein bisschen ängstlicher als er.«

»Wie geht es Papa?«, fragte ich.

»Dein Vater ist krank, Liebes«, sagte sie.

»Was hat er?«

»Es ist die Lunge. Wahrscheinlich kommt es vom Mehl. Der Arzt sagt, er braucht viel Ruhe, dann erholt er sich vielleicht wieder.« Sie begann zu weinen. »Ach, Flora, ich bete, dass er wieder gesund wird.«

»Ach, Mama!«, sagte ich. »Ich komme nach Hause. Ich tue alles, was ich kann, um nach Hause zu kommen.«

»Aber wie willst du das denn anstellen? Es fahren doch keine Passagierschiffe mehr über den Atlantik, seit der Krieg ausgebrochen ist.«

»Ich finde eine Möglichkeit. Es *muss* eine Möglichkeit geben.«

Am nächsten Morgen kümmerte sich Mrs. Dilloway um die Kinder, während ich Lord Livingston in seinem Arbeitszimmer aufsuchte. »Ach, Flora«, sagte er und blickte überrascht von seinem Schreibtisch auf. »Wie schön, Sie zu sehen.«

»Sie wissen von meinen Briefen«, sagte ich ohne Umschweife.

Er senkte den Blick.

»Wie konnten Sie nur?«, fragte ich. »Und jetzt erfahre ich, dass mein Vater krank ist, vielleicht sogar todkrank, und ich wusste nicht einmal etwas davon!«

»Nun, mit dem gleichen Recht könnte ich *Sie* fragen«, entgegnete er, »wie *konnten* Sie nur?«

Ich ließ mich auf den Stuhl vor seinem Schreibtisch sinken. »Sie wissen es?«

»Ja«, sagte er.

»Seit wann?«

»Schon seit einer geraumen Weile«, sagte er. »Natürlich habe ich erst Verdacht geschöpft, als Sie Lady Annas Buch gefunden hatten. Und dann hat mein Kontaktmann in London Ihre Verbindung zu einem Ganoven namens Philip Price aufgedeckt.« Er lehnte sich in seinem Stuhl zurück und lächelte, als würde ihn das alles sehr belustigen. »Ich wollte sehen, ob Sie es wirklich tun würden. Ob Sie das Zeug dazu haben.« Er zog eine Schreibtischschublade auf, nahm ein zusammengefaltetes Blatt Papier heraus und strich es auf dem Schreibtisch glatt, sodass ich sehen konnte, um was es sich handelte. »Haben Sie danach gesucht?«

Es war die fehlende Seite aus Lady Annas Buch.

»Ich habe schon vor langer Zeit beschlossen, dass ich weder Sie noch die Kinder jemals verraten könnte«, erwiderte ich.

Lord Livingston lächelte erneut. »Aber Sie haben darüber nachgedacht, nicht wahr?« Er zerknüllte die Seite und warf sie in den Papierkorb unter seinem Schreibtisch.

»Nein«, sagte ich. »Das stimmt nicht. Ich habe die Kinder ins Herz geschlossen. Ich habe Sie alle ins Herz geschlossen. Desmond auch.«

»Was wird er jetzt wohl von Ihnen denken?«, fragte er und langte noch einmal in die Schreibtischschublade. »Wenn er die hässliche Wahrheit über Sie erfährt?«

Mir schlug das Herz bis zum Hals. »Und was ist mit der Wahrheit über *Sie*?«, konterte ich. »Was ist mit all Ihren Geliebten? Was ist mit den Frauen, die spurlos verschwunden sind?«

Als ich seinen Gesichtsausdruck sah, wünschte ich, ich hätte die Worte nie geäußert.

Er schüttelte den Kopf. »Ich weiß nicht, wovon Sie reden«, sagte er und nahm die Briefe an meine Eltern aus der Schublade. Es war ein ganzer Stapel, mit einer Schnur zusammengebunden. Meine Wangen glühten, als ich die Briefe an mich nahm und damit aus dem Zimmer stürzte.

»Warten Sie, Flora!«, rief er mir nach.

Ich lief durch die Eingangshalle nach draußen.

Ich rannte über den Vorplatz und weiter ziellos hügelabwärts. Dann sah ich die Kamelien. Es hatte wieder angefangen zu schneien, aber das war mir egal. Mit jedem Schritt entfernte ich mich weiter von diesem Haus und all der darin herrschenden Traurigkeit. Ich konnte das alles nicht mehr ertragen. Hatte Lady Anna auch solcher Kummer geplagt, als sie in ihren geliebten Garten geflüchtet war? Ich betrachtete die Kamelien. Sie sahen aus wie mit Puderzucker bestäubtes Konfekt.

Ich folgte dem Weg zu dem alten Kutscherhaus. Ich zog die Tür auf. Diesmal war sie nicht verriegelt. An den Haken entlang den Wänden hingen ein Seil, eine Säge, eine Heckenschere und andere Gartengeräte. Neben einer kleinen Tür an der hinteren Wand lag ein Jutesack auf dem Boden. Vorsichtig öffnete ich die Tür und spähte in den kleinen Raum dahinter. Ein furchtbarer Schreck fuhr mir in die Glieder. Auf die gegenüberliegende Wand hatte jemand in dunkelroter Farbe eine seltsame Botschaft geschrieben: *Und die Blumen sollen mit ihrem Blut gesalbt werden, auf dass sie Schönheit hervorbringen.*

Draußen hörte ich einen Zweig knacken. Mein Puls ging schneller, und mein Atem bildete weiße Wölkchen in der eiskalten Luft. Ich muss hier raus, schoss es mir durch den Kopf. Langsam öffnete ich die Tür. Als ich aus dem Kutscherhaus trat, entdeckte ich ein zweites Paar Fußspuren im Schnee. Sie waren ganz frisch. Ich schaute mich nach rechts und links um und beschloss, den Spuren zu folgen. »Wer ist da?«, rief ich. Meine Worte verloren sich im Schneegestöber.

Hinter dem Kutscherhaus entdeckte ich eine Kamelie, die mir bis dahin nie aufgefallen war. Und an einem der unteren Äste leuchtete ein kleiner, rosa Farbtupfer. Ich ging näher.

Und tatsächlich, an einem winzigen Zweig hing eine Blüte. Sie war erst halb geöffnet, doch wunderschön. Weiße Blütenblätter mit rosa Sprenkeln. Ich konnte es kaum glauben. Die Middlebury Pink.

»Eine Winterblüte«, sagte eine tiefe Stimme hinter mir.

Ich fuhr herum. Desmond.

»Deswegen hat meine Mutter die Kamelien so sehr geliebt«, sagte er. »Weil sie auch dann noch blühen, wenn nichts anderes mehr blüht.«

»Was machst du hier?«, fragte ich unsicher.

Er nahm seinen Mantel ab und legte ihn mir um die Schultern, so wie er es bei unserer ersten Begegnung getan hatte. Ich betrachtete sein Gesicht. Es strahlte Stärke und Selbstsicherheit aus, ein Gesicht, an dem ich mich bis an mein Lebensende nicht sattsehen würde, aber konnte ich ihm trauen? Er nahm meine Hände. »Deine Finger sind ja die reinsten Eiszapfen«, sagte er und rieb mir die Hände genau wie an dem Abend, an dem er mir offenbart hatte, dass er mich liebte, nur dass sich jetzt alles anders anfühlte.

»Ich fahre nach Hause«, sagte ich.

»Das verstehe ich nicht«, erwiderte er verblüfft. »Warum?«

»Mein Vater ist krank. Er braucht mich. Ich weiß nicht, ob jetzt im Krieg überhaupt Schiffe nach Amerika fahren, aber ich werde es auf jeden Fall versuchen.«

Desmond wandte sich ab. »Du weißt, dass du mir das Herz brichst, wenn du fortgehst«, sagte er.

»Das ist nicht meine Absicht.«

Er drehte sich wieder zu mir um. »Was kann ich tun, um dich zum Bleiben zu überreden?«

»Es tut mir leid, Desmond«, sagte ich. »Aber ich muss

fort.« So viel er mir auch bedeuten mochte, ich war erschöpft, zu erschöpft. Und ängstlich.

Er langte in seine Hosentasche. »Ich habe etwas für dich.« Er öffnete meine Hand und ließ eine kühle Silberkette hineingleiten.

»Was ist das?«, fragte ich.

»Eine ganz besondere Halskette. Sie hat meiner Mutter gehört.«

Ich hielt sie hoch und betrachtete das Medaillon, das daran hing. Auf dem Deckel war eine Blüte eingraviert, die an eine Kamelie erinnerte. Ich zweifelte nicht daran, dass es sich um das Medaillon handelte, von dem Mrs. Dilloway gesprochen hatte und von dem sie glaubte, dass es etwas Wertvolles enthielt.

»Desmond«, sagte ich kopfschüttelnd. »Wo hast du diese Kette gefunden? Mrs. Dilloway hat gesagt …«

Desmond lächelte in sich hinein. »Meine Mutter hat sie nie abgelegt. Sie hatte sie von ihrer Mutter bekommen. Es ist ein Familienerbstück. Reines Silber. So etwas wird heutzutage gar nicht mehr hergestellt.«

Ich versuchte, das Medaillon zu öffnen, aber der Mechanismus klemmte.

»Komm, ich lege sie dir an«, sagte Desmond. »Sie hätte sich gewünscht, dass du sie trägst.«

Mich schauderte, als seine kalten Hände meinen Hals berührten und den Verschluss einhakten. Ich fragte mich ängstlich, woher er die Halskette hatte.

»Nehmen Sie sie sofort ab«, sagte Lord Livingston, der plötzlich hinter uns auftauchte. »Diese Halskette hat meiner Frau gehört.«

»Aber ich … Ich …«

»Mutter hätte sich gewünscht, dass Flora sie bekommt, Vater«, sagte Desmond.

Lord Livingstons Augen wurden schmal. »Woher willst du wissen, was deine Mutter sich gewünscht hätte? Du warst ein verwöhnter kleiner Bengel. Du bist ihr immer nur eine Last gewesen.«

Ich zuckte zusammen, als er die hässlichen Worte aussprach.

Desmond machte mit erhobener Faust einen Schritt auf seinen Vater zu. »Wie kannst du es wagen!«

Zorn flammte in Lord Livingstons Augen auf. Ich wandte mich ab. »Du hast deiner Mutter eingeredet, dass sie mich nicht liebt«, donnerte er. »Du hast diese Saat in ihr Herz gelegt.«

»Ich brauchte keine Saat in ihr Herz zu legen«, entgegnete Desmond. »Die war schon längst da.«

Lord Livingston schlug nach ihm, und im nächsten Moment wälzten die beiden Männer sich im Schnee. Ich flehte sie an aufzuhören. In Lord Livingstons Blick lag tiefe Trauer, beinahe Wahnsinn. Er sprang auf und stolperte zum Kutscherhaus.

Als er die Tür nicht aufbekam, trat er sie ein und verschwand im Innern. Einen Augenblick später kam er wieder heraus, eine Axt in der Hand.

»Nein!«, schrie ich. »Was haben Sie vor?«

Er kam auf uns zu, doch sein Blick war auf etwas hinter uns gerichtet. Die Kamelie. Ich sog heftig die Luft ein. Die Middlebury Pink.

»Ich hätte diesen Baum schon vor langer Zeit fällen sollen«, sagte er mit einer Stimme, die so rau klang, dass ich sie kaum wiedererkannte. »Hier unten hatte Anna viel zu viel

Zeit nachzugrübeln. Zu viel Zeit, sich von mir zu entfremden.« Er hob die Axt über den Kopf. »Aus dem Weg!«, schrie er.

Desmond und ich wichen zurück, aber ich beschwor ihn, die Axt wegzulegen. »Sie wissen ja nicht, was Sie tun! Nicht diese Kamelie! Es ist eine ganz seltene Art, das haben Sie selbst gesagt!« Ohne mich zu beachten ließ er die Axt in den Baumstamm krachen. Die Äste des Baums schwankten, als flehten sie ihn an, sie zu verschonen. Aber er hob die Axt erneut und schlug mit noch größerer Kraft zu. Ich sah die Verzweiflung in seinem Gesicht. Er konnte niemanden für Lady Annas Tod oder für ihre Traurigkeit zur Rechenschaft ziehen, aber er konnte seine Wut an den Kamelien auslassen. An dieser besonderen Kamelie.

»Bitte!«, schrie ich in dem vergeblichen Versuch, ihn aufzuhalten.

Der nächste Axthieb durchtrennte den Stamm, und der Baum stürzte in den Schnee. Lord Livingston sank auf die Knie und vergrub das Gesicht in den Händen. Er musste sich die Lippe aufgeschlagen haben, als er mit Desmond gerungen hatte, denn Blut lief ihm übers Kinn und tropfte auf den schneebedeckten Boden.

»Du bist verletzt, Vater«, sagte Desmond und lief zu ihm, um die Wunde genauer zu betrachten. »Ein tiefer Riss«, sagte er. »Ich hole Beardsley. Wir brauchen einen Arzt!« Er wandte sich mir zu. »Bleib bei ihm. Ich bin gleich wieder da.« Dann rannte er zum Haus hoch.

Vorsichtig trat ich einen Schritt näher.

»Es wird Zeit, dass Sie gehen, Miss Lewis«, sagte er.

Ich nickte.

»Machen Sie es nicht noch schwieriger, als es schon ist«,

fuhr er fort. »Sie haben den Baum gefunden. Jetzt gibt es ihn nicht mehr. Jetzt bekommt ihn niemand mehr.«

Eine Träne lief mir über die Wange.

»Ich werde Desmond und den Kindern nichts sagen. Es würde ihnen das Herz brechen.« Er rieb sich die Stirn. »Es ist an der Zeit. Bitte, verlassen Sie uns.«

Ich trat einen Schritt zurück und ging zum Weg. Ich rannte durch den Schnee zum Haus. Unbemerkt schlüpfte ich durch den Dienstboteneingang und stopfte hastig meine Sachen in den alten Koffer. Der Gedanke an die Kinder machte mich schrecklich traurig. Ich lief zur Einfahrt, wo Mr. Humphrey gerade dabei war, die Windschutzscheibe des Autos vom Schnee zu befreien. »Können Sie mich zum Bahnhof bringen?«, fragte ich ihn außer Atem.

»Selbstverständlich, Miss Lewis«, sagte er lächelnd. »Ist alles in Ordnung?«, fragte er mit einem merkwürdigen Funkeln in den Augen.

»Ich muss fort«, sagte ich und warf einen Blick über die Schulter. »Sofort.«

Mr. Humphrey ließ mich einsteigen und setzte sich ans Steuer. Als wir losfuhren, sah ich Desmond im Rückspiegel. Er rannte hinter dem Wagen her. »Flora!«, rief er. »Flora, bleib hier!«

Mr. Humphrey trat so heftig aufs Gaspedal, dass wir mit einem Ruck Tempo aufnahmen. Eine Weile sagte keiner von uns etwas. Mehrmals betrachtete Mr. Humphrey mich im Rückspiegel, ehe er schließlich das Wort an mich richtete. »Steht Ihnen gut«, sagte er.

Ich schüttelte den Kopf. »Ich verstehe nicht, was Sie meinen«, sagte ich und wischte mir eine Träne fort.

»Lady Annas Medaillon«, sagte er, während er mich immer noch im Rückspiegel beobachtete. Ich sah, dass er lächelte.

Ich berührte das Medaillon. »Woher wissen Sie …«

»Das war dumm von mir«, sagte er. »Es muss mir im Haus aus der Tasche gefallen sein. Desmond hat es gefunden. Natürlich hat er keinen Verdacht geschöpft. Noch nicht. Aber bald.«

»Mr. Humphrey«, sagte ich. Mein Herz begann heftiger zu klopfen. »Ich verstehe nicht.« Doch dann erinnerte ich mich, dass ich einmal im Wagen eine silberne Kette gesehen hatte, und fragte mich, ob er das Medaillon die ganze Zeit gehabt hatte.

»Ich bitte Sie, Miss Lewis, Sie sind doch ein kluges Mädchen. Sie wissen bestimmt längst Bescheid.« Er zog eine Pistole aus der Jackentasche, hielt sie hoch, damit ich sie sehen konnte, und legte sie dann auf den Beifahrersitz.

Ich schlug mir eine Hand vor den Mund.

»Die anderen waren alle so leicht zu haben«, sagte er. »Sie sind regelrecht dahingeschmolzen. Aber nicht Lady Anna. Nein, die habe ich leider nicht gekriegt. Sie starb, bevor ich sie mir vornehmen konnte. Dieser verfluchte Abbott. Er hatte den Tee natürlich für Mr. Blythe gedacht, aber dann wurden die Tassen verwechselt.« Er lachte vor sich hin. »Der Junge hat seine eigene Mutter umgebracht.«

Ich wollte etwas sagen, brachte jedoch kein Wort heraus.

»Desmond ist wahrscheinlich inzwischen im Haus und reimt sich alles zusammen«, fuhr Mr. Humphrey fort. »Ich dachte schon, ich wäre geliefert, als Sie die Halskette in meinem Wagen entdeckt hatten. Und dann, als Sie mich gesehen haben, wie ich aus dem Garten kam …« Er leckte sich zufrieden die Lippen. »Erinnern Sie sich an Theresa aus der Stadt?

Ich war mit ihr da unten. Ich hab sie unter der letzten Kamelie in der hinteren Reihe begraben.«

Meine Hände zitterten. Es hätte mir längst klar sein müssen. Die schlammverkrusteten Stiefel. Das Laternenlicht zwischen den Kamelien. Der Jutesack. Großer Gott, dachte ich.

»Wenn Desmond verlangt hätte, den Inhalt des Sacks zu sehen, hätte er eine große Überraschung erlebt.« Er schüttelte den Kopf. »Aber er ist genau wie sein Vater, der würde sich auch nie mit mir anlegen. Feiglinge, alle beide.«

Ich konnte nicht sprechen. Ich bekam kaum Luft. Der Wagen raste über die Straße, aber die Zeit hatte sich verlangsamt, es war, als hätte die Welt aufgehört, sich zu drehen.

»Ich hätte das Medaillon nicht aufheben sollen«, sagte Mr. Humphrey. »Ein großer Fehler. Ich hab ihr die Kette vom Hals gerissen, als ich sie im Garten gefunden habe. Glauben Sie mir, ich hätte mir mehr von ihr gewünscht.« Seine Augen blitzten im Rückspiegel. »Aber Desmond war schon unterwegs in den Garten, da musste ich mich halt mit dem begnügen, was ich kriegen konnte.« Er lachte erneut. »Ich könnte wahrscheinlich zehn Pfund dafür bekommen. Aber darum kümmere ich mich, wenn ich mit Ihnen fertig bin.«

Entsetzen packte mich, doch ich durfte mich nicht davon überwältigen lassen. Schneeflocken flogen durch das Fenster herein, das einen Spaltbreit offen war. Ich warf einen Blick auf den Türgriff. Würde es mir gelingen zu fliehen? Konnte ich mich aus dem Wagen werfen?

»Ich werde mit Ihnen machen, was ich mit Lady Anna vorhatte«, sagte Mr. Humphrey.

»Großer Gott!«, rief ich. »Bitte, Mr. Humphrey. Sie sind krank. Bringen Sie mich in die Stadt. Wir werden dafür sorgen, dass Sie Hilfe bekommen.«

Er schüttelte den Kopf. »Die Bäume brauchen Blut.«

Ich verzog das Gesicht. »Blut?«

»Und die Blumen sollen mit ihrem Blut gesalbt werden, auf dass sie Schönheit hervorbringen.«

»Die Worte an der Wand im Kutscherhaus«, sagte ich. »Das waren *Sie*!«

»Ja. Wissen Sie das nicht? Nur so bringt man Kamelien zum Blühen.«

»Aber das stimmt nicht«, sagte ich. »Sie blühen auch so. Man muss ihnen nur Zeit lassen. Man kann keine Pflanze zum Blühen zwingen.«

»O doch, Miss Lewis, das kann man«, sagte er. »Die Middlebury Pink hatte seit zehn Jahren nicht geblüht. Aber jetzt … Sie haben die Blüte selbst gesehen.« Er hob seinen Arm, der am Handgelenk verbunden war. »Ich musste sie persönlich nähren. Es hat gerade mal für eine Blüte gereicht. Aber Sie …« Er schürzte die Lippen. »Sie werden dafür sorgen, dass der Baum wieder in voller Blüte steht.«

»Sie sind wahnsinnig«, sagte ich.

Er lächelte vor sich hin. »Lord Livingston hat keine Ahnung«, sagte er. »Aber er hat mir sehr geholfen, denn er hat all die Mädchen zu mir gebracht. Er hat mit ihnen allen geschlafen, und wenn ihre Leichen unter den Kamelien gefunden werden, ist er der Hauptverdächtige. Einfach perfekt, wenn Sie mich fragen.«

Ich schüttelte entsetzt den Kopf.

»Die glauben, wir Bediensteten würden nichts mitbekommen«, fuhr er fort. »Wir würden nichts sehen und nichts hören. Aber ich habe ihn beobachtet. Wie er sie heimlich mit in sein Zimmer nimmt, wo er sich mit ihnen in der Stadt trifft. Nach ein paar Monaten hat er immer genug von ihnen.

Dann übernehme ich sie.« Er drehte am Radio herum. »Es dauert nicht mehr lange. Es war mir wirklich ein Vergnügen, Ihr Gesicht zu sehen, als Sie an Ihrem ersten Tag bei den Kamelien waren.«

»Das waren also Sie im Kutscherhaus?«

»Ja, ich und Genevieve Preus«, sagte er. »Eine richtige Kratzbürste, die Kleine.« Er grinste. »Ja, heute sind Sie an der Reihe. Und als Nächstes schnappe ich mir dieses verfluchte Hausmädchen. Ich kann ihr dummes Gequatsche nicht mehr hören.« Er schüttelte den Kopf. »Und Lady Katherine ist auch bald so weit. Ich beobachte sie schon lange.« Er rieb sich die Stirn. »Was hat Thomas Jefferson noch gesagt?« Unsere Blicke begegneten sich im Rückspiegel. »Sie sind doch Amerikanerin, Sie müssten das doch wissen.« Er überlegte. »Ach ja, er hat gesagt: ›Der Baum der Freiheit muss gelegentlich mit dem Blut von Patrioten gedüngt werden.‹«

Mit zitternden Händen zog ich das Taschentuch heraus, in dessen eine Ecke meine Mutter meine Initialen gestickt hatte, FAL. Ich betupfte mir damit die Augen, und irgendwie gab mir das Kraft, es war, als würden meine Eltern mir sagen: »Hab keine Angst.« Ich dachte an das, was Georgia vorne in *Die Jahre* geschrieben hatte: »In Wahrheit wissen wir immer, was das Richtige ist. Das Schwere ist, es auch zu tun.«

Und in dem Augenblick wusste ich, was ich zu tun hatte. Ich beugte mich vor und grub meine Finger in Mr. Humphreys Augen. Mir wurde speiübel, als ich spürte, wie das rechte Auge platzte. Er schrie auf und ließ das Steuer los, um sich von meinen Händen zu befreien, und der Wagen brach erst nach rechts, dann nach links aus. Wir krachten gegen eine Leitplanke, dann flog der Wagen durch die Luft. Ich riss mir die Kette vom Hals. Ich wusste nicht, ob einer von uns überleben würde, aber falls Mr. Humphrey überlebte, sollte er das Medaillon nicht für zehn Pfund verkaufen können. Er sollte es nie wieder in die Finger bekommen – oder eine andere Frau. Ich warf es aus dem Fenster und schloss die Augen.

31

Addison

Meine Lider flatterten, und ich schlug die Augen auf. Die Sonne war gerade aufgegangen. Ich war immer noch auf dem Sitz eingeklemmt. Ich war dankbar für die Wärme, die die Sonne durch die Windschutzscheibe spendete, dankbar für den Morgen. Ich war ziemlich unterkühlt, und alles fühlte sich feucht an. Dann stellte ich fest, dass meine Hose klatschnass war. Wie lange befand ich mich schon hier? Seit Tagen? Würde Rex mich jemals finden? Mein Kopf schmerzte, und in meinen Beinen spürte ich ein Pochen. Ich berührte den Kamelienzweig, der durch die zerborstene Windschutzscheibe hereinragte, und betrachtete die Blüte. Einige Blütenblätter hatten sich schon braun verfärbt. »Nein«, flüsterte ich. »Du darfst nicht sterben. Noch nicht. Du bist meine einzige Hoffnung.«

Niemand spricht darüber, was mit einem passiert, kurz bevor man stirbt. Sieht man sein ganzes Leben Revue passieren? Gleitet man sanft in einen schönen, angenehmen Traum, in dem man von weichen Wolken und sanfter Musik umgeben ist? Hört man Engel singen? Streckt Jesus einem die Hand entgegen, um einen durch das Himmelstor zu geleiten? Eingeklemmt in meinem zerbeulten Auto fragte ich mich, ob das die letzten Momente meines Lebens waren.

Über mir glitzerte ein Tautropfen an der Kamelienblüte. Ich öffnete den Mund und wartete darauf, dass der Tropfen auf meine ausgetrocknete Zunge fiel.

Mich fröstelte, als ein Windstoß das Auto schüttelte. Die Kamelie über meinem Kopf schaukelte, und ein Blütenblatt fiel auf den Sitz. Halt durch, kleine Blüte, dachte ich, halt durch.

Eine Stunde mochte vergangen sein. Oder ein Tag, oder eine Woche. Ich wusste es nicht. »Sie ist im Auto!«, rief jemand in einiger Entfernung. Eine männliche Stimme. Tief. Atemlos. Ich hörte Hundegebell und Stimmengewirr.

»Langsam«, sagte jemand. »Sie ist eingeklemmt. Wir brauchen den Pedalschneider. Vorsicht. Nicht zu schnell.«

Ich öffnete mühsam die Augen, aber alles war verschwommen.

»Sie ist bei Bewusstsein!«

Ich öffnete die Lippen, dann spürte ich Druck auf den Beinen.

»Nicht sprechen, Madam«, sagte ein Mann irgendwo über mir. »Und nicht bewegen. Wir holen Sie hier raus, keine Angst.«

»Addison!« Die Stimme klang vertraut. »Addison, Liebling!«

Ich versuchte in Richtung der Stimme zu blicken, ich fokussierte den Blick, bis ich sein Gesicht sah. Rex.

Mir fielen die Augen zu, und alles wurde schwarz.

Zu meiner Linken gab eine Maschine schnelle Pieptöne von sich. Ich zuckte nicht zusammen, als eine kalte Hand meinen Arm ergriff und ich den Einstich einer Nadel spürte. Wo war ich? Was passierte mit mir? Ich versuchte, die Augen zu öffnen, aber der Kameliengarten lockte mich zurück – über den backsteingepflasterten Weg, durch das Rosentor, am steinernen Engel vorbei, und dort, im Nebel, hinter dem Kutscherhaus mit dem rostigen Wetterhahn, der sich im Wind drehte, stand der Baum. *Ihr* Baum. Ich machte einen Schritt darauf zu, spürte den weichen Boden unter den Füßen. Frische Erde. Die Schreie so vieler Frauen. Sie konnten jetzt in Frieden ruhen. Konnte ich das auch?

Ich öffnete die Augen. »Sie wären beinahe gestorben«, sagte eine junge Krankenschwester und schob sich eine Strähne hinters Ohr. »Aber jetzt haben Sie es geschafft. Man hat Sie mit dem Hubschrauber hierhergebracht, ins First-Memorial-Krankenhaus in London. Sie hatten einen schrecklichen Unfall und waren vier Tage lang in ihrem Auto eingeklemmt. Sie sind wirklich zäh.«

Von irgendwoher war eine vertraute Melodie zu hören. Ich lauschte. *Good day, sunshine …*

»Die Musik«, murmelte ich.

»Tut mir leid«, sagte die Schwester und zeigte auf den Fernseher. »Das ist ein Dokumentarfilm über die Beatles. Ich bin Paul-McCartney-Fan.« Sie zwinkerte mir zu. »Ich mach lieber den Fernseher aus.« Sie drückte einen Knopf auf der Fernbedienung und wandte sich mir wieder mit einem Lächeln zu.

Eine Frau mit einer dicken Hornbrille betätigte eine Vorrichtung an meinem Bett und brachte das Kopfteil in eine halb aufrechte Position. »Guten Tag, ich bin Doktor Hollis«, sagte sie, während sie mein Krankenblatt überflog. Dann nickte sie aufmunternd. »Sie haben einen Schlag auf den Kopf abbekommen. Sie haben achtundvierzig Stunden im

Koma gelegen. Wir freuen uns, dass Sie wieder aufgewacht sind.« Sie wandte sich an die Gestalt zu ihrer Linken. »Ist das Ihre Frau?«

»Addison.« Diese tiefe Stimme mit dem britischen Akzent. Meine Augenlider fühlten sich schwer an. Ich wünschte, die Schwester hätte mir nicht so starke Schmerzmittel gegeben. Sie verwischten die Grenze zwischen der Realität und etwas anderem. Zwischen der Realität und einem anderen *Ort*. Dem Himmel vielleicht? War ich im Himmel gewesen? Mir fielen die Augen zu.

»Addison.« Die Stimme klang jetzt lauter, drängender. Ich spürte eine warme Hand an meiner Wange. Meine Lider flatterten wieder, und ich wandte all meine Kraft auf, um die Augen zu öffnen und mich umzusehen. Dann sah ich ihn – seine braune Jacke, seine liebevollen Augen –, und ich lächelte und spürte, wie das Leben in meinen Körper zurückkehrte.

»Rex«, murmelte ich. Und plötzlich erinnerte ich mich wieder an den Unfall. Ich wollte ihm so viel erzählen – von Sean, von meiner Vergangenheit, von der Kamelie, von den Frauen, die ermordet worden waren, von Lady Anna – aber als ich den Mund öffnete, kam kein Ton heraus. Ich rang nach Luft.

»Ganz ruhig, Liebes«, sagte er. »Ich bin bei dir, und ich gehe nicht wieder fort.«

»Aber … Was ist mit …«

»Vor ihm brauchst du keine Angst mehr zu haben«, unterbrach er mich. »Die Polizei hat ihn geschnappt. Er wird gerade an die USA ausgeliefert. Er kann dir nichts mehr antun.« Er sah mich bekümmert an. »Ich wünschte nur, du hättest mit mir gesprochen. Ich wünschte, ich hätte dich vor ihm beschützen können.«

Meine Augen füllten sich mit Tränen. »Du weißt es also«, sagte ich kopfschüttelnd. »Hast du es die ganze Zeit gewusst? Ich habe die Akte in deiner Tasche gesehen.«

Er wirkte verwirrt. »Welche Akte?«

»Die, auf der *Amanda* steht«, flüsterte ich beschämt.

»Ach die«, sagte er. »Das ist nur eine Charakterskizze, Liebes. Ich dachte, du wüsstest, dass die Hauptfigur in meinem Roman Amanda heißt.«

Ich betrachtete meine Hände. An meinem Unterarm entdeckte ich einen blauen Fleck.

»Sie ist stark und mutig«, sagte Rex. »Genau wie du.«

»Aber bist du mir nicht böse?«, fragte ich. »Weil ich dir meine Vergangenheit verschwiegen habe?« Ich biss mir auf die Lippe und kämpfte mit den Tränen. »Weil ich dich angelogen habe?«

»Du hattest deine Gründe«, sagte er. »Das respektiere ich. Aber eines möchte ich klarstellen.« Er sah mir tief in die Augen. »Nichts an deiner Vergangenheit kann etwas an meiner Liebe zu dir ändern – nichts.« Er küsste mein Handgelenk und streichelte die dunkle Stelle, die ich all die Jahre so mühsam vor ihm verborgen hatte. Die Krankenschwester musste mir die Uhr abgenommen haben. Aber das war mir jetzt egal. Die Narben hatten jetzt keine Macht mehr über mich.

»Rex«, sagte ich unter Tränen. »Als ich fünfzehn war, gab es einen kleinen Jungen. Er war erst drei Jahre alt. Sean hat ihn umgebracht. Ach Rex, er hat ihn von einer Schaukel gestoßen.« Ich schluchzte auf. »Ich wollte den Kleinen retten. Ich habe es wirklich versucht.« Rex beugte sich sanft über mich, nahm mich in die Arme. »Aber ich habe es nicht geschafft. Ich war nicht schnell genug. Er hieß Miles. Sean hat mich gezwungen, ihn zu begraben. Ich hatte solche Angst, es dir zu erzählen. Ach Rex, ich schäme mich so.«

Er streichelte meine Wange. »Du brauchst dich nicht zu schämen. Bitte, Liebes. Du warst doch damals selbst noch ein Kind.«

Ich weinte an seiner Schulter. »Ich will das einfach nicht mehr mit mir allein herumtragen.«

»Das brauchst du auch nicht«, sagte er. »Jetzt nicht mehr.«

Er gab mir einen Kuss. Dann zog er einen Brief aus der Tasche. »Den habe ich in unserem Zimmer auf der Frisierkommode gefunden. Er ist für dich.«

Ich riss den Umschlag auf. Dann fiel mir wieder ein, dass Mrs. Dilloway etwas von einem Brief gesagt hatte, bevor der Krankenwagen mit ihr abgefahren war.

Liebe Addison,

ich bin sehr krank und fürchte, dass mir nicht mehr viel Zeit bleibt. Ich möchte, dass Sie die Wahrheit über Lady Anna erfahren. Was auch immer mit den anderen jungen Frauen geschehen ist, mögen sie in Frieden ruhen, Lady Anna ist auf andere Weise gestorben. In der Nähe des Kameliengartens wächst eine giftige Pflanze, eine Tollkirsche. Lady Anna fand immer, dass sie zu schön sei, um sie auszureißen, aber diese Pflanze hat sie am Ende getötet. Abbott wusste von der Pflanze, er hatte ein paar Beeren davon gepflückt. Eines Tages, als ich gerade den Tee zubereitete, hat er sich erboten, mir zu helfen, und ich hätte gleich wissen müssen, was er vorhatte. Er hasste Mr. Blythe. Er hasste ihn dafür, dass er die Aufmerksamkeit seiner Mutter genoss. Deswegen hat er den Tee vergiftet. Der Tee war für Mr. Blythe gedacht, aber es ist anders gekommen, als er es geplant hatte. Die Teetassen wurden vertauscht, und seine Mutter trank den vergifteten Tee. Lady Anna liebte ihre Kinder mehr als alles andere auf der Welt. Sie hätte nicht gewollt, dass ihr Sohn bestraft würde oder eine solche Schuld mit sich herumtragen müsste. Und als Abbott mich nach ihrem Tod gefragt hat, ob ich den Tee serviert hätte, habe ich ihm, obwohl ich genau wusste, warum er fragte, geantwortet, ich hätte es nicht getan. Ich habe ihm gesagt, ich hätte beide Teetassen ausgeschüttet und neuen Tee aufgesetzt, weil ich in einer Tasse eine Fliege entdeckt hätte. Damit war die Sache erledigt. Als ein Ermittler den Fall vor einiger Zeit neu aufrollen und den Autopsiebericht noch einmal unter die Lupe nehmen wollte, habe ich dafür gesorgt, dass die Unterlagen versiegelt wurden. Um Abbotts willen. Ein Sohn sollte nicht mit einer solchen Schuld leben müssen.

Hochachtungsvoll

Ihre Mrs. Dilloway

»Rex«, sagte ich und legte den Brief weg. »Wie geht es ihr? Wie geht es Mrs. Dilloway?«

Er seufzte. »Das Krankenhaus hat heute Morgen angerufen. Sie hat einen weiteren Schlaganfall erlitten. Wir müssen abwarten.«

Die Krankenschwester erschien in der Tür. »Verzeihen Sie, Mrs. Sinclair, ich möchte Sie nicht stören, aber hier ist ein Sanitäter, der Sie sprechen möchte. Er gehörte zu dem Team, das Sie gerettet hat. Darf ich ihn hereinlassen? Oder soll ich ihn bitten, später noch einmal vorbeizuschauen?«

»Nein, er soll hereinkommen. Ich möchte mich gern bei ihm bedanken.«

Ein großer Mann mit dunklem Haar betrat schüchtern das Zimmer. »Es freut mich, dass es Ihnen besser geht«, sagte er lächelnd. Er unterbrach sich, um die Lautstärke eines Funkgeräts herunterzudrehen, das an seinem Gürtel befestigt war. »Anfangs waren wir uns nicht sicher, ob Sie es schaffen würden.« Er reichte mir die Hand. »Ich bin John Simmons.«

Ich schüttelte ihm die Hand. »Ich weiß gar nicht, wie ich Ihnen danken soll. Sie haben mir das Leben gerettet, John.«

»Ich wünschte nur, wir hätten Sie etwas eher gefunden«, sagte er. »Aber Sie sind eine Kämpfernatur. Vier Tage da draußen … Alle Achtung.«

»Ich bin Amerikanerin«, erwiderte ich lächelnd. »Das liegt uns im Blut.«

Simmons grinste und langte in seine Hosentasche. »Also, warum ich hergekommen bin, Mrs. Sinclair … Na ja, ich habe in der Nähe des Unfallortes etwas gefunden, von dem ich dachte, dass es vielleicht Ihnen gehören könnte.« Er hielt eine Halskette hoch, die er in meine Hand gleiten ließ. An der schwarz angelaufenen Kette hing ein ovales Medaillon, in dessen Deckel eine Kamelienblüte eingraiert war.

Lady Annas Medaillon, schoss es mir durch den Kopf. Ich erkannte es sofort. Es war das Medaillon auf dem Gemälde im Herrenhaus.

Mein Herz begann heftig zu pochen. »Ich verstehe das nicht, ich …«

»Sie müssen es bei dem Unfall verloren haben«, sagte John. Er wandte sich zum Gehen. »Tja, dann will ich Sie mal nicht länger stören. Es freut mich zu sehen, dass Sie auf dem Weg der Genesung sind. Meine Kollegen werden erleichtert sein, das zu hören.«

»Aber …«, murmelte ich, während ich das Medaillon betrachtete.

Er ging zur Tür, drehte sich jedoch noch einmal zu Rex und mir um. »Ach, beinahe hätte ich vergessen, es Ihnen zu erzählen. Wir haben da in dem Tal eine Entdeckung gemacht. Ob Sie's glauben oder nicht, unsere Jungs haben direkt bei der Unfallstelle einen verrosteten Rolls-Royce aus den Vierzigerjahren gefunden – mit den Überresten eines Mannes darin.«

»Wie bitte?«

»Ja«, sagte er. »Ich wollte Ihnen keinen Schrecken einjagen, Mrs. Sinclair, aber ich dachte, es interessiert Sie vielleicht, dass Sie sich eine gute Stelle ausgesucht haben für Ihren Unfall. Immerhin haben Sie uns zu einer armen Seele geführt, die schon seit Jahrzehnten da unten lag.« Er lächelte. »Also, wir alle wünschen Ihnen weiterhin gute Besserung.« Er zwinkerte Rex zu. »Und vielleicht sollten Sie das Autofahren vorerst lieber Ihrem Mann überlassen.«

»Mach ich«, sagte ich und schaute Rex an, der mir die Schulter drückte.

»Das ist doch einfach unglaublich«, sagte ich, nachdem der Sanitäter gegangen war. Ich zeigte auf die Gravur auf dem Medaillon. »Das ist eine Kamelie, siehst du?«

»Du scheinst ja zu wissen, was es mit diesem Medaillon auf sich hat«, sagte er und küsste mich auf die Stirn. Dann nahm er mir die Halskette aus der Hand, um sie genauer in Augenschein zu nehmen.

»Ja«, sagte ich. Ich musste an das Gemälde denken. An Lady Annas traurige Augen. Ihren geheimnisvollen, sehnsüchtigen Gesichtsausdruck.

Rex schüttelte das Medaillon, lauschte. »Hör mal«, sagte

er. »Ich glaub, da ist was drin.« Er versuchte, den Deckel zu öffnen. »Der Verschluss klemmt«, sagte er schulterzuckend. »Wir bringen es zu einem Juwelier.«

»Lass mich mal versuchen«, sagte ich und nahm ihm das Medaillon mit klopfendem Herzen ab. Was mochte Lady Anna darin aufbewahrt haben? Ich versuchte, das Medaillon zu öffnen, und als ich es gerade aufgeben wollte, sprang es auf. Etwas Winziges fiel heraus und kullerte auf den Boden. Rex bückte sich, um es aufzuheben, dann hielt er es mir auf der flachen Hand hin.

»Seltsam«, sagte er. »Was glaubst du, was das ist?«

Mir kamen die Tränen. »Das ist ein Samenkorn«, antwortete ich. »Von einer Kamelie.«

Rex sah mich verwundert an. »Wirklich?«

Ich nickte. Jetzt fiel mir der Baumstumpf wieder ein, den ich zusammen mit Nicholas Livingston hinter dem Kutscherhaus entdeckt hatte. Natürlich. Lady Anna hatte ein Samenkorn von ihrer geliebten Kamelie in dem Medaillon aufbewahrt für den Fall, dass dem Baum etwas zustoßen sollte. Ob Flora es gefunden und gerettet hatte? Ob sie auch in dem Rolls-Royce gewesen hatte? Aber wer war der Mann?

»Das ist eine Middlebury Pink«, sagte ich. »Es kann nicht anders sein.«

»Meinst du, dass man das Samenkorn noch mal zum Keimen bringen kann, nachdem es jahrzehntelang in so einem Medaillon gelegen hat?«, fragte Rex.

Ich hatte über die Jahre viel über die Keimfähigkeit von Samen gelesen, darunter einen Bericht über ein Weizenkorn aus einem Pharaonengrab, das ein Gärtner tatsächlich zum Keimen gebracht hatte. »Kamelien sind geduldig«, sagte ich. »Du wirst schon sehen.«

Ich hielt das Medaillon ins Licht, um das Innere genauer zu untersuchen. Im Deckel befand sich eine Gravur: *Edward, mein wahrer Norden.*

»Du weinst ja«, sagte Rex und schmiegte seine Wange an meine.

»Ach Rex«, sagte ich. »Ich habe das Gefühl, dass mir die Chance geschenkt wurde, noch einmal ganz von vorne anzufangen.«

»Ich auch«, sagte er. »Ich hätte dich beinahe verloren.«

Ich umklammerte das Medaillon. »Ich wünschte nur, der Park müsste nicht dran glauben.«

Er sah mich verdutzt an. »Ich weiß nicht, was du meinst.«

»Die Pläne«, sagte ich und erinnerte mich daran, wie es mir kalt über den Rücken gelaufen war, als ich sie entdeckt hatte. »Ich habe sie gesehen. Da, wo jetzt der Kameliengarten liegt, soll ein Golfplatz entstehen. Ach, Rex, ich wünschte, du hättest das nicht unterschrieben.«

Er gab mir einen Nackenkuss. »So etwas würde ich niemals unterschreiben«, sagte er. »Was du gesehen hast, mein kleiner Watson, war wahrscheinlich ein Blatt, das aus Versehen zwischen die Pläne für das Haus hier geraten ist. Meine Eltern investieren in ein Projekt im Norden von Cambridge, wo tatsächlich eine Golfanlage geplant ist.«

»Nein«, entgegnete ich. »Ich bin mir ganz sicher. Es gab einen Baumgarten, und das Herrenhaus war auch eingezeichnet.«

Rex kratzte sich am Kopf. »Also, bei dem Baumgarten, den du meinst, handelt es sich um eine alte Apfelplantage, und was du für das Herrenhaus gehalten hast, ist eine baufällige Scheune.« Er lächelte. »Ich nehme an, du hast die Pläne nicht besonders gründlich studiert.«

Ich spürte, wie meine Wangen zu glühen begannen. »Aber ich dachte …«

»Du hast gedacht, ich würde es zulassen, dass meine Eltern einen Kameliengarten mit Bulldozern plattwalzen, in den meine Frau sich verliebt hat?« Er schüttelte den Kopf. »Du scheinst zu vergessen, dass diese Kamelien nicht zuletzt die Inspiration waren für meinen neuen Roman.«

Ich lächelte. »Meinst du das ernst?«

»Ja«, erwiderte er. »Die Kamelien, das Geheimnis, das alte Herrenhaus – wenn du mich nicht mit der Nase draufgestoßen hättest, wäre ich nie auf die Idee mit dem Roman gekommen.«

Wir blickten beide auf, als es klopfte.

Ein älterer Mann stand in der Tür. Sein Gesicht wurde teilweise von einer Schirmmütze mit Fischgrätmuster verdeckt, die er sich tief in die Stirn gezogen hatte, aber ich war mir ganz sicher, dass ich ihn schon einmal gesehen hatte. Nur wo?

Er räusperte sich. »Verzeihung. Ich suche nach meiner Frau. Ich dachte, sie läge in Zimmer dreihundertvierunddreißig.« Er hielt eine Kaffeetasse in der Hand.

»Das Zimmer liegt am anderen Ende des Korridors«, sagte Rex.

»Verzeihen Sie die Störung«, sagte der Mann und senkte den Blick. »Ach, Mist. Ich habe schon wieder die Kaffeesahne für Flora vergessen. Wenn ich jetzt zurück in die Cafeteria gehe, ist der Kaffee kalt, bis ich bei ihr bin.« Meine Augen weiteten sich, als ich den Namen hörte.

»Hier«, sagte Rex und reichte dem Mann zwei Döschen Kaffeesahne von dem Tablett auf meinem Nachttisch. »Nehmen Sie die.«

»Danke«, sagte der Mann. »Sie scheinen sich mit dem Kaffeegeschmack von Amerikanerinnen auszukennen …«

Rex lächelte. »Ich bin mit einer verheiratet.«

Der Mann tippte sich an die Mütze. »Ihnen beiden noch einen schönen Tag«, sagte er mit einem Augenzwinkern.

Ich blinzelte eine Träne fort. War es möglich? Flora. Das Foto von dem Mann vor den Stufen von Livingston Manor. Der Nebel begann sich zu lichten. »Ihnen auch einen guten Tag«, sagte ich leise.

Rex drückte meine Hand. »Alles in Ordnung, mein Schatz?«

Ich nickte und lächelte ihn an, das Medaillon immer noch in der Hand. »Ich habe gerade gedacht, dass ich schon weiß, wo ich dieses Samenkorn einpflanzen werde.«

»Im Kameliengarten?«

»Nein«, sagte ich. »In New York, im Gewächshaus Nummer vier im Botanischen Garten.«

Rex drückte noch einmal meine Hand.

Ich schloss die Augen und stellte mir den Baum vor, der aus dem Samenkorn wachsen würde, die herrlichen Blüten, die er tragen würde. Genau wie ich hatte er eine mühsame Reise hinter sich, eine Reise voller Ungewissheiten. Und Schmerz. Aber jetzt würde die Kamelie Wurzeln schlagen und gedeihen. Sie würde in Würde, Frieden und Vergebung leben.

Genau wie ich.

Epilog

Das Herrenhaus erstrahlte in der Sommersonne. Zwei Jahre waren vergangen, die mir vorkamen wie eine Ewigkeit, seit ich an der steinernen Fassade hochgeschaut hatte. Im Jahr davor hatten Rex' Eltern uns gedrängt, nach England zu kommen, um uns das Ergebnis der Renovierungsarbeiten anzusehen, aber da war ich noch nicht so weit gewesen.

Doch dann erhielt ich einen Brief von Katherine Livingston. Sie und ihre jüngere Schwester Jane wollten sich die Gedenktafel ansehen, die James und Lydia zur Erinnerung an die jungen Frauen hatten anbringen lassen, die zwischen 1930 und 1940 auf dem Anwesen ermordet worden waren. Da hatte ich beschlossen, dass es Zeit war zurückzukehren.

Ich stieg aus dem Taxi und betrachtete das alte Haus. Ich erinnerte mich noch gut, wie ich mich beim ersten Mal gefühlt hatte, unsicher, verängstigt und auf der Flucht vor den Geistern meiner Vergangenheit. Und jetzt – ich schaute Rex an, der neben mir gestanden hatte, als ich in dem Prozess gegen Sean ausgesagt hatte, eine Aussage, die ihn hinter Gitter gebracht hatte, diesmal lebenslänglich –, jetzt fühlte ich mich vollkommen sicher.

»Addison! Rex!«, rief Lydia, die aus dem Haus trat und

uns entgegenkam. Eigentlich hatten meine Schwiegereltern Livingston Manor als Sommerhaus erworben, aber seit zwei Jahren wohnten sie fast die ganze Zeit hier. Und ich wusste auch, warum – dieser Ort besaß einen unvergleichlichen Charme. »Ihr kommt genau rechtzeitig. Die Livingstons sind gleich da. Lasst uns in den Kameliengarten gehen. Ich habe Mrs. Brighton gebeten, uns etwas Kaltes zum Trinken rauszubringen, ihr seid doch bestimmt am Verdursten.«

»Mrs. Brighton?«

»Die neue Haushälterin«, sagte Lydia. »Sie hat vor einem halben Jahr bei uns angefangen, und sie macht ihre Sache großartig. Mrs. Dilloway hat sie noch persönlich ausgewählt vor ihrem Tod.«

»Ach«, sagte ich. »Ich wusste gar nicht, dass sie gestorben ist.« Ich hatte einen Kloß im Hals, als ich den anderen in Richtung Kameliengarten folgte, in der Hand den kleinen Beutel, den ich aus Amerika mitgebracht und während des Flugs über den Atlantik auf dem Schoß gehalten hatte.

»Wie gefallen dir die Möbel?«, fragte Lydia und zeigte auf die Teakholzstühle und Liegen, die auf der Terrasse um mehrere Tische herumgruppiert waren. »Nächste Woche werden noch Lampen aufgehängt, und James möchte einen Grill und vielleicht sogar eine Feuerstelle einbauen lassen.«

Ich lächelte. »Sehr schön.«

Rex' Vater trat aus dem Haus und kam zu uns her. »Hallo, ihr beiden«, sagte er. Er hielt ein Buch hoch. »Seht mal, was ich letzte Woche in der Flughafenbuchhandlung gefunden habe!« Ich erkannte die Blume auf dem Umschlag und lächelte Rex an. »Was muss ich tun, damit der Autor mir mein Exemplar signiert?«

Rex nahm das Buch entgegen, zog einen Stift aus der

Brusttasche und signierte das Buch, so wie er kürzlich bei einer Lesung in New York zahlreiche Bücher signiert hatte. Es trug den Titel *Der Kameliengarten*, und die Widmung lautete: »Für meine Frau Addison in Liebe«. Ich drückte seine Hand.

»Seht mal«, sagte Lydia und zeigte auf drei Leute, die auf uns zukamen. »Sie sind da.«

Ich erkannte Nicholas Livingston sofort. Sein Haar wirkte noch weißer als beim letzten Mal und sein Gesicht ein bisschen schmaler. Ich fragte mich, wie sehr die vergangenen zwei Jahre mein Gesicht wohl verändert haben mochten. »Addison«, sagte er und nahm meine Hände. »Wie schön, Sie wiederzusehen.« Er wandte sich den beiden Frauen zu, die in seiner Begleitung waren. »Das sind meine Schwestern Katherine und Jane.«

»Freut mich, Sie kennenzulernen«, sagte ich und begrüßte die beiden Frauen. »Es kommt mir vor, als würde ich Sie schon lange kennen.«

Jane lächelte. »Wenn Sie nicht gewesen wären, hätte uns sicher nichts hierher zurückgelockt.«

Katherine nickte, dann nahm sie die Hand ihres Bruders. »Mir fehlen die Worte. Es ist ein unbeschreibliches Gefühl, wieder hier zu sein«, sagte sie.

Ich hielt den kleinen Beutel hoch, den ich immer noch in der Hand hatte. »Bevor wir uns die Gedenktafel ansehen, würde ich Ihnen gern etwas zeigen – etwas ganz Besonderes, das ich aus New York mitgebracht habe.«

Alle sahen gespannt zu, als ich den kleinen Tontopf mit dem etwa zwanzig Zentimeter großen Schössling aus dem Beutel nahm. Es handelte sich um einen Ableger der Kamelie, die ich aus dem Samenkorn aus Lady Annas Medaillon gezogen hatte. »Ein Exemplar der Middlebury Pink«, sagte ich feierlich und hielt den Topf hoch. »Das war die Lieblingskamelie Ihrer Mutter.«

Katherine staunte. »Woher haben Sie …?«

»Ihre Mutter hat ein Samenkorn von der Kamelie aufgehoben«, sagte ich.

Nicholas bot Katherine sein Taschentuch an, und sie betupfte sich die Augen.

»Es ist mir gelungen, im Botanischen Garten von New York ein Bäumchen aus dem Samenkorn zu ziehen, und als es letztes Jahr geblüht hat, konnten wir aus deren Samen weitere Exemplare ziehen. Diese Kamelie wird zu einem kräftigen Baum heranwachsen, und ich weiß auch schon, wo wir ihn einpflanzen werden.«

Wir gingen zu dem alten Kutscherhaus, wo der Stumpf der alten Kamelie immer noch zu sehen war. »Hier«, sagte ich und hielt mir den Bauch, als ich mich hinkniete, um den Topf abzustellen.

»Alles in Ordnung, Liebes?«, flüsterte Rex.

Ich nickte und lächelte ihn an. »Das Baby hat mich gerade getreten.«

»Mein Enkel wird mal ein großer Sportler werden«, verkündete James stolz.

»Oder ein Gärtner, wie seine Mutter«, sagte Lydia.

»Für welchen Weg auch immer er sich entscheidet«, sagte Rex und legte mir einen Arm um die Schultern. »Wir werden ihn mit Liebe überschütten.«

Lydia reichte mir eine Pflanzschaufel. Ich grub ein kleines Loch, nahm den Schössling aus dem Topf und setzte ihn behutsam in die englische Erde. Wir schauten der kleinen Kamelie zu, wie sie sich in der sanften Brise wiegte. »Ihr solltet eurem Gärtner einschärfen, dass er ein Auge auf das Pflänzchen hat«, sagte ich zu meinen Schwiegereltern. »Wenn es ein bisschen größer wird, muss es gestützt werden. Und er soll die Kamelie nicht zu stark gießen, sonst ersäuft er sie am Ende noch.«

»Wird gemacht«, sagte Lydia.

»So«, sagte ich und drückte die Erde um den kleinen Stamm herum ein bisschen fester an. Dann schaute ich Nicholas, Katherine und Jane an. Einen Moment lang sah ich sie vor mir, wie sie früher gewesen waren: drei Kinder im Garten ihrer Mutter. »Was würde Ihre Mutter wohl sagen, wenn sie jetzt hier wäre?«, fragte ich.

Katherine machte einen Schritt auf mich zu. »Ich glaube, sie würde danke sagen«, antwortete sie. »Vielen, vielen Dank.«

Jane legte ihrer Schwester eine Hand auf die Schulter. »Ich wünschte, Abbott könnte jetzt hier sein und das miterleben«, sagte sie. »Es hätte ihn bestimmt sehr glücklich gemacht.«

Schweigend gingen wir zu der Gedenktafel und lasen still die Namen der Frauen. Dann gingen wir zurück zum Haus. Vögel zwitscherten überall um uns herum.

Vor dem Haus standen zwei Gestalten, ein älterer Mann und eine ältere Frau. Ich bekam Herzklopfen, als Rex und ich einen wissenden Blick austauschten.

Als die beiden näher kamen, sah Katherine Jane an. »Ist das etwa …?«

»Ich traue meinen Augen nicht«, sagte Nicholas.

Rex und ich blieben zusammen mit seinen Eltern zurück und beobachteten das unverhoffte Wiedersehen, das sich vor unseren Augen abspielte.

Lächelnd umklammerte ich das Medaillon an meiner Halskette. Die Saat des Friedens, der Versöhnung und der Heilung war die ganze Zeit da gewesen, es hatte nur jemand kommen und sie pflanzen müssen.

Danksagung

Dieses Buch habe ich meiner Mutter Karen Mitchell gewidmet, nicht nur, weil sie mich während meiner Dreimonatskoliken ertragen (offenbar habe ich während der ersten drei Monate meines Lebens nur geschrien) und mich liebevoll großgezogen hat, sondern auch, weil sie mich in meiner Kindheit an alles herangeführt hat, was mir heute wichtig ist, seien es die Blumen in meinem Garten, der Eierlikör an Heiligabend oder die Bedeutung des Glaubens. Außerdem möchte ich nicht unerwähnt lassen, dass sie jedes Jahr zu meinem Geburtstag für mich Pie gebacken hat, weil ich keinen Kuchen mochte.

Dieses Buch würde nicht existieren ohne die großartige Unterstützung meiner Agentin Elisabeth Weed, die meine Karriere als Autorin mit so viel Klugheit initiiert hat und mir stets zur Seite steht (zum Beispiel, indem sie dafür sorgt, dass ich meine Termine einhalte, was keine einfache Aufgabe ist!).

Besonderer Dank gilt meiner Lektorin bei Plume, Denise Roy, die meine zahlreichen Manuskriptfassungen mit mir durchgearbeitet und mir geholfen hat, das Licht – oder vielmehr den schönen Garten – am Ende des Tunnels zu sehen. Außerdem danke ich Milena Brown, Elizabeth Keenan, Ashley Pattison, Kym Surridge, Phil Budnick, Kate Napolitano und allen anderen bei Plume. Es ist mir eine Ehre und ein Vergnügen, mit Ihnen zusammenzuarbeiten.

Von ganzem Herzen danke ich Stephanie Sun, die sämtliche Fassungen aller meiner Bücher gelesen hat und mir vor allem für dieses Buch wertvolles Feedback gegeben hat.

Vielen Dank auch an Jenny Meyer, die für meine Bücher Leser in siebzehn verschiedenen Ländern gefunden hat und es irgendwie schafft, immer zu wissen, wie es meinen Büchern gerade geht.

Ich danke Dana Borowitz dafür, dass sie an mich glaubt und mich immer wieder daran erinnert, dass die besten Dinge im Leben nicht durch einen kurzen Sprint erreicht werden, sondern mit festem Schritt und viel Ausdauer.

Und ich danke meinen lieben Freundinnen Sally Kassab, die mich an die Bedeutung von Loyalität und Pünktlichkeit erinnert, Wendi Parriera, die mich immer zum Lächeln bringt und stets auf meiner Seite steht, Camille Noe Pagan, die mich unermüdlich ermutigt, und vielen, vielen anderen, die mich immer wieder anfeuern. Ich danke euch.

Und nicht zuletzt gilt mein Dank meiner Familie: Mom, Dad, Jessica, Josh, Josiah – ich liebe euch. Und hier noch eine besondere Botschaft an meinen Mann Jason: Betrachte dieses Buch als eine Einladung zu einem ordentlichen Steak (und damit meine ich nicht das vegane »Fleisch« aus dem Tiefkühlschrank, das du immer so tapfer isst, bloß weil ich es zubereite). Ich liebe dich.

Diana Verlag

SARAH JIO
Brombeerwinter

Die Journalistin Claire Aldridge traut ihren Augen kaum: Es ist Mai, die Brombeeren blühen schon, doch vor ihrem Fenster tobt ein Schneesturm. Das gab es in Seattle zuletzt vor achtzig Jahren. Bei ihren Recherchen stößt Claire auf die Geschichte eines kleinen Jungen, der in dem Unwetter damals spurlos verschwand. Sein Schicksal lässt sie nicht mehr los, denn auch sie muss einen tragischen Verlust verwinden. Immer tiefer taucht Claire in die Vergangenheit ein und ahnt noch nicht, wie sehr diese Spurensuche auch ihre eigene Zukunft bestimmen wird …

»Ein mitreißender Roman über Liebe, Verlust und Versöhnung.«
Publishers Weekly

978-3-453-35792-1
Auch als E-Book erhältlich

Leseprobe unter diana-verlag.de